재일한인 작가의 디아스포라 글쓰기

이화연구총서 14

재일한인 작가의 디아스포라 글쓰기

윤 정 화 지음

혜안

이화연구총서 발간사

이화여자대학교 총장 김 선 욱

126년의 역사와 정신적 유산을 가진 이화여자대학교는 '근대', '여성', '교육'이라는 측면에서 한국 사회에 매우 괄목할 성취로 사회의 많은 분야에 변화를 주도해 왔습니다. 우리 이화여자대학교는 이러한 역사와 전통을 바탕으로, 연구와 교육의 수월성 확보라는 대학 본연의 과제에 충실하려 노력하고 있습니다. 구체적으로 국내외 학문적 상호 협력의 연구공동체 거버넌스 구축을 비전으로 삼아, 상호 협력하는 개방적이고 민주적인 소통을 지향하며 다양한 포럼과 학문의 장 안에서 서로의 경험과 성과를 나누는 체계를 지향합니다. 아울러 다문화, 다언어의 역량을 갖추고 세계와 협력·경쟁하면서 타문화를 배려하는 나눔과 섬김의 이화 정신과 가치를 세계 속에 구현하려 합니다.

열린 학문 공동체 안에서 이화의 교육은 한 개인의 역량을 강화하는 데 머무는 것이 아니라 타인과 약자, 소수자에 대한 배려 의식, 다른 사람과 소통하는 공감 능력을 갖춘 여성의 배출을 목표로 합니다. 이러한 교육 속에서 이화인들의 연구는 무한 경쟁의 급박한 현실에 안주하지 않고, 섬김과 나눔이라는 이화 정신과 닿아 있는 21세기 우리 사회와 세계가 요구하는 사회적 책무를 다하려 합니다.

학문의 길에 선 신진 학자들은 새로운 시대정신과 도전 정신을 바탕으로 창의력 있는 연구 방법과 새로운 연구 성과를 낼 수 있는 든든한 이화의 자산이자 미래입니다. 따라서 신진 학자들에게 주도적인 학문 주체로서 역할에 대한 기대가 매우 큽니다. 또한 그들로부터 나오는 과거를 토대로 새로운 것을 創造하는 '法古創新'한 연구 성과들은 가까이는 학계의 발전을 이끌어 내고, 나아가 '변화'와 '무한경쟁'으로 대변되는 오늘의 상황을 발전적으로 끌어갈 수 있는 저력이 될 것입니다.

이제 이화가 글로벌 지성 공동체로 자리 매김하기 위해서는 이 학문 후속세대를 위한 지원과 연구의 장을 확대할 필요가 있습니다. 이에 따라 이화여자대학교 한국문화연구원에서는 창조적인 도전 정신으로 학문의 방향을 이끌어 갈 학문후속세대를 지원하기 위해 '이화연구총서'를 간행해 오고 있습니다. 이 총서는 최근 박사학위를 취득한 신진 학자들의 연구 논문 가운데 우수논문을 선정하여 발간하는 것입니다. 총서의 간행을 통해 신진 학자들의 논의가 보다 많은 사람들에게 제공되어 이들의 연구 성과가 공유될 수 있는 기회를 줌으로써, 이들이 미래의 학문 세계를 이끌 주역으로 성장하는 데 도움을 주고자 합니다.

앞으로도 '이화연구총서'가 신진 학자들이 한발 더 높이 도약할 수 있는 발판이 되기를 희망합니다. '이화연구총서'의 발간을 위해 애써주신 연구진과 필진 그리고 한국문화연구원의 원장을 비롯한 모든 연구원들의 노고에 진심으로 감사드립니다.

책머리에

이 책은 필자의 박사학위논문을 수정 보완하여 묶은 것이다. 이 책에서 필자는 재일한인 작가들이 타작가군들과 구별되는 특성을 발견하고 그 이유가 '디아스포라'라는 강제적 이주의 상황에서 연유한 것이라는 것을 통시적으로 밝혀내고자 했다. 재일한인 작가들의 글쓰기란 어떠한 동기에서 비롯된 것인지를 밝히기 위해 지금까지의 작품들을 과정적으로 살펴보았다. 이 책은 지금까지의 재일한인에 대한 논문과 차별화하기 위해 디아스포라라는 개념을 단지 개념의 소개에만 그치지 않고 이 개념이 재일한인 작가의 작품에서 주제, 공간, 인물면에서 어떠한 양상으로 재현되는지에 대한 구체적 증명을 해보이려고 노력했다. 결과적으로 디아스포라는 조국과 정주국 모두에게 타자가 되어버린 난민을 양산한다. 우리의 재일동포도 그러한 디아스포라인이라는 점에서 필자는 동포라는 우호적 단어를 고의적으로 배제하였다. 재일한인이라는 용어는 타자성을 표명하기 위해 선택한 호칭이다. 이 연구는 재일동포 학생에 대한 관심에서 시작되었으나 연구를 진행하는 동안 결국 '타자'에 대한 연구로 확장되었다. 앞으로도 필자는 '타자'의 정체성에 대한 연구를 계속할 예정이다.

이 책에서는 재일한인 작가 1세대부터 3세대까지의 작품 세계를 통시적으로 살펴보았다. 각 세대의 작가가 작품형식을 선택하는 글쓰기의 서술 방식은 이들의 이주적 정체성을 설명하고자 하는 의도와 무관하지 않음을 증명했다.

8

Ⅰ장에서는 '디아스포라 의식'으로 재일한인 작가의 작품세계에 접근하는 연구방식의 방법적 타당성에 대해 알아보고 식민지배의 연속적 장의 범위 안에서 탈피하지 못하고 주변부에 존재하고 있는 이산자들의 문학을 탈식민주의 이론과의 관계를 통해 고찰하는 방법적 의도에 대해 설명하였다. 이 때 재일한인작가의 글쓰기의 과정은 과거와 현실을 기억해내는 방식과 대응하여 서사를 구성한다.

Ⅱ장에서는 재일한인 작가 1세대들을 '재일조선인'이라고 명명하기 시작한 시대에 정주국에서의 차별적인 호명에 대항하고자 작품을 생산했다. 이 장에서는 김달수·김석범·이은직의 『태백산맥』, 『화산도』, 『탁류』의 장편역사소설들을 중심으로 고찰하였다. 재일한인 작가 1세대들은 식민지배의 내면화로 인한 자기혐오로부터 극복하기 위한 글쓰기로서 자신들의 정체성을 역사적이며 민족적인 주체로서 복원해 낸다. 이 시기에 구축된 재일한인의 주체는 공유 기억으로 상상된 역사소설의 공간에서 조국의 투쟁과 혁명을 수행하는 인물로 재현되고 있다. 역사소설에서 구성된 디아스포라 주체는 조국의 역사를 기록하는 것을 당위적 의무로 인식하고 영웅적인 인물들을 쓴 위인전을 생산하여 차별로 인한 내면화에서 탈출할 수 있도록 한다. 김달수의 『일본 속의 한국 문화 유적을 찾아서』와 이은직의 『인물로 보는 한국사』는 이러한 당위적 글쓰기의 의도 속에서 새롭게 자리매김될 수 있다. 이러한 형식과 내용의 글은 분명 정주지의 차별 속에서 내면화된 스스로의 '반편'적 정체성을 이상적으로 구축해 낼 필요에 의해 등장한다.

Ⅲ장에서는 1970년대에서 1980년대에 유사한 작품을 주로 발표한 이회성의 『다듬이질 하는 여인』, 『우리 청춘의 길목에서』, 『반쪽발이』, 『인면암(사람 얼굴 바위)』, 『죽은 자가 남긴 것』, 김학영의 『얼어붙은 입』, 『錯迷』, 『외등없는 집』, 『알콜 램프』, 정승박의 『벌거벗은 포로 연작집』 등을 통해

민족적 정체성의 강요가 이 세대에게 또 하나의 배제로 이중적 갈등을 유발하고 있음을 밝혔다. 재일한인 2세대 작가가 주로 경험하는 민족적 정체성과의 갈등은 이들을 언어적으로는 '말더듬이'로 '구속'하고 '속박'하고 있다. 재일한인 작가들은 이러한 현실에서 탈주하게 되는 자신을 '도망자', '포로'로 표상하고 있다. 재일한인 1세대 작가들이 구축해 놓은 민족적 정체성이 외부자인 일본인의 차별적 호명에 대응하는 것이었다면 재일한인 2세대 작가는 이러한 억압 외에 재일한인 내부자에게서도 받는 억압으로 인해 현재를 사유하기보다는 과거로 회귀하고자 하는 서사를 구성한다. 외부자와 내부자 사이공간에서 완전한 존재가 되지 못하는 양상이 '반쪽발이'라는 타자의 호명으로 표출되고 있다.

불완전한 현실의 주체 '반쪽발이'는 회상 속의 고향으로 회귀하여 가족과의 관계를 재확인하고 친구나 동료 등의 유사가족과의 관계 속에서 공유되는 고통을 확인하고 위안을 얻게 된다. 사실과 허구적 과거의 혼종적 장르인 자서전적 소설에서 재일한인 2세대 작가들은 과거의 기억을 현재에 소환하여 전 세대와의 화해를 도모하고 연대감을 회복하고 있다.

Ⅳ장에서는 1980년대에서 2000년대에 작품을 발표한 양석일·이기승·이양지·유미리·현월의 『피와 뼈』, 『달은 어디에 떠 있나(택시광조곡)』, 『잃어버린 도시』, 『나비타령』, 『Y의 초상』, 『해녀』, 『각(刻)』, 『유희』, 『그림자 없는 풍경』, 『한여름』, 『물고기의 축제』, 『해바라기의 장례』, 『가족시네마』, 『그늘의 집』, 『나쁜 소문』 등을 대상으로 고찰해 보았다.

이들은 우선 호스트랜드와 홈랜드 양쪽 모두에서 자신을 규정하는 '민족적 호명'인 '조선인', '한국인'의 기표를 거부한다. 이들의 작품 속에는 민족이나 국적의 호명이 사라지고 이들의 차이적 정체성이 이주공간의 혼종성을 드러내는 경계적 명칭으로 다양하게 표명된다. 이들은 현실에서 도주하지 않고 고통을 직시하고 고통스러운 기억을 반복적으로 부정하는 사유행위를 통해 디아스포라로서의 삶을 증언한다. 이들이 도달한 타자적 인식은 사라지지 않고 생존함으로써 타자로서의 존재를 입증하는 것이 최고의 저항이라는 것이다.

재일한인 3세대 작가들은 전 세대의 '기억'의 허구성을 '모국체험'을 통해 체득하고 이러한 사실을 소설로 재현하는 한편 원체험의 기록인 자서전으로 전 세대의 자서전적 소설의 경계를 다시 넘는다. 이들은 이외에도 다양한 형식적 글쓰기를 시도하고 있으며 문학의 경계를 넘어 자신들의 타자적 위치를 증명하고 있다. 현존적 장르인 연극과 영화의 희곡과 시나리오의 경계를 넘나들며 전방위적으로 자신의 존재를 표명한다. 이 세대의 글쓰기는 내용뿐만 아니라 형식상에 있어서도 다양한 장르적 실험을 시도함으로써 자신을 생산하는 과정의 영역을 확장하는 것에 주력하고 있다.

이 세대에 이르러 '디아스포라'라는 부정적인 상황적 조건은 단지 부정적인 현상적 조건으로 수동적으로 수용하는 것이 아니라 새로운 자아정체성을 모색하는 새로운 차원의 '디아스포라'로 적극적으로 전환된다. 실천적 행위로서의 글쓰기로 인해 생존이라는 최고의 목표 앞에서 존재를 입증하고 증명함으로써 외부에 부재하는 존재로서가 아닌 내부와 외부의 경계에서 새롭게 생성되는 제3의 종족으로서 재일한인은 거듭나고 있다. 여러 장르의 경계를 넘어가며 글을 쓰는 선택적 행위는 새로운 자아를 탐색하는 의식과정과도 연관되는 의의를 획득한다.

V장에서는 재일한인 작가를 외부에 위치하지 않고 내부인 우리 한국문학 안에 재배치함으로써 획득되는 의의를 살펴본다. 다문화의 혼종적 사회로 변화하고 있는 한국에서 이들의 타자적 대응을 연구하는 것은 앞으로 진행될 무수한 타자의 양산을 살필 수 있는 지점을 제시해 주고 있기 때문이다.

재일한인 작가들의 글쓰기는 민족에서 가족으로, 가족에서 개인으로 응축되는 주체를 표현하는 과정으로 진행되는데 이는 침잠과 내면화의 과정이 아니라 결국 '재일한인'이라는 새로운 개체의 정체성을 정립해내는 생산적 행위임이 밝혀진다. 이러한 새로운 정체성을 모색하는 과정은 글쓰기의 형식적 변환과도 연동되고 있다.

현재 재일한인 작가의 글쓰기는 생존이라는 절대적 목적 아래 자신을 은폐하고 위장하는 것이 아닌 자신의 무경계성을 적극적으로 표명하는 행위로 진행되고 있다. 재일한인 작가는 '디아스포라 주체'로서의 운명을 확인하고 저항하는 지점에 서 있다. 이들은 식민지배로 인한 디아스포라의 모든 폭압적 내면화에서 진정 자유로워지기 위한 이동의 글쓰기를 수행하고 있다.

이 연구의 출발은 한국어강사로서 한국어와 한국문학을 가르치다가 만난 재일동포 학생들에 대한 관심에서 시작되었다. 한국어와 한국문학을 가르치면서 이들의 특수한 상황과 독특한 세계관, 그리고 조국에 대한 선망과 원망을 읽고는 이들에 대해 연구하고 싶어졌다. 그들은 이름을 처음 들어보는 시인과 소설가를 아냐고 물어왔고 필자는 설명할 수 없었다. 다시 공부할 필요가 생겼다. 늦은 나이에 다시 공부를 시작할 용기를 내지 못하고 있을 때 김현숙 교수님을 만났다. 교수님은 이 연구의 의의를 인정해주셨고 무모할 수도 있는 만학의 충동을 열정의 도전이라 격려해주셨다.

이 책이 나온 것은 많은 분들의 도움이 있었기에 가능했지만 특히 지도교수님이신 김현숙 교수님의 사랑과 격려가 없었다면 나오지 못했을 것이다. 선생님께서 몸소 보여주시는 좋은 연구자, 좋은 선생님, 좋은 어머니, 좋은 아내의 길을 좇고자 단지 노력할 뿐이다. 사랑으로 이끌어주시는 김현숙 교수님께 형언할 수 없는 존경과 감사를 드린다.

박사학위논문을 지도해주신 장사선 교수님, 송현호 교수님, 김미현 교수님, 정우숙 교수님께 깊이 감사드린다. 어떻게 길을 나서야 할지도 몰랐는데

12

이미 디아스포라 연구에 조애가 깊으신 장사선 교수님과 송현호 교수님께서 연구의 방향을 바로잡아 주셨다. 연구자로서 지녀야 할 성실한 자세와 작품을 읽는 섬세한 시선에 대해 지도해주신 김미현 교수님과 정우숙 교수님께 진심으로 감사를 드린다. 이 분들께 지도를 받을 수 있었던 것은 진정 행운이었다. 또한 많은 가르침을 주셨던 이화여자대학교의 여러 교수님들께도 감사드린다.

박사학위논문을 쓰는 동안 큰 힘이 되어준 이화의 현대문학 선배, 후배, 그리고 동료 선생님들에게 감사를 드린다. 사랑하는 혜원, 남경, 지혜에게 그동안의 응원에 이 책으로 답할 수 있어서 기쁘다. 이렇게 도움을 많이 준 선생님들과 동료, 선후배에게 감사를 전할 기회를 주신, 이화여대 한국문화연구원과 도서출판 혜안에도 깊이 감사를 드린다.

늘 대견하다 여겨주시는 시부모님, 든든한 동생 남기와 정호, 그리고 여러 가족들에게 사랑을 전하고 싶다. 그리고 돌아가신 아버지, 보여드릴 순 없지만 외동딸의 첫 출판을 무엇보다도 기뻐해주시리라 믿는다. 친자매나 마찬가지였던 먼저 간 사랑하는 친구 성혜에게 공부의 결과물을 보여줄 수 있게 되어 기쁘다. 또한 이 모든 것은 헌신적으로 희생하시는 어머니가 계셨기에 가능했다. 딸의 모든 철없는 도전을 항상 응원해주시고 지원해주시는 어머니께 감사를 드린다.

공부를 하는 것이 힘들었지만 좌절하지 않았던 것은 누구보다도 날 사랑해주고 귀하게 대해 주는 남편 손성호와 아들 영준, 딸 서영 덕분이다. 연구자의 조바심을 다스려주고 위로해 준 남편에게 깊은 사랑과 감사를 전한다. 모자란 엄마의 짜증을 잘 견뎌주고 오히려 엄마의 만학을 자랑스러워 해 주는 고마운 아이들 덕분에 이 책이 나올 수 있었다.

이외에도 감사를 전하고 싶은 분들이 많다. 전지인 선생님 외 한국어학당의 선생님들, 그리고 연구의 동기를 제공해 주었고 연구를 지속할 수 있도록 도움을 준 한국어학당의 학생들에게 깊은 감사를 드린다. 한국어학당에서 받은 감동과 숙제를 책으로 낼 수 있어 다행이다.

이 책이 나오기까지 개인적으로 우여곡절이 많았다. 꽤 많은 시간이 지나는 동안 책을 다듬을 수 있다고 믿었지만 부족함이 다시 남는다. 채우지 못한 아쉬움을 그저 부끄럽게 남기게 되었다. 그러나 모자라기에 계속 정진할 뿐이다. 노력하는 모습으로나마 지금까지 응원해주신 많은 동료 선생님들과 동학들에게 귀감이 되고 싶다.

2011년 11월
윤 정 화

목 차

Ⅰ. 서론

이 글은 해방이후 재일한인 작가들이 '디아스포라'라는 운명적 상황에 처함으로써 타작가군과 차별화되는 특징으로 작품 내에서 형상화시켜내고 있는 '글쓰기'과정을 살펴보고자 고안되었다. 해방이라는 역사적 사건이 긍정적 조건으로 작용되지 못하고 오히려 '디아스포라'의 경험을 부정적인 방향으로 공고하게 만들었다는 점에서 우선 이 연구는 조국이나 살고 있는 타국 모두에서 제외되고 배제된 소수, '타자'에 대한 연구라고 할 수 있다. 이 소수자와 이 소수자들의 다음 세대가 그 이전 세대와 다른 글쓰기를 도모하면서 구축해낸 글쓰기, 그 다름의 양상과 의의를 살펴보고자 하였다. 본고는 '디아스포라'가 재일한인 작가들의 소설과 수필, 희곡에 미친 영향을 확인하고 작품 속에서 분석해냄으로써 재일한인의 디아스포라적 글쓰기 유형론에까지 접근하는 것이 궁극적인 목적이다.

재일조선인,[1] 재일한국인, 재일조선·한국인, 재일, 자이니치, 재일코리

---

1) "'국적'이라는 국가 측의 척도만을 가지고 재일동포의 실정을 파악할 수는 없다. '조선적'을 가진 사람 모두가 조선민주주의 인민공화국에 충성을 다하고 있는 것도 아니며, '한국적'을 가진 사람 모두가 대한민국에 애착을 느끼고 있는 것도 아니다. '일본'에 귀화한 사람도 기본적으로는 차별에서 벗어나려고 그런 것이며, 그것은 반대로 그들이 무엇보다도 차별받는 쪽의 '조선인'임을 말해주고 있다. 따라서 나는 이들 전부를 묶어서 <재일조선인>이라고 부르겠다."(서경식, 「재일

언 등의 명칭은 일본에 거주하고 있는 조선이라는 무국적 및 한국국적
그리고 이중국적의 한인을 일컫는 명칭이다. 존재[2]하고는 있으나 그 존재를
일컫는 명칭이 확립된 바가 없다는 현실 자체가 재일한인의 모호한 정체성[3]
을 대신 설명해 준다고 할 수 있다.

'재일조선인'[4]은 정치적으로 무국적인 주체를 표상하여 스스로 차별받는
타자로서의 존재를 드러내는 명칭으로 주로 조총련계열의 작가들이 사용하

조선인의 위기와 기로에 놓인 민족관─재일한국인의 고민과 선택」,『역사비평』
여름호, 역사문제 연구소, 1996, 63쪽).
"현재 '재일조선인'전체의 약 3분의 2 이상이 한국적으로 추측된다. 이 사람들을
가리켜 '재일한국인'이라 부르는 것은 가능하나 그것은 일본에 살고 있는 조선
민족전체에 대한 호칭은 될 수 없다."(서경식 외,『단절의 세기 증언의 시대』,
삼인, 2002, 31쪽.) ; 윤송아,「재일조선인 문학개관」, 김종회 외,『한민족 문화권의
문학』, 국학자료원, 2006.

2) 현재 일본에서는 재일한인의 숫자가 점차 감소하고 있는 실정이다. 어쩌면 3세대
재일한인의 문학을 정리하는 시점에서 재일한인의 존재감은 더 사라질지도 모른
다. 일본에 거주하고 있는 외국인의 숫자 중에서 재일 한국·조선인의 숫자는
약 48%(1995)이다. 이 중에서 90년대 이후 귀화자가 급증하고 있다. 1985년 국적법
의 개정으로 부모양계주의로 개정되어 한국·조선 국적의 아버지와 일본인 어머니
사이에 출생한 자식들이 일본 국적을 취득함으로써 한국·조선 국적자 수는 연평균
5,500명씩 감소하고 있다.(김경득,『在日 コレアンノのアイデンチィと法的地位』, 明
晳書店, 1995 ; 서경식,「재일조선인이 나아갈 길」,『창작과 비평』98 가을호,
통권 102호, 1998에서 참조.)
일본 출생세대는 거의 10년동안 8%씩 계속 증가하고 있다고 보아도 좋을 것이다.
여기에 귀화자를 포함하면, 재일 한국·조선인의 자연증가는 계속 저하할 것이
예상되며, 마이너스로 내려갈 가능성도 있다. 21세기에는 '일본 출생세대'가 재일한
국·조선인 총수의 100%를 차지할 것이 확실하기 때문이다.(강재언·김동훈 지음,
『재일한국·조선인─역사와 전망』, 하우봉·홍성덕 옮김, 소화, 한림신서 일본학
총서, 2005, 155~157쪽 참조.)

3) 재미한인 작가 차학경은 스스로를 '고정된 어휘가 없는 존재'라고 말한 바 있다.
재외한인들은 그 호칭의 모호성으로 인해 비어있는 기표의 정체성을 함의하게
된다. 차학경,『딕테』, 김경년 옮김, 어문각, 2004, 14쪽 참조.

4) 김학동, 서경식, 가와무라 미나토(川村湊), 하야시 고우지(林浩治), 임전혜가 사용하
고 있는 용어이다.

고 있다. '재일한인의 존재는 극소수가 될지언정 사라지지도 사라져서도 안 된다.'는 주장을 하고 있는 디아스포라 연구학자 서경식에 의하면 '재일조선인은 근대 일본의 탄생에 있어서 비밀을 내포한 존재이며 그림자 같은 존재로서 끊임없이 만들어지고 스스로 태어나기도 할 것'이라고 한다. 이런 입장에서 본다면 '조선'이라는 사라진 국명을 호칭 속에 넣어 계속 사용하고 있는 입장은 일본이라는 타자를 줄곧 염두에 두면서 역사적 태도를 견지한 호명이라고 할 수 있겠다. 아직 해결되지 않은 역사의 이야기를 호칭 속에 '조선'이라는 국명(國名)으로 넣어둠으로써 미해결의 역사를 전제하는 것이 '재일조선인'이라는 이름이다.

'재일한국인'이라는 명칭은 소속 국가를 표시하는 것으로 홍기삼, 유숙자 등이 사용하고 있다. '재일한국인'이라는 용어는 한국국적을 취득하기 시작하여 한국방문을 하거나 한국정부를 인정하기 시작한 이후에 남한의 정부에서 주로 이들을 지칭할 때 사용하고 있는 용어다.

이 '재일조선인'과 '재일한국인', 두 용어에는 각자를 표상하는 정치적 국가적 이념이 함의되어 있다. 즉 재일조선인은 지금은 부재하는 조선이라는 국호에서 강제적 식민화의 흔적을 표기하는 것으로 저항적 의미로 사용되고 있다는 주장이다. 그러나 이 용어를 사용하는 작가들은 '문예동'[5] 작가들을 주로 호명하므로 이 단체에서 이탈했거나 문학적 이념의 지향점이 다른 작가를 포함하기에는 무리가 있다. 또한 '재일한국인'[6]이라는 용어는 사실상 무국적이나 이중국적으로 생존해 있는 실제 재일한인의 다양성을 포함할 수 없다. 이러한 고민의 결과로 장사선은 '재일한민족'[7]이

---

5) '문예동'은 1959년 6월 7일에 결성된 재일본조선인총련합회(총련, 1955년 5월 결성)의 산하단체이다. 기관지 <문학예술>(1960년 1월 창간)은 2000년 <겨레문학>으로 바뀌어 발간되고 있다. 이영미, 「재일조선문학연구─재일본조선문학예술가동맹의 소설을 중심으로─」, 『현대문학이론 연구』 제33집, 2008.4 참조.

6) 홍기삼, 유숙자, 황봉모가 사용하고 있다.

20

라는 호칭을 제시하면서 용어에 대한 확립을 촉구하고 있다. 그런데 현재 4세대 작가들이 출현하기 시작한 재일한인작가군은 탈민족적 성향의 작품을 생산하고 있어 민족적 내셔널리즘으로 자신들을 구역화하는 규정으로부터 탈주하는 양상을 보이고 있다.

이와 더불어 '재일 조선·한국인[8]'이라는 호명은 자체적으로 분단의 현실을 지속화할 오류를 기재한 것이므로 적절치 못하며 '재일코리언[9]'은 현재 3세대들이 '在日'이라는 의미에다가 남쪽이나 북쪽에의 선택을 거부하는 존재로서의 자신을 표상하기 위해 사용하는 용어이다.[10]

또한 현재 1970년대 후반부터 2세대와 3세대와 일본문학계에서 사용되고 있는 '재일'문학, '자이니치'[11]문학은 현재와 과거의 갈등과 분열의 사유

---

7) 장사선, 「재일한민족문학에 나타난 내셔널리즘」, 『한국현대문학연구』, 한국현대 문학회, 2007 ; 장사선, 「재일한민족 소설에 나타난 가족의 의미 연구」, 『한국현대 문학연구』 Vol.23.
"국내에서 '재일조선인 문학'이라는 용어는 아직 확립되어 있지 않다. '재일교포문 학'이라 칭하기도 하고(이한창), '재일한국인 문학'이라고도 불렀다.(홍기삼), 한편 유숙자는 보다 객관적인 시각에서 일본 내 한국인들의 문학을 한국과 일본 어느 쪽에도 통용될 수 있는 호칭으로 '재일한국인 문학'으로 부르겠다고 했다.(유숙자) 그러나 '재일한국인 명칭'은 그들이 한국 국적이 아니라는 점에서, '재일조선인'이 라는 호칭은 다른 지역의 동포들과의 통일성 문제에서 타당하지 않다고 본다." 장사선, 「이회성 초기 소설에 나타난 원형적 욕망의 양상」, 『한국현대문학연구』 20, 한국현대문학회, 2006.12, 535~536쪽 ; 김종회 편, 『한민족 문화권의 문학』, 국학자료원, 2003. 동국대학교 일본학연구소에서 편찬한 『재일한민족 문학』, 솔, 2001에서 이 용어를 사용하고 있다.
8) 강재언·김동훈 지음, 『재일한국·조선인 - 역사와 전망』, 하우봉·홍성덕 옮김, 소화, 한림신서 일본학 총서, 2005 ; 朴正伊, 「在日韓國·朝鮮人文學における在日性 : 金達 壽, 李恢成, 柳美里を中心に」, 神戸女子大學 박사학위논문, 2003.
9) "재일코리언 문학이 일본 문단에 등장했던 것은 식민지시대 장혁주, 김사량에 와서이다." 김환기 편, 『재일 디아스포라문학』, 새미, 2006. 김환기는 '재일코리언' 이라는 용어와 '재일'이라는 용어를 혼용하고 있다.
10) 이은영, 「이름과 언어를 통해 본 재일한국인의 아이덴티티」, 중앙대 석사학위논문, 2005, 30쪽.

가 삭제된 채 현재 정주하고 있다는 조건만을 담고 있는 용어이므로 가장
피해야 할 것으로 주장[12]되고 있다.

이와 같이 존재를 명명할 단어가 없어진 기원에는 디아스포라라는 상황
적 조건이 전제되어 있다. '재일한인'은 식민지시대가 표면적으로 끝났다고
할 수 있는 조국해방이 실현된 이후에도 여전히 고국으로 돌아가지 못하고
떠돌고 있는 디아스포라적 존재(이산인)이기 때문이다.

이 글에서는 연구자의 입장에서 재일한인이 일본어로 쓴 문학을 '재일한
인 문학'이라고 명명하고자 한다. 재일한인이라는 명칭에는 재일조선인,
재일한국인, 재일조선 한국인, 자이니치, 재일한민족, 재일코리언의 모든
명칭이 포함되며 민족적·국가적 호명으로부터 가능한 한 객관화한 단위의

---

11) <재일>을 일본어로는 <자이니치>라고 하며, '일본에 있다', '일본에 산다'라는
    의미를 지닌다. 이는 "1세부터 2, 3세대로서의 세대교체를 배경으로 재일교포
    젊은 세대가 자발적으로 주체를 나타내기 위해 사용한 호칭으로서 1970년대
    후반부터 쓰여지기 시작했다. 이 말을 가장 먼저 사용하기 시작했던 사람들은
    기존의 '조국'지향의 사람들에 대한 비판적인 입장에서 '재일을 산다'는 주장을
    전개했다."(윤건차, 「'재일'을 산다는 것-'불우의식'에서 출발하는 보편성」, 『동포
    정책자료』 제53집, 재외동포문제 연구소, 1996, 28쪽.)

12) 서경식은 "재일조선인이란 한국에서 종종 오해되듯이 조총련에 소속된 재일동포라
    는 의미가 아니며, 또 일본정부가 부과하는 외국인 등록에서 '조선적'으로 기재된
    사람이라는 제한된 의미도 아니다. 필자는 어떤 재일민족 단체에 소속되어 있건,
    또 외국인 등록에 어떻게 기재되어 있건, 본래 조선반도에 동일한 출자를 갖고,
    일본에 의한 식민지지배의 결과 구종주국인 일본의 영역에서 생활하게 된 민족
    집단의 총칭으로서 '재일조선인'이라는 말을 사용한다. 이에 대해 '재일한국인'이란
    일본에 거주하는 한국국민이라는 '국민적 귀속'개념으로 '재일조선인'이라는 '민족
    적 귀속'개념의 범주에 포함되는 좀 더 작은 집합을 가리킨다. 일본사회와 매스컴
    등에서는 '재일 한국·조선인'이라는 용어를 많이 쓰는데, 이 용어야말로 분단체제
    를 반영한 호칭이다. 또한 최근에는 그저 '재일'이라는 용어로 재일조선인을 가리키
    는 경우도 많지만, 이는 '일본에 산다'는 상태를 표시할 뿐 재일조선인이 일본에
    거주하게 된 역사적 경위를 은폐하고 재일조선인이 조국과 맺은 정치적 정신적
    연관을 단절시키는 기능을 하는 호칭이라고 생각한다."고 말하고 있다.(서경식,
    「재일조선인이 나아갈 길」, 『창작과 비평』 98 가을호, 통권 102호, 1998, 353쪽.)

22

명칭이다.[13] 해외에 거주하고 있는 동포이며 수많은 상황의 재외한인들 중 일본에 거주하는 재일한인의 특수성이 명칭에 결합된 '재일동포'[14]라는 명명도 적지 않다. 이 명칭에는 국가관이나 민족관은 개입되지 않으나 혈연적이고 정서적인 차원[15]이 강조된다. 현재 일본에 거주하고 있는

---

13) "'재일한인 문학'이라는 용어는 '재일동포(교포)문학'등의 용어가 안고 있는 문제점들을 극복하고, 나아가 재일한인들의 강제 또는 자발적인 일본으로의 이주와 이후의 삶, 재일한인으로서의 존재조건 자체에 대한 통찰을 보여주는데 가장 적절하다는 판단 때문이다. 여기서의 '한인'이라는 한정어는 '한민족'으로서의 공통점을 분명히 하기 위한 것이다."(이영미, 「재일조선문학 연구－재일본조선문학예술가 동맹의 소설의 중심으로」, 『현대문학이론 연구』 제33집, 2008.4, 519쪽.) "재일한인이라고 하는 것은 <일제 강점기에서 한국으로부터 일본으로 건너가 그 곳에서 생활터전을 마련하여 일본의 패전 후에도 계속해서 일본에서 살고 있는 사람들>을 가리키는 말이다. 1999년에 조사된 '체류 외국인 통계'에 의하면, 현재 일본 열도에 살고 있는 한반도 출신자는 약 63만 명 정도라고 한다. 그중에 '특별 영주권'을 가지고 있는 재일한인이 약 51만 명 정도를 차지하고 있다고 한다." "재일한인 문학이라고 하는 것은 이러한 역사적이나 정체적 환경을 배경으로 '일본 안에 있는 타인'으로서 길러진 날카로운 관점을 큰 에너지원으로서 자기 자신을 국가나 민족 사이에서 어떻게 정의하고 앞으로 일본사회 속에서 어떻게 살까를 모색해온 문학이다."(北村桂子(기타무라 게이코), 「자서전을 통한 자이니찌의 정체성에 관한 연구」, 서울대 석사학위논문, 2006, 1~2쪽) ; 김현택 외, 『재외한인 작가연구』, 고려대 한국학연구소, 2001.(재일한인이라는 용어를 사용하고 있다.)

14) 이한창, 김학렬, 송현호, 김형규, 그리고 숭실대학교 국학자료원과 전북대학교 재일동포연구소에서 정식 통칭으로 사용하고 있는 명칭이다. 그런데 이한창은 '재일동포'와 '재일교포' 그리고 '재일한국인'이라는 용어를 혼용하여 사용하고 있다.
김학렬, 『재일동포 한국어문학의 전개양상과 특징 연구』, 국학자료원, 2007 ; 송하춘, 「역사가 남긴 상처와 민족의식」, 『재외 한인작가 연구』, 고려대학교 한국학연구소, 2001.(재일교포, 재일한국인, 재일한인의 명칭을 혼용하고 있다.) ; 이한창, 「재일한국인문학의 역사와 그 현황」, 『일본연구』 Vol.5, 1990 ; 이한창, 「재일교포문학의 작품 성향 연구－정치의식 변화를 중심으로」, 중앙대학교 박사학위논문, 1996 ; 이한창, 「민족문학으로서의 재일동포문학연구」, 『일본어문학』 vol.3, 1997.

15) 송현호, 김형규, 「재일의 현실과 재일의 의미」, 『재일동포 한국어문학의 민족문학적 성격』, 국학자료원, 2007, 82쪽.

재일한인의 문학을 재외동포문학의 한 종류로 인식하는 것에는 이미 연구자가 재일한인을 한국문학사의 범위 안으로 포함하고자 하는 의도가 있으나 동포냐 아니냐를 결정하는 과정에서 한정되고 배제되는 다수 '재일한인'의 문제가 생길 수 있다.[16]

따라서 '재일한인'이라는 명칭을 사용하는 것은 일본에 거주하는 한인의 문학을 가장 객관적으로 연구할 수 있고 또한 민족이나 국가적 개념에서도 객관적[17]으로 비켜서고자 하는 의도에서라고 할 수 있다. 이들을 '재일한인'이라고 명명함으로써 연구자와 대상 사이에 보다 더 객관적인 거리가 유지될 수 있다고 본다.

이 글에서는 법적인 위치를 지정하는 동포, 교포의 명칭보다는 이들이 정주하고 있는 장소와 국적의 소속여부에 상관없이 조상이 부여한 한인이라는 명명이 결합된 '재일한인'이라는 이름을 그들의 글쓰기의 주체로 정한다. '재일한인'이라는 명칭은 한민족의 기원을 포함하여 주체의 기원을 설명할 수 있으면서도 민족에 경도되지 않는 중도적 의미로 사용될 여지가 있다고 보기 때문이다. 또한 이 용어의 사용으로 정치성으로부터 자유로울 수 있고 한국문학사의 편입 가능성을 놓치지 않을 수 있다고 본다.

재일한인은 그들이 살고 있는 정주지[18]의 언어로 다수의 독자인 일본인

---

16) "외국 거주 한인을 흔히 교포라 하였다. 이것은 본국인에 대하여 객인이라는 의미가 담겨져 집을 떠난 사람, 그래서 나그네라는 의미를 갖는다. 이것을 근거로 중국인 교포를 화교라 하였고 이와 유사하게 우리는 학교 그리는 북한에서 나간 교포를 조교라 부르기도 한다. 그러나 외국에 정주하지만 나그네가 아니라는 의미에서 동포라는 용어가 보다 가깝다는 의미를 포함하기에 새로 생긴 교포를 위한 재단을 재외동포재단이라 하였다."(임규찬, 『비평의 창』, 강, 2006, 77쪽.) ; "그러나 재일동포문학 전체의 지형도를 떠올린다면 우리의 이해는 '한정된' 것으로 드러난다. 재일동포문학의 범주에는 정치적인 의미에서 민단계로 분류되거나 중도적인 위치에 서 있는 경우 이외의 많은 작가들이 존재하기 때문이다."(임영봉, 『생성과 소멸의 언어』, 리토피아, 2006, 39쪽.)

17) 전북대학교, 『재일동포문학과 디아스포라』, 제이앤씨, 2008 참조.

독자를 염두에 두고 글을 썼다. 자신의 모국어는 정주지라는 낯선 땅에서는 소통이라는 실천적 의미가 없었기 때문이다. 이산 작가들의 작품에는 "일정한 정신적 특징들은 고착된 고향의식, 자기정체성 추구, 망명 행위의 자기설복, 의식의 보편성 강조, 언어의 실험이라"[19)는 것이 공통적으로 나타나고 있다. 이산자들의 '자기정체성' 의식은 정의되어지지 않고 호명되어지지도 않는 불안한 명칭으로 인해 심화된다. 따라서 이들의 작품에는 자신의 명칭과 정체성을 심도 깊게 검토하고자 하는 사유의 노력이 나타나고 있으며 소수자로서 다수 사회에서 배제되고 단절[20)된 경험과 자신의 존재성을 증언하기 위한 노력의 일환이 재일한인의 글쓰기로 표출된다고 할 수 있다.

이 글은 '재일한인'으로 해방 후 일본어로 글쓰기를 수행한 작가군을 호명함으로써 일제 강점기에 재일조선인으로 대표적인 김사량과 일본국적을 취득한 귀화자였던 장혁주에 대한 연구를 재일한인의 연구 대상에서 제외하기로 한다.[21)

---

18) 전세대가 조국에 대한 기억을 안고 일본을 잠시 머무르는 곳이라는 인식을 갖고 살았다면, 재일 3세대는 일본을 드디어 자신들이 살아가야 하는 터전으로 받아들이기 시작한다. 이소가이 지로는 이를 '定住化意識'이라고 한다. 이런 의식변화와 더불어 2세대 작가들의 특징은 재일조선인의 불우한 역사성과 현재에 입각해, 민족적 자아의 갈등이나 주체의 탐구를 실존적으로 주제화하는 것이다.(이소가이 지로(磯貝治良), 「在日朝鮮人の文學變遷」, 『在日文學論』, 新幹社, 2004, 12쪽 ; 강혜림, 「신세대문학」, 동국대학교 일어교육전공 석사학위논문, 2006에서 참조.)

19) 송승철은 망명객으로서의 모더니스트들이 공유하는 특징으로 설명하고 있으나 일반적으로 조국이나 자신의 사회에서 소외된 망명객이나 이산자들도 그 동일한 특징을 나타내고 있다고 할 수 있기에 인용하였다.(송승철, 「화두의 유민의식」, 『실천문학』, 1994.)

20) "자기 자신의 경험이 타인에게는 잘 전달되지 않는다는 것이다. 단절의 경험"이 난민의 정체성을 형성하는 기원이 되고 있음을 서경식은 지적하고 있다.(高橋哲哉(타카하시 테츠야)·서경식 외, 『단절의 세기, 증언의 시대』, 삼인, 2002, 33쪽 참조.)

21) 김사량과 장혁주에 대한 연구는 다음의 논문에서 심화·정착되어 있다. 김윤식,

진정한 의미의 본격적인 재일한인 연구는 조선과 한국의 국적에서 어디에도 소속되지 못하고 경계에 있어야 하는 한인의 정체성이 문제시되기 시작한 해방이후가 그 연구 대상 시기가 되어야 할 것이라고 보았다. 디아스포라 글쓰기란 하야시 고지(林浩治)22)가 말했듯이 1945년 이후 해방이라는 표면적 자유의 시간에서도 자유를 박탈당한 상황에서의 글쓰기에 더욱 가깝기 때문이다.23)

그리고 단지 재일하고 있다는 점, 즉 일본에 거주하고 있다는 것만으로 이들의 문학은 정의되지 않는다. 일본에 거주하고 있으나 그 소속이 불분명

「이중어글쓰기」, 『일제말기 한국 작가와 일본어 글쓰기 론』, 서울대학교 출판부, 2003, 71쪽 ; 김윤식, 『체험으로서의 한국근대문학연구』, 아세아문화사, 1999 ; 추석민, 「김사량 연구」, 『일어일문학』 vol.7, no.1, 1997 ; 홍기삼, 『재일한국인 문학』, 솔, 2003 참조. 이 글의 논문은 해방 후에 재일한인의 정체성을 결정한 디아스포라의 본질적 성격 규명에 집중하기 위하여 1945년 이후의 작품을 대상으로 다룬다. 임헌영, 김환기 또한 식민지시대의 재일문학으로 장혁주와 김사량을 구별하고 있다. 임헌영, 「재일동포문학에 나타난 한국여성의 초상」, 『한국문학 연구』 Vol.19, 1997.3 ; '실질적으로 재일 코리언 문학이 일본 문단에 등장했던 것은 식민지시대 장혁주, 김사량에 와서이다.' 김환기 편, 『재일 디아스포라문학』, 새미, 2006, 20~21쪽 참조.
장혁주는 1905년 경북 대구에서 태어나 습작과정을 거쳐 1932년 제5회 『개조』현상 공모에 『아귀도』가 당선되면서 본격적인 문단 활동을 시작했다. 1952년 귀화한 이후 일본인 노구치 미노루(野口稔, 후일의 필명은 노구치 카쿠츄우(野口赫宙))로서 많은 작품을 남겼다.(김환기 편, 위의 책, 21~22쪽 참조.)

22) 김환기 편, 하야시 고지(林浩治), 「해방이후 재일 조선인 문학과 민족분단 비극의 인식」, 『재일 디아스포라문학』, 새미, 2006, 124~125쪽.

23) 김달수, 이은직 등 젊은 세대가 등장해서 강제된 일본어를 사용하면서 반일제적인 문학활동 영위를 가능하게 하는 재일문학자들의 다양한 투쟁의 방법을 개척했다. 일본의 식민지지배로 인해 형성된 재일한국인에 의한 재일한국인 문학은 이 시기에 시작되었다고 할 수 있다.(任展慧, 「在日朝鮮人文學－亞細亞人外編」, 『朝鮮を知る事典』, 平凡社, 1986, 162쪽.)
일본비평가인 이소가이 지로의 판단(磯貝治良, 「在日世代の文學略圖」, 『季刊 靑丘』 1994년 봄호, 37쪽)도 이와 유사하다.(양왕용 외, 『일제강점기 재일한국인의 문학활동과 문학의식 연구』, 부산대학교 출판부, 133~134쪽 참조.)

해져서 차별과 배제의 경계에서 어쩌면 강요된 부동성을 부여받은, 자유롭게 유동하지 못함으로써 이주를 꿈꾸기만 하고 실행하지 못하는 자들의 문학으로 한정지을 수 있다. 이런 맥락에서 재일한인이지만 자신의 이름24)을 일본명으로 밝히고 있는 작가들의 작품은 '귀화인'의 문학이다.

현재 재일한인 중에서는 50만 명 정도가 귀화를 하여 일본국민으로 살아가고 있다.25) 3세대로 활동하고 있는 재일한인 중에서는 자신의 필명을 한국인명으로 쓰는 작가와 귀화한 후 필명을 일본명으로 사용하고 있는 작가가 있다. 본서에서는 본명과 통명이라는 호명의 차이26)가 특별한 의미를 지니고 있기에 문학작품을 대상으로 할 때 일본명으로 자신을 표명하고 있는 작가들을 제외하기로 한 것이다. 이는 차후 '재일귀화 한인 문학'의 영역에서 따로 다루어야 할 문제로 남겨두어야 할 것이라고 본다.27)

---

24) "이름은 한 존재의 정체성의 출발이라고 할 수 있다."(최강민, 『탈식민과 디아스포라 문학』, 제이앤씨, 2009, 152쪽.)

25) 서경식, 『"자이니치"란 누구죠? : 월경 못하는 "타자"』, '타자' 다시 위치 짓기 : 타자의 문화정치학, 이화여자대학교 탈경계 인문학 연구단 국제학술대회, 2009.9. 발표문.

26) "말하자면 본명과 통명과의 관계 속에는 식민지 시대부터 이어져 온 한국과 일본의 역사적인 권력관계, 즉 지배와 피지배의 역학관계가 여전히 작용하고 있는 것이다."(이은영, 「이름과 언어를 통해 본 재일한국인의 아이덴티티」, 중앙대 석사학위논문, 2005, 2쪽.)
"<조센징>이라는 말은 '조선인'의 일본식 발음으로써 전혀 문제될 것이 없는 말이다. 하지만 '조센징'이라는 말 속에는 식민지 지배의 역사 동안 쌓여온 멸시와 경멸의 뜻이 포함되어 있다. 따라서 이 말은 그 언어적 해석을 떠나 문화적, 역사적 측면에서 재일한국인에 대한 차별어로 인식된다. 이러한 차별어는 '니혼진'과 '조센징'을 범주화시키고 일본인과 조선인을 구분시키는 기제로서 작용하게 된다. 그 결과 '조센징'이라는 말의 의미가 하나의 차별의 코드가 되어버린 것이다. 다시 말해 히틀러의 나치즘이 유태민족을 열등민족이라고 코드화한 것처럼 일본사회에서는 재일한국인이 열등민족으로서 코드화 된 것이다."(이은영, 위의 논문, 6쪽.)

27) 홍기삼은 이와 견해를 같이 하면서, 귀화작가 중에서도 가네시로 가즈키(金城一紀), 사기사와 메구무(鷺澤萠), 다치하라 마사아키(立原正秋)나 이주인 시즈카(伊集院)

재일한인이 자신을 표명하는 태도는 매우 예민한 문제이다. 자신을 내부사회에 어떻게 드러내는가의 문제가 자신의 존재에 대해 규명하는 것의 시작이기 때문이다. '귀화'라는 문제적 부분은 선택적 갈등의 시작이자 자신의 정체성을 어떻게 규정하느냐의 문제가 수반되는 것으로서 이는 본명과 통명을 따로 사용하느냐의 문제가 아니라 호스트랜드를 향한 선언적 '자아정체성'으로서 귀화를 선택했다는 점에서 새롭게 접근하여 연구되어야 할 사항으로 여겨진다. 따라서 가네시로 가즈키(金城一紀), 사기사와 메구무(鷺澤萠), 다치하라 마사아키(立原正秋)나 이주인 시즈카(伊集院) 등의 귀화작가에 대한 연구는 다른 차원의 영역에서 다루어야 할 것이다.

재일한인의 글쓰기 연구에 있어서 전제로 해야 할 점은 한국어와 일본어로 쓴 작품군[28]이 있다는 것이다. 재일한인의 한국어 글쓰기는 연구가 활발히 진행[29]되고 있으나 일본어로 된 작품을 한국문학사의 연구대상으로

등을 예로 들면서 한국계 작가와는 달리 작품을 연구해야 한다고 밝히고 있다.(홍기삼, 『재일한국인 문학』, 솔, 2003, 34쪽 참조.)

귀화 작가들 중에서도 스스로를 본명으로 표방하는가, 통명으로 표방하는가, 그리고 재일한인의 삶을 문학으로 다루고 있는가·아닌가하는 것이 재일한인 문학의 영역을 구분하는 기준이 된다.(김환기, 「재일디아스포라 문학 개관」, 『재일디아스포라』, 새미, 41~46쪽 참조.)

28) 일본어로 쓴 한국인 작품에 대해서는 이은직, 「조선인인 나는 왜 일본어로 쓰는가」 ; 漁塘(어당), 「일본어에 의한 조선문학에 대해서」 ; 德永 直(도쿠나가 스나오), 「일본어의 적극적인 利用」 ; 김달수, 「하나의 가능성」이라는 글에서 한국인이 일본어로 쓴 문학을 한국문학인 동시에 일본문학으로 다루고 있다. 또한 1945년 이후의 일본어에 의한 한국인 작가의 작품은 한국민족문학인 동시에 또한 일본문학의 하나라는 평가가 일본문학계의 일반적인 견해이다.
호테이 토시히로(布袋敏博), 「해방 후 재일한국인문학의 형성과 전개―1945년~60년대 초를 중심으로」, 『인문논총』 제47집, 2002.8, 90쪽 ; 조강희, 「해방 직후 재일한인 작가의 언어생활에 대한 일고찰」, 『일어일문학』 제36집, 67쪽 참조.

29) 김학렬 외, 『재일동포 한국어문학의 전개양상과 특징연구』, 국학자료원, 2007 ; 한승옥 외, 『재일동포 한국어문학의 민족문학적 성격 연구』, 국학자료원, 2007은 한국어로 된 재일한인의 작품들을 연구하고 있다. 대체로 북한의 이념과 문학

하는 데에는 아직 논란이 정리되지 못한 상태이다.30) 학위논문의 수적인 현황31)만을 보아도 극히 저조한데다가 이 또한 일본어문학 전공자에 의해 진행되어 온 것이 대부분이다.32) 최근 학계에서는 속문주의, 즉 '모국어로

지침을 고수하고 있어 한국문학사에서 배제되어 왔던 연구의 폐쇄성을 타파하기 위한 시도로서 재일한인작품들의 한국어작품의 경향과 특징을 종합적으로 소개하고 있다.

30) "조선 글을 읽지 못하는 동포들이 압도적으로 많은 <재일>의 조건'에서 더 이상 '언어'를 문제 삼을 수는 없었던 것이다."(박종상, 「조선글로 소설을 쓰는 의미-<오늘 왜 조선글로 소설을 쓰는가>하는 물음에 대한 대답」, 『겨레문학』, 2000 겨울호.)

31) 김학동, 「민족문학으로서의 재일조선인문학-김사량, 김달수, 김석범」, 충남대 박사학위논문, 2007.

32) 이한창, 「재일교포문학의 작품 성향 연구-정치의식 변화를 중심으로」, 중앙대학교 일어일문학과 박사학위논문, 1996 ; 유숙자, 「1945년 이후 재일한국인 소설에 나타난 민족적 정체성 연구」, 고려대학교 국어국문학과(비교문학) 박사학위논문, 1998 ; 김학동, 「민족문학으로서의 재일조선인문학-김사량, 김달수, 김석범」, 충남대학교 일어일문학과 박사학위논문, 2007 ; 朴正伊, 「在日韓國朝鮮人文學の在日性 : 金達壽, 李恢成, 柳美里を中心に」, 神戸女子大學 博士學位論文, 2003 ; 송기찬, 「민족교육과 재일동포 젊은 세대의 아이덴티티」, 한양대 석사학위논문, 1998 ; 箕輪美子(Minowa Yoshiko), 「在日朝鮮人文學における苦惱の形-金鶴泳の凍える口」, 경희대 석사학위논문, 1993 ; 北村桂子(Kitamura Keiko), 「자서전을 통한 자이니찌의 정체성에 관한 연구」, 서울대 석사학위논문, 2006 ; 이한창, 「재일교포문학의 작품 성향 연구」, 중앙대 박사학위논문, 1996 ; 김숙자, 「재일조선인의 정체성과 국적」, 동국대 석사학위논문, 2007 ; 문혜원, 「재일동포문학의 정치적 이념 갈등 연구」, 전북대 석사학위논문, 2004 ; 문지영, 「재일동포작가들의 작품에 나타난 정체성 연구」, 신라대 석사학위논문, 2007 ; 김정희, 「재일한국인의 문학과 현실-김석범」, 강원대 일본학과 석사학위논문, 2008 ; 김일태, 「재일한국인의 민족적 귀속의식 연구」, 연세대 석사학위논문, 1987 ; 緖方義廣(Ohgata Yoshihiro), 「<자이니치>의 기원과 정체성」, 연세대 석사학위논문, 2006 ; 강혜림, 「재일신세대문학의 탈민족적 글쓰기에 관한 연구-유미리, 현월, 가네시로 가즈키」, 동국대 석사학위논문, 2006 ; 김정희, 「재일한국인의 문학과 현실-김석범」, 강원대 석사학위논문, 2008 ; 이현영, 「주체성변용과 새로운 가능성」, 목포대 석사학위논문, 2008 ; 박종희, 「이양지 문학의 경계성과 가능성」, 숙명여대 석사학위논문, 2005 ; 문혜원, 「재일동포문학의 정치적 이념 갈등 연구」, 전북대학교 교육석사학위논문, 2004 ; 양명심, 「이회성 초기 작품에 나타난 '정체성'에 관한 연구」, 건국대 석사학위

글을 쓰지 않았다면 한국문학이 아니'라고 하는 폐쇄적인 민족문학의 영역 안에서 연구하려는 태도에서 벗어나야 한다고 말하고 있다.[33]

  그리고 재일한인들의 한국어 글쓰기에 대한 연구[34]는 한국조선인총연합

논문, 2003 ; 최승희, 「이양지 문학 연구」, 신라대 석사학위논문, 2005 ; 나지혜, 「일본영상매체를 통한 재일한국인의 재현 연구 : 영화 <박치기>와 TV드라마 <동경만경>을 중심으로」, 고려대학교 영상문화학 석사학위논문, 2008 ; 최효선, 『재일동포 문학연구 : 1세 작가 김달수의 문학과 생애』, 문예림, 2002.

33) 이유식, 『한국문학의 전망과 새로운 세기』, 국학자료원, 51~56쪽 ; 김종회 편, 『한민족 문화권의 문학』, 국학자료원, 2003 ; 김현택 외, 『재외한인 작가연구』, 고려대 한국학연구소, 2001 ; 서종택 외, 『세계 속의 한국문학』, 새미, 2001 ; 설성경 외, 『세계 속의 한국문학』, 도서출판 새미, 2002 ; 이명재, 『통일시대 문학의 길찾기』, 도서출판 새미, 2002 ; 이명재, 『소련지역의 한국문학』, 국학자료원, 2002 ; 장영우, 「재일한국인문학을 어떻게 할 것인가」, 『한국문학평론』 제7권 제3·4호, 통권 26호, 2003년 가을, 겨울호, 국학자료원, 2004.1 ; 호테이 토시히로(布袋敏博), 「해방 후의 재일 한국인문학의 형성과 전개」, 『서울대학교 인문논총』 vol.47, 2007 ; 홍기삼, 「재외한국인문학개관」, 『문학사와 문학비평』, 해냄, 1996 ; 홍기삼, 『재일한국인 문학』, 솔, 2003 ; 특집/좌담(참석자 : 리진, 권철, 강상구, 가와무라 미나토, 임헌영), 「한민족문학의 오늘과 내일」, 『한국문학』, 1996년 겨울 ; 특별게재, 「세계 속의 한국문학과 문학인」(1996 문학의 해 기념－'한민족 문학인대회 심포지엄' 발제문) 『한국문학』 1996년 겨울 ; 특집, 「세계 속의 한국문학」, 『한국학연구』 10집(1998), 11집(1999).

34) 김형규, 「조선 사람으로서의 자각과 '재일'의 극복」, 『한중인문과학연구』 vol.14, 2005 ; 백로라, 「재일동포 한국어 극문학 연구」, 『한중인문과학연구』 vol.14, 2005 ; 조해옥, 「재일한국인의 분단극복 의식」, 『한중인문과학연구』 vol.14, 2005 ; 임경상, 『조국의 빛발 아래(재일조선 작가 소설집)』, 조선문학 예술총동맹 출판사, 1965 ; 김학렬 외, 『재일동포 한국어문학의 전개양상과 특징연구』, 국학자료원, 2007 ; 이정석, 「재일동포가 창작한 한국어 소설문학 담론의 존재양상」, 『한중인문 과학 연구』 Vol.16, 2005 ; 이정석, 「재일동포가 창작한 한국어 산문문학의 존재양상」, 『한중인문과학연구』 Vol.14, 2005 ; 한승옥, 「재일동포 한국어문학연구 총론(1)」, 『한중인문과학연구』 Vol.14, 2005 ; 허명숙, 「재일한국어소설문학의 최근 동향」, 『한중인문과학연구』 Vol.15, 2005.8 ; 허명숙, 「재일동포한국어시문학의 전개과정」, 『한중인문과학연구』 Vol.14, 2005 ; 이경수, 「재일동포작가 량우직의 장편소설 연구」, 『한중인문과학연구』 Vol.14, 2005 ; 김은영, 「김윤 시 연구」, 『한중인문과학연구』 Vol.15, 2005 ; 윤의섭, 「재일동포 강순 시 연구」, 『한중인문과학연구』 Vol.15, 2005 ; 심원섭, 「재일조선어문학 연구 현황과 금후의 연구방향」, 『현대

회(조총련)의 '재일본조선인문학예술가동맹'(문예동)의 성격으로 인해 북한의 지령적이며 강령적인 성격의 문학으로 언어적인 고뇌까지를 포함한 재일한인 전체의 디아스포라 상황을 형상화하기에는 무리가 따른다고 볼 수 있고 본 연구의 성격과는 다르므로 대상작품에서 제외했다.

해방직후 제1세대 재일한인 작가의 작품에는 한국어가 일본어와는 구별될 수 있도록 片仮名表記(가타가나 표기)로 되어 있다.[35] 외래어, 의성어 의태어 등 본능적이며 순간적인 감탄사들이 한국어로 발화되어 나옴을 알려주고자 하는 의도가 엿보인다. 즉 한국어문화 관련 어휘를 쓸 때 작가별로 두드러진 특징이 나타난다.

현재까지 일본어로 쓴 재일한인의 문학 연구는 지금까지 그들이 정주하고 있는 일본의 문학연구가들이 재일한인 문학을 소수문학으로 연구한 것[36]이 있으며 재일한인 문학연구가들이 동일한 정체성을 인식하면서

문학의 연구』Vol.29, 2006 ; 최종환, 「재일동포한국어시문학의 내적논리와 민족문학적 성격」,『한중인문과학연구』Vol.17, 2006 ; 이정희「재일동포 한국어소설 연구」,『한중인문과학연구』Vol 7, 2006 ; 김형규, 「귀국운동과 '재일의 현실'」,『한중인문학연구』제15집, 2005.8 ; 한승옥 외,『재일동포 한국어문학의 민족문학적 성격 연구』, 국학자료원, 2007. 등의 연구가 이에 해당되며 최근 활발하게 자료를 정리하면서 연구를 진행한 결과물을 출판하고 있다. 박종상, 이은직 편,「재일조선인소설」,『해외동포문학』1, 2, 3, 해토, 2005.
재일한인의 한국어문학을 대상으로 한 연구가 최근 다양한 형태로 나오고 있다. 한국어로 된 재일한인 문학은 모국어로 창작하려는 재일한인의 노력을 포용한 의미가 있으나 북한 문예의 강령을 준수하고자 하는 의무로서 작품세계가 제한되고 있다. 또한 민족주의 문예이론을 엄수하는 태도로 재일한인이 디아스포라 상황에서 다양하게 변주해내는 의식의 부침을 서사로 풀어내지 못한다는 한계가 전제되어 있다. 그러나 이 연구는 재일한인의 소수자로서의 특성을 밝히는 한 경향이므로 연구의 의의가 획득된다. 이에 대한 연구는 숭실대학교 국학자료원에서 나온『재일동포 한국어 문학의 민족문학적 성격』,『재일동포 한국어문학의 전개 양상과 특징』으로 2007년 출간되었다.

35) 조강희, 「해방직후 재일한인 작가의 언어생활」,『일어일문학』제36집, 2007, 68~73쪽.

연구한 것[37])이 있다. 한국의 연구들은 언어적 접근의 용이성으로 인해 일본어문학 연구가들이 재일한인의 작품을 연구하여 왔다.[38]) 한국문학계는 대체로 속문주의를 고수하면서 재일한인의 문학작품에 접근하기를 주저해 온 것이 사실이다. 작가군의 특이성과 언어의 경계성으로 인해 재일한인의 문학은 그 존재성의 정의며 위치 등에 대한 자리매김마저도 정리되기가 어려웠기 때문이다. 작품에 대한 연구에 앞서 작가군 명명에 대한 정의를 내리는 데에도 많은 논의가 있어 왔으며 앞서 언급한 바와 같이 현재에 이르기까지 통일된 명칭이 없는 점만 보아도 '재일한인'문학작품의 연구는 난제라는 것이 입증된다.

정주지의 연구자들, 그리고 정주지의 동일한 소수로서의 재일한인 연구자들, 그리고 모국에서의 일본어문학 연구자들은 각자의 입장과 시각에서 재일한인들의 문학을 살펴보고 있다. 그러나 한국문학 연구자의 입장에서 재일한인의 문학에 접근하는 연구가 시작하여야 한다고 보며 이때의 연구

---

36) 이소가이 지로(磯貝治良) 편, 『在日文學全集』, 逸誠出版, 2006 ; 나카무라 후쿠지(中村福治), 『김석범의 <화산도> 읽기 - 제주 4·3항쟁과 재일한국인문학』, 삼인, 2001 ; 하야시 고지(林浩治), 『在日朝鮮人 日本語 文學論』, 新刊社, 1991 ; 하야시 고지(林浩治), 『戰後 在日朝鮮人 文學史』, 『戰後 非日文學論』, 新刊社, 東京, 1997 ; 호테이 토시히로(布袋敏博), 「해방 후 재일한국인문학의 형성과 전개 - 1945년~60년대 초를 중심으로」, 『인문논총』, 제47집, 2002.8 ; 가와무라 미나토(川村湊), 『전후문학을 묻는다. - 그 체험과 이념 -』, 유숙자 옮김, 한림신서, 소화, 2005. 가와무라 미나토는 '재일조선인(코리언)이 일본어로 민족적 아이덴티티의 위기 속에서 그들의 고뇌와 저항을 표현한 문학'이라고 정의를 내리고 있다.(179쪽 참조.)

37) 재일 문예평론가이자 철학자로서 竹田靑嗣(다케다 세이지, 한국명은 姜修次이다.), 「(在日)という根據 : 李恢成·金石範·金鶴泳」, 國文社, 1983 ; 안우식(安宇植), 「재일한국인문학」, 『일본문학사』 제14편, 岩波書店, 1997 ; 임전혜 (任展慧), 『在日朝鮮人文學』, 伊藤亞人 外 編, 『朝鮮を知る事典』, 平凡社, 1986 ; 任展慧, 『日本における朝鮮人の文學の歷史 - 1945年まで』, 法政大學校 出版局(박사학위논문), 1994 등은 8·15 해방 이전의 재일한인의 문학을 대상으로 연구했다.

38) 일본어문학과에서 연구한 논문으로 이한창, 김학동의 논문이 대표적이다.

는 지금까지의 부분적 연구를 보완해 줄 수 있도록 종합적인 연구가 되어야 할 것이다. 이러한 문제의식을 가지고 연구를 원활히 하기 위하여 최근 학계에서는 재일한인의 일본어 글쓰기 작품을 번역, 정리하여 자료로 집성해 내고 있다.[39]

지금까지 재일한인 문학에 대한 연구는 그 문학적 성격을 규명하기에 앞서 작가군의 정체성, 즉 재일한인의 존재의 의미를 밝히는 연구[40]가 우선적으로 진행되었다. 기존의 정체성 연구들은 세대별로 작가와 작품에 집중하여 연속적으로 진행되는 과정적 변화를 간과함으로써 전체 재일한인 작가의 성격을 규명하기에 미흡함이 있었다.

재일한인의 문학 활동에 대한 연구는 대체적으로 문학 활동에 대한 역사적인 배경을 중심으로 개괄적으로 소개되는 방식으로 진행되었다.[41]

---

39) 이소가이 지로(磯貝治良) 편,『在日文學全集』, 逸誠出版, 2006 ; 이한창,『재일동포 작가 단편선』, 역사와 전망, 小花, 2000 ; 양석일 외,『재일동포작가 단편선』, 한림신서 일본학 총서, 소화, 2005.

40) 강재언,『재일한국 조선인 — 역사와 전망』, 소화, 2005 ; 김일태,「재일한국인의 민족적 귀속의식 연구」, 연세대 석사학위논문, 1987 ; 김종회,『한민족문화권의 문학』2, 새미, 2006 ; 김태영,『저항과 극복의 갈림길에서』, 지식산업사, 2005 ; 문혜원,「재일동포문학의 정치적 이념 갈등 연구」, 전북대 석사학위논문, 2004 ; 문지영,「재일동포작가들의 작품에 나타난 정체성 연구」, 신라대 석사학위논문, 2007 ; 송기찬,「민족교육과 재일동포 젊은 세대의 아이덴티티」, 한양대 석사학위논문, 1998 ; 박현선,「재일동포의 국가 및 민족정체성과 현실인식」,『한중인문과학연구』Vol.17, 2006 ; 조현미,「일본인의 대한인식과 재일동포의 아이덴티티」,『일본어문학』 Vol.23, no.1, 2003 ; 緒方義廣(Ohgata Yoshihiro),「<자이니치>의 기원과 정체성」, 연세대 석사학위논문, 2006 ; 이현영,「주체성변용과 새로운 가능성」, 목포대 석사학위논문, 2008 ; 北村桂子(Kitamura Keiko),「자서전을 통한 자이니찌의 정체성에 관한 연구」, 서울대 석사학위논문, 2006 ; 나지혜,「일본영상매체를 통한 재일한국인의 재현 연구 : 영화 <박치기>와 TV드라마 <동경만경>을 중심으로」, 고려대 석사학위논문, 2008.

41) 양왕용,『일제강점기 재일한국인의 문학활동과 문학의식 연구』, 부산대학교 출판부, 1998 ; 오양호,「세계화시대와 한민족 문학연구의 지평확대」,『한민족어문학』 Vol.35, 1999 ; 이재봉,「재일한인문학의 존재방식 — 화산도」,『한국문학논총』제32

이러한 일반적인 연구 방식에 대한 반성으로 작가와 작품[42]을 중심으로

집, 2002.12 ; 이한창, 「재일동포조직이 동포문학에 끼친 영향」, 『일본어문학』 Vol.8, 2000 ; 이한창, 「민족문학으로서의 재일동포문학연구」, 『일본어문학』 Vol.3, 1997 ; 이한창, 『재일동포문학의 역사와 그 연구현황』, 『일본학연구』 Vol.17, 2005 ; 이한창, 『재일동포문학에 나타난 부자간의 갈등과 화해』, 『일어일문학연구』, Vol.60, no.2, 2007 ; 이한창, 「재일동포문학을 통해서 본 일본문학」, 『일어일문학연구』 Vol.39, 2001 ; 任展慧, 『日本における朝鮮人の文學の歷史－1945年まで』, 法政大學校 出版局(박사학위논문), 1994.

42) 김석범, 「화산도에 대하여」, 『실천문학』 1988년 가을 ; 김학동, 「민족문학으로서의 재일조선인문학－김사량, 김달수, 김석범」, 충남대 박사학위논문, 2007 ; 김혜진, 「이양지 작품 속에 나타난 갈등과 모국체험」, 전북대 일어교육과 석사학위논문, 2004 ; 箕輪美子(Minowa Yoshiko), 「在日朝鮮人文學における苦惱の形－金鶴泳の凍える口」, 경희대 석사학위논문, 1993 ; 김정희, 「재일한국인의 문학과 현실－김석범」, 강원대 일본학과 석사학위논문, 2008 ; 강혜림, 「재일신세대문학의 탈민족적 글쓰기에 관한 연구－유미리, 현월, 가네시로」, 동국대 석사학위논문, 2006 ; 김정희, 「재일한국인의 문학과 현실－김석범」, 강원대 석사학위논문, 2008 ; 김총령, 『재일동포 문학의 세계－해방 후의 소설을 중심으로』, 교포정책자료 31, 해외교포문제연구소, 1989.10 ; 김환기, 「김달수 문학의 민족적 글쓰기」, 『일본어문학』 제29집, 일본어문학회, 2005.5 ; 朴正伊, 『在日韓國朝鮮人文學における在日性 : 金達壽, 李恢成, 柳美里を中心に』, 神戶女子大學 博士學位論文, 2003 ; 나카무라 후쿠지, 『김석범의 <화산도> 읽기－제주 4·3항쟁과 재일한국인문학』, 삼인, 2001 ; 박종희, 「이양지 문학의 경계성과 가능성」, 숙명여대 일본학과 석사학위논문, 2005 ; 박유하, 「재일문학의 장소와 교포 작가의 조선표상」, 『일본학』, 동국대학교 일본학연구소, 2003 ; 박정이, 「金鶴泳 문학에 있어 '정체를 알 수 없는' 표현의 의미」, 『일본어문학』 제34집, 2007 ; 박정이, 「金鶴泳の'自殺'原因をめぐって」, 『일본어문학』 제41집, 2008 ; 변화영, 「재일한국인 유미리 소설연구」, 『한국문학논총』 제45집, 2007.4 ; 변화영, 「유미리 '기억의 서사교육적 함의'－8월의 저편」, 『한민족문제연구』 제1호(2006년 12월), 2006 ; 서해란, 「가네시로 가즈키(金城一紀)문학연구－GO의 대중성을 중심으로」, 동국대학교 일어교육전공 석사학위논문, 2009 ; 송하춘, 「재일한인소설의 민족주체성에 관한 연구－이회성의 소설을 중심으로」, 『한민족어문학』 제38집, 한민족어문학회, 2001.6 ; 심애니, 「재일교포 소설문학 연구－한국문학사적 수용을 위한 시론」, 중앙대 석사학위논문, 1990.12 ; 太田厚志(OhOhta kousi), 「이회성 문학의 특징」, 『논문집』 vol.16, 2002 ; 유숙자, 「1945년 이후 재일한국인 소설에 나타난 민족적 정체성 연구」, 고려대학교 박사학위논문, 1998(1세대－김달수/김석범, 2세대－이회성/김학영, 3세대－이양지 유미리) ; 유은숙, 「이회성의 '다듬이질 하는 여인' 연구－재일교포작가로서의 특수성을 중심

하는 연구가 지금까지 진행되어 오고 있으나 이러한 연구들은 작품을 면밀히 검토하지 못하고 소개 차원에 머무르고 있는 것이 대부분이다.

학위논문을 중심으로 연구의 성과를 살펴보면 이한창은 『재일교포문학의 작품 성향연구—정치의식 변화를 중심으로』라는 논문을 통해서 본격적으로 전체적인 재일한인 문학을 대상으로 연구하였다. 다양한 작가를 한 개의 틀로 묶는 것은 일반화의 오류를 범할 수 있는 소지가 있음에도 불구하고 이러한 시도는 재일작가들의 성격을 규명해 줄 수 있다는 점에서 유의미하다. 이한창의 연구는 재일한인의 정치의식의 변화에 초점을 맞추

으로」, 한남대학교 일어교육석사학위논문, 2002 ; 이한창, 「재일교포문학의 작품 성향 연구—정치의식 변화를 중심으로」, 중앙대학교 박사학위논문, 1996 ; 장사선, 「재일한민족 문학에 나타난 내셔널리즘」, 『한국현대문학연구』 Vol.21, 2007 ; 장사선, 「재일한민족 소설에 나타난 가족의 의미 연구」, 『한국현대문학연구』 Vol.23, 2007.12(이회성 작품 중심) ; 장사선, 김겸향, 「이회성 초기 소설에 나타난 원형적 욕망의 양상」, 『한국현대문학연구』 Vol.20, 2008 ; 장사선, 지명현, 「재일한민족 문학과 죽음 의식」, 『한국현대문학연구』 Vol.27, 2009.4 ; 조경화, 「문학과 영화에 나타난 '피와 뼈'의 변주」, 건국대학교 일어교육 석사학위논문, 2006 ; 양명심, 「이회성 초기 작품에 나타난 '정체성'에 관한 연구」, 건국대 석사학위논문, 2003 ; 임헌영, 「재일동포문학에 나타난 한국여성의 초상」, 『한국문학연구』 Vol.19, 1997 (이회성) ; 와타나베 나오키(渡辺直紀), 「관계의 불안 속에서 헤매는 <삶>—이양지 소설의 작품 세계」, 『일본연구』 제6집, 2006 ; 유숙자, 「이양지의 소설 「각(刻)」에 나타난 在日性 연구」, 『일본어문학』 제6집, 1998 ; 오은영, 「김석범の作品に表れる矛盾について」, 『일본어문학』 제38집, 2008 ; 전영은, 「가네시로 가즈키(金城一紀)의 <GO>론—가벼움과 마이너리티를 중심으로」, 건국대학교 교육대학원 일어교육전공 석사학위논문, 2008.2 ; 정수원, 「재일한국인문학작품을 통해 본 재일한인의 일상적 고민과 대처방법」, 『일어일문학』 제29집, 대한일어일문학회, 2006.2 ; 최승희, 「이양지 문학 연구」, 신라대 석사학위논문, 2005 ; 최효선, 『재일동포 문학연구 : 1세 작가 김달수의 문학과 생애』, 문예림, 2002 ; 추석민, 「김달수의 문학과 생애—창작활동을 중심으로」, 『일본어문학』 제29집, 2005 ; 추석민, 「김사량과 김달수 문학 비교」, 『일본어문학』 제27집, 2005 ; 이한창, 「'광조곡'을 통해 본 양석일의 문학세계」, 『일본학보』 Vol.45, no.1, 2000 ; 이한창, 「체제와 가치에 도전한 양석일의 작품세계」, 『일본어문학』 Vol.13, 2002 ; 정은경, 『디아스포라문학—추방된 자, 어떻게 운명의 주인공이 되는가』, 이룸, 2007(현월, 유미리, 가네시로 가즈키, 이양지, 양석일 외 재외한인 작품 분석).

어 작품의 문학적 분석에 한계가 있는 것으로 보인다. 그러나 어느 쪽의 학계에서도 다루지 않았던 재일한인의 문학을 다루기 시작하였고 재일한인에 대한 일본문학계의 평가를 소개하고 종합 정리함으로써 한국문학계에서 이를 연구해야 할 지점을 제시한 것만으로도 큰 의의가 있다고 볼 수 있다. 그러나 한편 재일한인 문학의 시점을 1800년대까지 소급하고 있어 논란을 일으키기도 했다.[43]

재일한인의 일본어문학 연구로 대표적인 유숙자의 논문[44]은 기존 일본문학계의 검토에서 재일문학을 두 언어 사이의 긴장관계로만 바라보고 도출한 결론[45]에 대해 재일한인 문학은 두 언어와의 갈등과 위화감으로만 설명될 수 없으며 재일한인이 일본사회에서 겪는 외적 차별과 내적 정체성을 스스로 모색하고 있는 한 재일한인 문학 고유의 독자성은 존속될 것이라고 말한다. 즉 역으로 차별이 존재하는 한 재일한인 문학은 존재한다는 것으로 차별과 배제가 재일한인의 디아스포라성의 독자성을 획득하는 요건으로 작용한다고 보았다. 이는 재일외국인 문학과도 구별되는 것[46]인데 재일외국인이나 소수자의 문학은 이방인, 유학생, 여행자로서 사회

---

43) 홍기삼은 이러한 이한창의 논의를 비판하면서, '재일동포 또는 재외동포문학'이란 어떤 형태로든 한국인의 한국인으로서 뿌리를 가진 채 외국으로 이주해 살면서 그 곳에서 창작한 문학작품이라고 정리하였다. 홍기삼 편, 「재일한국인문학론」, 『재일한국인 문학』, 솔, 2001.

44) 유숙자, 『재일한국인 문학연구』, 월인, 2000.

45) 유숙자, 위의 책, 16쪽, 가와무라(川村)의 논의.

46) 유숙자, 위의 책, 16~17쪽. "오키나와 문학이나 아이누 문학은 일본 내의 지역적 소외나 차별문제와 관련된 것이므로, 민족적 정체성이라는 문제를 지닌 재일문학과는 그 성격을 달리하는 것이다. 재일문학은 재일외국인이 외국어로 습득한 일본어로 쓴 작품과도 확연히 구분된다. 재일외국인 작품은 외국에서 온 이방인(유학생 혹은 여행자)의 시선으로 일본인, 문화, 사회를 바라보고 있다. 따라서 이들은 원하면 언제든지 일본을 떠날 수 있다는 점에서, 삶의 뿌리와 존재의 기반을 일본에 두고 있는 재일한국인들과는 근본적으로 차이가 있다. 당연히 재일문학이 담고 있는 문제의식과도 구별되는 것이다."

내에 개입하지 않는 경계 밖의 시선으로 일본사회와 문화를 거리를 유지하여 관찰할 수 있는 여유가 재일동포문학에는 없다는 점에 착안한 것이다. 재일한인 문학은 삶의 뿌리와 존재기반을 일본이라는 사회에 두고 있으면서도 일본인에 의해서도 또 자신들이 먼저 그 배제를 의식하고 다른 존재방식을 모색한다는 점에서 다른 외국인 문학과 차별성을 획득한다는 결론을 도출하였다. 유숙자는 지금까지의 연구가 김사량, 장혁주에 편중되어 있고 광복 이후 재일한인 문학에 대한 연구가 부족한 것을 지적하고 이러한 선행연구를 보완하기 위해 연구 대상 시기를 해방이후[47]로 설정하고 1세대에서 3세대로 이어지는 재일한인 문학의 통사적 연구와 더불어 재일한인 문학의 핵심문제인 정체성의 변화양상을 살펴보고자 했다. 따라서 이 책은 특히 2, 3세대 작가군을 다루었고 재일한인 문학의 근간을 통시적으로 살펴보았다는 데에 의의가 있다.[48]

김학동의 학위논문[49]에서는 일본문단에서 통용되는 '재일조선인 문학'이라는 명칭을 사용하여 일본문학계[50]의 개념과 세대구분을 수용하고 있다. 작가의 원체험과 작품세계의 관련성을 작품의 면밀한 분석으로 도출해내는 성과를 이루었으나, 김사량과 김달수, 김석범 등 민족문학으로서의

---

47) 移住조선인이라는 호칭이 재일조선인으로 바뀐 것 자체가 1945년 일본패전 후의 일이므로 이 연구는 재일한국인에 대한 연구는 광복 이후 작가에게 집중되어야 할 당위성을 가진다.(安宇植, 「在日朝鮮人の文學」, 『日本文學史』14卷, 20世紀の文學 3, 岩波書店, 1997, 141쪽 ; 유숙자, 『재일한국인문학연구』, 25쪽에서 재인용.)

48) 유숙자의 논문에서는 1세대로 김달수의 『후예의 거리』·『박달의 재판』, 김석범의 『까마귀의 죽음』·『만덕유령기담』, 2세대로 이회성의 『다듬이질 하는 여인』·『백년 동안의 나그네』, 김학영의 『얼어붙은 입』·『錯迷』, 3세대 작가로는 이양지의 『나비타령』·『유희』, 유미리의 『돌에 헤엄치는 물고기』·『가족시네마』 등을 분석대상으로 하고 있다.

49) 김학동, 「민족문학으로서의 재일조선인문학 - 김사량, 김달수, 김석범」, 충남대 일어일문학 박사학위논문, 2007.

50) 본 장 주36), 37) 참조.

가치를 재일한인 1세대에 국한하여 평가하고 있다. 김학동의 연구는 재일한인 문학의 초기부분에만 집중하고 있어 급속하게 변모하고 있는 세대 변화의 과정적 추이를 살펴보기에 아쉬운 점이 있다. 그러나 일본문단계의 평가를 자세하게 제시하고 있고 평가 자료를 충실하게 검토하고 정리해 놓았다. 또한 김사량과 김달수의 관계를 살펴보면서 해방 후의 재일한인 1세대의 발생을 더욱 상세하게 설명해냄으로써 다음 세대와의 변별적 차이를 확연히 구분지을 수 있는 이론적 토대를 확립하였다.

최근 수많은 단행본과 연구자들의 공동작업으로 재일한인 문학은 물론 재외한인문학은 그 연구대상이 확대되고 논의 또한 확장되고 있다.[51] 이 중에서도 특히 정은경은 디아스포라 문학의 가능성을 살펴보기 위해, 자신의 민족적 정체성의 기원은 물론, 이산의 원인 혹은 동기로부터도 소외된, '진정한 의미'에서의 디아스포라로 살아내고 있는 존재로 1.5세대 이후 세대에 주목하면서 재미한인과 재일한인 작가를 대상으로 문학을 살펴보고 있다.[52] 이를 통해 한민족이라는 정체성을 확인하는 것이 목적이 아니라 '한국인이 <바깥>에서 경험하게 되는 <타자성>과 동시에 이를 통해 타자화되는 <나> 혹은 <우리>의 이질성'을 이방인의 의식으로

---

51) 근대의 연구가 심도 깊게 진행되어 오면서 일본어 소설과 일본어로 된 작품에 대한 접근이 활발하게 진행됨과 아울러 '재일한인 문학'에 대한 연구도 그 접근성의 허용에 대해 객관적으로도 용인되는 분위기가 조성되고 있다. 이보다 한층 더 나아가 '재일한인 문학'은 한민족 문화권에서 당연히 포함시켜야 할 부분으로 인정하여 한국문학의 범위를 확장해 줄 수 있는 가치를 지닌 문학으로서 그 자리매김에 대하여 우호적인 태도로 연구를 시도하고자 하는 연구계의 경향도 발견되고 있다.
이러한 경향을 토대로 하여 결과화된 '재일동포문학'에 대한 연구 중에서 주목할 만한 것은 전북대학교의『재일 동포문학과 디아스포라』이다. 한림대학교, 숭실대학교, 동국대학교, 전북대학교에서도 연속적으로 논문을 종합하여 출간하고 있다.

52) 정은경,『디아스포라문학－추방된 자, 어떻게 운명의 주인공이 되는가』, 이룸, 2007, 17~18쪽 참조.

바라보게 되는 이산의 경험성이 목적이라고 말하고 있다. 이 목적의식은 확대된 이산의식이며 오늘날 경계를 초월해 전지구적으로 확산되고 있는 초국가적 초경계적 의식으로서의 디아스포라의 정체성을 스스로 체험하고자 하는 것이라고 정리한다.

홍기삼은『재외한국인 문학』에서 중국, 러시아, 미주지역의 재외한인을 다루면서 재일한인 문학에 대한 전체적인 윤곽을 짚고 있으나 개관적으로 소개하여 전체적인 경향을 소개하여 앞으로의 연구지점을 짚어서 앞으로의 연구가 심화될 수 있는 가능성을 확립하고 있으나 심층적인 논의로 모이지 못하고 있는데 이는 대부분의 재일한인 문학 연구가 소논문을 엮어 출판되고 있는 것에 기인한다. 전체의 방대한 자료에 그 원인이 있으나 앞으로 많은 학위논문이 나와서 문학작품의 구체적인 분석과 함께 통시적으로도 통일된 연구자의 시각으로 정리될 필요가 있다고 본다.

최근 재일한인 문학에 대한 연구는 개관적인 작품과 작가 소개를 넘어 작품에 대한 구체적이면서도 분석적인 작업으로 진행되어 가고 있다. 재일한인의 '디아스포라 주체'의 개념을 빌어 작품과 작가의식을 더욱 면밀히 보고자 하는 연구가 생산되기 시작하고 있다.[53] 재일한인은 식민지배로

---

53) 강영숙, 「디아스포라, 민족 정체성 그리고 문학, <대담-이회성>」,『현대문학』 제53권 12호, 통권 636호, 2007.12 ; 강진구, 「탈식민, 역사, 디아스포라」,『한국문학의 쟁점들』, 제이앤씨, 2007 ; 강진구, 「제국을 향한 모델 마이너리티의 자기고백」,『현대문학의 연구』vol.29, 2006 ; 고화정, 「이질적 타자, 재일조선인의 초상」,『황해문화』, 2007 겨울 ; 고부응, 「디아스포라의 전개과정과 현재적 의미」,『대산문화』제18호, 2005 겨울 ; 공종구, 「강요된 디아스포라」,『한국문학이론과 비평』, 한국문학이론과 비평학회, 2006 ; 김명혜, 「디아스포라 여성의 자아정체성 재창조 과정」,『커뮤니케이션학 연구』, 2007 ; 김부자, 「Haruko-재일여성, 디아스포라, 젠더」,『황해문화』통권 57호, 새얼문화재단, 2007 겨울 ; 김종회, 「재외동포 문학의 어제, 오늘, 내일」,『어문연구』vol.32, no.4, 2004 ; 김희숙, 「재일인의 현실인식」,『한국문예비평』, 한국문예비평학회, 2008 ; 김환기, 「재일디아스포라 문학의 형성과 분화」,『한국일본학회』제74집 1권, 2008.2 ; 김환기, 「재일디아스포라 문학의 '혼종성'」,『일본학보』vol.78, 2009 ; 김환기 편,『재일디아스포라문학』,

인한 타자화의 경험에서 해방될 것이라고 믿던 시대인 1945년 이후에도
지속적인 타자화를 현재적으로 경험하며 살고 있기 때문이다. 이는 타자화
의 역사를 경험하고 있는 문제적 현재를 살아가고 있는 '디아스포라 주체'로
서 '재일한인'들에 대해서의 실존적 상황에서의 연구가 필요하다는 인식에
서 비롯된 것이라 하겠다.

'디아스포라'라는 삶의 조건은 그들의 정신세계와 그들의 문학 형식에
어떤 특정한 방향성을 부여한다. 자발적이든 역사의 강요에 의한 것이든
자신의 땅에서 추방당한 망명객은 자신의 정체성에 대해서 언제나 불안해
하기 때문에 타국에서 차별과 멸시를 당하며 잃어버린 고향을 찾으려
하며 고향에서 멀어질수록 고향에 집착한다. 이들을 이해하기 위해서는
조국에서도 타자인 이들의 의식이 어떠했는가를 살펴보아야 한다. 이를
규명하는 데에 이주의 개념인 디아스포라의 개념과 의식에 착안한 연구는
그 해답을 찾는 데에 유효할 것이다.

새미, 2006 ; 김혜연, 「김석범의 <까마귀의 죽음>의 인물형과 디아스포라 역사의
식연구」, 『국제 한인문학연구』 제4호, 2007 ; 박광현, 「재일문학의 2세대론을
넘어서」, 『일어일문학연구』 제53집 2권, 2005.5 ; 신명직, 『재일코리안 3색의 경계
를 넘어』, 고즈윈, 2007 ; 변화영, 「문학교육과 디아스포라」, 『한국문학이론과
비평』, 한국문학이론과 비평학회, 2006 ; 윤인진, 「코리안 디아스포라」, 『한국사회
학』 Vol.37, no.4, 2003 ; 윤인진, 「디아스포라를 어떻게 볼 것인가」, 『문학판』
통권 18호, 2006 봄 ; 윤인진, 『코리안 디아스포라』, 고려대, 2004 ; 윤정현, 「한인소
설에 나타난 이주민의 정체성」, 『한국현대문예비평』, 한국현대문예비평학회,
2006 ; 이연숙, 「디아스포라와 국문학」, 『민족문학사연구』 제19호, 2001.12 ; 이정
석, 「재일조선인 한글문학 속의 민족과 국가」, 『현대소설연구』 제24호, 2007.6 ; 최
강민 편, 『타자·마이너리티·디아스포라』, 여름언덕, 2007 ; 장미영, 「제의적 정체
성과 디아스포라 문학」, 『한국언어학회』 Vol.68, 2009 ; 전북대학교 편, 『재일동포
문학과 디아스포라』 1~3, 전북대학교 출판부, 2008 ; 정은경, 『디아스포라문학—
추방된 자, 어떻게 운명의 주인공이 되는가』, 이룸, 2007 ; 천관희, 「한일디아스포
라」, 『한국동북아논총』 vol.47, 2008 ; 황은덕, 「탈국가, 코리안 디아스포라」, 『작가
와 사회』 제30호, 2008 봄. 이상의 논문들은 디아스포라와의 상관관계로서 재일한
인과의 관계에서 서술하고 있는 내용의 논문으로 제한하였다.

디아스포라로서 '재일한인 문학'을 읽어보는 것[54]은 재일한인 문학이 발생하게 된 상황의 맥락을 함께 고려하여 읽게 해 줄 수 있는 총체적 시각을 확보할 수 있도록 해줄 뿐만 아니라 재외한인과의 정체성을 관통하는 디아스포라 개념으로 하여 공통된 시각으로서 보았을 때에 변별화되는 '재일한인'만의 특징적인 문학세계가 차이를 함축한 서사로 해석될 가능성이 열릴 것이기 때문이다. 이 연구를 통해 전술한 바대로 정체성이 모호한 '재일한인'이 타자에 대응해나가면서 자기를 인식하는 방법으로 글쓰기를 수행하는 양상을 확인할 수 있을 것이다. '재일한인'의 정체성과 의식을 살펴보기 위해서는 그 존재적 근원을 이루는 상황이 전제된 해방이후의 재일한인의 문학을 전 세대에 걸쳐 통시적으로 더욱 연구해야 한다. 공통적인 내용을 다루면서도 이를 형상화하는 방식상의 차이나 이러한 차이를 낳는 심리적 미학적 차이를 검토하는 것이 바람직할 것이기 때문이다.

이 책에서는 기존 연구의 성과를 참조하면서 특히 재일한인 작가의 글쓰기의 과정과 형식의 변화양상이 주체를 구성하는 것과의 상관관계 속에서 읽혀져야 한다는 것에 초점을 맞추어 논의를 진행하고자 한다. 그리고 재일한인 작가의 내면을 형성하고 있는 데에 디아스포라의 상황적 조건이 전체적으로 개입하고 있음을 고찰하고 디아스포라의 전제적 상황인

---

54) "재일조선인문학에 대해 생각할 때에는 이러한 조선민족의 이산상태, 민족 디아스포라의 상황을 생각하지 않을 수 없다."(가와무라 미나토(川村湊), 「분단에서 이산으로－재일조선인문학의 행로」, 『재일동포문학과 디아스포라』, 전북대학교 재일동포연구소편, 제이앤씨, 2009, 10쪽.)
"조선민족이 20세기에 가지고 있던 것은, 민족 디아스포라라는 확실한 '이산'의 경험이었다. 하지만 이 '이산'이라는 말은 '분단'이라는 단어가 가진, 피가 흐르는 것 같은 '하나'를 향한 희구성은 없다. (중략) 그러한 디아스포라, 민족 이산의 경험을 '산종'의 가능성으로 바꾸어가는 것이 앞으로 우리들에게 부여된 과제일 것이다. 그것은 언어나 문화, 종교나 이데올로기의 초월을 지향하는 문학이며, 광대한 대지에 흩뿌려진 문학의 보편성이며, 그 인간으로서의 가치를 묻는 일인 것이다."(가와무라 미나토(川村湊), 위의 책, 16~17쪽.)

식민지배로부터 비롯된 것임을 볼 때 이 논의는 탈식민주의적 관점과의 긴밀한 관계 속에서 해명되어야 할 것이다. 이를 통해 궁극적으로 '재일한인 작가의 작품론' 혹은 '재일한인 작가의 정체성 연구'라는 기존의 주된 연구가 통합적으로 해석할 수 있는 가능성이 도출될 것이라고 본다.

1. 디아스포라와 재일한인

'디아스포라'라는 용어는 "이산을 의미하는 그리스어"이자 "팔레스타인 곧 오늘날 이스라엘 지역 바깥으로 흩어진 유대인들이나 유대인 공동체를 총칭한다."[55] 그러나 이 용어는 근대에 이르러 유대인만을 지칭하는 용어가 아닌 근대성과 제국주의로 말미암아 발생한 거대한 이주현상과 유민을 포함하는 용어가 된다. 이 용어는 탈식민주의 연구 속에서 고향에서 쫓겨난 망명자, 난민, 이민, 외국인 노동자의 경험을 의미하게 되면서 더욱 주목을 받게 된다.[56]

'디아스포라'는 최근 여러 작품 성향의 연구에 있어 그리 낯선 단어는 아니다. '디아스포라'를 정의하고 있는 여러 학자들 중에서 샤프란은 1) 특정한 기원지로부터 외국의 주변적인 장소로의 이동, 2) 모국에 대한 집합적인 기억, 3) 거주국 사회에서 수용될 수 있다는 희망의 포기와 그로 인한 거주국 사회에서의 소외와 격리, 4) 조상의 모국을 후속들이 결국 회귀할 진정하고 이상적인 땅으로 보는 견해, 5) 모국에 대한 정치적 경제적 헌신, 6) 모국과의 지속적인 관계 유지 등 여섯 가지를 디아스포라의 조건으로 규정한다. 그리고 사프란은 이 여섯 가지 조건을 모두 충족해야만 '디아스

---

55) 서경식, 『디아스포라 기행』, 김혜신 역, 돌베개, 2006, 13쪽.
56) 윤인진, 『코리안 디아스포라』, 고려대학교 출판부, 2004, 5쪽 참조.

포라'라고 부를 수 있다고 다소 엄격한 기준을 제시하고 있다.[57]

사프란의 '디아스포라'에 관한 여섯 가지 특징들은 유태인들의 역사에 근거한 일종의 개념이며, 구체적인 디아스포라 집단에 적용할 때, 그 특징들 중 일부만이 적용된다고 볼 수 있다. 근래에는 탈식민지화, 이주의 증가, 세계적 커뮤니케이션, 항공교통의 발전 등으로 과거의 디아스포라는 양상을 달리 하게 되었으며, 또한 디아스포라라는 개념 자체도 보다 폭넓고 유연하게 사용되고 있다.

그 결과로 '디아스포라' 개념을 역사적인 의미로 한정하여 사용하는 사람들이 있는가하면, 이를 보다 광의의 문화적 현상으로 해석하는 경우도 있다. 클리포드 제임스[58]는 디아스포라가 특정 지역이나 특정 집단에 국한된 것이 아니라, 정도의 차이는 있지만, 20세기 후반 거의 모든 사회에 존재한다고 보았다. 국민국가적 틀 안, 고향 땅에서 나와 타향에서 살면서, 배제를 경험하고 있는 집단이 어디에나 있기 때문이다.

그러므로 현재 '디아스포라'의 의미는 협의의 의미가 아닌 어느 '정도'의 개념으로 이해되고 있다.[59]

'디아스포라 집단'은 민족의 내부에서 살기 위해 민족적 시공간의 외부에

---

57) William Safran, "Diasporas in Modern Societies : Myths of Homeland and Return", 『*Diasporas*』 1(1), 1991, 83~84쪽 ; 윤인진, 『코리안 디아스포라』, 고려대학교 출판부, 2004, 5~6쪽에서 참조.

58) Clifford, James, 『*Diasporas*』, Cultural Anthropology 9, 1994, 302~338쪽 참조. 디아스포라라는 용어는 단순히 범민족성(transnationality)과 이동을 나타내는데 그치지 않고, 역사적인 배제의 맥락에서 지방적인 것의 정의를 둘러싼 정치적 투쟁을 나타내는 기호가 되기도 한다. 오늘날의 디아스포라적 상황은 민족국가나 세계 자본주의의 구조가 낳는 부수현상으로 환원될 수 있는 것이라기보다 일종의 출현적 탈식민주의(emergent postcolonialism)의 자원들을 제공하는 것이라고 클리포드는 말하고 있다.

59) Safran, W., "Diaspora in Modern Societies : Myth of Homeland and Return", 『*Diasporas*』 1(1), 1991 ; 윤인진, 『코리안 디아스포라』, 고려대학교 출판부, 2004, 7쪽.

서 공동체의식과 연대성을 형성하여 정체성을 유지하고 있다. 이들은 현재 거주하는 사회의 정치, 문화, 경제 그리고 일상적 생활영역에서 선택적으로 적응하고 있다.

레이초우는 고향으로부터 타국으로의 이산이라는 존재론적 조건을 '디아스포라 의식'이라고 명명하면서 광의적 의미의 난민 의식을 소개했다. 즉, "주체의 의식 속에 재구성된 식민지 공간이 더 이상 고향으로 기능하지 않음으로서 타향으로 인식될 수밖에 없는 고국에서 주체의 '식민지 디아스포라 의식'이 발현된다."[60]고 보고 있는 것이다.

디아스포라는 해방이후의 식민주의가 은둔의 상태에서 더욱 교묘해진 위장적인 형태로 소수에게 가해진 억압적 상황으로서 더욱 심각해진 상태라고 할 수 있다. 바로 이런 점에서 디아스포라는 탈식민주의의 영역과 밀접한 관련을 갖게 된다. 표면적으로는 더 이상 식민지가 아니지만 문화적, 정신적으로 여전히 식민지가 계속되고 있는 식민지 시대 이후의 문제를 극복하기 위한 비평방식이 탈식민주의이며, 타자의 입장에서 쓴 소설이 탈식민주의 소설이기 때문이다.[61]

탈식민주의는 유색인종이나 소수인종, 식민주의의 지배를 받은 민족을 중심으로 인종 억압이나 식민주의에 대한 비판적 시각을 통해 과거 피식민지의 역사나 문학을 재조명해 보는 이론이다. 빌 애쉬크로프트는 "포스트콜로니얼'이라는 용어는 식민주의 시기로부터 현재에 이르기까지 제국주의적 영향으로부터 자유로울 수 없었던 모든 문화를 포괄하는 통칭적 개념으로 사용된다."[62]고 정의했다. 재일한인의 디아스포라글쓰기를 탈식민주의

---

60) 레이 초우, 『디아스포라의 지식인』, 장수현·김우영 역, 이산, 2005, 33쪽.

61) 권택영, 「탈식민주의와 문화비평」, 『현대시사상』 1996년 봄호, 고려원, 1996, 76~77쪽 참조.

62) 빌 애쉬크로프트 외, 『포스트콜로니얼 문학이론』, 이석호 역, 민음사, 1996, 12쪽.

적 시각에서 봐야 할 이유가 이 지점에 있다. 디아스포라는 식민주의의 유포와 확산으로 인해 발생된 강제적 이동이다. 탈식민주의 이론과 디아스포라의 논의는 밀접한 관련에서 작품의 접근 방식을 제시해주는 것이라 할 수 있다. 탈식민주의 문학은 "제국이 자신을 열등한 노예로 규정하는 모든 식민지적 기제와 맞서 싸우는"[63] 이념적 방법론이므로 투쟁의 글쓰기와 존재해방의 글쓰기로 귀결된다. 그러므로 이런 태도와 시각에서 발생한 디아스포라 인식은 생존의 방법적 투쟁을 마련하는 전략적 글쓰기라고 할 수 있다.

2000년 이후부터 '디아스포라' 개념의 사용이 유행처럼 번지고 있으며 이 개념은 '재외한인'이나 '코리언 디아스포라'라는 보다 넓은 범주와 결부되어 '초국적 도시성', '초국적 정체성', '이주민의 정체성', '노동력과 자본의 이동' 등과 결부되어 쓰이고 있으며 '디아스포라 공간', '디아스포라적 정체성', '디아스포라의 지위' 등의 새 어휘도 대량 양산하였다.[64]

재일한인의 문학은 위에서 언급한 디아스포라의 의식 양상을 감안할 때 '디아스포라 글쓰기'의 가장 전형적인 사례라는 것을 알 수 있다. 즉 특정한 경계, 사이에서 삶을 영유하고 있는 디아스포라적 존재인 '재일한인'에게서 호미 바바가 말하고 있는 혼종의 공간속에서 생존을 위해 변증법적으로 완결된 혼종성이 아닌, 공존하는 혼종성,[65] 무수한 주체의 정체성, 이미지간의 끊임없는 경쟁이나 이질적인 것들의 뒤엉킴과 연계의 양상이 발견되고 있기 때문이다.

'재일한인'은 한국에서부터 집단적인 민족정체성을 가지고 있었다기보

---

63) 최강민, 「탈식민주의와 서구중심주의」, 『탈식민과 디아스포라 문학』, 100쪽 참조.

64) 김경수, 『동아시아의 민족이산과 도시』, 역사비평사, 2004, 17쪽 ; 임유경, 「디아스포라의 정치학－최근 중국-조선족 문학비평을 중심으로」, 『현대문학의 연구』 통권 36호, 한국문학연구학회, 2008. 10, 186~187쪽 참조.

65) 호미 바바, 『문화의 위치』, 나병철 역, 소명출판, 2002, 91~93쪽 참조.

다는 정주지에서 타자와 사회적 관계를 맺는 동시에 배제당하는 자신들이 처한 상황에 따라 정체성을 형성하게 된다.

이 글에서는 일반적 의미의 디아스포라가 아닌 작가와 작품 그리고 시대를 광범위하게 설정한 상황에서 이산의식이라는 의미로 사용되고 있는 이 단어가 좀 더 엄정하게 영역적 의미에서 재고찰되어야 할 필요가 있다는 입장에서 '디아스포라 개념'을 차용한다. 이는 엄밀한 의미에서 디아스포라 문학을 살펴보기 위해서인데, 재외한인의 존재를 규명하기 위해서는 재외한인들이 처해 있는 디아스포라라는 상황을 우선적으로 고려하지 않을 수 없기 때문이며 디아스포라가 발생한 지점에 식민지배의 이데올로기가 전제되어 있음에 대한 점검이 이루어져야 하기 때문이다.

재일한인 연구자 강상중은 『오리엔탈리즘을 넘어서』에서 일본에서 태어나고 자란 재일한인 2세로서 항상 받아오던 차별의 시선에 대해 다음과 같은 질문을 던지지 않을 수 없었다고 말한다.

'왜 내 나라는 식민지로 전락하여 근대화의 낙오자로서 엄청난 희생을 강요받게 되었던 것일까' 하는 물음이다. 물론 이러한 질문의 이면에는 독립을 유지하며 근대화를 이룩하는 데 성공한 일본의 역사에 대해 선망과 반감이 뒤섞인 감정이 자리잡고 있었다. 거기에는 식민지 지배의 '유산'으로서 일본이라는 땅에 살게 된 재일한인의 기댈 곳 없는 초조감 같은 것이 그림자를 드리우고 있었던 것 같다. 민족적인 자기 증명에 굶주리면서 민족 내지 국가와 일체화함으로써 '재일'이라는 괴로운 처지에서 벗어나려고 하고 있던 나에게, 식민지 지배를 받았다는 굴욕적인 역사야말로 우리 모두에게 불행을 가져온 원흉으로 보였던 것이다. 따라서 그 원인을 해명하는 일이 절실한 과제가 될 수밖에 없었다.[66]

---

66) 강상중, 『오리엔탈리즘을 넘어서』, 이경덕·임성모 옮김, 이산, 1997, 5쪽.

또한 '재일한인'의 현실이 디아스포라와 밀접한 관계가 있음을 파악하고
본격적으로 연구하고 있는 '재일조선인' 학자 서경식 또한 「재일조선인이
나아갈 길—에스닉 마이너리티인가? 네이션인가?」[67]라는 글에서 그 자신
재일한인을 선택하지도 않았고 부모의 결정에 의해 '부여된 정체성'에
대해 의문을 제기하면서 부여된 정체성을 수용할 것인가 거부할 것인가의
질문을 할 수밖에 없는 운명에 의문을 제기한다. 그는 '식민지 지배와
민족분단이라는 고난의 민족사가 낳은 이산(디아스포라)'[68]으로 자신의
디아스포라를 규정하고 있다.

'디아스포라의 삶'이 식민 지배로 인한 수난의 삶이며 또한 개인의 의지를
넘어서는 규정력을 가지고 개인의 삶에 영향을 끼친다는 사실에는 이견이
없다. 재일한인의 문학은 샤프란의 디아스포라 조건에 비추어서도 또한
확장된 의미의 광의의 디아스포라의 의미에 비추어 보아도 '디아스포라
문학'의 한 정형으로 볼 수 있다. 재일한인은 이산의 삶을 경험한 소수자이며
이방인으로서 디아스포라의 체험을 여러 가지 형태로 발화하고 있다. 이들
디아스포라 소수자들은 유사성의 체험을 글을 통해 재현함으로써 동일성의
경계로 타자에 대응할 보호막을 설치한다. 재일한인 2세대까지 이 유사성의
체험과 인식은 소수자에게 어느 정도 연대감을 공유하는 효력이 있었다고
보여진다. 이 유사성의 체험은 기억과 기억 속으로 흡입되며[69] 이를 기억하

---

67) 서경식, 「'부여된 정체성에의 질문/수용과 거부'—재일조선인이 나아갈 길—에스닉
　　마이너리티인가? 네이션인가?」, 『창작과 비평』 98 가을호, 통권 102호, 1998.

68) 서경식, 『디아스포라 기행』, 김혜신 역, 돌베개, 2006.

69) 벤야민은 경험을 '살았던 유사성'이라고 정의한다. 그는 기억, 꿈과 깨어남 충격체험,
　　마약체험, 기시감과 같은 신비적인 체험일반에 주목한다. "세계가 긴밀하게 연결될
　　수록 정체성의 긍정은 단순히 의례적인 것으로 끝나지 않게 된다. 사람들의 정념을
　　격세 유전적으로 동원해서 과거의 제국주의나 식민지주의의 기억 속으로 끌어들이
　　려 한다. 뒤엉킨 특별한 경험의 복합적인 역사가 문화의 분리라는 수사 속으로
　　흡입되고 마는 것이다." 발터 벤야민 지음, 「발터 벤야민의 역사철학적 구제비평」,

기나 망각하기의 방법을 통해 전이된다. 이때 요청되는 필수적인 문화적 행동이 기억을 추체험하는 글쓰기이다.

2. 디아스포라 주체의 발현 : 기억과 공간의 글쓰기

'재일한인'은 일본이 조선을 식민지배함으로써 발생한 '강요된 이민, 이산'[70]현상으로 인해 발생하였으며, '폭력적' 이산의 현상을 존재적으로 증거할 소수이다. 재일한인의 디아스포라의식에서 중요한 것은 이동하려고 해도 할 수 없는 그 부동성에 더 큰 억압적 상황이 첨부되어 있다. 강요된 이산으로 인해 이주하였으나 자발적 이주가 보장되지 않음으로 인해 발생되는 많은 불안과 억압적 상황이 글쓰기를 추동하는 원기제로 작동한다. 구별되고 경계지어지는 환경을 체험하며 '디아스포라인'들은 그들만의 기억을 저장한다. '재일한인의 체험과 기억'은 그들의 정체성을 변형 생성시키며 끊임없이 유동적으로 변환시키는 동력이다. '기억이란 인간에 의해 생산되고 축적된 그 어떤 역사적 산물 자체'[71]이기 때문이다.

호미바바는 기억이란 '결코 성찰과 회고의 고요한 행위가 아니며, 고통스러운 재구성이자 현재의 외상에 의미를 부여하기 위해 해체된 과거를 한데 모으는 것'[72]이라고 하였다. '디아스포라적 주체'가 기억에 대응하는 양식에 주목해야 하는 것은 이런 이유에서이다. 과거의 기억을 현재의 작품에서 어떻게 재현해 내고 있는가를 봄으로써 현재와 미래를 관통하는

『역사의 개념에 대하여 외』, 최성만 옮김, 도서출판 길, 2008, 22쪽 참조.

70) 김부자, 「Haruko-재일여성, 디아스포라, 젠더」, 『황해문화』 57호, 2007, 124~125쪽.

71) 최문규, 「문화, 매체, 그리고 기억과 망각」, 『기억과 망각』, 361쪽.

72) 호미바바, 『문화의 위치』, 나병철 역, 소명출판, 2002, 139쪽.

이산자의 의식을 관찰할 수 있기 때문이다.

알라이다 아스만은 사회성원이 기억을 끊임없이 현재화시키는 노력을 '문화적 기억'이라 부른다.[73] 문화적 기억은 한 사회의 대부분의 성원에게 공유된다.[74] 그러나 기억을 수정하고 또 망각하고 싶은 사람도 있게 마련이다. 이러한 기억의 단절과 수정을 극복하려고 하는 노력은 필연적으로 발생하는데 이는 기억이 개인이나 집단의 정체성과 밀접한 관련이 있기 때문이다. 정체성을 유지하기 위해 문화적 기억을 공유하려고 하는 노력은 선행될 수밖에 없다.

그런데 기억은 주체의 노력에 의해 선택적으로 또는 전략적으로 기억을 위장하여 보유된다.[75] 기억 속에 기록되는 것[76]은 관련된 경험 그 자체가

---

73) 알라이다 아스만, 『기억의 공간』, 변학수 외 역, 경북대학교 출판부, 2003, 361쪽.

74) 사회는 이렇게 자신을 유지하기 위해 과거의 기억을 끊임없이 현재화한다. 기념일, 기념식, 기념비등은 시간적 격리로 인한 망각을 극복하고 과거의 기억을 영원히 현재화하려는 제도적 장치다.

75) 프로이트는 이를 '위장기억'이라고 일컬었다. G. Freud, 『*Screen Memories*』, "Standard Edition", Vol.III, 307쪽.
"주체는 자신의 내적 존재 안에 있는 외상적 중핵을 피하기 위해서 그/녀에게 사회적 구조속에서 한자리를 제공해 줄 상징적 질서와의 어떤 동일화 지점을 끊임없이 찾으려고 한다. 그것은 정체성에 대한 약속을 의미하는 것이다. 이러한 시도가 실패할 때 남는 것은 모든 것이 달랐던 어떤 '행복한 과거'에 대한 기억이다. 이 기억의 논리는 무엇인가? (중략) 주체가 어떻게 자신이 기억하고 싶지 않은 어떤 것을 덮기 위해서 전혀 무관한 어떤 기억을 산출하는가를 보여주었다. 그리하여 중요한 것은 억제된 상태로 남게 되며 중요하지 않은 것은 주체의 기억 속에 보유된다." 레나타 살레클 지음, 『사랑과 증오의 도착들』, 이성민 옮김, 도서출판b, 141~142쪽.

76) "기억된 과거는 우리가 역사라 명명하는 냉담한 전문지식의 과거와는 동일시될 수 없다. 그것은 정체성 확보의 문제이자 현실의 해석이며, 가치의 정당화로 연결된다. 이와 같이 기억에 대한 문제는 정치적 동기화, 민족적 정체성 형성이라는 주제로까지 이어진다. 우리는 여기에 정체성을 확립하고 역사를 만들며 공동체를 형성하는 원형질을 보고 있는 셈이다. 기억술 즉, 어떻게 기억을 할 것이며 얼마나 기억을 할 것인가 하는 문제를 다루는 문화적 기억 연구는 행위와 자기 해석의

아니다. 기록되는 것은 반대할만한 요소와 긴밀하게 연합되어 있는 또 다른 심적 요소의 발현이다. 그리고 기록할 때 재생 가능한 기억이미지를 확립함으로써 중요한 인상들을 고착시키고자 하는 원칙이 개입한다. 원래의 사건에 의해 정당화되었을 기억 대신에, 그 기억으로부터 어느 정도로 연상적으로 전위된(displaced) 기억이 생산되는 것이다.

기억이 현재의 조건들 속에서 재구성되고 변형되거나 조작, 왜곡될 수 있는 것이 사실이지만, 다른 한편으론 육체에 새겨진 글과 외상이 과거의 기억을 고정시키고 확인시키기도 한다. 알라이다 아스만은 언어를 비롯하여 격정과 상징 그리고 트라우마 등의 것을 육체를 매개로 하는 '기억의 고정 장치'로 명명한다.77) 다수의 '디아스포라 작가'들은 자신의 서사에서 기억을 도구화한다.78)

'재일한인'이라는 집단적 표상으로 존재하는 주체가 자신들의 특수한 기억을 사회 외부에서 재현할 때 그들의 '집단 기억'79)에 대한 재현에는 인위적인 개인의 기억이 개입된다.80) 이들의 기억은 개인의 특수한 기억으

원동력인 기억이 가지는 편견의 문제에 봉착하게 된다. 그것은 상상의 역사를 쓰는데 일조한다." 알라이다 아스만, 앞의 책, 104~105쪽.

77) 박은주, 「기억과 망각의 역설적 결합으로서의 글쓰기」, 『뷔히너와 현대문학』 제21호, 2003. 11 참조.

78) 정치적인 망명으로 고국으로 귀환할 수 없는 작가 살만 루시디는 "나와 내가 서술하려는 대상 사이에는 흘러간 시간과 이민이라는 이중의 차단막이 놓여 있었다. (중략) 나의 일은 더 이상 잃어버린 시간을 찾는 것이 아니었다. 이제 나는 우리가 현재의 욕구를 충족하기 위해 과거를 재창조하는 방법을 연구하게 되었다. 그러기 위해 우리는 기억을 도구로 사용하고 있는 것이다." 알라이다 아스만, 앞의 책, 363쪽.

79) "기억이란 본래 <집단 기억>으로 존재하며 의사 소통을 통해 구성원들에게 분배된다." 전진성, 『역사가 기억을 말하다』, 휴머니스트, 2005, 50쪽.

80) "기억이란 한 주체가 자신의 과거를 자신의 현재와 관련짓는 정신적 행위 및 과정이다." 전진성, 위의 책, 44쪽.

로서가 아니라 대표성을 지니게 되고 타자로서의 기억을 구축하기 위한 작업으로서의 가치를 지닌다. '디아스포라 주체'인 '재일한인'은 정주와 이주에 대한 상황적 조건의 영향력의 장 안에서 특히 공간의 영향력 아래 포섭된다.

"장소는 기억의 주체, 기억의 버팀목이 될 수도 있고 때에 따라 인간의 기억을 초월하는 기억을 제공할 가능성을 열어놓고 있기 때문이며 장소는 회상을 구체적으로 지상에 위치하면서 그 회상을 공고히 하고 증거할 뿐 아니라 인공물로 구체화된 개인과 시대 그리고 문화의 다른 것에 비해 비교적 단기적인 기억을 능가하는 지속성을 구현한다."[81] 이때 "특별한 장소들이 특별한 기억의 힘을 지니는 것은 무엇보다도 가족사와의 확고부동하고 장기적인 연고 때문이다."[82] 오랜 시간의 역사와 함께 기억은 공간에 새겨지며 이를 서사화할 때 기억은 영구 고정된다. '기억의 공간은 환기력을 지니는 특정한 사물이나 장소, 기억을 담고 있는 상징적 행위와 기호, 또는 기억을 구축하고 보존하는 기능적 기제들을 총망라하는 개념틀'[83]로서 기능하기 때문이다.

이러한 기억의 장소[84]는 지리적 공간 및 신체적 공간으로 재현되어

---

81) 알라이다 아스만, 앞의 책, 392쪽.

82) 알라이다 아스만, 앞의 책, 394쪽, '가족의 장소, 세대의 장소'.
  "현대의 삶의 형식들은 사람들을 어떤 특정한 지역에 구속하는 그러한 질김을 이제 더 이상 용인하지 않는다. 유동성에 대한 현대적 요구가 그것을 내버려두지 않기 때문이다. 그러한 가족들의 장소는 진보를 저지한다." 알라이다 아스만, 앞의 책, 395쪽.

83) 전진성, 앞의 책, 57쪽.

84) 기억의 장소 : 국민국가의 역사를 생각할 때 그 국민의 내셔널한 기억에는 특정한 장소가 특권적인 토포스가 되어 있다는 문제의식에서 나온 개념. 그런데 일어난 일의 흔적을 철저하게 지우려는 가해자의 의도로 인해 오히려 장소 없는 기억이 된 홀로코스트는 '기억의 비장소' 개념을 발생시켰다. 高橋哲哉(타카하시 테츠야)· 서경식 외, 『단절의 세기 증언의 시대』, 김경윤 역, 삼인, 2002, 28쪽 참조.

서사화되는데 이는 이러한 기억과 공간의 글쓰기는 상처를 치유하는 기능을 획득하게 된다.[85]

'정체성은 다른 것으로부터 그것을 구분해낼 수 있도록 하는 지속적인 동일성과 통일성'[86]이라고 할 때 재일한인의 정체성은 지속적인 동일성을 확보할 공간의 불확실성으로 인해 불안과 모호함을 함의하게 된다. 따라서 '재일한인'의 '글쓰기'는 자신의 정체성을 확립하고 규정하기 위한 자기실천의 글쓰기를 수행해야 했던 것이고 기억의 공간이 어떻게 서사적으로 재현되는지를 고찰하는 것은 재일한인의 정체성을 밝히는 잣대[87]가 된다.

일정공간으로부터 배제되어 부유한 기억은 공간의 서사적 탄생의 연원으로 기능하고 재일한인의 무공간의 상황은 '장소가 인간의 삶을, 나아가 자아정체성까지도 형성할 수 있는 요소'[88]인 것을 감안할 때 재일한인의 존재 여부는 곧 장소 경험과 의미가 연결된다. '실존이 무장소의 지리위에서 이루어진다는 것은 진정한 장소와 자아가 결합하여 만드는 장소의 정체성

---

85) '해결책이란 전쟁 상흔의 기억을 <다른 기억>으로 대체하는 것이다.' 다시 순수하고 근심이 없는 현재를 제안받음으로써 상흔 투성이의 과거로부터 해방된다. 알라이다 아스만, 앞의 책, 367쪽.

86) 에드워드 렐프 지음,『장소와 장소상실』, 김덕현·김현주·심승희 옮김, 논형, 2005, 108~110쪽.

87) "외부에서 장소를 바라보는 것은 당신이 여행자가 되어 멀리서 마을을 바라보는 것과 같다. 내부에서 어떤 곳을 경험한다는 것은, 당신이 장소에 둘러싸여 그 일부가 되는 것이다. 따라서 내부-외부의 구분은 단순하지만 가장 기초적인 이원성으로, 우리의 생활공간 경험에 기초가 되며 장소의 본질을 제공한다." 에드워드 렐프, 위의 책, 116쪽.
   "정체성은 장소간의 차이나 동일성을 인식하는 것만이 아니라, 차이 속에서 동일성을 확인하는 훨씬 근본적인 행위이다. 그리고 중요한 것은 <장소의 정체성>만이 아니라, 한 개인이나 집단이 가지는 그 <장소에 대한 정체성>이다. 특히 장소를 경험하는 사람들이 내부인으로서 경험하는가, 외부인으로서 경험하는가의 문제가 중요하다."

88) 장석주,『장소의 탄생』, 작가정신, 2006, 299쪽.

이 부재하는 삶을 살게 된다'[89]는 뜻이다.

'재일한인'은 태생적인 '실존적 외부성'[90]의 공간에 위치함으로써 공간에 대한 자신의 타자성을 배태하게 된다. '자신과 동일시할 수 있는 장소가 없는 사람은 뿌리가 없는 사실상의 무주거자'[91]이기 때문이다. 재일한인은 자신들의 '무장소성'을 극복하고 초월하기 위해 장소를 구축하고 모색하기 위한 운명적 부유로서 자신들의 사유를 형성하고 정체성을 모색한다.[92]

폴 리쾨르에 의하면[93] 서술하는 자들은 자신의 존재를 설명하는 '글쓰기'를 선택하는 행위를 통해서 자신을 증명한다. 의식에 각인되는 실제적 사건들이 자신을 형성하는 유의미한 사건이 되는 것은 서사화에 의해서이다.[94] 이러한 사건들을 통합하고 의미화하고 배열하여 '이야기화'함으로써

---

89) 전종한·서민철 외, 『인문지리학의 시선』, 논형, 2005, 305쪽.

90) "하이데거는 공간은 자신의 존재를 장소로부터 부여받은 것이지 공간으로부터 받은 것이 아니다. 인간이 장소와 맺는 본질적 관계는, 그리고 이 장소를 통해서 공간과 맺는 본질적 관계는 인간 존재의 본질적 속성인 거주에 있다." 에드워드 렐프 지음, 앞의 책, 2005, 118~140쪽.

91) 에드워드 렐프, 앞의 책, 128쪽.

92) "실존 공간은 상호 주관적이어서 그 집단의 모든 구성원들에게 적용된다. 그 구성원들 모두가 경험, 기호, 상징이라는 공통 집합에 따라 사회화되었기 때문에 그렇다. (중략) 더 나아가 실존 공간은 단순히 누군가가 경험하기를 기다리는 수동적 공간이 아니라, 인간의 활동에 의해서 지속적으로 창조되고 다시 만들어진다. 인간은 장소를 만들어냄으로써 무의식적으로 의미의 패턴과 구조를 창조한다. 이 실존공간은 정교한 생각이나 사전 계획이 필요하지 않은 무의식적인 것이지만, 다양한 공간 요소들이 지닌 의미들로 완벽하게 구성된 맥락 속에서 경험되고 창조된다." 에드워드 렐프, 앞의 책, 47~50쪽.

93) "형식적 구성에 대한 지적은 본질적인 것으로 우리를 인도한다. 성찰의 태도는 작품 구성의 태도에도 새겨져 있기 때문이다." 폴 리쾨르, 『역사와 진리』, 박건택 옮김, 솔로몬, 2002, 16~17쪽.

94) "가장 실제적인 사건은 역사적 당위를 조직하는 핵으로서 의식에 가장 강요되는 사건이다. 그 사건이 침투하는 힘은 사건의 영향 자체이며, 그것은 우리를 위해 역사를 바로 세우고 역사에 그 의미를 부여한다. 사실 역사의 실재를 만들고 그 합리성을 지원하며 그 의미를 부여하는 것은 바로 사건들 자체이다. 역사의

역사적 사건은 의미를 획득한다.

하이데거는 『존재와 시간』에서 현존재는 '세계-내-존재'로서 공간을 통해 자신을 열어 보인다고 했다.[95] 공간 내에 존재하는 양상은 존재가 세계에 대응하는 방식으로 연결된다. 이러한 공간에 대해 주체가 기억으로 재현해 내는 글쓰기의 형식이 맞물리고 있다는 것의 의미를 밝혀내는 것은 특히 공간적 사유로 형성되는 '디아스포라 주체'인 재일한인의 정체성을 해결해 줄 수 있는 방법적 틀로 기능할 수 있다.

'정체성은 자신이 아닌 타자를 매개로 하고 그것을 거치지 않으면 만들어 질 수 없다.' 정체성을 만들 때 철저히 배제되는 타자를 다시 한 번 제시해야만 그것을 만들 수 있다는 점이다.[96] 수많은 사람들이 성별, 민족, 계급 등에 따른 배제와 타자화에 의해 정체성을 확인하고 부여받듯이 글쓰기 역시 이 같은 구도로부터 자유로울 수 없다. 타자화의 조건인 디아스포라라는 현실적 조건이 글쓰기를 통해 어떻게 구현되고 있는지를 작가의 기억과 공간의식, 공간을 이동하는 행위의 층위 그리고 이를 표현하는 언어에 대한 의식을 중심으로 살펴봐야 할 필요성이 여기에 있다.

'재일한인'이 자신의 공간적 체험과 그 기억에 대한 글쓰기를 통해서 타자적 현실을 극복하는 동시에 그 타자적 감성을 적극적으로 자신의 정체성으로 수립해가는 과정의 힘은 글쓰기의 내용과 형식을 통해서 증명 되기 때문이다. 재일한인은 피해적 입장의 타자라는 이름에 자신을 위치하 는 것이 아니라 스스로 자신의 소수성과 타자성을 '수행적 글쓰기'를 통해서 드러내고 있다. 재일한인은 자신의 정체성 수립과정을 문학의 심미적 형식 으로도 나타내고 있다는 것을 밝혀냄으로써 의식과 표현의 형식적 어울림

의미부여는 사건들 밖에 있지 않다." 폴 리쾨르, 앞의 책, 48쪽.

95) 마르틴 하이데거, 『존재와 시간』, 전양범 옮김, 시간과 공간사, 1989 참조.

96) 임지현·사카이 나오키, 『오만과 편견』, 휴머니스트, 2003, 39쪽.

을 밝혀내고 그들의 심층적 의식을 한층 더 명징하게 파악할 수 있다는 것이 이 연구에 기대하는 결과이다. 이렇게 재일한인이라는 주변적 정체성의 과정이 밝혀질 때 이들 존재의 역동적 힘이 저항이라는 이름을 획득할 수 있을 것이라고 기대한다. 이 글은 재일한인 자신이 '차이를 함의한 타자'로서 적극적으로 드러내는 역동적 과정을 글쓰기과정의 일정한 패턴의 반복 속에서 드러내고 있다는 것을 작품의 분석을 통해 증명할 것이다.

이러한 재일한인의 정체성 수립에 대한 과정적인 노력을 알아내는 작업은 중심의 내부에 있는 '우리'에게도 유의미하다. 이데올로기적으로나 문화적으로 서로 개방을 가장한 폐쇄성을 지니고 <타자>를 멀리하는 동시에 억압하려고 하는 '분열된 경험'속에 있는 우리가 이러한 작업을 하는 것이야말로 식민주의와 그 담론의 지배로부터 벗어나기 위해 필요한 과제이기 때문이다.97) '재일한인'의 일본어를 전유한 글쓰기를 고찰해보는 것은 이미 방법으로서 폐쇄적인 문화의 국경을 월경하는 시도이기도 한 것이다.

재일한인이 디아스포라의 공간과 기억을 통해 자신의 정체성을 구축하는 것은 이들의 정체성이 '됨'의 문제98)라는 것이며 이들의 과정에 주목한다는 것은 이미 과거가 아닌 미래의 시간으로 이들을 바라보는 것이 된다. 이러한 작업은 기억의 서사로서 구성되고 있는 차이성을 재일한인이 스스로 자신의 글쓰기라는 신체 안에 명기하는 것99)을 들여다보는 것이 될 것이다.

'디아스포라'의 문제와 관련하여 이 글에서 주목한 것은 재일한인의

---

97) 강상중, 『오리엔탈리즘을 넘어서』, 이산, 13쪽 참조.

98) 스튜어트 홀, 「문화적 정체성의 문제」, 『모더니티의 미래』, 전효관 옮김, 현실문화연구, 2000, 321~367쪽.

99) 차별은 타자를 스스로 타자화하는 권력으로 작용한다. "나는 내 스스로에게 의미를 부여한 존재가 아니다. 의미는 이미 그 곳에 있었다. 내 이전에 이미 그곳에 선험적으로 존재하고 있었다. 나를 기다리며 말이다." 프란츠 파농, 『검은 피부, 하얀 가면』, 이석호 옮김, 인간사랑, 169쪽.

글쓰기에서 유사하게 나타나는 주체의 정체성 인식 양상과 타자로서의 다수가 지배하는 사회에서 소수자로서 대응하며 문학적으로 재현해 내는 글쓰기의 형식과 내용의 상동성이다.

따라서 이 글은 이러한 작업의 방편으로 재일한인작가군의 전체적인 성격을 규명하기 위하여 작품의 발표 시기와 내용과 형식에서 유사성을 발견할 수 있는 작품을 연계하여 논의를 전개한다. 글쓰기와 타자의 정체성 수립의 관계를 살펴보기 위해서 디아스포라를 재현한 맥락에서의 공통 서사를 추출할 필요가 있었기 때문이다. 그러므로 이 글에서의 작가와 시대 구분은 전체적 작품 경향의 과정적 추이를 살펴보는 데 유리하도록 작품의 발표시기와 내용의 유사성에 기초한다.100) 분석의 대상작품101)과 연구대상의 번역본과 비교자료로써 이소가이 지로(磯貝治良) 편,『在日文學全集』1~18, 逸誠出版(2006)본을 주로 참조했다.

---

100) 이한창도 재일한인의 정치적 의식을 통시적으로 살펴보면서 해방 후~1960년대 중반, 1960년대 중반~1070년대 말, 1980년~현재와 같이 시기별로 구분하고 있다. 이한창,「재일교포문학의 작품 성향 연구－정치의식 변화를 중심으로」, 중앙대학교 박사학위논문, 1996 참조.

101) 본고에서 연구한 작가는 다음과 같으며 가능한 한 다수의 작가의 주요 작품을 다루도록 했다.
1960년대~1970년대 : 김달수/김석범/이은직.
1970년대~1980년대 : 이회성/김학영/정승박(정승박은 1세대 작가이지만 작품 발표 연대와 작품 내용의 유사성으로 2군에 포함하여 논의를 진행하였다.)
1980년대 이후~양석일/이기승/이양지/유미리/현월(양석일과 이양지는 연구자마다 2세대와 3세대로 작품의 성격에 따라 새롭게 재규정되고 있다. 즉 정주의 순서에 따라 부모세대에 이은 2세대이지만 작품의 성격이 3세대에 해당되는 경우가 많기 때문이다. 유숙자, 장사선, 정은경 등의 의견)

작가명	작품 명(발표년도)	비고	아쿠다가와상 수상
김달수	『일본속의 한국문화』, 배석주 옮김, 대원사, 1970~1995. 『태백산맥』 상·하, 임규찬 옮김, 연구사, 1964. 『현해탄』, 김석희 옮김, 동광출판, 1952.	역사기행문. 장편역사소설『태백산맥』: 1964년부터 4년 8개월여 연재	
김석범	『까마귀의 죽음』, 김석희 옮김, 소나무, 1988. 『화산도』 1-5, 이호철 옮김, 실천문학, 1988.	『화산도』: 1976년 2월부터 1991년까지 6년 반 동안 『문학계』에 연재 장편역사소설	
이은직	『탁류』 1·2·3, 김명인 옮김, 풀빛, 1968. 『조선위인전』, 정홍준 옮김, 일빛, 1995.	장편역사소설 위인전	
이회성	『다듬이질 하는 여인』, 이호철 역, 정음사, 1972. 『반쪽발이』,『인면암』 『죽은 자가 남긴 것들』, 김숙자 옮김, 서울, 소화, 1996. 『우리 청춘의 길목에서』	소설	『다듬이질 하는 여인』 1973년 제66회. 수상한 최초의 재일한인작가
김학영	『얼어붙은 입』, 강상구 역, 한진출판사, 1985. 『알콜 램프』, 장백일 옮김, 문학예술사, 1980. 「외등없는 집」,「착미」	소설	
정승박	『벌거벗은 포로』, 농민문학, 1971. 6. 『벌거벗은 포로』, 문예춘추, 1973. 2. 「전등불이 켜 있다」,「벌거벗은 포로」,「쫓기는 나날들」 『벌거벗은 포로 연작소설집』, 우석, 1994.	소설	
양석일	『달은 어디에 떠 있나(택시狂騷曲)』, 한양심 옮김, 외길사, 1981.	소설	
	『血と骨(피와 뼈)』, 1~3권, 김석희 역, 자유포럼, 1998.	장편소설	
	『비우면 가벼워지는 인생』, 김국진 옮김, 2004. 『파멸의 젊음』, 이규조 역, 명경, 1996. 『남자의 성해방』, 오금자 역, 인간과 예술사, 1994. 『アジア的 身體』, 靑峰社, 1990.	수필	

이기승	『잃어버린 도시』, 김유동 역, 삼신각, 1992.	소설	
이양지	『유희』, 김유동 역, 삼신각, 1989. 「Y의 초상」, 1986. 「해녀」, 1983. 『나비타령』, 신동한 옮김, 삼신각, 1989. 「각」, 삼신각, 1989.	소설	『유희』 1988년 100회
유미리	『가족시네마』, 김난주 역, 고려원, 1997. 「그림자 없는 풍경」 『풀하우스』, 곽해선 역, 고려원, 1997. 「한여름」	소설	『가족시네마』 1996년 116회
	『유미리 희곡집』, 정진수 편, 예음, 1994. 「물고기의 축제」 「해바라기의 죽음」	희곡	
현월	『그늘의 집』, 신은주 역, 문학동네, 2000. 『나쁜 소문』, 신은주 역, 문학동네, 2002.	소설	『그늘의 집』 1999년 122회

Ⅱ. '조국 공간'의 구축과 당위의 서사

일본이라는 국민국가에 기초한 내부화와 외부화의 이중적 배치로 인해 '재일한인'은 구조화된 차별 속에 위치되었다. 재일한인은 강제적 이주이후 줄곧 민족적 계급적 착취를 당하면서 인간으로서 최소한의 생활도 할 수 없는 상태[1]였으며 재일한인은 굶주림과 민족적 멸시 속에서 자신을 열등한 민족의 일원으로 식민지의 타자의식을 내면화하게 된다.

'제1세대 재일한인 작가'들은 그들의 분열되고 배제된 주체의 정체성을 연속적으로 인식하게 해 줄 수 있는 역사가 필요하다고 여겼다. 계속 주변인으로서 배제된 채 있을 수 없다는 인식은 굴종의 삶에서 투쟁의 삶으로 이들을 이끈다. 이로 인해 '재일한인' 1세대는 굴종과 멸시의 자괴감을 극복할 공동체를 지배할 표상을 만들어 내어야 했고 이것이 이들의 작가의식을 추동한다. '조선'이라는 호명의 원래적 의미를 규명하고자 하는 당의성은 스스로 집합기억의 역사를 구축할 수 있다는 가능성으로 연결된다. 역사를 써야 한다는 당위성은 역사를 구축할 수 있다는 가능성을 내포하기 때문이다.[2]

---

1) 양왕용 외, 앞의 책, 191쪽 ; 김인덕, 『식민지시대 재일한국인 운동 연구』, 국학자료원, 1996, 26~27쪽 참조.

2) 당위는 가능성을 포함한다. 세일라 벤하비브 지음, 『타자의 권리―외국민, 거류민,

재일한인들을 다시 민족으로 만든 의식의 기저에는 이러한 당위적 사명감이 자리잡고 있다. 베네딕트 앤더슨도 이미 언급한 바 있듯이 모든 공동체는 상상의 소산이다. '공통의 이름에 대한 인식이나 과거의 흔적으로서 전통이 살아있다는 조건 아래서 개인을 <집합적인 이야기>의 그물망 속에 편입[3])시켜 생산할 때 이들은 존재할 수 있다. 재일한인은 결코 자연적으로 발생한 것이 아니다. 이들은 모두 차별의 호명에 대항하는 것을 존재 이유로 지니고서 이를 근거로 창출된 존재인 것이다.

1. 차별의 호명과 전유의 언어

1) '조센징'이라는 호명

알튀세는 호명에 따라 권력 관계가 생성된다고 했다. '재일한인'은 그 호명자체에서부터 논의를 시작해야 한다. 재일한인은 호명되는 그 순간 자신의 정체성에 대한 의문을 제기하면서 성장하기 때문이다.

본명과 통명에 대한 이중적 이름으로 자신의 분열증을 경험하는 재일한인은 '자신을 타자가 어떻게 호명하는가?'에서부터 그리고 어떻게 불리기를 바라는지를 질문하면서 살아야 한다. 그러므로 호명에 대한 질문은 이들에게는 존재에 대한 의문 바로 그것이다.

일본이 패전하기 전까지 일본에서 생활하던 조선인들은 '이주조선인'[4])으로 불려지다가 일본의 패전과 함께 더 이상 동일한 국민일 수 없게 되면서 非일본인이 되었다. 아직 국적이 없을 뿐 재일조선인은 일본이 아닌 다른

그리고 시민』, 이상훈 옮김, 철학과 현실사, 2008, 143쪽.

 3) 강상중, 『오리엔탈리즘을 넘어서』, 임성모 역, 1997, 이산, 166쪽 참조.

 4) 安宇植, 『在日朝鮮人の文學』, 岩波講座, 日本文學史14, 20世紀 文學 3, 1997.2.

주권을 가진 국가에 귀속된 또는 귀속될 것이 분명하다고 인식되었다. 이러한 이유로 1952년 샌프란시스코 조약이 발효된 그 이후부터 일본국적인 '재일조선인'은 '외국인'이 되었고, 1955년 5월 민전의 해산과 함께 '재일본조선인총연합회의 결성'에 따라 조선의 재외공민이 된다.[5]

재일한인 제1세대는 '재일조선인'으로서의 '조선'이라는 역사적 국가의 민족적 정체성을 지닌 명명으로 호명되었다. 1947년 재일동포들의 국적은 최초의 외국인 등록에서 일괄적으로 '조선'으로 표시되었다가 1948년 8월 대한민국 성립 이후 대한민국 또는 한국으로 표기할 것을 한국정부가 일본정부에 요구하였고 희망자에 한해 외국인 등록의 국적 표시를 '한국'으로 바꿀 수 있었다.그러나 대다수의 재일한인들은 '조선'이란 기호를 '대한민국'으로 바꿀 필요성을 못 느꼈다. 어느 경우든 '무국적자'임에는 마찬가지였으며 이들이 선택했던 지금까지의 '조선'은 국가명이 아니라 조선반도 출신, 조선 민족의 일원이라는 의미, 즉 국적이 아니라 민족적 귀속을 나타내는 기호였기 때문이다.[6] 그리고 그것은 '식민지배와 인종차별이 강요하는 모든 부조리가 일어나서는 안 되는 곳으로서의 조국'을 의미하는 것으로 '디아스포라 조국'을 소급해내는 기호였다.[7]

일본에서 '재일한인'이라는 이방인은 호기심과 선망의 대상이 아닌 다수가 지배해왔던 피지배자로서 차별[8]받던 존재였다. 재일한인은 '조센징'이

---

5) 外村大, 『戰後における在日朝鮮人と日本社會』, 年譜日本現代史アジアの激變 戰後日本, 現代資料出版, 1998 ; 박유하, 『재일문학의 장소와 교포작가의 <조선>표상』, 203쪽에서 재인용.

6) 서경식, 『디아스포라 기행』, 김혜신 역, 돌베개, 2006 21쪽 참조. "그들에게 '조선'은 국가명이 아니라 '민족적 태생'을 가리키는 것일 뿐이었다." 고봉준, 「재일조선인문학에서 '기억'과 '망각'의 문제」, 『우리어문연구』 30집, 현대문학, 2008, 9쪽.

7) 서경식, 위의 책, 23쪽.

8) 그런데 "이 차별로 인해 재일한인은 재일한인으로서 민족성이나 자기 국적에 관해 강하게 의식하게 되는 것 같다."로 밝히고 있다. 北村桂子, 「자서전을 통한

라는 열등의 기호로 호명되어 왔다. '일본말로 조센징(조선인)은 일본인들이 만들어낸 조선인에 대한 부정적인 타자표상이다.'[9] 일본인들은 1964년 동경올림픽을 기점으로 자기구축에 대한 욕망이 가시화되면서 일본인들을 '국민'화하고 비일본인을 배제하기 시작했던 것이다.[10] 에드워드 사이드가 『오리엔탈리즘』에서 분명하게 말하고 있는 것처럼 "이방인이라는 표현이 가장 잘 어울리는 듯한 정체성을 공유하는 서양사회의 제요소(범죄자·광인·여성·빈민)와 연관"된 '동양인'의 표상을 가리키고 있다.[11]

식민지 지배하에 재일조선인은 조센징(조선인)으로서 호명되어 왔고 그것은 열등함의 기호였으며, 야만과 후진, 불결한 패자에게 따라 붙던 이름이었다. 이 호명의 정치학에는 재일한인은 약자이며 열등한 존재이므로 영원히 일본의 지배아래에 위치해야 할 존재라는 것을 호명함에 있어 죄책감이 삭제된 당연함이 부여되었다. 이는 해방 후에도 사라지지 않는 명칭이며 기호로 작용된다.

이 '조센징'이라는 타자의 기호는 '재일조선인'에게 해방이후에도 강제적으로 호명되어 왔던 것으로 이러한 호명의 기호는 반드시 바꾸어야 한다는 인식이 확산된 것으로 보인다. 이러한 '타자'의 기호를 삭제하기 위한 작업으로 '재일조선인'은 '열등의 기호이며 후진의 표상'인 <조선>과 <조선민

자이니찌의 정체성에 관한 연구」, 서울대 석사학위논문, 2007, 30쪽.

9) '재일조선인'은 식민지 지배 때문에 일본에 이주하게 되고 1945년 일본의 패전 후에도 계속해서 일본에 지내게 되었지만, 그동안 조선반도의 남북분단, 남북 양국가의 탄생과 대립, 일본과 한국과의 국교 부재(1948년에서 65년), 일본과 조선민주주의 인민공화국과의 국교부재(1948년 이후부터 현재까지)등의 복합적인 요인으로 인해 일본이라는 닫힌 공간 내의 "타자"로서 유폐되어 온 난민이다. 서경식, 「'자이니치'란 누구죠? : 월경못하는 "타자"」, 『타자의 문화정치학』, 336쪽, 이화여자대학교 인문한국사업 탈경계인문학 연구단 국제학술대회, 2009.9.

10) 박유하, 「재일문학의 장소와 교포작가의 조선표상」, 『일본문학에 나타난 한국 및 한국인상』, 김태준 편, 동국대학교 출판부, 207쪽 참조.

11) 강상중, 앞의 책, 23~24쪽.

족>에 대한 정의를 새롭게 내릴 필요가 있었다고 생각한 듯싶다.

이은직은 『탁류』의 주인공 '이상근'을 통해 조선인에 대한 부정적 정의를 하는 학자의 말에 나타나고 있는 조선인에 대한 멸시적 호명을 기록하고 이에 대한 분노를 토로한다.

> '조선인만큼 잡담을 좋아하는 민족은 없다.'
> 이 말은 조선을 많이 연구했다고 하는 일본의 어느 어용학자가 어느 정도 조소와 감탄을 섞어 한 말이라고 한다. 그것을 들었을 때 그는 그 학자를 때려 죽이고 싶은 격분에 사로잡혔었다. 그러나 누군가와 열심히 수다를 떨고 있는 중에 이 말이 생각나 더 이상 배길 수 없는 자기 혐오에 빠진 적도 있었다.(이은직 지음, 『탁류』上, 김명인 옮김, 풀빛, 160쪽)(이하 밑줄 인용자)

일본인이 만든 '조센징'이 아닌 조선 사람들이 사용해야 할 명칭인 '조선인'의 의미를 재창출해야 했다. 그러기 위해 이 단어를 언어와 민족, 인종이라는 자율적인 단위로 재포장해야 했는데 재일한인에게 이 단위란 민족적 공동체의 단위였다. 이는 분명 민족적 공동체 의식에 기인한 것으로 우선적으로 '공통적인 공동체'를 연대하고 '문화적 동질성'을 형성하면서 동시에 언어, 그리고 '상징적 역사성'을 공유하는 '관념적 공동체'[12)]의식을 창출해야 했다.

국민적 정체성은 장소감각만이 아니라 역사감각을 포함한다. 역사는 국민의 기억을 구성하고 그 정체성을 공유하는 사람들은 한 역사 공동체내에 위치시키는 방식을 제공한다. 역사는 주어진 것이 아니라 논쟁과 재해석에 종속되는 것이기 때문이다.[13)]

---

12) 강상중, 앞의 책, 이산, 158쪽.

13) Ross Poole, nation and identity, London and New York : Routledge, 1991, 140~141쪽 ;

이와 같이 재일한인은 일본사회에서 '이방인'의 존재로서 중심의 지속적인 배제에 대응할 공통의 표상이 있는 서사가 필요했다. '차별'의 호명으로 인식되는 '조선인'이 아닌 '조선민족'에 대한 인식을 전환할 수 있는 긍정적인 상을 제시할 때 그 착종된 '조선'이라는 징표를 수정할 수 있다고 보았기 때문이다.

김달수는 『태백산맥』에서 위태로운 조국의 현실 속에서도 양심적이고 헌신적으로 활동하는 지식인 '서경태', 또한 우익이라는 사상적 경향을 초월하여 소박하고 순수한 민족애로 민족의 자주통일국가의 완성을 위해 활동하는 '김상녕'등의 인물을 제시하면서 '긍정적인 조선인'을 제시한다. 인물의 영웅성 그리고 '보통 평범한 조선인'의 긍정적인 상을 제시함으로써 '조센징'이라는 멸시적 인식의 전환을 요청하고자 한 것이다.

이은직의 『탁류』는 제1부 서장, 2부 폭압아래서, 3부 항쟁의 3부작으로 구성된 장편소설이다. 1945년 8·15해방에서 1946년 '10월 항쟁'에 이르기까지의 1년 동안 아직 기술되지 않은 역사를 귀환자의 눈으로 써내려간 소설이다. 이 소설은 한반도 서남쪽에 위치한 팔선리라는 곡창지대에 '상근'이 귀환하면서부터 시작된다.

『탁류』에서 중심인물 '이상근'은 새롭게 건설할 조국에 대한 생각에 가족을 만난 반가움은 뒷전이다. 개인의 안이한 행복보다 대의적인 소망을 담은 귀국으로 묘사되고 있는 '상근'의 귀환에는 작가의 사명감을 전달하고자 하는 의도가 직접적으로 담겨 있다.

Ghassan Hage, "Polluting Memories", migration and colonial responsibilityin Australian, 2001 ; 「기억의 오염」, 박전일 옮김, 『흔적』 제2호, 2001, 349~350쪽 재인용 ; 박명진, 「고려인 문학에 나타난 민족서사의 특징─극작가 한진의 텍스트를 중심으로」, 이명대, 박명진 외, 『억압과 망각, 그리고 디아스포라─구소련권 고려인문학』, 한국문화사, 2004, 135쪽.

생각하고 말고도 없이 내일의 조선을 떠올렸던 것이다.

민족의 구성원들이 살아갈 보람이 있는 그런 조국이어야 한다. 탐욕에 눈이 어두운 자가 횡행하고 많은 생명이 굶주림으로 인해 피골이 상접해가는 그런 조국이어서는 안된다. (중략) 곧 내일의 조선이 온다. <u>내일이 있다. 결코 오늘만의 인생이라는 것은 없다. 내일을 위하여 살아가지 않으면 안된다. 그는 만나는 사람마다 이렇게 말하면서 돌아다녔다.</u>(『탁류』上, 36쪽)

그러나 그는 기다리던 조국에 돌아오자마자 조국의 비루한 현실에 직면한다.

가) <u>기차에 올라탔을 때 그다지 좋지 않은 냄새가 나서 구역질을 느꼈다.</u> 그러나 그 냄새가 조국의 현실을 있는 그대로 상징하고 있다는 것을 그는 좋든 싫든 일정해야만 했다. 지금의 단계에서는 그 냄새를 없앨 도리가 없다. 그것은 곧 조국의 어려움을 단적으로 나타내주는 것이었다. (『탁류』上, 37쪽)

나) 타인에게 시달렸던 환경… 그것도 결국 일본인에게 시달렸던 환경이었다. <u>일본인의 얼굴 색깔만을 살피고 있는 동안 나는 조선인의 좋은 천성을 잃어버린 것일까?</u>(『탁류』上, 190쪽)

다) 조선은 해방된 것이 아니라 여전히 외래세력의 지배를 받고 있는 식민지라는 걸 실감케하는 분위기였다.(『탁류』中, 140쪽)

라) 일본에 있는 동안 그는 어느 곳을 가더라도 이때의 기억을 잊을 수가 없었다. <u>인간으로서가 아니라, 자신이 동물마냥 취급당하며 가까스로 도항허가를 받았다는 굴욕감이 언제나 붙어다녔던 것이었다.</u> 입구를 쳐다보는 것만으로도 그 때의 기억이 선명하게 되살아났다.(『탁류』下, 102쪽)

마) 어느 집이든 사람이 사는 곳이라고 말할 수 있는 집은 없었다. 폭풍이라도 불면 순식간에 날아갈 것 같은, 작은 상자 같은 움막집이 늘어서 있었다. 좁은 골목으로 들어서자마자 무어라고 표현할 수도 없는 냄새가 코를 찔렀다.

아직 맨발로는 추울 텐데도 모래땅인 골목길을 뛰어다니는 아이들은 거의가 맨발이었다. 입고 있는 옷도 너덜너덜한데다가 잔뜩 더럽혀져 있었다.

도저히 눈뜨고 바로 볼 수 없는 고통을 느껴 그는 자기도 모르는 사이에 그 자리에 멈춰버렸다.(『탁류』下, 128쪽)

『탁류』에서 주인공은 조선인이 긍정적 민족성을 가지고 있었지만 오랜 방랑의 생활동안 잃어버린 것이 아닌가하는 인식을 표출한다. 귀국 후 조국의 비참한 현실에 주저하고 갈등하던 '이상근'은 조직을 결성하는 과정에서 '송진태'라는 혁명가와 함께 조국의 기초를 다져가게 되는데 이 과정에서 주인공의 민족에 대한 생각과 조국에 대한 생각이 성장하게 된다. 그러나 이 성장과 함께 학대받고 추방당한 자로서의 고통도 묘사되고 있는데 강제적 추방과 타국에서의 경험을 바탕으로 관찰하고 있는 조국이라는 점에서 이은직의 글쓰기는 해방 후의 조국에 대해 서술하고 있는 타 작품과 차별화된다.

어머니가 계신 고향에 돌아왔으나 고향은 '客숨'와 다름없는 장소로 인식되고 있으며 그는 자신이 강제적으로 내침을 당했던 기억 속으로 자신을 몰아넣고 있다. 그는 이미 자신을 '영원한 방랑객'으로 규정하고 이렇게 생각할 수밖에 없음에 괴로워하고 있다. 일본에서 경험한 15년간의 '디아스포라' 난민의 체험은 돌아온 조국에서도 해결될 수 있는 체험이 아닌 것이다. 강제적 이주를 경험한 추방자는 고국에 돌아와서도 해결되지 않는 괴리감에 '고독한' 자아로서 스스로를 규정하게 되는 것이다. 디아스포라의 핵심은 여기에 있다. 강제적 추방의 기억은 돌아올 수 있는 조국에 와서도 치유되지 못한다는 것이며, 따라서 이미 시작되고 고착된 난민의 경험은 치명적인 상흔으로 남게 된다.

조국에 도착했을 때의 감격은 잠시뿐, 자신안의 냉정한 눈은 조국의 현실을 목격하도록 유도하고, 주인공은 이로 인해 그는 호흡곤란마저 호소한다. 한번 고향을 떠난 자의 눈에 고향은 이미 과거의 고향이 아니고 이때의 결론은 자신이 이제 정주하지 못하는 자가 되어버렸다는 인식에 도달하게 된다.

조국에, 해방된 조국에 돌아왔다고 하는 것만으로도 기쁨과 감격에 빠져 있는 동포들을 그득 채운 기차 속에서 그는 예기하지 못했던 괴로운 심정에 <u>사로잡혔다.</u> 커다란 위기가 눈앞에 다가오고 있는데 어느 누구든 무엇 하나 생각하고 있지 않는 듯이 <u>보여졌다.</u> 그리고 냉혹한 현실이 현실로서 다가올 때 사람들은 미치광이처럼 아우성치고 배반당했다는 생각으로 조국을, 해방을 저주할 것이라는 두려운 생각만이 점점 더해갔던 것이다. 그는 기차 속에서 웅크리고 있는 것조차 견디기 어려워 <u>숨이 차기 시작했다.</u> 어쨌든 기차는 움직였고 그는 고향역에 내렸던 것이다. (중략) 그가 보았던 고향은, 15년 전 <u>그를 일본인 상점의 점원으로 내몰았던 그 고향과 거의 변함이 없는 것으로 보여졌다. 어머니가 계시는 이 형네 집까지도 무정한 객사처럼 왠지 모르게 정다와 보이지 않았다.</u>
<u>'나는 고향이 없는 영원한 방랑객이 되어버린 것인가…' 가슴속에 구멍이 뚫린 것 같은 고독감이 밀려왔다.</u>(『탁류』上, 38쪽)

아주 소박한 민족애… 그것도 다분히 종교적인 관념으로 포장된 민족애를 삶의 지주로 삼아온 <u>그에게 있어서는 어떤 일이든지 명확하게 판단하고 단정해버리지 못하고 늘 주저가 앞섰다. 게다가 역경에 시달린 오랜 생활체험을 통하여 인간의 심리가 매우 복잡하다는 것을, 그 중에서도 특히</u>

> <u>학대받는 자가 얼마나 자신의 본성을 숨기면서 살아가고 있는가를 잘</u> <u>알고 있는 그로서는</u> 인간을 기계와 물질처럼 구분하여 버리는 것에 대해 막연한 불만을 갖고 있었다.(『탁류』上, 159쪽)

조선민족을 부정적으로 언술하는 일본에서 '과연 조선민족은 그러한가' 라는 의문과 실제 목격하게 되는 현실에서 느껴지는 수치심[14]과 굴욕감 사이에서 분열적으로 갈등하던 '이상근'이 이러한 민족에 대한 자기부정과 긍정과의 사이에서 어떻게 성장할 것인가 하는 것이 이 작품의 주된 관건이 다. 그것은 이 세대의 정체성이 곧 민족적 정체성으로 재현되고 있기 때문이 다.

그런데 '이상근'이 이러한 과정에서 느끼는 분열적 수치심과 굴욕감은 일본이라는 타자의 시선[15]에 오랫동안 노출되어 있었기 때문에 파생된 강요되고 왜곡된 굴욕감이다. 이러한 굴욕감과 멸시적 민족상이 디아스포 라의 상황에서 내면화되었다는 깨달음에 도달함으로써 이는 극복될 수 있는 것이라는 것을 작가 이은직은 전달하고자 하는 것이다.

부정적 민족성은 곧 개인의 자기부정으로 '자기혐오'와 '굴욕감'으로 연결되었고 이를 극복하는 것이 그들의 첫 번째 문제였던 것이다. 이러한 부정적 민족적 정체성은 식민지배의 결과임에 분명하며 이는 식민이데올로

---

14) 사르트르는 '수치'를 통해 인격적 주체가 만들어진다고 말한 바 있다. 사르트르는 <'나'는 '타자'앞에서 '나'에 대해 수치를 느낀다.>라는 수치의 삼각형 도식을 완성한다. 사르트르의 수치의 삼각형 도식은 <존재와 무> 3부의 <대타존재>에 서 해명된다. 사르트르, 『존재와 무』I, 손우성 역, 삼성출판사, 1991, 477쪽 참조.

15) 수치는 타자의 시선의 존재에 의해서 내가 대상화됨으로써 나타난다. 즉 타자는 내 대상성의 필요조건이고 수치란 타자 앞에서의 수치이다. 앞의 인용에서 앞의 나가 지향적 전반성적 의식으로서 비인격적 익명적 존재의 의미를 지님에 비해, 뒤의 '나'는 반성적 의식을 통해 형성된 인격적 주체에 보다 가까운 개념이라고 할 수 있다. 서재길, 「<만세전>의 탈식민주의적 읽기를 위한 시론」, 『한국근대문학 과 일본』, 사에구사 도시카즈 외, 소명출판, 2003, 135쪽 참조.

기의 내면화과정에서 자기분열과 갈등을 초래한다. '이상근'은 혁명과 투쟁을 지속하는 과정에서 부친의 애국적 혁명활동에 대해 알게 되면서 자기혐오로부터 벗어난다. 즉 이어지고 있는 '얼'에 대해 알게 됨으로써 비천한 민족이라 오인되고 또 자신이 내면화한 '조센징'의 호명을 떨쳐버릴 수 있게 되고 이후 해방된 조국건설 투쟁에 더욱 더 헌신하게 된다.

> 위원장의 입을 통하여 <u>지난날의 이야기</u>가 계속되었다. 상근은 복받치는 눈물을 참을 수 없었다. 어린 그를 데리고 다니면서 독립을 쟁취하는 것이 얼마나 중요한가를 농민다운 솔직한 어투로 끈질길 정도로 반복하고 반복했던 아버지의 모습이 떠올랐기 때문이었다.
> "얼은 끊어지지 않는구만. 당신의 아버님은 배우지 못하고 가난한 가운데 고통스런 일생을 보냈지만, 당신이 그 정신을 이어받아 해방된 조국의 건설에 몸을 바치고 있으니. 이거야말로 우리 민족의 긍지로군."(『탁류』上, 165쪽)

'이상근'은 투쟁을 통하여 자신의 민족적 정체성으로서의 사명감을 회복하고 굴욕감으로부터 회복된다. 그는 감옥에서 형벌에 처해지고 이러한 담금질의 경험을 통과함으로써 더욱 더 강한 민족적 영웅으로 거듭난다. '이상근'의 마지막 행보는 '부산'에서 귀환자에 대한 사무를 보는 '귀환원호계'의 일을 맡기 위해 떠나는 여정이 된다. 기차여행을 통해서도 드러나는데『탁류』마지막 하권에서의 '이상근'의 행보는 '귀환자'의 의무를 환기하려는데 목적이 있다. 그 자신 스스로 귀환자로서의 고통을 회상하는 한편 다른 귀환자를 응시하는 고통을 겪으면서 결국 귀환자들이 다시 일본이라는 정주지로 돌아갈 수밖에 없었던 비극적 현실을 고발하는 의무를 실천하고자 한 것이다.

“나는 직업상 여러 가지 구체적인 접촉을 많이 하는데 소매치기 가운데 교묘한 놈은 거의 일본에서 돌아온 놈들이죠. 그것은 틀림이 없습니다. 땅굴파기 얘기는 나도 잘 모르지만 단도 같은 것으로 직접 남을 베는 사람 중 십중팔구는 역시 일본에서 돌아온 자들입니다. 조선인은 본래 싸움을 해도 완력을 가지고 겨룰 뿐, 칼 같은 걸로 사람을 상하게 하지는 않았으니까요.”

확신에 차서 그렇게 말을 해대니, 반박할 도리도 없이 그저 묵묵히 상대의 얼굴을 쳐다보는 수밖에 없었다.

(중략)

“무엇 때문에 일본에서 돌아온 사람 중에 그런 범죄자가 많은지, 그 원인이 분명히 밝혀졌습니까? 무턱대고 비난하는 것이라면 귀환자들에 대한 모욕이 아닙니까? 아니 차별이라고 말할 수밖에 없죠.” 상근은 항의를 하지 않고는 견딜 수가 없었다.

“아니 오해하면 곤란하지요. 내가 귀환동포를 차별하거나 모욕하고자 해서 말하는 것은 아니오. 그저 나타나고 있는 사실을 말했을 뿐입니다. 하지만 당신이 말한 것처럼 일본에서 돌아온 사람들 중에 악질 범죄자가 많다는 것은 어떤 원인이 있을 거다 하여 우리 경찰에서도 그 원인을 검토한 적이 있습니다만… 결국은 사회로부터 따돌림을 받아 인간으로서 정상적인 생활을 할 수 없는 데에서 생기는 현상일 것이다… 라는 결론을 내렸었지요. 일본에서 식민지인으로 차별받고, 학대받았던 사람들이 그러한 환경 속에서 악의 세계로 떨어지기 쉽다는 것은 사회의 상식이지요. 해방이 되어 귀국하기는 했지만, 따뜻하게 환영해주는 사람도 안주할 땅도 없고, 직업도 없어 방랑하는 수밖에 없게 되면, 나쁜 일일지라도 무슨 일이든 하지 않을 수 없게 되는 거죠.”

“결국, 나쁜 것은 그렇게 차별하고 학대한 사회가 아닙니까? 누구도 자기가 좋아서 일본으로 간 것은 아닙니다. 일제가 부려먹기 위해 강제적으로 끌고 간 것입니다. 게다가 차별하고 학대했지요.”(『탁류』下, 86~87쪽)

　귀환자로서 고국에 돌아온 그는 일본에서의 차별을 극복하기 위해 투쟁에 헌신하였으나 고국 내부에서 재생산되고 있는 귀환자에 대한 차별적 인식을 접한 후 충격을 받는다. 무언으로 일관하고 있는 그의 침묵은 오히려 그의 귀환자로서의 정체를 들키게 하는 구실이 된다. 식민지배에 의해 이미 공고해진 귀환자의 부정적 정체성은 부정적인 범죄자로 귀결된다.

　그런데 이러한 '정형화'는 식민자들이 피식민자들을 자신들과 구분하며 차별화하고 그들의 노동력을 착취하기 위한 정당화의 수단으로 사용된 것이다.16) 그런 점에서 『탁류』에서 주인공 '상근'은 회유하려는 미 첩보원 켄트의 말에 저항하고 차라리 구치소에 들어가는 것을 선택하는 결연한 입장을 제시하는데 이는 작가 이은직 자신의 입장을 주인공을 통해 표명한 것이다. 여기에는 '디아스포라적 정체성'을 상징한 '귀환한 조센징'이라는 부정적 호명의 책임이 식민지 지배자에게 있음을 전하고자 하는 의도가 숨어 있다.

2) 정주지 언어의 전유

　리처드 로티는 "한 사람이 자신의 존재의 원인을 추적하는 유일한 길은 자신의 원인에 관한 이야기를 새로운 언어로 말하는 것"이라고 했다.17) '재일한인' 작가들이 자신의 존재의 원인을 찾기 위해 서사화하는 것에서 접하게 되는 첫 번째 문제점은 언어이다. 이들이 습득한 언어란 그들을 낳아준 언어가 아니라 폭력적 내면화가 전제되어 있을 뿐인 거주지의 언어인 것이다.

---

16) 이용희, 『호미바바의 모방으로 보는 'Los Vendidos'의 정형화 깨뜨리기』, 135쪽에서 인용.

17) 리처드 로티, 『우연성·아이러니·연대성』, 김동식·이유선 옮김, 민음사, 1996, 72쪽.

아무리 근대에 이르러 구성된 상상의 공동체라고 규명된 '민족'이라고 할지라도 '민족'의 정의는 대체로 혈통과 역사와 언어를 공유하고 있는 사회구성원으로서 통칭된다.[18] 역사를 공유하지 못한 채 부유하고 있는 이산자, 재일한인은 공동기억의 역사를 상상으로 구축하려는 기획에 착안할 때 언어의 문제에 봉착한다. 이때 자신들의 기술원리, '전유'의 전략[19]은 어쩔 수 없는 선택이다. 이들에게 있어 민족의 역사를 구축하고 민족의 근원에 대한 향수를 포기하지 못하는 것은 "하나의 민족이 하나의 영혼이며 정신적인 원리"[20]이기 때문이다. 차별에 의해 타자화된 집단으로서의 재일한인의 원리인 '민족'의 재구성에서 차이의 지점으로 작용하고 있는 이 '정주지 언어'의 사용은 디아스포라의 상황을 재현할 피치 못할 조건으로도 이해할 수 있다.

가와무라 미나토(川村湊)는 '재일조선인'의 문학을 일본어로 쓰여진 것으로 국한하고 있다. 재일조선인 문학의 대체적인 특징과 경향을 두고 말한다면 이런 획일적 기술은 부당한 것은 아니지만 왜 한국인이면서 일본에서 살 수밖에 없는가 하는 역사적인 모순을 인식하지 않은 상태에서의 규정은 피해야 한다. 김석범은 "나는 일본어로 쓰지 않을 수 없으며, 또는 쓰지 않으면 안 되는 '재일'이라는 상황에 있기 때문에 쓴다. 재일조선인이 존재하

---

18) 정선태, 「근대 계몽기, 민족 국민서사의 정치적 시학」, 『주변부의 문학, 변경인의 상상력』, 소명출판, 16~20쪽 참조.

19) "탈식민지주의적 전략은 크게 탈식민화, 폐지와 전유, 되받아쓰기로 나눌 수 있다. 탈식민화는 식민지 이전 자국의 문화와 언어를 복원하거나 문화적 합병을 제안하는 방법이다. 폐지는 지배문화를 거부하는 것이고 전유는 중심문화의 언어를 바꾸어서 재구성하는 방법이다. 되받아쓰기는 지배언술에 의해 성역화된 텍스트를 새로운 시각에서 다시 쓰면서 그 음모와 허구성을 폭로하는 방법이다." 송현호, 「채만식의 탈식민적 경향에 대한 고찰」, 『관악어문연구』 Vol.12, no.1, 1992, 14쪽.

20) 에르네스트 르낭, 『민족이란 무엇인가』, 신행선 역, 책세상, 2002, 80쪽.

는 한, 재일조선인의 일본어 문학은 태어난다. 그것은 인간으로서의 존재의 소리이며, 문제는 그 재일 조선인의 문학이 어떠한 성격을 가지고 어떠한 방향을 향해 가는가, 라는 구체적인 것에 있을 것이다."21)라고 말한 바 있다.

'재일한인' 작가 1세대의 글쓰기는 일본 사회의 다수에게 전시할 역사의 구축, 그리고 후대를 위한 역사의 기록이므로 일본어로 써야 했다. 일본어 독자가 이해할 수 있는 언어를 도구적으로 사용하는 것, 즉 '전유'의 기법을 써야 했던 것이다. 또한 이들에게 모국어가 아닌 정주지의 언어를 쓸 타당한 권리를 갖는 것은 스스로를 표명할 권리를 갖는 것이다.

정백수에 의하면 "두 언어가 대립, 병존하는 상황에서 작가가 어느 한쪽의 언어를 선택해서 쓴다는 행위는, 기본적으로 그 언어시스템이 제시하는 쓰고 읽기의 구도 속에서 자신의 의식을 편입시키는 것이면서, 동시에 다른 한쪽의 언어시스템 내부의 이데올로기적 간섭을 거부하는 것을 전제한다. 이중언어 작가의 언어행위에는 기본적으로 타언어와의 대형상적인 관계에서 비롯하는 관계성이 반드시 개입한다는 것이다."22) 그런데 정백수가 제시한 이중언어의 상황과 그 선택의 가능성이 재일한인에게는 처음부터 없었다는 점을 간과해서는 안 된다. 모국어인 조선어가 아니라 정주지의 언어로 쓰게 된 상황에 처해진 이산자로서의 재일한인의 상황은 식민지시기 이중언어 작가가 두 언어 사이에서 횡단할 수 있었던 것으로 읽을 수 없는 맥락이 있다는 것을 감안해야 한다는 것이다. 재일한인의 글쓰기에서 소통의 대상자는 정주지의 언어인 일본어를 향유하는 독자라는 점이다.

---

21) 김석범, 「民族虛無主義の所産について」, 『季刊 三千里』 1979년 겨울, 87쪽 ; 홍기삼, 「재외한국인 문학개관」, 『한국현대문학50년』, 유종호 외, 민음사, 1995, 513쪽에서 재인용.

22) 정백수, 『한국근대의 식민지 체험과 이중언어 문학』, 아세아문화사, 2000, 34~35쪽.

독자에 대한 작가의 의식지향성은 일본어라는 언어공동체를 향해 설정되어 있다.

서경식은 일본어를 모어로 해서 자란 재일조선인 2세의 입장에서 다음과 같이 말한 바 있다.

> '모어'와 '모국어'를 구별하고, '모국어의 권리'와 마찬가지로 '모어의 권리'도 옹호해야 한다. 그것은 한 국가나 사회 안의 언어소수자 권리를 지키고, 동시에 그 국가가 편협한 내셔널리즘으로 전락하는 걸 막기 위해 필요하다. 재일조선인이나 재독동포 등 코리안 디아스포라라는 조선민족이 경험한 식민지 지배, 전쟁, 냉전과 민족분단이라는 근현대사 과정에서 세계로 이산하게 됐다. 그 2세와 3세는 조선어와 조선 문화를 잃어가고 있지만 그렇다고 '조선민족'이라는 틀 바깥으로 사라져가는 존재는 아니다. 많은 사람이 우리에게 '조선어도 조선의 문화도 모르는 너희는 이미 조선인이 아니'라고 말한다. 그러나 '조선문화'라는 걸 갖고 있는 사람이면 '조선인'이 되는 게 아니라, 조선인인 우리가 자기표명을 할 때 그것이 조선문화가 되는 것이다. 이제까지의 좁은 틀을 벗어나 코리안 디아스포라도 포함한 더 넓고 유연한 '민족'의 틀을 구상하는 쪽으로 생각을 바꿔야 한다.[23]

'재일한인'은 생활에서 사용하는 언어로 자신의 기원을 서사화할 때 '전유'라는 기술로써 정주지의 언어를 '새로운 디아스포라의 언어'로 만든다. 빌 애쉬크로프트, 개레스 그리피스, 헬렌 티핀에 의하면 '전유란 모국어가 아닌 타자의 언어로 모국어의 정신을 전달하는 것'을 의미한다. 즉 그것은 상호 이질적인 문화적 경험들은 다양한 방식으로 전달하기 위해서[24] 언어

---

23) 서경식, 『시대를 건너는 법』, 한겨레출판, 2007, 215~216쪽 정리.

24) 따라서 재일한인이 일본어로 작품 활동을 하는 것과 한국어로 작품 활동을 하는 것은 구분되어 연구되어야 한다. 재일한인이 일본어라는 타자의 언어를 전유하여 글쓰기를 하는 것과 모국어로서 자신의 정체성을 강화하는 것의 차이가 있기

를 하나의 도구로 차용 및 선용하는 방식을 의미한다.25) 이는 탈식민주의의 전략으로서 일본어로서 고국의 역사를 기록하는 방식의 철저함에 대한 비판을 전면적으로 방어해 줄 수 있다.

김달수가 '무기'로서 일본어를 전유하여 사용할 뜻을 처음부터 밝힌 것26)과는 달리 김석범은 출발하는 태도에서는 김달수와 방향을 달리 했다. 김달수가 '일본어'를 수단으로 규정하여 일본어를 사용하는 것에서 애초에 압박감으로부터 탈피한 것에 비해 김석범은 이렇게 일본어를 사용해야 한다는 것이 '재일조선인 문학'이 식민지지배의 소산이라고 규정한다. 일본 어가 자신의 인생을 형성하는 것에 대해 자유로워지지 못함을 인정하고 스스로 일본어의 멍에에서 해방될 수 있는가의 문제를 집중적으로 연구한 결과, 김석범은 '지배자의 언어로 조선인이 문학을 한다는 의미'에 대한 답을 1976년 『재일조선인 문학』27)에 종합적으로 정리를 하게 된다. 김석범 은 여기에서 말의 보편적인 측면에 착안하여, "상상력으로 인해 개별적인 모습을 한 말의 속박에서 해방되지 않을까"28)라고 생각하게 된다.

때문이다. 재일한인이 일본어를 전유하여 사용할 때의 경계적 성격과 갈등의 표출이 내재된 서사와의 차이는 보다 심층적으로 규명되어야 할 연구부문이라고 할 수 있다.

25) 빌 애쉬크로프트·개레스 그리피스·헬렌 티핀, 『포스트콜로니얼 문학이론』, 이석호 옮김, 민음사, 66쪽.

26) "김달수는 일본과 한국과의 불평등 의식 때문에 일본어를 능숙하게 사용하게 되었고, 이 일본어를 다른 곳이 아닌 민족적 평등, 인간동지끼리의 이해를 위해 도움되는 곳에만 사용할 뿐이라고 했다.(尾崎秀樹, 「植民地文學の傷痕」, 『舊植民地文學の硏究』, 勁草書房, 1971, 6쪽 참조) 다른 말로 하면 일본어야말로 일본인이 한국인에 대해 가해온 불평등 몰이해에 대한 복수의 무기로 되었다고 주장한 것이다." 양왕용 외, 앞의 책, 135쪽에서 재인용.

27) 김석범, 『在日朝鮮人文學』, 岩波講座, 문학 제8권. 나중에 『재일의 사상』에 수록된다.

28) 김석범, 『재일의 사상』, 141쪽 ; 나카무라 후쿠지, 『김석범의 <화산도> 읽기—제주 4·3항쟁과 재일한국인문학』, 19쪽 참조.

김달수는 "일본어로 창작하는 것을 꺼리지 않았을 뿐 아니라 오히려 그것이 일본인의 잘못을 시정하기 위한 무기가 된다고 생각한다."[29]고 말함으로써 정주지의 언어를 도구화하고 있다. 후에 김석범은 김달수의 이러한 의도에 근거할 경우 일본어로 표현한다는 것이 나쁘지 않다고 옹호하였고 김석범 그 자신도 작가로서의 사명은 "어떤 수단에 의거한 현재의 작업을 통해 민족과 민족 간의 관계, 주어진 현실을 조금이라도 변혁하는 것"[30]이었기 때문이다. 이러한 생각은 재일한인 작가들의 조선어 능력과도 무관하지 않다. 디아스포라를 경험하는 작가들은 정주지의 언어로 정신이 형성된다. 제1세대 재일한인 작가들은 어린 시절에 일본으로 건너가 경험의 정신적 축적이 일본어로 이루어졌다. 이러한 타국의 언어로 정체성의 의식을 형성하는 것 자체가 이미 '디아스포라'의 조건이 된다고 할 수 있다. 언어라는 것에서마저도 소외되고 불행해지는 것이 디아스포라의 전제조건이기 때문이다.

재일한인 작가 1세대인 김달수·이은직 등은 민족의 역사를 타자의 언어인 폭압자의 언어, 일본어를 사용하여 기술한다. 재일한인 작가에게 민족어를 사용함으로써 순수함을 견지하라는 것은 모국어를 완전히 체득하지 못한 작가들에게 침묵을 강요하는 것이 된다. 오히려 강요된 언어를 전유함으로써 겪는 내적인 갈등으로 인해 작품의 내용은 더욱 깊어진다. 이러한 언어의 갈등으로 인해 모국어와 정주지의 언어 사이에서 방황하는 '디아스포라 주체'가 사용하는 언어의 성격은 고뇌의 언어가 된다.

이러한 고뇌를 품은 언어는 단지 정주지의 언어로서가 아니라 이산자의

---

29) 김석범, 『재일의 사상』, 133쪽 ; 나카무라 후쿠지, 『김석범의 <화산도> 읽기 - 제주 4·3항쟁과 재일한국인문학』, 16~17쪽.

30) 나카무라 후쿠지, 『김석범의 <화산도> 읽기 - 제주 4·3항쟁과 재일한국인문학』, 16쪽 참조.

언어로 재탄생된다. 재일한인의 언어는 따라서 이질적인 일본어로 생산된다. 이들은 번역될 수 없는 표현은 일본어의 외래어 표기법인 片仮名表記(가타가나 표기)를 빌어 표기한다. 이렇게 片仮名表記로 표기되는 것들은 주로 민족의 전통적인 풍습과 일본의 언어로서 전언될 수 없는 감정의 언어들, 의태어 의성어들이다.

조강희에 의하면, "일본어문장에 한국어 또는 한국어 어역을 한자 또는 가타가나 표기로 표기하는 이유는 한국어의 문화적 의미를 보다 분명히 표현하기 위해서이다. 제사의 한자만 표기하면 일본어의 さいし로 읽혀서, '구식=한국식 제사'라는 심층적 의미가 결합되지 않을 수 있다. 따라서 ジエサ(제사)라는 한국어 음을 片仮名表記로 표기함으로써 '구식=한국식 제사'라는 의미전달이 독자에게 보다 명확하게 전달될 수 있다."[31] 제1세대 재일한인 작가들은 한국어의 문화관련 어휘의 심층적 의미가 소실되지 않도록 하기 위하여 片仮名表記를 사용한 것을 알 수 있다.

김석범은 "허구의 세계에서 말이 변질되어 말 그 자신이면서도 그렇지 않은 관계가 생긴다. 그러나 이때 말의 개별적인 (민족적인 형식에 의한) 구속이 그 속에 내재하는 보편적 인자로 인해 해결되는 순간의 지속이 나타난다. 일본어에 의해 환기된 이미지의 세계는 이미 일본어가 아니더라도 만들 수 있는 이미지의 세계에 연결된다. 그곳에서 생성된 일종의 가역적인 공간은 일본어의 절대적 지배에서 벗어날 수 있는 새로운 공간일 것이다. 분명히 상상력에 의해 부정된 자기를 초월한 허구의 언어가 펼쳐지는 세계가 될 것이다."[32]라고 말하면서 지배자의 언어로 작품 활동을 하는 것의 압박으로부터 자유로워진다. 김석범은 비로소 지배자의 언어로 창작

---

31) 조강희, 「해방직후 재일한인 작가의 언어생활」, 『일어일문학』 제36집, 2007, 73쪽.
32) 김석범, 『재일의 사상』, 141쪽 ; 나카무라 후쿠지, 『김석범의 <화산도> 읽기-제주 4·3항쟁과 재일한국인문학』, 19쪽에서 재인용.

할 때도 조선적인 것이 표현될 수 있다는 확신을 갖게 되었고 일본어로 작품을 발표하기 시작했으며『몽유담』에서『만덕유령기담』을 계속해서 발표할 수 있었다.

　재일한인 작가들은 타자의 언어를 전유의 기법으로 디아스포라의 언어로 전환하여 침묵에서 벗어나 진정한 자신의 기원을 정리할 수 있게 된 것이다.

　바흐친은 "중립적이거나 아무에게도 속하지 않는 언어란 애초부터 존재하지 않는다."[33]라고 말한 바 있다. 나와 남의 언어가 어떻게 겹쳐지고 어떻게 영향받는가에 대한 관심은 곧 타자와 세계에 대한 관심의 다른 형태이다.

2. 공유기억과 '조국'

1) 역사적 상상력과 민족의 기록

　'디아스포라' 작가가 글을 쓰는 것은 자신의 이주의 역사와 차별의 사회, 굴욕의 현실을 이해하기 위해 행하는 생존의 전제조건이라 할 수 있다. 이러한 이해의 방법으로는 두 가지 원칙이 필요하다. 자신을 한 사회의 부분으로서가 아니라 전체적으로 조망하는 것 그러면서도 자신이 그 자체로서 목적성이 있다는 숭고한 깨달음을 목표로 하여야 한다.[34]

---

33) 바흐친 볼로쉬노프,『마르크스주의와 언어철학』, 송기한 역, 한겨레, 1988, 103쪽.

34) "사르트르가 쓴 <방법의 문제>라는 논문이 있어요. <현대>라는 잡지에 맨 처음 기고한 글인데, 나중에 <변증법적 이성비판(1960)>이라는 책의 제1장의 서문처럼 실립니다. 방법의 문제 : 역사 사회 인간의 현실을 이해하기 위해서는 두 가지 원칙이 필요하다. 하나는 헤겔로 상징하듯이 전체를 크게 조망한 객관적인 틀이다. 그리고 다른 하나는 각 개인은 역사의 단계나 사회의 부분이 아니라 개인 그 자체가 자기 목적이며 하나의 완결된 세계를 구축하고 있다는 사고이다. 바로 그 점에 깊은 의미가 있고 숭고함이 있다. 그러나 사회적, 역사적 확장은

이러한 서사화의 방법으로서 스스로 공동체, 역사적인 주체로 거듭나기 위해서는 식민지 지배로 인해 왜곡된 기억이 새롭게 구축되어 동원되어야 한다. 이때 필요한 기억은 전체적인 조망으로서 공동체가 향유할 수 있는 '공유기억'이라고 할 수 있다. Commemoration, 즉 공유기억의 작용은 기원적인 것, 전통 민족 고향의 상징체계로 연결되는 서사적 메커니즘을 구성한다.[35]

알라이다 아스만에 의하면 공동체에 의해 긍정적으로 평가되고 수용된 공동체 기억의 장소는 지나간 역사적 관심에 대한 이야기를 생산하고, 트라우마 장소의 경우는 아물지 않는 상처에 기초한 이야기를 생산한다고 한다.[36]

이러한 조국과 귀속감, 공동체와 묶여 있는 '의미의 모체'[37]가 생성될 수 있도록 제1세대 재일한인 작가는 역사의 기록에 집중한다. 정주하고 있지는 않지만 그들의 정신적 정주지의 역사를 기록함[38]으로써 공동체를

없다." 서경식·노마 필드·카토 슈이치 공저, 『교양 모든 것의 시작』, 이목 옮김, 노마드 북스, 136쪽에서 내용 참조.

35) 권명아, 「한국전쟁과 주체성의 서사연구」, 연세대학교 박사학위논문, 2001, 31쪽 참조.

36) 알라이다 아스만, 앞의 책, 430쪽.

37) 강상중, 『오리엔탈리즘을 넘어서』, 임성모 역, 이산, 1997, 14쪽.

38) "억압받는 자들의 전통은 우리가 그 속에서 살고 있는 '비상사태'가 상례임을 가르쳐준다. 우리는 이에 상응하는 역사의 개념에 도달하지 않으면 안 된다. 그렇게 되면 진정한 비상사태를 도래시키는 것이 우리의 과제로 떠오를 것이다… 우리가 체험하는 것들이 20세기에도 '여전히' 가능하다는 데 대한 놀라움은 전혀 철학적인 놀라움이 아니다."(벤야민, 『역사의 개념에 대하여』, 최성만 옮김, 도서출판 길, 2008, 337쪽.)
"우리는 역사를 필요로 한다. 그러나 우리는 그것을 지식의 정원에서 소일하는 나태한 자가 필요로 하는 방식과는 다른 방식으로 필요로 한다."(니체, 「역사가 삶에 대해 갖는 이점과 단점에 대해」, 『반시대적 고찰』 ; 벤야민, 『역사의 개념에 대하여』에서 재인용.)

묶어줄 역사를 창조하는 것이며 공동체가 공유할 수 있는 공유기억을 구축하는 것이다.

역사는 구성의 대상이며, 이때 구성의 장소는 균질하고 공허한 시간이 아니라 지금의 시간으로 충만된 시간이다.[39] 과거로부터 현재에 이르기까지의 시간성은 지금의 각도에서 다시 구성되는 것이다. 이렇게 역사를 구성하는 글쓰기를 함으로써 중심의 사회에서 대상화되던 타자인 '재일한인'은 비로소 주체가 될 수 있다.

주체의 필요성에 의해 세계가 요청되고 구성되어 역사라는 서사로 구축되는 것이 된다. 김달수, 김석범, 이은직은 이러한 재일한인 작가 1세대의 의무로서 '상상의 집합기억'을 생산[40]한다. "시인과 역사가에 의해 구상화되면서 역사의 서술은 항구성과 지속성을 획득한다. 이렇게 해서 이야기는 세계 속에 자리를 잡게 되며 우리의 시대를 넘어서 살아남게 된다."[41]

---

39) '<인간>은 세계 속의 객체일 뿐만 아니라 그것을 구성하는 주체이기도 한 것이다.' (강상중, 『오리엔탈리즘을 넘어서』, 68쪽 ; 벤야민, 『역사의 개념에 대하여』, 최성만 옮김, 도서출판 길, 343쪽.)

40) 이러한 재일한인 1세대의 문학적 성향은 재미한인 문학과는 다른 경향을 형성한다. 강용익, 김은국, 박인덕에 의해 형성된 재미동포 문학은 제1세대에서 작가의 체험이 든 자전적 소설이나, 이민을 와서 새로운 땅인 미국사회에 적응하여 정착하는 과정을 중심으로 작품을 형상화한다. 디아스포라 글쓰기는 이주한 지역과 그 지역 공동체의 성격에 따라 자연스럽게 다른 글쓰기의 과정을 보여준다.(최강민, 『탈식민과 디아스포라 문학』, 135쪽 참조.)
재미한인 문학에 대해 유선모는 『미국 소수민족 문학의 이해』, 신아사, 2001, 260쪽에서 다음과 같이 서술하고 있다.
"이들 전체적인 흐름은 한국인의 정체성 추구이지만 이들의 주제 면에서 살펴보면 이민 제1세대 작가들은 '자신의 이야기'이며, 제1.5세대 작가들은 '부모의 이야기', 제2세대 작가들은 대체적으로 미국 이민사회를 배경으로 한 '이민의 이야기'이고, 제3세대 작가들은 다시 '조부모의 이야기'로 회귀하고 있는 것이 그 공통적인 특징으로 나타나고 있는 것이다."

41) 한나 아렌트, 「어두운 시대의 인간성에 대하여」, 『어두운 시대의 사람들』, 권영빈 역, 문학과 지성사, 31쪽.

　제1세대 재일한인 작가는 다음의 세대를 위하여 '이질적인 세대구조를 착상시키는'[42) 공동체 역할을 한다. 이들이 형성하고자 하는 시간의 정체성은 '과거의 기억'[43)이다. 이 '과거의 기억'은 '상상의 공동체'가 꿈꾸는 '상상의 기억'이며 이 공동체가 그려내는 '심상역사'이다. 민족이란 이미 '상상적인 공동체'이다. 그러나 내부의 다수에 의해 배제된 소수는 이 '상상의 기억'으로 공유역사를 구축하기 위해 역사를 기록해야만 하는 생존적인 글쓰기를 진행하여야 했다.

2) 모국의 심상 공간 : 섬

　서경식은 늘 자신이 정주공간과 이주공간에 대한 질문들에 노출되었다고 구술한 바 있다.[44) 디아스포라인들은 항상 공간에 대해 질문을 하고 질문을 받는다. 이런 의미로 '재일한인' 작가들이 자신의 작품에서 어떤 공간을 형상화하고 있는가를 살펴보는 것은 매우 중요하다. 재일한인 작가 1세대가 서술하고 있는 공간은 조국이다. 이때 조국은 돌아가야만 하는 장소인 동시에 지금 이곳에는 없는 장소, '한반도의 조선'이다. 이 시공간은 '여기가 아닌' 공간이다. 1세대의 작품과 달리 2세대의 이야기에는 개인적인 체험 속에 교차된 민족적 서사가 변이된 연대감으로 구성되어 나타난다.

---

42) 강상중, 앞의 책, 160~161쪽 참조.

43) 발리바르는 게마인샤프트가 형성될 때 그 응집력을 갖게 해주는 공유대상을 '상상의 기억'이라고 부른다. 베네딕트 앤더슨을 언급하고 있는 데에서도 알 수 있듯이, 발리바르가 앤더슨의 '상상의 공동체'에서 착상을 떠올린 것은 분명하다. 월러스틴의 '과거의 기억'도 '상상의 공동체'와 서로 통할 것이다. 또 이는 사이드의 '심상역사'와도 통한다. 강상중, 앞의 책, 163쪽 참조.

44) "재일 조선인으로 말하자면 '당신은 왜 일본에 있는가?' 또는 '왜 귀화하지 않는가?' 아니면 '왜 조선으로 돌아가지 않는가?'라는 등의 무신경한 물음에 대답해야 하는 것 또한 하나의 단절의 경험이라 할 수 있을 것입니다." 서경식·타카하시 테츠야 지음, 『단절의 세기 증언의 시대』, 김경윤 옮김, 삼인, 155쪽.

'거대 중심적 권력의 중심에 자리잡아 온 지리적 역사적 비전에 의해 지배당했던 지형에서 이탈한 장소, 아니 기억되어야 할 역사와 정주해야 할 토지가 없는 국가 없는 백성으로 사는 유랑민'[45] 의식이 한층 더 심화되어 나타난다. "역사가 대상으로 삼는 과거는 그것을 구원으로 지시하는 어떤 은밀한 지침을 지니고 있다."[46] 따라서 김달수 등 재일한인 작가 1세대가 기억으로 생성한 고향의 기억은 구체적인 물질성을 확보하지 못하고 상상의 영역 안에 남을 수밖에 없다. 한나 아렌트에 의하면 인간은 스스로 만들어 놓은 인공세계를 가진다는 점에서 다른 동물과 구별된다고 했다.[47] 이들의 공간은 이처럼 인공적으로 구축된 세계이다.

제1세대 재일한인 작가들이 작품에서 형상화하는 공간은 '한반도'이며 해방이후의 고향이다. 모국의 형상화는 동질적 유대의식을 더욱 확장시키게 되기 때문이다. 그런데 이 시공간을 채우고 있는 역사적 내용은 해방이후 모국의 고통스러운 현대사이다. 이런 고통과 투쟁의 역사는 이산자의 자아 정체성과 상응하는[48] 바가 있다. 즉 조국의 역사를 고통의 역사로 기술하는 것은 피식민자가 경험한 고통과 소수자로서의 갈등과 투쟁과 동질성을 확인하도록 하고 모국과 유대감을 확보하도록 하기 때문이다.

김달수가 서술하는 해방이후의 공간은 체험의 공간이긴 하지만 제한된 체험의 공간이다. 그러므로 기억의 왜곡과 변형이 개입되었으며 전체적으로는 그가 구축한 상상 역사의 공간이 된다. 즉 그가 기술한 조국의 역사는 체험과 기억의 역사가 아니라 타자의 땅에서 자신이 경험한 민족의 소수로

---

45) 강상중, 앞의 책, 194쪽 참조.

46) 발터 벤야민, 『역사의 개념에 대하여』, 최성만 옮김, 도서출판 길, 2008, 331쪽.

47) 한나 아렌트, 「근본악과 세계애의 사상」, 『인간의 조건』, 이진우·태정호 옮김, 한길사, 1996, 33쪽.

48) 임진희, 『한국계 미국 여성문학』, 태학사, 2005, 40쪽 참조.

서 체험한 심상의 역사이다. 김달수는 조국의 수탈과 재식민지화를 서사화하고 있는데 사실 이러한 폭력의 역사는 여전히 진행되고 있는 사실의 기록이 된다.

'재일한인' 1세대 작가들은 모두 해방 후의 조국에 대해 작품에서 서술하고 있다. 민족이 있고 민족의 땅이 있으나 돌아갈 수 없고 타자의 공간에 있을 수밖에 없음을 전달하는 의무로써의 글쓰기임이 밝혀지는 부분이다. 이때 작가들이 묘사하고 있는 시공간의 혼돈에 대해 주목할 필요가 있다. 재일한인 1세대들은 조국의 혼란으로 인해 디아스포라의 상황이 고착되고 있음을 전하고자 했던 것이다. 김석범은『화산도』에서 김석범의 분신인 주인공이 밀항으로 일본으로 돌아가야 할 운명에 처해짐으로써 작품을 끝맺고 있다. 역사를 상상하여 구축하고자 했을 때 어쩌면 영웅적이며 자긍심을 줄 수 있는 역사를 서술할 수도 있었을 것이다. 그러나 재일한인 1세대 작가들의 글쓰기 작업은 자신들이 생산될 수밖에 없었던 상황, 즉 디아스포라가 필연적으로 전제될 수밖에 없었던 상황을 소설공간을 빌어 전하고자 한다.

김달수 등의 재일한인 1세대 작가들이 글로써 형상화하고 있는 시공간을 확인해보면, 해방 후 혼란스러운 정국과 사회상을 보여 주고 그로 인해 일본으로 돌아갈 수밖에 없었던 자신들의 상황을 알리는 것이 목적이었음이 밝혀진다.

김달수, 김석범, 이은직은 역사소설이라는 형식으로 중심에서 배제된 인물을 통해 해방공간이 진정한 해방공간으로서 자리잡고 있지 못하고 있음을 보여준다. 이러한 모순의 공간과 혼돈의 역사는 모두 강제적 이주를 발생시킨 제국주의와 지배세력의 폭압이 아직도 지속되고 있음을 폭로하는 것이라 할 수 있다. 또한 해방이후 일제의 식민주의적 잔재로 인해 여전히 야기되고 있는 혼란의 사회를 고발하여 '디아스포라의 난민'의 존재에 대해 일본의 책임을 묻는 것이기도 하다. 조국이 아직 분열되어 있고 강제적 이주의 상태가 지속되고 또 해결될 가능성에 대한 두려움을 내포한 혼돈의 공간을 제시함으로써 디아스포라의 불안한 지속을 암시하고 있는 것이다. 이들의 글쓰기 행위는 해결하지도 않고 또 계속 무관심으로 일관하고 있는 중심의 사회에 대해 역사적 진실로서 대응하고자 하는 전략적인 행위임을 알 수 있다.

작품	김달수 『태백산백』	김석범 『화산도』	이은직 『탁류』
시대적 배경	해방에서 1946년의 '10월 투쟁'	1948-1949년 제주도 4·3사건	1945년 8월 15일 해방에서 1946년 10월 항쟁
공간적 배경	남한	제주도	남한
내용	해방후 서울을 무대로 한 미완결 대하소설	해방후 제주도와 서울을 무대로 한 완결 대하소설	해방후 남한을 무대로 한 대하소설
자전적 인물	서경태	남승지	이상근
중심인물-영웅적 인물	백성오	이방근	이상근
선행 작품	『현해탄』 (내용의 연계)	『까마귀의 죽음』[49] (연계-장양순/장명순)	
	1964~1968년에 『문화평론』에 <태백산맥>을 연재	1960년대 중반부터 재일조선문학예술가동맹 기관지 『문학예술』에 조선어로 쓴 <화산도> 연재, 1970년대부터 일본어로 <화산도> 재집필. 1983년에 <화산도> 전3권으로 간행. 1986년 속편이 『문학계』 6월호에 게재, 1997년 가을 제7권 간행으로 완결.(전7권, 20년간 집필)	전2권 1968년 출판.

---

49) "<까마귀의 죽음>을 쓰고 나서 약 30년이 지난 오늘날 새삼스레 느끼는 것은, 이 처녀작품이 이후의 창작 전체를 지배해 왔다는, 이른바 원점이 되고 있다는 사실이다." 김석범, 『까마귀의 죽음(鴉の死)』, 講談社文庫, 1985, 후기.

'재일한인' 제1세대 작가들이 서술하고 있는 공간은 현재 그들이 정주하고 있는 공간, 호스트랜드(host land)가 아니라 떠나온 조국, 그들이 발생한 홈랜드(home land) 공간이다. 김달수의 작품에 나오고 있는 공간은 혼란에 싸여 있기는 하나 지금 그가 살고 있는 일본이 아니라 '조선' 즉, 해방 전과 해방 후의 한반도가 작품의 주배경이다. "일본에서 글을 쓰는 이상 조선 사람들의 진실된 생활을 그려, 그것을 일본인들에게 보여줌으로써 조선인에 대한 생각을 조금이라도 정정할 수 있도록 하자는 발상이지요. (중략) 일본인과 조선인의 관계를 인간적인 것으로 하고 싶다고 하는 것에 저의 큰 테마가 있지요. 아마도 죽을 때까지 변하지 않을 총 주제라고 생각합니다."[50]

이러한 창작 동기로 하여 그는 일본사람에게 읽혀지기를 기대하며 글을 쓴다. "'이 작품이 누구에게 읽혀졌으면 좋겠는가'라고 물어 온다면 나는 일본사람에게 읽혀졌으면 좋겠다. 특히 조선 사람 이외의 사람들에게 읽혀지기를 바란다고 대답할 것이다. 일본어로 글을 쓰는 이상 조선인 독자를 예상치 않는다."[51] 그는 일본인에게 조선과 조선민족을 말하기 위해 글을 쓴다. '인간적 진실'을 쓴다고 했지만 그러나 사실은 김달수에 의해 선택된 민족적 정체성이 함축된 선택적 역사를 김달수는 『현해탄』, 『태백산맥』 등을 통해 기술한다.

김달수의 작품 활동은 『태백산맥』[52]에서 집대성된다. 『태백산맥』은 15년 전 발간한 『현해탄』과 더불어 같은 내용을 다루고 있는 역사소설이다.

---

50) 김달수, 「비디오테이프」, 『아사히신문』, 1976.4.10 ; 최효선, 『재일동포문학연구-1세 작가 김달수의 문학과 생애』, 34쪽에서 재인용.

51) 김달수, 『김달수 소설전집』 4, 저자 후문, 해제, 298쪽.

52) "1964년 9월호부터 68년 9월호까지 잡지 문화평론에 연재했던 것이다. 15년 전 출간한 『현해탄』의 속편이라 할 수 있다." 김달수, 「태백산맥 한국어판 서문」, 『태백산맥』, 임규찬 옮김, 연구사, 1988.

『현해탄』은 전쟁 중, 즉 태평양전쟁 중의 조선 경성이 중심무대이지만 『태백산맥』은 전후, 즉 8·15해방 후의 서울이 중심무대가 되고 있다. 두 작품 다 거기에서 살아가는 조선인의 생활과 저항[53]을 다루고 있다. 이 작품에서 '한반도'에서 일어났던 투쟁의 역사를 기록하고는 있지만 이때의 한반도는 분열되어 있지는 않다. 남북한 분열이 없이 하나로 존재하며 제국주의의 미국이나 우익이 제거된 이상적 공간을 위한 투쟁의 역사를 기술하고 있는 것은 '재일한인' 1세대 작가들의 욕망이 투영된 것이라고 할 수 있다. 이상을 지향하는 유토피아를 위해 싸우는 항쟁의 과정을 묘사함으로써 치열하게 살고 있는 조국의 모습에 현재 일본에서 치열하게 자신을 증명하고 있는 자신들의 모습을 투영하고 있는 것이라고 할 수 있기 때문이다. 동질적 자아들의 투쟁은 공간은 다를 뿐이지만 상상하고 있고 지향하고 있는 이상향을 구축하기 위해 노력하는 자신들을 재현하고 기록하는 것이다.

바흐친[54]이 말한 바 있듯이 작가는 자신의 세계관을 형상화하기 위해 작품 내에서 시간과 공간의 결합을 유기적으로 구현해낸다. 김석범은 『화산도』에서 '제주도'라는 구체적인 공간을 단지 배경으로 설정하는 것에 그치지 않고 민족의 공간으로 확장하여 상징적으로 재현한다. 김석범은 민족이 식민지배에 아직도 종속되어 있음을 극적으로 재현할 혁명적 사건으로 '제주도 4·3사건'을 주목한다. 이 사건의 역사성과 고립된 땅이라는 섬이라는 상징을 통해 탈식민의 시대에 여전히 식민의 존재로서 살아야 하는 해방 후의 조선과 타자의 정체를 상징화한다.

이산인에게 '고향'은 언젠가 다시 돌아가리라는 디아스포라적 욕망의

---

53) 김달수, 「태백산맥 한국어판 서문」, 『태백산맥』, 임규찬 옮김, 연구사, 1988.

54) 미하일 바흐친, 『장편소설과 민중언어』, 전승희·서경희·박유미 역, 창작과 비평사, 2002, 260쪽 참조.

공간이다. 돌아갈 수 없는 억압의 시공간에서 욕망하기만 하는 시공간으로서의 공간이 '고향'이다. 이 디아스포라 욕망의 변용을 살펴보는 것은 사실상 정체성의 변화과정을 살펴보는 것과 일맥상통하는 점이 있다.[55]

그렇다면 왜 4·3사건인가? 김석범은 "4·3사건의 근본원인은 미국의 남한 점령과 그 군정에 의한 혹독한 인민 탄압정책이며, 1948년 5월 남북분단을 고정화시킨 남한만의 단독선거 강행이다."[56]라고 말하면서 1988년에 다시 한번 "어디까지나 이것은 해방 후에 있어서의 미 제국주의 점령 하에서 일어난 문제이며, 한반도의 남쪽에만 단독정부를 만들겠다는 미국의 정책을 포함해 전체적으로 파악해야 하는 것입니다. 바꾸어 말하자면 분단되어 있는 조국의 모순이 가장 집중적으로 표현된 것이 제주도 사건이 아니었나 하고, 아주 관념적이지만, 나는 그렇게 생각하고 있습니다."[57]라고 말한다. 그리고 1997년 10월 28일자 『제민일보』 김종문 기자와의 인터뷰[58]에서 "미군정하에서 발생한 제주 4·3사건은 민족분단의 모순이 상징적

---

55) 바흐친은 예술적 공간을 예술작품의 독자적인 형식범주로 보지 않는다. 공간은 항상 시간과 긴밀한 내적 연관을 맺고 있으며, 이 양자 간의 불가분의 관계가 하나의 통일된 전체로서 문학작품 속에 구조화되어 나타난다고 본다. 그래서 바흐친은 예술적 공간이라는 개념을 독자적인 의미로 사용하지 않으며, 작품 속에 예술적으로 표현된 시간과 공간 사이의 내적 연관을 지칭하는 '크로노토프'라는 개념을 사용한다. 바흐친에 의하면 크로노토프는 공간 안에서 시간을 객관화하는 중요한 수단으로 작용하면서 동시에 구체적 재현의 중심이며, 소설 전체에 실체를 부여하는 힘으로 나타난다. 송명희, 「김정한 소설의 크로노토프」, 『한국문학이론과 비평』 제25집(8권 4호), 한국문학이론과 비평학회, 2004.12, 110쪽에서 참조.

56) 김석범, 『문예』, 1992년 12월. 나중에 화산도 제3권 후기에 수록. 나카무라 후쿠지(中村福治), 『김석범의 <화산도> 읽기―제주 4·3항쟁과 재일한국인문학』, 삼인, 137쪽에서 재인용.

57) 김석범, 「왜 4·3을 고집하는가」, 『제주도 '4·3사건'이란 무엇인가』, 신간사, 1988, 44쪽 ; 나카무라 후쿠지(中村福治), 『김석범의 <화산도> 읽기―제주 4·3항쟁과 재일한국인문학』, 삼인, 137쪽에서 재인용.

58) 『제민일보』―『제주신문』. 나중에 『4·3과 역사』 제29호, 제주 4·3연구소, 1997에

으로 표출된 사건”이라고 해석하는 것에서도 동일한 의식을 발견할 수 있다.

역사는 기술하는 사람에 의해 선택되고 조합된 허구적 집합체[59]라는 정의에 근거해 보았을 때 결국 재일한인 1세대가 기술한 역사기술에서 선택하고 제시하고 있는 시공간이 재일한인에게 어떤 의미가 있는지에 대해 주목해 보아야 할 것이다. “역사적 대상은 현재성과의 애매모호한 유사점들을 보여주는 것이 아니라 현재성이 해결하지 않으면 안 되는 엄밀한 변증법적 과제 속에서 구성”[60]되기 때문에 김달수, 김석범이 기술하는 서사적 공간은 해결해야 할 ‘문제적 공간’으로 구축된 것이다.

김석범이 형상화한 ‘제주도’는 토머스 모어가 언급한 충족된 공간, 유토피아가 아니다. ‘유토피아는 현실 속에 결핍된 인간의 무의식적 욕망이 증폭시켜 만들어낸 환상의 지대’이다.[61] 그런 의미에서 ‘제주도’는 환상의 지대가 아니라 유토피아가 실현될 터전과 과정으로서의 공간으로 제시되고 있다. 즉 이상화된 사회를 위해 과정적 혁명이 진행되는 섬, 제주도에서 혁명을 위해 투쟁하고 생명을 거는 인물들이 활동하는 그 공간의 역동성을 김석범은 주장하고 싶은 것이다. 이런 점에서 ‘화산도’는 ‘생존투쟁의 상징적인 존재’를 함의한다.[62]

이 섬을 최후의 거점으로 하여 몽고 침략군과 몽고에 굴복한 고려 관군을

수록.

59) 퍼트리샤 워(Patricia Waugh), 『메타픽션』, 김상구 역, 열음사, 1992, 141쪽 참조.

60) 발터 벤야민 지음, 『역사의 개념에 대하여 외』, 최성만 옮김, 도서출판 길, 2008, 280쪽.

61) 최강민, 앞의 책, 123쪽.

62) “외적의 침입에 맞서 스스로가 자신들의 안위를 지켜내야 했음을 말하고 있다.” 김학동, 앞의 논문, 199쪽.

맞아 싸웠던 삼별초군의 옛이야기도 그렇지만, 오름마다 있는 봉화대에
왜구를 발견했다는 연기나 봉화가 오르면, 한밤중에도 마을 사람들이
손수 만든 무기를 들고 집에서 뛰쳐나왔다고 한다.(『화산도』 1권, 8쪽)

이조시대 중앙의 정계에서 쫓겨나 낙향, 육로 천리, 해로 천리의 끝에
있는 유배지. 제주도 사람들은 거의 유배당한 양반들, 옛날의 정치범들의
자손이지요, 라고 문난설이 말했다. 이방근은 그렇다고 대답했다. 이곳은
옛날부터 중앙에서 멸시당하고 학대받아온 반항의 땅이지요.(『화산도』
1권, 64쪽)

지속적으로 일본에서 생존을 위해 투쟁하고 표류하고 있는 고립된 자신
의 처지는 공간적 표상인 '섬'[63]과 동일화된다.[64] '섬'이라는 공간은 김석범
의 '고향'이자 작가 자신의 타자적 표상인 것이다.

'제주도'는 '4·3항쟁'을 겪음으로써 그 역사의 소용돌이 속에 휘말려
돌아갈 수는 없으면서도 영원히 욕망하기만 하는 대상이 됨으로써 디아스
포라의 공간으로 재구축되는 것이다. 나카무라 후쿠지(中村福治)는『김석범
의 <화산도> 읽기―제주 4·3항쟁과 재일한국인문학』을 통해 김석범의

---

63) 총련계 재일조선인들은 하나의 '사회적인 섬'을 이루며 살아가고 있다. 이들 커뮤니
티는 사실상 외부의 자극―일본의 동화 차별정책―에 대항하는 것으로 스스로
자신들의 둘레에 경계를 만듦으로서 고립을 초래하게 되었다. 즉, 그들은 일본의
소수민족 동화정책에 대한 저항의 의미로서 그에 대한 반발적 적응으로 그들과
외부와의 경계를 나타냈다고 볼 수 있다. 그것은 외적 경계이자 내적 경계로서
작용하는 커뮤니티이다. 조선학교를 비롯한 총련계 재일조선인 커뮤니티에서
'경계유지기제'로서 집단을 이루며 '사회적인 섬'을 통하여 생존한다. 그들을 폐쇄
적인 부정적 집합체로서 바라보는 외부자의 시각에만 의존해서는 안 된다. 이들
내부자의 시각에서는 이들은 이러한 커뮤니티를 통해서 내부자끼리의 유대감을
통해서 자신을 발견하고 민족적 애착을 형성했다. 손애경, 「총련계 재일조선인
커뮤니티와 조선학교」, 서울대 석사학위논문, 2006, 55~60쪽 참조.

64) 소설에 형상화된 공간은 문학 사회적 관례와 밀접한 관계가 있다. 김병욱, 「언어
서사물에 있어서 공간의 의미」,『내러티브』 2호, 한국서사연구회, 2000, 152쪽.

화산도가 얼마나 사실에 기반을 두고 있는지의 문제를 우선적으로 검토하고 있다. 그러나 김석범의 『화산도』는 역사적 사실을 자신의 역사적 시점으로 재구성한 디아스포라 난민의 '화산도'를 기술한 것일 뿐이다. 미군정이 등장하는 김석범의 『화산도』에서 시대적 배경을 잘못 설정했다는 나카무라 후쿠지(中村福治)의 지적은 사실이긴 하지만 이는 김석범의 작품의 서술 의도를 살펴보면 의도적 오류인 것으로도 파악할 수 있는 지점이 있다. 김석범이 처음에 이 제주도 4·3사건을 소설로 서사화하기로 한 것은 '대상황으로서의 제주도의 4·3사건'[65]을 재현하려는 것이었기 때문이다.

김석범[66]은 '제주도'를 '디아스포라인'들이 돌아가고 싶은 공간으로 구체화되고 있는 것이 아니라 '떠날 수밖에 없는' 공간으로서 출발점으로 의미를 설정한다. 이는 '여기'서의 불가능성을 '거기'라는 이상향을 통해 가능성으로 바꾸어 버림으로써 패배를 지연시키는 방식이다.[67] '영원한 고향'인 동시에 '돌아갈 수 없는 공간'이 됨으로써 '이산'은 운명이 되는 것이다.

김달수와 이은직, 그리고 김석범의 재일한인 1세대 소설들의 제목들은 다양한 상징적 의미를 갖는다.[68] 화산도는 '생존투쟁의 상징적인 존재'를 함의한다.[69] 또한 자신의 처지를 공간화한 공간적 표상이다.

---

65) 『매일신문』, 1997.12.11, 나중에 『새누리』 제29호 수록 ; 나카무라 후쿠지, 『김석범의 <화산도> 읽기─제주 4·3항쟁과 재일한국인문학』, 136쪽 재인용.

66) 김석범에 대한 연구로는 김환기, 유숙자, 이한창의 논문에 정리되어 있다.

67) 임정연, 「1920년대 연애작품 연구 : 지식인의 식민성을 중심으로」, 이화여대 박사학위논문, 2006, 87쪽.

68) 김현숙, 「이태준 소설의 기호론적 연구」, 이화여대 박사학위논문, 1991, 13~15쪽 참조.

69) "이 섬을 최후의 거점으로 하여 몽고 침략군과 몽고에 굴복한 고려 관군을 맞아 싸웠던 삼별초군의 옛이야기도 그렇지만, 오름마다 있는 봉화대에 왜구를 발견했다는 연기나 봉화가 오르면, 한밤중에도 마을 사람들이 손수 만든 무기를 들고 집에서 뛰쳐나왔다고 한다." 『화산도』, 8쪽 ; "외적의 침입에 맞서 스스로가 자신들의 안위를 지켜내야 했음을 말하고 있다." 김학동, 앞의 논문, 199쪽.

"이조시대 중앙의 정계에서 쫓겨나 낙향, 육로 천리, 해로 천리의 끝에 있는 유배지. 제주도 사람들은 거의 유배당한 양반들, 옛날의 정치범들의 자손이지요." 라고 문난설이 말했다. '이방근'은 그렇다고 대답했다. "이곳은 옛날부터 중앙에서 멸시당하고 학대받아온 반항의 땅이지요."(『화산도』 1권, 64쪽)

김석범이 구축한 모국의 공간이 제주도여야 하는 이유는 또한 1948년에서 1949년의 제주도 4·3사건이 있었기 때문이다. 제주도 4·3사건으로 군경에 의한 엄청난 양민학살이 일어났던 때의 시간을 배경으로 한 제주도에서의 의미에 주목할 필요가 있다.

김석범의 『화산도』는 '제주도' 4·3사건의 비극을 통해 식민주의의 잔재에서 해방되지 못하고 여전히 제국주의의 지배를 받고 있는 한반도의 양상을 '제주도'라는 공간에서 구체화하고 있는 작품이다. 돌아가고 싶은 공간인 제주도가 4·3사건으로 돌아갈 수 없는 처절한 비극의 공간이 되어 동포를 살육하는 공간이 되고 있다. 돌아가야 하는 조국이 돌아갈 수 없는 공간으로 설정됨으로써 '재일한인'의 디아스포라가 끝나는 시간과는 멀어지고 있는 것일 거라는 인식이 반영되고 있다.

또한 세 작가의 작품 모두에서 드러나고 있듯이 한반도 분단의 원인이 된 신탁통치에 대한 인식을 볼 때 조국은 돌아갈 수 없는 공간으로 형상화되고 있다. 『화산도』에서 신탁통치는 모든 것의 화근으로 정의되고 있다.

과거에 조국을 팔았던 자들이 갑자기 애국세력으로 등장함으로써 일의 순서가 뒤바뀌어 버리는 기묘한 현상이 독립 조선에 나타난 것(『화산도』 1권, 235쪽)

신탁통치 이것이 모든 것의 화근이었다고 말해야 할지도 모르겠다.(『화

산도』 1권, 235쪽)

한마디로 말해 문제는 '신탁통치'에 있었다. 1945년 12월 영·미·소 3국의 외상회의가 모스크바에서 열려 조선반도의 영·미·중·소에 의한 4개국 신탁통치가 결정되잖아. 5년간의 통치 후 조선에 자주적인 민주정부를 수립시킨다는 정치적 스케줄이었지. 그 이야기가 전해졌을 때 공산당은 정면에서 반대했지만, 소련의 방침이라는 것을 알고 하루아침에 찬성으로 돌아섰던 거야, 하하하.… 그런데 1946년이 되자 처음에는 10년간의 신탁통치를 주장하던 미국이 갑자기 신탁반대로 정책을 전환했고, 그것을 배경으로 이승만 박사하고 지금은 여당이 된 한국 민주당이 '반탁 애국 찬탁 매국' 운동을 전개하기 시작한 거지. 이 나라의 잘못 끼워진 첫 단추는 거기서 시작된 것이지.(『화산도』 5권, 69쪽)

모스크바 외상회의 결정의 지지, 좌익들이 주장하는 것처럼 5년간의 '신탁통치'를 실시했어야 했어.(『화산도』 5권, 69쪽)

김석범, 이은직 모두 다 남한만의 단독정부수립에 대한 반대와 남한이 우선적으로 신탁통치를 한 것에 대해 강한 의문을 제시한다. 두 작가 모두 한반도의 역사를 구성하는 방식에서 실제 역사와의 사실성 여부보다는 자신들이 생산하는 해방이후의 역사를 기록하는 구성적 공간으로 사실 그들의 조국은 '추상적인 공간'으로서의 조국이다. 즉 김석범이 형상화한 '제주도'는 실제 제주도가 아니어도 될 추상적 공간이다. '제주도'가 선택된 것은 자신이 유년시절[70]에 경험한 곳이 제주도라는 '공간기억'에 의지하여

---

70) 1925년 김석범의 모친은 임신한 상태로 제주도에서 오사카로 건너가 그곳에서 김석범을 낳는다. 어렸을 때 부모와 함께 몇 번에 걸쳐 제주도에 가곤 했는데, 철이 든 후 간 것은 초등학교를 마친 다다음 해 여름이 처음이며 현지에서 수개월을 지냈다고 한다. 그리고 18살 가을에 제주도에 가 다음해 여름까지 수개월을 지냈다고 한다. 이어 1945년 3월 징병검사를 현지에서 받는다는 명목으로 서울로 간다.

응축한 구체적 지명이다.

이러한 추상적이며 심상적인 공간성은 김석범의『화산도』에서 제주도 공간을 여성의 신체적 공간인 어머니의 공간으로 응축되고 형상화하는 데에서도 드러난다. 주인공인 '이방근'이 빠져드는 원초적 공간은 '부엌'이라는 여자의 몸이다. '부엌'이는 모든 갈등과 고뇌를 품어주는 신체공간으로 제주도의 바다의 냄새라는 후각적인 신체감각을 자극하는 것으로써 자연의 공간으로 확대된다.

> 바보같은 여자. 부엌이는 기계나 노예처럼 착해. 그래서 나를 지배하는 거야. 이방근은 생각한다. 요구하면 언제라도 응하고, 요구하지 않으면 언제까지라도 기다린다. 이방근과의 사이에 아무 일도 없었던 것처럼, 그녀 쪽에서 보내는 신호는 두 사람 사이에 성립되지 않았다. 그런 부엌이가 일단 움직이면, 미묘하고 부드러워져, 더 이상 기계도 노예도 아닌 존재로 변해버린다. (중략) 여자의 숨결과 함께 청새치자반의 썩은 냄새가 풍겨온다. 그 냄새의 밑바닥에서, 활짝 열린 목구멍 깊숙이에서, 꽃가루를 으깬 듯한 냄새다. 격렬한 기세로 솟구쳐 올라온다. 그것은 이방근의 입안에서 확실한 형태를 이루어 팽창한다. 그는 냄새의 심해 속으로 잠겨든다. 해초가 몸을 휘감는다. (중략) 몸집이 큰 편이긴 하지만, 기껏해야 60키로 정도의 여체에 불과하다. 그러나 그 몸은 추상적인 냄새에 의해 확대되고, 하나의 여체를 넘어 자연의 공간속으로 들어간다. 그리고 하나의 존재로서 냄새를 풍기기 시작한다.(김석범,『화산도』1권, 230쪽)

김석범은『화산도』를 원초적이며 원형적 공간으로 구체화하게 된다.

6월에 제주도로 돌아온 후 같은 해 가을 다시 서울에 가며, 다음 해 여름 잠시 일본으로 돌아온다. 그 후 "결국 다시 돌아가지 못해 그것이 서울에서의 마지막 체재이자, 조국에서의 마지막 생활이 되었다."『자필연보』와『고국행』, 40쪽 ; 나카무라 후쿠지(中村福治) 지음,『김석범 <화산도> 읽기─제주 4·3항쟁과 재일한국인 문학』, 삼인, 135쪽에서 재인용.

김석범의 『화산도』는 재일한인 1세대들을 추방한 원형의 공간으로 타자의
배제성을 표상하는 한편으로 이 공간은 다시 돌아갈 수 없는 모국(母國)이라
는 점에서 여성적 자연이라는 '심상적 공간'으로 확장되는 것이다.

3. '반편'의 정체성과 역사적 주체의 복원

1) 미확립의 정체성 : '반편'

김달수 등 재일한인 제1세대의 작품에는 '재일조선인의 전형' 혹은 '작가
의 분신'이라 할 수 있는 인물이 등장한다. 『비망록』에서의 '신석돌'은
강원도 산간에서 후쿠시마(福島)의 탄광에 끌려 와 해방을 맞고도 고향에
돌아가지 못한 재일한인으로 한국식 불고기집을 경영하면서 경제적으로
성공한다. 그는 다른 재일한인 1세대와 같이 조국에 대한 애정과 희망을
품고 있는 자다. 끈질긴 생명력을 가지고 있는 인물들은 『야노츠 고개』의
'이문재(소할아범)', 『번지없는 부락』의 '윤천직(윤첨지)', 『손영감』의 '손영
감' 등도 '신석돌'과 같은 유형의 인물이다.[71]

김석범 또한 『까마귀의 죽음』에서 등장한 '정기준'을 통해 자신의 정체성
을 드러낸다. '정기준'은 제주도에서 태어나 일본에 유학을 했으며, 해방
후 고향에 돌아와 미군정청의 통역으로 진짜 모습은 감춘 채 거짓된 모습으
로 살아가고 있다. 재일한인 세대는 차별 때문에 평생 진짜 모습을 드러내고
싶어 하지 않으려고 할 수도 있는 존재이다. 그러나 민족이라는 집단은
이들에게 자신의 민족성을 드러내도록 강요하곤 한다. 이것을 강요라고

---

71) 최효선, 『재일동포문학연구－1세 작가 김달수의 문학과 생애』, 문예림, 2002,
　　28~29쪽. "이은직은 『탁류』이후 『인물 열전』을 통해 역사속의 영웅을 선별하여
　　제시함으로써 존경의 대상인 이상적 인물들을 민족의 전형으로 제시하는 작업을
　　하였다."

하는 이유는 귀화나 전향을 택한 자에게 더 가혹한 갈등을 전가하는 압박이 실제로도 존재하기 때문이다. '정기준'이라는 인물은 한국국적과 조선국적 사이의 선택에서 자신의 본심을 위장한 채 살아가야 하는 딜레마를 안고서 투쟁의 격동기를 살아야 했던 작가 김석범의 투영이라고 할 수 있다.

김석범은 1970년대 이회성이 아쿠다가와상을 수상하면서 조선인 작가에 일본문단과 매스컴의 관심이 쏠릴 때『까마귀의 죽음』을 발표함과 동시에 재일조선인 문학에 대한 평론을 잇달아 발표하면서 '재일조선인 문학'이라는 말의 일반화에 동기가 된 인물이다.[72] 그는 자신의 정체성을 그린 작품을 쓰고 자신의 문학을 명명하는 활동을 하는 등 '재일조선인 문학'에 대한 규정을 확립하고자 한 작가이다. 즉 김석범은 재일조선인 문학의 문학사의 기술에 혼신의 힘을 기울인 작가라고 할 수 있다.

그런데 재일한인 1세대 작가들의 서사를 역사로서 읽어야 할 이유는 이들이 소설을 쓰면서 허구적 인물에 자신의 이력을 배경으로 설정하면서 사실의 증거를 기록자료로 제시하고 있고 같은 인물과 사건에 대한 것을 반복적으로 발표하고 있기 때문이다. 김달수의『태백산맥』은『화산도』의 후속작이며『현해탄』에서 설정된 인물들의 그 다음 이야기이다. 1943년 5월의 식민지지배하의 서울에서 만난 두 인물이 해방 전에 가졌던 사건을 배경으로 김달수의 서사적 화자인 '서경태'가 '백성오'와의 면회를 이루지 못한 채로 끝을 맺고 있다. 이는 김석범이『까마귀의 죽음』과『화산도』와 연결 짓는 것과 같은 연속적 글쓰기의 수행이다. 이러한 작품 활동은 단선적인 서술의 글쓰기 활동이 아닌 지속적인 글쓰기로서 이어져야 할 연속적 시간의 기록에 집착하는 글쓰기를 수행하는 재일한인 작가 1세대의 특징적 면모라고 정리해 볼 수 있을 것이다.

---

72) 하야시 고지(林浩治), 「재일조선인문학과 김태생의 풍경」,『재일동포문학과 디아스포라』, 전남대 출판부, 131쪽.

이은직은『탁류』[73]에서 1945년 8월 15일 해방에서 1946년 10월 항쟁에 이르기까지의 1년 동안 대한민국의 역사에서도 은폐되었던 역사를 서술하는 작업을 하고 있다. 중심의 내부에서도 기록되지 않은 역사이기에 기록해야 한다는 소명의식이 더 강해졌다. 이것이 재일한인 1세대 작가들이 역사를 기록하는 데에 몰두한 이유이다. 이는 민족적 정체성을 사실적으로 접근해야 한다는 당위적인 인식에서 비롯된 것이라 할 수 있다. 외부에서나마 그들은 고국의 역사를 엄정하게 구축할 필요성을 감지한 것이다.

김달수의『태백산맥』의 주인공은 '백성오'이다. 그는 친일파 지주의 아들이었으나 '조국 광복회'사건으로 투옥된 후 해방 후 집안의 토지를 소작인에게 나누어주려고 한다. '백성오'는 작가 김달수가 이상적인 민족의 주체로 형상화하고 있는 인물이다. 친일파이자 지배계급인 아버지의 행동을 비판하며 옳은 길을 가기 위해 자신이 이미 갖고 있는 것을 버리기를 주저하지 않는다.

여기에 스스로를 '반편'이라고 부르는 '서경태'가 등장한다. '서경태'는 작가인 김달수와 같은 정체성을 대변하는 인물이다. 그는 일본에 가족을 두고 왔으나 조선의 해방사업에 자신의 목숨을 건다. 그의 직업은 기자인데 해방 전에 '경성일보'라는 친일지에서 일하다가 '백성오'를 만나면서 그를 좇아 독립운동을 하게 된다. 그런데 카이로선언문을 지참한 것으로 인해 구속되었다가 출옥한다.[74]

---

73) 이은직,『濁流』上, 김명인 옮김, 풀빛, 1988.

74) 실제 김달수는 만 열한 살 때 일본에 건너가 낮에 일하면서 尋常야학교와 심상소학교를 다녔고 해방 후 조국으로 돌아갈 생각이 없었다고 나카무라 후쿠지는 밝히고 있다. 나카무라 후쿠지,『김석범의 <화산도> 읽기─제주 4·3항쟁과 재일한국인문학』, 16쪽. "김달수는 1943년 5월부터 이듬해 2월까지 <경성일보>기자로 서울에서 지냈지만, 해방 직후 자기가 활동할 장을 조국에서 구하려 하지 않았다. 그는 일본에서 조총련 결성과 그 활동에 참여하였고, 자기 문학 활동의 무대를 <민주조선>과 더불어 신일본문학회에서 구하려 했기 때문이다. 김달수의 활동기반은

"아니, 나는 곤란해, 나는 <u>일본에서 온 반편</u>이어서 조선어로는 아직 기사조차 제대로 쓰지 못하는 형편이라네. 그러니 나는…" 그렇게 말하고 서경태는 고개를 떨구고 말았다. 부끄러움과 슬픔이 한꺼번에 북받쳐 올라온 것이다.

서경태도 조선인민보 일은 들어서 어렴풋이 알고 있었다. 그렇지만 사내 직원들 중 그 누구도 그 일에 관해서 말해주지 않았고 권하지도 않았다. (중략) 서경태에게 그런 문제가 있다는 것을 모르는 임우재가 위로하듯이 말했다. "<u>아직 조선어로 만족스럽게 쓰지 못한다면 앞으로 잘 쓸 수 있게 노력하면 되는 것이지, 자신을 반편이라고 깍아내릴 필요까지 뭐 있습니까? 그것은 전혀 서형 탓이 아니지 않습니까?</u>"(김달수, 『태백산맥』 1권, 77쪽)

'서경태'는 새로운 질서를 기록할 기자로서의 자격이 없다고 스스로를 부끄러워한다. 자신의 탓이 아니지만 스스로의 '반쪽짜리' 정체로 규정한다. 이 호명은 부끄러움과 슬픔이 복잡하게 얽혀 있는 감정으로 조국의 해방을 바라봐야만 했던 재일한인들의 마음을 나타내고 있다.

『태백산맥』에서 디아스포라 정체성의 단초는 스스로를 중간적 존재인 '반편'이라고 부르며 일본으로 돌아가야 할지 조선에 남아야 할지를 고민하는 것에서 엿볼 수 있다. 이러한 재일한인 1세대의 디아스포라 의식은 곧 '역사'를 기록해야 하고 새롭게 지금까지의 역사를 학습해야 한다는 당위와 의무를 드러내면서 구체화되고 있다.[75]

"물론, 그렇지요. 어느 것이나 모두 그들의 입장에서 씌어진 것 뿐입니다만 우리들은 그 속에서 진실을 끄집어내자는 겁니다."

어디까지나 일본에 있었던 것이다."

75) 이런 작업에 대해서 회의를 갖게 되는 동료 '박정출'에게 서경태는 이렇게 역사를 살펴보아야 하는 이유를 설명한다.

"그렇다고 이렇게 총독부가 펴낸 것까지 필요합니까? 그것도 한두 권이 아니고 마치 거짓말더미같군요." (중략) "바로 그렇기 때문에 우리는 무엇보다 이 조선의 역사부터 올바르게 밝혀가야 한다는 겁니다."

"<역사> 그런 옛날 이야기같은 게 지금 무슨 소용이 있다는 겁니까?" 박정출은 역사를 '옛날이야기'쯤으로 생각하고 있는 모양이었다. '소용이 있고 없고 간에' 하고 서경태는 옆으로 돌아서며 혼자말처럼 중얼거렸다. "우리들이 이 나라를 다시 세우기 위해서는 무엇보다 우리 조선의 역사부터 알아야만 합니다. 우리들의 조상은 이 나라를 도대체 어떻게 세웠는지, 또 이 나라를 발전시키기 위해서 어떤 노력을 했는지, 아니면 아무런 노력도 하지 않았는지, 이런 것들을 분명히 알아야 한다고 생각해요. (중략). 앞으로 우리가 열사가 되기 위해서도 우리는 옛 열사에 관해서 알 필요가 있어요. 도대체 그 열사들은 어떤 상황 속에서 어떤 식으로 싸웠는가, 그리고 그들은 어떻게 해서 패했는가, 아니면 어떻게 해서 이길 수 있었는가 이런 것들을 우리는 모두 알아야 합니다. 싸우다 숨겨간 열사들도 우리가 그래주기를 바라고 있을 겁니다. 바로 이런 것이 역사라고 생각해요."(김달수, 『태백산맥』 1권, 179쪽)

'서경태'가 해방 후 착수하게 된 일은 고서들을 뒤져 타자인 일본이 조선을 기록한 역사서와 조선인이 기록한 역사서를 같이 공부하는 일이었다. 이러한 작업은 바로 역사를 바로 보기 위한 것이다.

소설의 양식을 빌어 김달수는 자신의 역사관을 '서경태'라는 자신의 분신을 통해 피력하고 있다. 해방 후의 시점을 시공간으로 전제로 하고 있는 이유도 스스로 정주하고 있는 일본에서 귀환하여야 할 고국의 역사를 그 시점에서 바로 세워야 했기 때문이다. 김달수는 역사적 진실의 무게를 직설적으로 표현하는 인물의 말에 싣고 있다. 해방 후의 조국은 해방된 것이 아니라는 생각과 미군정이 도래됨으로써 일본이 아닌 미국의 지배하에 있다[76]는 생각은 점차 심화되고 있다. 여전히 제국주의의 지배하에 있는 고국의 상황과 일본에 살면서도 여전히 일본의 지배에서 자유롭지 못한 재일한인의 처지를 동일선상에서 바라보면 이들의 글쓰기의 방향성이 나타난다.

미국을 바라보는 김달수의 이러한 시각은 미군에 대한 감정으로 구체화된다. 해방 전 '조선신궁'이 있었던 남산을 올라가며 이제는 신궁이 없어진 서울 시가지를 바라보고 있을 때 눈에 들어온 미군병사에 대한 묘사를 통해 그가 두려워하고 있는 것은 이제는 일본에 대한 것이 아닌 미국인 것으로 묘사된다. 여기에서 일본에서 미국으로 전이되었을 뿐 식민의 공포와 디아스포라의 운명은 사라지지 않을 것이라는 작가관이 드러나고 있다.

남산 중턱의 광장에는 그들 말고도 몇 사람이 있었는데 저쪽에서 미국병사 둘이 커다란 눈알을 두리번거리며 다가오고 있었다. 김분녀는 그들이 걸어오는 두세 발 짝 앞에 시선을 집중시킨 채 조금씩 서경태 쪽으로 다가섰다.
"괜찮아요. 겁낼 거 없어요." (중략)
두 미국병사는 3미터쯤 앞까지 다가오자 굶주린 눈빛으로 뭔가 알 수 없는 말을 지껄이다가 한 놈이 '휙'하고 휘파람을 불더니 옆으로 비껴갔다. 서경태는 그들의 얼굴과 목덜미를 처음으로 가까이서 보았는데 꼭 돼지새끼들 같았다. 서경태는 잠시 멍하니 생각에 잠겼다. '어쩌면 점령이란 이런 것일지도 몰라.'(김달수, 『태백산맥』 1권, 184쪽)

---

76) 태평로에는 언제부터인지 미제 고급차가 긴 몸체를 뽐내며 달리고 있었고, 간간이 제복 차림의 미군병사가 탄 지프도 오가고 있었다. (중략) "일본인을 대신해서 새로 오신 주인이라 이거군." "나는 떠나는 일본인들이 남기고 간 고서를 구하려고 이렇게 걷고 있지만 저들은 언제 떠날까…" 서경태는 그런 생각을 하다가 문득 그 자리에 멈춰 섰다. "아니, 그들은 이제 막 왔을 뿐이야." 하지만 그들은 "언제 떠날까?" 한다고 해서 물러갈 사람들이 아니었다. 결코 그렇지 않았다. 그들과 일본인은 전혀 다를 게 없었다.(김달수, 『태백산맥』 1권, 184쪽.)

『태백산맥』을 역사 기록의 서사로서 읽어야 할 이유는 사건이 전환되는 계기로 실제적 사료인 신문보도와 성명서가 그대로 제시되고 있기 때문이기도 하다. 김달수는 '서경태'가 감옥에 가게 되는 원인이 되는 카이로선언문이나 소련군의 포고문인 '조선인민에게 주는 적군 포고문', 더글러스 맥아더의 '포고문', 군정장관 아놀드의 '성명' 등의 실제 전문 등을 제시함으로써 독자가 역사적 사료를 직접 독해할 기회를 제공한다. 나카무라 후쿠지는 "역사적 과정을 설명하는 자료를 그에 대한 해석 없이 삽입함에 따라 소설 속의 인물도 통속과 유형화되고 말았으며 이런 이유로 소설적 묘미가 떨어지고 사실과 픽션의 긴장관계도 줄어든다."[77]고 말했으나, 김달수가 이러한 서사기법을 이용한 것은 그의 글쓰기의 목적이 이미 재미를 목적으로 한 것이 아니고 역사를 가능한 한 생자료로써 전하려는 것에 있기 때문이다. 재일한인 1세대 작가들의 글쓰기의 목적은 혼란속의 모국이 미처 기록하지 않고 또 전해지지도 않을지도 모르는 역사의 기록에 있었기 때문이다. 해방 후의 혼란을 기술하고 또 그러한 투쟁의 기록을 하는 것이 현재에도 돌아갈 수 없게 된 땅의 민족들을 이해하고 그 땅의 역사를 알고 제대로 알림으로써만이 재일한인이 일본에서 민족으로서 자리잡을 수 있다고 여겼기 때문이다.

이러한 역사를 바로 세울 의무로서 해방이후의 의무를 표현하고 있는 '서경태'는 바로 자신의 디아스포라적 주체의 인식을 갖고 있으면서 기록에 대한 객관적이고 새로운 역사를 바라볼 자신의 소명을 깨닫는 작가 김달수의 분신[78]이다.

---

77) 나카무라 후쿠지, 『김석범의 <화산도> 읽기 – 제주 4·3항쟁과 재일한국인문학』, 29쪽.

78) "나(서경태)는 열한 살 때 일본에 건너갔는데 어렸을 적부터 온갖 일을 다했습니다. (중략) 좋아한다거나 싫어한다는 그런 감정을 넘어서는 존재가 바로 이 조선입니다. 아니면 민족이라고 해도 좋구요. (중략) 적어도 우리처럼 그 국경을 잃어버린

‘서경태’를 통해 표출되고 있는 ‘디아스포라 주체’ 제1세대의 양상은 민족에 기대고 있다. 국경을 잃어버린 디아스포라 주체에게 첫 번째 중요한 것은 민족이라는 것이며 그것이 디아스포라인의 의식이다. 이들은 역사를 바로 구축해야 한다는 당위적인 의무감에서 글쓰기를 수행한다. 제1세대의 디아스포라 주체는 이렇게 민족의 정체성을 강조하지 않을 수 없었으며 이러한 인식을 바로 잡을 수 있도록 해방이후 미군정하에 있는 피지배의 주체로서 조국의 모습을 기록한다. 이 기록의 과정에서 이들은 디아스포라의 결과로 두 공간 모두에서 함께 치러내야 할 투쟁의 서사를 생산한다. 투쟁은 조국에서만 수행되는 것이 아니라 정주하고 있는 공간과 귀환해야 할 고국의 공간 양 공간에서 진행되어야 할 의무이기 때문이다.

2) 역사적 주체의 복원

김석범은 자신이 일본으로 밀항한 난민, 망명자가 아님에도 불구하고 ‘재일한인’이라는 정체성으로 인하여 자신의 문학이 ‘망명문학성’을 지니게 된 정치적 존재임을 역설한다.[79] ‘갈 곳이 없는’ 디아스포라 난민인 재일한인

<hr>

사람에게는 그건 새빨간 거짓말입니다. <u>생활은 어디 있겠습니까? 그것은 민족 안에 있어요. 특히 우리는 그동안 이 민족을 떠나서는 생활을 생각할 수 없는 처지였지요.</u> 또 민족이라는 것은 독립이라는 것과 마찬가지로 생각해요. 식민지 민족으로서 그들 속에 편입되어 있는 나로서는 그러한 독립이 있을 수 없기 때문입니다.”(김달수, 『태백산맥』, 임규찬 옮김, 190~192쪽)

79) “정치는 이런 식으로 나의 작품의 ‘망명문학’성을 강조하게 된다. 나는 4·3사건 당시 일본으로 밀항(지금으로 말하면, 난민, 망명이 될 것이다) 해온 것이 아니다. 피식민지인으로 조국상실자, 일본으로 간 유민의 자손이다. 그러나 <까마귀의 죽음>에서부터 <화산도>에 이르기까지 나의 작품은 내가 <재일>이 아니고 <재한>이었다면 쓸 수 없었던 <망명문학>으로서 성립된 것이다. 나는 내 작품을 망명문학이라고 부른 적도 없고, 그것을 좋아하지 않지만, 작품의 현실은 망명문학에 다름이 아니다.”(김석범, 『虛日』, 75~76쪽.)

들은 정치적 조직에서도 갈 곳을 잃게 되거나 잃은 경험을 갖고 있다. 재일한인들은 다른 국적의 재외한국인과 다른 이유로 이 정치적 분열과 분리에서 선택을 강요당했기 때문이기도 하다.

 "재일조선인운동도 비합법적인 반미 반이승만 조국방어투쟁을 하고 있어 조직이 통일적 태세를 갖추지 못한 채 혼란스러웠다. 그래도 당은 당이었기 때문에, 탈당은 혁명당을 나오는 반혁명적 도망, 배신행위로 혁명적 정치 생명을 스스로 끊는 행위였다. 그렇기 때문에 대단한 용기가 필요했다. 당에서 이탈하는 것은 곧바로 혁명으로부터 이탈하는 것으로, 혁명을 지향하는 자로서는 참기 어려운 모욕을 뒤집어 쓴 탈락자가 되"[80]는 것이었기 때문이다.

> '북'쪽 계통 지하조직의 지시로 일본 공산당을 탈당하고 센다이로 가게 되었어. (중략) 나왔다면 요즘 말로 내부분쟁으로 살해당했을 거야. 조직에서 탈락해 나왔으니까 말이지. (중략) 두 개의 조직에서 나온 셈이기 때문에 갈 곳이 없었어. 조직의 선이 끊어지는 것은 정치 생명이 끝나는 것이니까. 내가 그렇게 대단한 인간은 아니지만, 사상적으로 전향을 하거나 적에게 조직이나 자기 자신을 판 것은 아니더라도 정치 생명이 끝난다는 것은 아무 것도 할 수가 없다는 말이지. 객관적으로 말하자면 타락분자지. 탈당분자. (중략) 어쨌건 센다이의 경험이 『까마귀의 죽음』에 연결되어 있지. 그 때의 고독감은 보통이 아니었어.[81]

김달수는 구성된 역사소설을 통해 압박에 시달리는 조국의 청년이 민족

---

80) 김시종과의 대담, 「祖國と在日を生きる意味を見据えて(조국과 재일을 살아가는 의미를 확인하며)」, 『セヌリ(새누리)』 제29호, 33쪽 ; 나카무라 후쿠지, 『김석범의 <화산도> 읽기―제주 4·3항쟁과 재일한국인문학』, 40쪽 재인용.
81) 김시종과의 대담, 「祖國と在日を生きる意味を見据えて(조국과 재일을 살아가는 의미를 확인하며)」, 『セヌリ(새누리)』 제29호, 27쪽.

에 눈을 뜨게 되는 사실을 그려내고 있다. 1944년『후예의 도시』의 고창윤, 1954년『현해탄』의 백성오, 그리고 후속편으로 1964년『태백산맥』을 집필하여 해방 후 한반도 내에서 야기되었던 사상적 투쟁을 그린다. 이 투쟁은 대체로 미국 제국주의와 우익정권을 대상으로 한 투쟁인데 결국 김달수의 타자는 제국주의인 것이라 할 수 있다. 일본으로 이산하게 된 배경의 기원에는 식민지를 생산한 제국주의가 있었기 때문이다. 조국의 현실을 역사적으로 재구성함으로써 일본 내에 이산인으로 존재하고 있게 한 원인제공자 일본인을 대상으로 하는 글쓰기, 그것이 김달수의 목적이었다. '민족을 위해 자신이 할 수 있는 일은 문학을 통해 일본인의 부당한 생각을 고치는 일 이외에는 없다고 생각'[82]한 것이다.

해방 후의 조국은 시작하는 나라로서 아직 정주할 수 있는 안정된 공간이 아니다. 이은직의『탁류』에서 '이상근'은 '송진태'를 만나 같이 농민조합을 만드는 일에서부터 착수하게 된다. '송진태'는 일본제국주의의 잔재를 철저하게 부셔야 하며 그렇게 하지 않는다면 다시 제국주의의 식민지로 떨어질 것임을 경고하며 새로운 우리의 건설을 부르짖는다. '상근'은 '마음속에 응어리처럼 쌓인 초조감과 회의감'이 일었지만 '송진태'의 희망을 따르는 것이 가장 올바르다고 판단한다. 이론적인 '송진태'는 '이상근'에게 농민을 설득하는 연설을 해주기를 부탁하고 이상근은 자신의 실제 경험을 회상하며 인상적인 연설로 농민들에게 농민조합에 가입하기를 설득한다.

'이상근'은 민족에 대한 애정을 다음과 같이 토로하고 있다.

솔직히 말해 조선인이 모두 다 싫어져 가능한 한 조선인을 피하고자 하는 기분에 빠졌던 적이 있었습니다. 자신이 조선인으로 태어난 것조차

---

82) 최효선,『재일동포문학연구─1세 작가 김달수의 문학과 생애』, 문예림, 2002, 53쪽.

저주스러워했던 적이 있었습니다. 허무한 기분으로 사람과 말하는 것조차 싫어졌습니다. 그러나 <u>역사를 공부함으로써 저는 민족이란 것이 어떠한 것인지를 어슴프레하게나마 조금씩 알게 되었습니다.</u> 오히려 인간이란 것을 알게 되었다고 말하는 쪽이 좋을 지도 모릅니다. (중략) 그렇게 고통스러운 생활을 하면서 일본과는 달리 우리 민족만큼 자살과 거리가 먼 민족도 없다는 것입니다. 이렇게 유쾌한 민족이 또 있을까 하는 생각이 듭니다. 그러니 어떻게 이 민족을 사랑하지 않을 수 있겠습니까?(『탁류』上, 61쪽)

이은직은 민족에 대한 사상을 '이상근'을 통해서 말하고 있지만 결국 그가 말하고 있는 '동포'에 대한 생각에서 '난민으로서의 동포'로 구체화되어 재현된다. 이은직의 『탁류』를 통해서도 결국 표상하고자 한 것은 '디아스포라 주체'인 귀환자의 서사이다. 해방 후의 조국의 현재를 역사 속에 기록함으로써 시작한 재일한인 1세대의 서사는 결말로 갈수록 자신들의 표상인 '귀환자'의 행위에 집중되고 있다.

그가 식민지배로 인해 자신의 민족성에 대해 부정적으로 내면화된 자아를 깨친 것은 '역사'를 알게 된 이후였다. 재일한인 1세대 작가들은 '역사'적 글쓰기에 대한 당위적 의식을 다시 한 번 확인하게 된다. 김달수와 이은직 모두 '역사'를 기술하고 알아야한다는 수행적 의무를 강조하고 있는데 이는 이들의 글쓰기 작업이 역사서술과 위인전을 쓰는 것으로 연결되고 있는 단서를 제공하는 것이다. 재일한인 1세대 작가들의 글쓰기는 '새롭게 건설할 조국과 조선인상'을 구축하기 위한 행위이다.

"자네가 보고 있는 동포는 무엇을 하고 있는 사람인가? 단지 관념적으로 모든 것을 뭉뚱그린 조선민족인가? 그렇지 않으면 자네 눈에 비친…"
"내가 말하고 있는 동포는 고대광실에서 살고 있는 무리가 아닙니다.

무딘 백성입니다. 합숙소를 떠돌아다니는 공사장의 인부들입니다. 진흙투성이로 살고 있는 사람들입니다.”(『탁류』上, 62쪽)

상근은 농민조합을 만들기 위한 과정에서 토지소유에 대한 조사를 하게 되고 농촌의 실태에 경악하게 된다. 숫자로 나와 있는 농민의 현실은 ‘209가구 중 5단조의 논밭도 갈아먹지 못하는 62가구와 경작지를 전혀 갖고 있지 않은 21가구는 이틀 사흘 굶은 것은 늘 있는 일이 되는 것’[83]이었기 때문이다. 토지조사를 하면서 알게 된 것은 농민의 무지와 굶주림의 심각함이었다.

고향의 최고지주인 이부자는 ‘상근’의 이런 활동을 눈여겨보다 형 ‘상제’에게 자신의 딸과 동생을 결혼시키면 땅을 주겠다는 거래를 제안한다. 이즈음 이상근의 최대 과제는 대부분의 빈농을 굶주림에서 해방시키는 것이었다. 그런데 이부자와 결탁하여 가족의 이기적인 행복을 주장하는 형을 보면서 절망에 빠진다.

이 거리 전체가 일본인의 상점 거리였다. 그들은 주인 행세를 하며 제멋대로 날뛰었고 거기에 고용된 조선인 점원들은 그야말로 노예취급을 받으며 혹사당하지 않으면 안되었다. 얼마나 비참한 나날이었던가…얼마나 분노에 찬 나날이었던가… 입술을 깨물고 눈물을 삼키며 살아가기 위해 그렇게 참고 견뎠건 나날이었다. 이제 어디에도 일본인의 이름은 없다. 이제 어느 곳에도 일본인의모습을 없는 것이다. 상근은 소리내어 웃고 싶어졌다. 그러나 고민하고 괴로워하던 어린 시절의 자신의 모습이 떠오르자 슬그머니 눈시울이 뜨거워지는 것을 느꼈다.(『탁류』中, 45쪽)
상근은 인사에 응답하면서 이 사람이 도대체 일본에서 돌아온 조선인인지, 그렇지 않으면 일본인인지 짐작이 가지 않았다.(『탁류』中, 50쪽)

---

83) 이은직 지음, 『탁류』上, 김명인 옮김, 풀빛, 77쪽.

'상근'은 미군정으로 인한 조직의 축소로 취직을 다시 해야 할 입장에 놓이게 되고 어린 시절 점원으로 같이 일했던 '최봉술'의 도움을 받아 상공과장 '김용순'의 보증으로 도청의 '자료연구반'에서 일하게 된다.

통역 일을 하며 알게 된 미국 조선인 2세와 정체성과 조선에 대한 생각을 나누면서 '상근'은 자신의 민족적 정체성을 확립한다. '이상근'이라는 인물을 통해 이은직은 질문에 답을 제시하듯이 소설을 구성한다.

> "당신은 미국인입니까? 아니면 조선인입니까?"
> 안은 약간 어리둥절한 모양이었지만 분명하게 대답했다.
> "나, 미국사람입니다. 그러나 나의 부모, 조선사람입니다. 조선은 부모나라입니다." "역시 당신은 미국인입니다. 당신은 즉 외국인으로서 이 나라에 왔습니다. 따라서 당신은 이 나라의 예의를 잘 알고 그에 따라 행동하지 않으면 안됩니다."(『탁류』中, 190쪽)
> (중략) 상근은 미국인의 하나의 전형을 발견한 것 같아 속이 메슥거렸다. 인간으로서 도저히 용서할 수 없는 인종차별을 하면서 그것을 자랑으로 여기는 인간들이 만들어지려면 도대체 어떤 교육이 이루어지고 있는 것일까?(『탁류』中, 192쪽)

상대적으로 한국에 남게 된 일본인[84]이라고 해도 생소한 일본으로 가기보다는 고향처럼 느껴지는 한국에서 살기를 원하고 있다. '고향', '조국'이란 그들 민족의 땅이 아니라 태어나 자라 익숙한 공간을 의미하는 것이다. 술집에서 만난 '허정자'라는 일본인에게 '이상근'은 질문한다.

> "도대체 자네의 조국은 어디라고 생각하지? 그것이 듣고 싶은데…"

---

84) 이은직, 『탁류』中, 김명인 옮김, 풀빛, 167쪽. "제가 일본인이라고는 하지만, 일본에는 한 번도 가본 적이 없어요. 생소한 일본 어딘가로 가는 것보다도 여기가 고향처럼 느껴져 도저히 가고 싶지 않았기 때문에 혼자 남았던 거예요."

"멋지게 말을 돌려버리는군요. 하지만 좋아요. 저도 솔직하게 말씀드리지요. 사실 저는 조국이란 게 무엇인지 잘 몰라요. 일본이 제 조국이라는 건 제가 일본인의 자식으로 태어났기 때문일 겁니다. 그렇지만 전 그 일본에 돌아가고 싶지 않았어요. 그렇다고 조선인이냐고 묻는다면 그 역시 쉽게 대답을 할 수 없군요. 그렇지만 조선에 살고 싶은 거예요. 일본인의 눈으로 보자면, 저 같은 건 일본인이 아니겠지요. 그럼 조선인의 눈으로 보면 어떨까요? 도대체 당신은 어떻게 생각하세요?" "자네가 어떻게 해서든지 조선인으로 탈바꿈해서 조선인으로 살고 싶다고 한다면 이 땅에 머무르는 것이 잘못은 아니라고 생각하네."(『탁류』中, 169쪽)

차별받는다는 것은 상상조차도 안 해본 미국에서 온 조선인 2세에게 '상근'은 현실을 전함으로써 허위의식을 깰 수 있도록 돕는 조력자가 된다.

"아니오. 돈 없는 조선인에게 백인 처녀 오지 않습니다."
"당신은 미국인입니다. 조선인이 아닙니다. 그런데도 결혼할 때만은 백인인 미국인에게 어울릴 수 없다는 말입니까? 그럼 당신도 차별받고 있는 것 아닙니까?"(『탁류』中, 193쪽)

"스스로도 백인에게 차별당하고 있으면서도 그것을 깊이 생각해보려고도 하지 않고서 반대로 흑인에 대해서는 우월감을 갖고 있는 사람은 그야말로 마음이 아름다운 흑인처녀와 결혼하는 편이 좋을지도 모르겠군요. 이건 당신을 모욕하려는 말은 아닙니다. 인종차별의식은 죄악이기 때문에 당신에게 정당한 인간으로서의 자각을 갖게 하고 싶어서 말하고 있는 겁니다."(『탁류』中, 194쪽)

여러 사람들을 만나는 과정에서 주인공 '이상근'은 결국 해답을 찾기에 이른다. 부정적으로 내면화되어 있던 자기혐오적인 민족적 정체성이 처음부터 자신의 것이 아니라 부여되고 강요된 것임을 깨닫게 되는 것이다.

　　상근은 울부짖는 어머니와 형의 모습을 냉정한 눈으로 바라보았다. 이것은 살아있는 인간이 아니라 살아 있는 동물에 불과하다는 미움이 끓어올랐다.

　　집에 돌아오지 말았어야 했다!

　　어머니와 형의 큰 울음소리에 귀를 막으면서 그는 고독한 절망감에 자기 자신을 가두었다. (중략) 어머니와 형은 그런 것에 개의치 않는다는 듯 계속해서 울부짖었다. 그들은 마치 자신들의 고통을 즐기고 있는 것 같았다.… 흘러가는 반달의 희미한 반짝임을 그는 우두커니 바라보고 있었다. 천애에 몸둘 곳 없는 고독감이었다. 그러나 감정이 가라앉으면서 형과 어머니가 제멋대로 울고 슬퍼하는 모습이 결국 오랜 기간 억눌리며 살아온 뒤떨어진 조선사회의 산물이라는 것을 이해하지 않을 수 없었다. (『탁류』上, 94~95쪽)

　　안은 상근이 말하는 것을 제대로 듣지 않는 것 같았다.

　　"나쁜 조선인 많이 있습니다. 군정부의 사람들, 조선인, 세계에서 가장 나쁘다, 그렇게 말하고 있습니다."

　　"그것은 즉, 조선인이 세계 어떤 나라의 사람들보다도 미국인이 나쁘다는 것을 가장 잘 알고 있다는 말을 뒤집은 것일 겁니다. 나쁜 권력에 가장 강하게 저항하고 있다는 말이지요. 따라서 그 말을 뒤집어서 말하면 조선인이 세계에서 가장 용감하고 바르다는 말이 됩니다."(『탁류』中, 195쪽)

　　<u>우리 조선인이 어디에 있어도 조선인이며 조선이라는 조국을 짊어지고 생활해가는 것입니다. 숨거나 도망친다고 해서 다른 인종이 될 수 있는 것은 아닙니다.</u> 아무리 괴로운 일이 있고, 아무리 싫은 일이 있어도 조선민족이라는 자각을 지니고 조선인으로서 훌륭하게 살아갈 때야만이 비로소 좋은 환경이 만들어진다고 생각합니다. 인간은 자신에게 덮친 고난을

이겨내기 위해 진지하게 싸워나갈 때 비로소 자신이 생기지 않겠습니까? 어떤 경우라도 도피는 잘못된 일이라고 생각합니다.(『탁류』中, 216쪽)

이러한 답은 '상근'의 사명감이 있었기에 가능했다. 즉, 자신의 안위보다 조국과 조선민족의 행복을 위해 죽음까지도 각오하고 있었기에 가능했던 것으로 표현되고 있다. 이러한 주인공의 결심은 작가가 이상적으로 형상화하고 있는 영웅의 자세이다.

"제가 열심히 하는 일이 꼭 아버님이 그러신 것처럼 식구들을 거지처럼 만들어버릴지도 모르겠어요. 그리고 만에 하나 붙잡혀 감옥에 들어갈 뿐만 아니라 죽게 되는 일이 있을지도 모릅니다. 그렇더라도 저는 아버님이 그러셨던 것처럼 제가 옳다고 생각하는 일을 해갈 작정입니다. 그래서 형님처럼 자신과 가족의 이익만 생각하는 일을 하지는 않을 것입니다." 어머니는 묵묵히 듣고 있었다. "누군가가 자기 몸을 희생해서라도 모두의 행복을 위해 일하지 않는다면 언제까지라도 학대받고 가난한 사람은 고생할 수밖에 없습니다."(『탁류』上, 99쪽)

조국과 민족의 미래를 위해 희생을 마다하지 않는 '상근'은 백정의 자식인 '순희'에 대한 사랑을 인간애로 승화시키고 있다. 타자의 공간과 조국의 두 공간의 사이에서 강제적 이주를 경험한 작가의 분신인 '상근'은 조국에서 '투쟁'을 통하여 민족애를 다시 확인하고 전 인류애로 자신의 사랑을 발전시켜 긍정적이고 전범적인 역사적 주체가 된다. 작품 속에서 '상근'은 '조센징'의 호명을 극복하고 '자랑스러운 조선인'으로 거듭나게 되는 것이다.

백정의 자식
조선인의 자식

굴욕적인 신분의 대명사로서의 백정은 이제 없어져도 좋을 때가 아닌가. 그리고 머지않아 조선이라는 명사가 자랑스러운 것으로 되어 <u>누구라도 조선인의 자식이라는 것에 기쁨과 용기를 느끼게 되리라</u>.(『탁류』上, 137쪽)

소설의 전반부에서 '상근'이 느끼는 주된 정서는 '굴욕감'이었다면 이제 그는 자신을 조선의 자식으로서 굴욕감을 느끼지 않는다. 실천적인 혁명가로서의 그의 '영웅성'의 강조는 이후의 이은직의 작품에서도 계속 출현하는 영웅형 인물의 연속선상에 있다. '이상근'은 이은직이 염원하는 이상적 인물의 재현이다.[85]

단결된 농민의 힘으로 마을의 지주인 이부자를 타도한 '상근'의 감격은 시대와 조국이 바뀔 것이라는 희망으로 가득차 있으며 이는 태어나서 처음 본 장면으로 묘사되고 있다. 고통받는 '타자의 벌거벗은 얼굴'[86]을 목격함으로써 '상근'은 자신의 할 일을 깨닫는다.

그가 철이 든 후부터 보았던 것은 힘없는 자가 권력 있는 자의 앞에 끌려가 욕을 먹고 매맞고, 그리고 애원하는 모습뿐이었다. 힘없는 자는 단지 벌레나 개새끼에 불과했고 권력을 틀어쥔 자는 항상 왕같은 위엄을 갖추고 있었다.(『탁류』上, 148쪽)

그로부터 50여 년 동안 그는 마을의 왕으로 군림해왔다. 어떤 일이든지 그의 뜻에 맞지 않으면 되지 않았으며, 그의 뜻을 거스르는 자는 마을에서 추방되었던 것이다. 그는 그의 마을에서 받아들이지 않는 소작인을 앞마당에 끌고 와 채찍질했다.(『탁류』上, 149쪽)

---

85) 상근은 완전히 마을의 영웅처럼 떠받들어졌다. 이은직, 『탁류』上, 157쪽.

86) '타자'는 무방비의 눈빛으로 자신의 벌거벗음과 지독한 가난함을 노골적으로 드러내고 있다. 레비나스(Levinas, E,), 『시간과 타자』, 강영안 옮김, 문예출판사, 1999, 199~200쪽.

굴욕감과 자기혐오에 혁명을 수행하면서도 갈등하던 '상근'이 '긍지'라는 단어를 접하는 이 장면에서 세대를 이어받아 면면히 이어지는 민족의 연대가 확인된다. 이은직의 해방이후 조국에서는 이승만도 김구도 모두 타국에서 온 귀환자로서 민족에 대한 건설보다는 권력에 대한 이기적 욕망을 가진 자로 묘사되고 있다. 민족의 이익을 위한다면 인민이 있는 곳에서 자신의 생각을 펼쳐야 하는 것이 아니냐며, 교조적인 자세로 외국인과 결탁하는 모습은 친일파와 다를 것이 없다고 비난하고 있다.

농민조합의 일의 성공 이외에 귀국한 조국에서 부딪히게 되는 가장 큰 문제로 제시되고 있는 것은 자신과 같은 처지의 '귀환자'의 문제이다. 보살펴줄 가족이 있는 자는 다행이지만 일반적으로 가족과 만난 기쁨은 잠시이고 곧 현실적인 문제에 부딪히게 된다. 결국 무일푼으로 돌아온 자들은 걸인으로 전락하게 되는 것이다. 이는 극단적인 사건으로 서술된다. 다섯 아이를 데리고 귀환자 일가족이 집단 자살하는 사건이 일어난다.

> 사람들은 살을 에는 듯한 바람을 맞으면서 하나하나 인양되어진 시체를 바라보았다.
> "뭣헐려고 돌아왔냐.… 일본에 있었으면 죽지는 않았을 것 아녀?" 바라보고 있던 한 노인이 우는 소리로 탄식했다.(『탁류』上, 184쪽)

이 지점에서 희망의 조국은 다시 돌아올 수 없는 공간, 돌아와서는 안될 공간으로 변모하게 된다. '상근'이 염원하는 인민의 조국이 아니다.

해방된 조국에는 "인민위원회는 비합법적인 일부 선동분자들의 단체이기 때문에 즉시 해체되어야 하며 전국각지의 행정기관은 조속히 인민위원회 간판을 떼어내지 않으면 안 된다"는 '미점령군의 포고문'[87]이 발표된

---

87) 이은직, 『탁류』上, 풀빛, 195쪽.

것이다. 이제 조국은 '농민을 괴롭히며 매일 놀고 사치만 하던 놈들이 권력을 휘두르는 코쟁이놈들에게 빌붙어 민족도 국토도 팔아 넘긴'[88]자들의 조국이 된 것이다. 군수가 된 '이용섭'의 책략으로 폭력단이 '상근'을 죽이기 위해 마을에 들어오나 '상근'은 주위의 도움으로 피하게 된다. 해방이 되었으나 '코 큰 놈들의 세상[89]'이 된 조국에서 '상근'은 다시 도주의 나날을 보내게 된 것이다. 이를 통해 조국의 실제를 보게 된다.

> 그러나 내가 기대하고 있었던 그런 지도자가 나타나기도 전에 미군이 들어왔지. 나는 그들을 알지 못하네. 그러나 그들은 일제와는 또 다른 지배자로서 우리 눈앞에서 나타난 거야. 그들은 조선을 전리품으로밖에 생각하고 있지 않다는 것을 곧 우리에게 보여줬네.(『탁류』中, 175쪽)

'이상근'의 생각에 의하면 남조선의 혼란 상태는 '모두 미군의 포고와 미군의 군정 때문에 생긴 것'[90]이다. 이은직은 일제 식민지배의 억압으로 인해 남조선의 농촌 인구가 감소한 이유를 말함으로써 '강제적 이주'의

---

88) 이은직, 『탁류』上, 풀빛, 195쪽.

89) 이은직 지음, 『탁류』中, 김명인 옮김, 풀빛, 127~128쪽.
해방시상이 되았다해도 우리 같은 가난뱅이들이사 달라진 게 하나라도 있어야지라우. 인민위원회 사람덜인가는 가난뱅이들이 행복해지는 나라를 맹글겄다고 하는 갑디다만, 어디 미군들 땀시 기도 표지 못허는 갑디다. 요새는 코큰 놈들이 지 세상 만났다고 잘난 체허고 다니는 모양인게라우. (중략) 인력거는 낡은 토담길을 따라 달리고 있었다. "옛날, 이 담 너머로 도지사가 살던 집이 있었던 갑디다. 왜놈덜이 들어와 여그다 도지사 관사럴 지셨겄지라우. 해방되고 난 게 인자는 미국군정관이 살고 있다고 헙디다. 쬐끔만 더 가면 정문이 나옹게 잘 보쇼잉, 미군이 보초 서고 있을팅게. 아따 이렇게 추운 디서 부들부들 떰시로 보초서는 걸 봉게 왜놈덜이 하는 짓이랑 다를 바다 없어라우, 민주주의란 것이 뭔지.… 보쇼, 쩌그 있지라우. 오늘 밤엔 껌둥이네잉. 쯧쯧… 껌둥이는 더운 나라에서 살아야 쓰는 것인디 추운 나라에 와갖고 저로코롬 울상이당가. <u>참말로 차별받고 종 취급당하는 사람 신세는 어떤 나라고 다 마찬가지랑게요.</u>"(밑줄 인용자)

90) 이은직, 『탁류』中, 김명인 옮김, 풀빛, 31쪽.

상황을 제시하고 있다.

> 남조선의 농촌 인구는 모두 어디로 사라진 것일까요? 물론 일본으로도
> 많이 갔습니다. 이 10년 동안 150만 명의 동포가 일본으로 끌려가고 쫓겨
> 갔습니다. 만주와 중국 본토로도 많이 갔습니다.(『탁류』中, 32쪽)

식량부족으로 인해 미군정은 해방 전의 공출제도를 준용하기로 한다.
해방과 더불어 공출이라는 시련에서 벗어났다고 좋아했던 사람들의 절망은
하늘을 찌르게 된다. 이러한 때에 북한의 토지개혁령으로 '상근'의 분노는
절정에 달한다.

> "피를 흘리는 것은 조선인 동포일 뿐이야. 경찰관이나 대항하는 쪽이나
> 모두 조선사람인게야.""결국 사육견끼리의 싸움이겠죠.""사육견?""그렇
> 습니다. 경찰관은 미군이 기르는 개이고 대항하는 쪽은 지주가 기르는
> 개인거지요.""자넨 언젠가 인간을 보는 눈이 잘못되어 있다고 나를 책하더
> 니만, 자네야말로 동포를 그렇게 냉혹한 눈으로 볼 수 있는가?""사실을
> 있는 그대로 보고 있을 뿐입니다. 우리 조선 사람이 인간의 존엄성을
> 되찾기 위해서는 외국인의 지배에서 벗어나 완전한 독립을 쟁취하는
> 길 이외에는 없을 겁니다. 또한 모든 조선사람이 인간으로서의 존엄성을
> 지키기 위해서는 계급의 지배라는 것을 타파하는 길 이외에는 없는 것입니
> 다."(『탁류』中, 305쪽)

미군정의 지배를 받고 있는 조국은 이제 더 이상 돌아갈 수 없는 공간이
된 것이다. 미군정의 지배가 얼마나 공고한 것인지는 스파이로 의심되는
선교사 '켄트'의 말에서 짐작할 수 있다.

> 이 조선의 어느 곳에도 우리들의 협력자는 많이 있습니다. 우리들은

50년 동안 돈을 들여 교육을 해서 많은 협력자를 양성했습니다. 그들은 조선보다 미국을 사랑하고 있습니다. 왜냐하면 미국은 조선보다 뛰어나고 훌륭하고 좋은 나라이기 때문입니다. 당신은 인정하지 않겠지만 이것은 사실입니다.(『탁류』中, 335쪽)

　지금까지의 논의를 통해 재일한인 1세대의 글쓰기는 식민지배의 억압으로 인한 강제적 이주의 상황을 알리고 내면화된 자기혐오를 극복하기 위한 이상적 인물을 제시해야 하는 의무를 수행하는 작업이었음을 밝힐 수 있었다.

　이 세 작가의 작품이 모두 해방 후의 국가건설 과정에서 이루어지는 시간에 대한 문제를 다루고 있다. 그리고 그 공간이 혼란의 정국으로 묘사되고 있고 아직도 일제 잔재가 청산되지 않은 식민의 공간이기 때문에 재일한인들이 돌아갈 조국이 없어져버렸다는 것을 표현하고 있다. 이로 인해 '재일한인'의 '디아스포라'는 끝을 알 수 없는 이주의 서사로 연결된다.

4. 당위적 역사서술과 위인전의 출현

　재일한인 1세대는 차별적 호명을 극복하고 민족의 신성성을 구축하기 위해 역사를 기술하였다. 이때 공동의 집합기억을 재구성함으로써 자신들의 존재를 증명하려고 했다. 이들에게 있어 기억이 구성되고 가공되는 데 가장 중요한 단위는 '민족'이었던 것이며 민족의 과거에 대한 기억에서 영웅은 중요한 '기억의 터전'을 차지해 왔다.[91]

---

91) 박지향 외,『영웅 만들기 신화와 역사의 갈림길』, 휴머니스트, 2005, 22쪽 ; 정선태, 「근대 계몽기 민족·국민 서사의 정치적 시학」,『주변부의 문학 변경인의 상상력』, 소명출판, 21쪽 참조.

"과거를 역사적으로 표현한다는 것은 그것이 원래 어떠했는가를 인식하는 일을 뜻하는 것이 아니다. 그것은 위험의 순간에 섬광처럼 스치는 어떤 기억을 붙잡는다는 것을 뜻한다."[92]고 벤야민은 말한 바 있다. 이처럼 현재를 위기에서 살아야 했던 재일한인은 과거의 섬광처럼 스치는 기억을 붙잡는 동시에 균질의 공유기억을 구축함으로써 존재의 주체성을 증명해야 했던 것이다. 이들이 구축한 역사와 전통을 살펴보면서 다시 한 번 '억압받는 자들의 전통은 우리가 그 속에서 살고 있는 <비상사태>(예외상태)가 상례'[93]임을 깨닫게 된다. 아직도 계속되는 억압의 비정상적인 상태는 현재에만 존재하는 것이 아니며 지속적이고 연속적인 것이었음을 알게 되고 투쟁의 서사를 학습하게 되는 것이다.

고국에 돌아갈 수 없는 '지리적 폭력'에 노출된 재일한인은 자기 정체성이 귀속될 토지를 상실하였으므로 '구체적인 뿌리를 둔 정체성을 찾아 그 회복을 도모하는 내셔널리즘'에[94] 의존하게 된다. 이 내셔널리즘은 위에서 언급한 제1세대의 염원의 사상이므로 제1세대 재일한인 작가들은 제국주의에 의한 지리공간의 계통적인 서열화와 차이화에 의해 만들어진 생활공간에 대해 자신의 <본래적인 것>을 발견하고 창조하려고 애쓴다. 그것은 역사적으로 현재를 뒤집어보는 방식에 의해 <박탈된 현재>로부터 도출되는 자연, 즉 <전통의 창조>이다. 이러한 내셔널리즘 속에 탈식민지화의 정체성이 드러나는 과정에서 모국어 살리기나 종교적 부흥주의 그리고 새로운 민족적 서사의 발굴이 반복된다.[95]

---

92) 발터 벤야민 지음, 『역사의 개념에 대하여 외』, 최성만 옮김, 도서출판 길, 2008, 334쪽.

93) 발터 벤야민 지음, 위의 책, 335쪽.

94) 강상중, 앞의 책, 192쪽.

95) 이러한 경향을 에드워드 사이드는 '전체화의 담론'이 작용하고 있다고 지적한다. 반항하는 토착민들은 자신의 모습이리라 생각하는 이미지를 만들어내는 작업을

"역사과정을 가능한 한 정확하게 이해하고, 그것을 바탕으로 하나의 유기적 연관을 지닌 장대한 픽션을 만들어 낸다는 것이다. 그리고 그것을 통해 역사의 본질, 인간의 본질을 명확하게 보여주는 것이 소설이라는 것이다."[96]라는 김석범의 소설관을 통해서도 알아볼 수 있듯이 김석범이 왜 역사소설을 쓰려고 했는지를 어렵지 않게 짐작할 수 있다. 김석범은 자신의 글쓰기를 역사가 부재한 시대에 망각의 기억으로부터 탈출하기 위한 노력이었다고 피력하고 있다.[97]

여기서 언급하고 있는 창조된 역사는 상상으로 구축되는 새로운 민족의 서사가 되는데 디아스포라의 "고통의 역사를 밝혀내는 작업은 역사학적 실증적 방법을 이용하는 것이 아니다."[98] '재일한인'은 시간과 역사와 관련하여 공통된 귀속의식을 기억·상상·심상을 통해 재현해 낸다. 재일한인 1세대 작가들이 쓴 역사라는 접착제로 한민족이라는 상상의 공동체는 결합하게 된다. 이 공동체의 형태가 지닌 공통점은 '과거의 기억'이라는

한다. 이 전략은 식민지하에 있었던 다른 세계에서도 독립이나 해방 전쟁 시기에 민족적인 시인이나 작가들이 말하거나 글 쓰는 과정에서 활용되었다.
Edward W. Said, 『*Culture and Imperialism*』, NewYork : Alfred a. Knopf, Vintage Books, 1994, 16쪽.

96) 나카무라 후쿠지(中村福治), 『김석범의 <화산도> 읽기-제주 4·3항쟁과 재일한국인문학』, 58쪽.

97) "나의 4·3을 배경으로 한 소설은 그 역사의 부재위에서 탄생했다. <화산도>는 없었던 것으로 하려는 4·3을 둘러싼 현실의 부정에서 시작된 역사의 의지 표출이다. 기억의 살육과 기억의 자살을 동시에 받아들여 거의 죽음에 가깝게 침몰한 망각으로부터의 소생, 그것이 역사에 대한 의지이고, 4·3사건의 50주년의 발언을 할 수 있게 된 것은 완전히 죽음에 이르지 않았던 기억의 승리이다. 살아남은 자들에 의한 망각으로부터 탈출, 한 두 사람씩 어둠속의 증언을 위한 등장이 빙하에 갇혀있던 죽은 자들의 목소리를 되살려낸다. 첫걸음이긴 하지만 기억의 승리는 역사와 인간의 재생과 해방을 의미한다."(김석범, 「되살아나는 죽은 자들의 목소리」, 『每日新聞』, 1998.3.31 ; 『虛日』, 74~75쪽 ; 김학동, 앞의 박사학위논문, 142쪽 재인용).

98) 이종하, 『아도르노-고통의 해석학』, 살림, 2007, 15쪽.

정체성이다. "이 과거의 기억은 개인의 사회화나 집단적인 결속 그리고 사회적 정통성의 유지나 그것에 대한 도전에 대해서 결정적 요인으로 작용한다. 바꿔 말하면 과거의 기억은 매우 도덕적인 현상이며 그렇기 때문에 정치적인 동시에 현대적인 현상이기도 하다. 극단적으로 말해서 인종, 민족, 에스닉 그룹은 모두 과거의 기억의 소산이다."99)

또 하나의 1세대 작가인 김달수는 "자신이 일본에 거주하면서 일본어로 소설을 쓰고 있는 이유를 한마디로 일본인과 조선인의 이해를 도모하여 불평등한 듯 두 민족간의 관계를 개선하는데 있다고 단정적으로 말하고 있다. 김달수의 글쓰기는 결국 일본이 조선을 침략하여 식민 지배를 한 것에 대한 비판과 일본인이 조선을 차별하는 현실의 고발, 그리고 친일파를 대거 등용한 이승만 정권에 대한 반감들을 표현하는 데에 목적이 있다."100)

재일한인 1세대 작가들의 기억에 대한 자세는 기억의 복원이 아니라 구축이다. 해방이후 글을 쓰는 현재에 이르기까지 진행되는 투쟁의 역사를 구축하여 치열한 역사의식을 사람들에게 알리기 위함이다. 이는 두 가지의 전시 효과를 목적으로 한다.

재일한인 1세대의 글쓰기는 일본 사회의 다수에게 전시할 필요성으로 역사를 서사화했으며, 다음 세대를 위해 존재를 긍정적으로 확인시켜줄 역사의 기록이라는 목적이 동시에 필요했다. 이러한 목적성의 글쓰기에 필요한 언어는 일본어였다. 역사를 읽어줄 독자가 모두 일본어 사용자였기 때문이다. 독자가 이해할 수 있는 언어를 도구적으로 사용하는 것, 즉

---

99) 강상중, 앞의 책, 160쪽.

100) "일찍이 (지금도 여전히 약간은 그렇습니다만) 나는 이 불평등으로 인하여 일본어를 이렇게 능숙하게 구사할 수 있게 되었습니다. 그러나 나는 이러한 일본어를 특별히 다른 곳에 써먹으려는 생각은 없습니다. 우리들 민족의 평등, 인간들 사이의 이해를 위해서 사용하고 싶습니다."(김달수 評論集 上, 『わが文學』, 40쪽 ; 김학동, 앞의 논문, 38쪽에서 인용.)

Ⅱ장에서 기술한 바와 같이 전유의 기법을 써야 했던 것이다.

> 나로 하여금 <까마귀의 죽음>을 쓰게 한 것은 이른바 제주도 4·3사건의
> 충격이었다. (중략). <까마귀의 죽음>이 그 무대가 된 고향과 제주도의,
> 내 손으로는 직접 만질 수 없는, 가혹한 현실로부터 태어난 것은 분명했다.
> 그러나 등장인물, 그리고 이야기의 전체 줄거리는 모두 가공의 것이다.
> 예의 제주도 사건 그 자체가 아닌 가공의 세계, 즉 픽션에 기대어 나는
> 자신의 내적 위기를 더욱 명확히 하고, 그 안에서 나 자신을 뛰어넘는
> 더욱 확실한 반응을 추구하고 싶었던 것이다. 그 당시 나는 <까마귀의
> 죽음>에 의해 구원받았던 것이다.(김석범, 「<까마귀의 죽음>이 세상에
> 나오기까지」, 『부락해방』 1974년 3월호. 나중에 『口あるものは語れ』, 筑摩
> 書房, 1975, 222~223쪽 수록)

이산인으로서 재일한인은 자신들의 기원지인 조국의 역사가 해체되고
변형되고 왜곡된 형태로 접촉될 위기의 공간인 타자의 공간에서 살고
있다. 역사는 쓰고 말하고 해석하는 사람에 의해 허구적 서사가 된다.
조작되고 감추어진 서사를 내면화할 경우 소수자로서의 차별과 배제는
더욱 심화될 것이 분명하다. 재일한인 1세대에게 일본사회에서 전달하는
허구적 역사에 대항할 수 있는 그들이 구성한 새로운 역사를 써야 한다는
것은 어쩌면 생존을 위한 필연적 의무였을지도 모른다. 재일한인 1세대들이
써야 했던 역사는 따라서 현재적 시공간인 일본에서 필요한 역사적 시점과
공간이 기입되어야 했다. 그러므로 이 역사기술은 '대항기억'[101]의 성격을
지니게 된다.

　김달수의 글쓰기 작업이 민족적 정체성의 자각 위에 이루어지고 있다는

---

101) '대항기억은 푸코의 개념으로서 지배권력의 기억된 역사를 재구성하는 것이다.'
　　김영목, 「기억과 망각 사이의 역사드라마와 과거구상」, 최문규 외 저, 『기억과
　　망각』, 책세상, 2003, 144쪽.

것은『태백산맥』이후의 작업을 통해서도 증명된다. 김달수의 문학은 '史의 문학'[102]이라고 정의내릴 수 있는 역사적 서사가 중심이다. <쓰레기> <잡초처럼> <야노츠 고개>등에서 볼 수 있는 '재일동포생활사',『후예의 도시』에서 볼 수 있는 '사회주의자 투쟁사',『일본 속의 조선문화』시리즈[103]로 엮어낸 '고대사'의 흐름으로 김달수의 작품세계는 정리될 수 있다.

김달수는『일본 속의 한국문화 유적을 찾아서—고대사의 열쇠를 쥔 도시, 나라(奈良)』를 통해 고대에 일본으로 건너간 '도래(渡來)한 자'로서의 한민족을 '귀화인'으로 변질시켜 역사에 기록하고 있는 일본인의 허위의식을 고발한다. 그리고 일본인들이 한민족이 이루어놓은 역사를 부정하고 삭제하려는 증거를 찾아낸다.

내가 1972년에 쓴『일본속의 한국문화』제3권 <야마토>를 보면 아스카의 가야노모리(栢森)에서 이모(芋)고개를 넘어 요시노를 찾아갔던 일에 관해 쓴 내용이 있다.

카와카미 촌(川上 村)교육위원회에『後南朝史論集』이라는 책을 사러 갔었다. 여직원이 책을 가지고 와서 손을 내밀어 받으려하니 잠시 기다리라 며 책을 펼치곤 몇 장인가를 찢어버리는 것이었다. 깜짝 놀란 나에게 그 여직원은 찢은 책에다 "아래 15줄은 카와카미 촌 사정에 부적당하다고 생각되므로 저자의 동의를 얻어 삭제"라 쓴 종이를 붙이고 나서 건네는 것이었다.
(중략)
내게는 소름끼치는 이야기였다.··· 일본인들이 고대에서 말하는 이른바

---

102) 최효선,『재일동포문학연구—1세 작가 김달수의 문학과 생애』, 문예림, 2002, 19쪽.

103) 1970년대부터 고대문화유적기행을 시작하여『일본속의 조선문화』를 발간하기 시작하여 전12권을 완간하였다.

'귀화인'과 그 문화를 빼고 나면 과연 그들에게 무엇이 남을지 알 수 없는 일이다. 하지만 말해보았자 부질없는 일일 것이다. 더욱이 나는 귀화인 즉 고대 한국에서 온 도래인 문화유적들을 일부러 찾아다니고 있으니 요시노의 카와카미 촌 주민들의 구미에는 맞지 않는 사람인 셈이다. (김달수, 『일본 속의 한국문화 유적을 찾아서─고대사의 열쇠를 쥔 도시, 나라(奈良)』, 배석주 역, 대원사, 1995, 42~43쪽)

김달수는 고대 한반도 문화의 일본전파 경로에 관심을 갖고 한반도에서 이동한 민족이 일본이라는 정주지에 언제나 도움을 주었다는 것을 증명해 보이려는 의도에서 저술작업을 시작하였다. 즉 그는 한민족의 도래를 차별이나 멸시로 대해야 할 것이 아님을 밝히고자 한 것이다. 김달수는 일본 고고학의 역사속에서 멸시의 대상으로 적혀 있던 '귀화인'의 호칭을 바꾸려는 의도104)에서 집필을 시작하였다. 귀화라는 말은 정주지의 사회에 소속되기를 원하는 주체의 소망이 들어있는 말이다. 김달수는 한반도로부터의 이동은 한민족이 일본이라는 사회에 소속되기를 원하여 이루어진 것이 아니라는 것을 역사적 유물과 역사적 저서를 통해 알리고자 하였다. 그 작업의 결과로 김달수는 조상의 정체성을 차별로부터 분리해낸다. 현재 일본의 중고교 역사 교과서에는 이 귀화인의 명칭이 '도래인'으로 바뀌어 있다.

김달수는 이은직이 민족적 영웅의 구축을 위해 서사적으로 역사에 접근한 것과 달리 실증이라는 자료를 들어 외부자에게 제시하고자 하였다. 그는 일본의 지명에 남아있는 어원을 들어 그 심증을 확증으로 바꾸는 노력을 계속하였다. 차별적 타자인 자신의 말에 귀기울이지 않을 것을 대비하여 그는 일본인의 저서105)로 증거를 제시하고 일본의 민속학자

---

104) 김달수, 「저자 서문」, 『일본속의 한국문화 유적을 찾아서』, 대원사, 1995, 4~5쪽.
105) "키이국의 이향적 성격은 뭐라 해도 한국의 문물이 야마토국으로 전파되는 통로상

타니카와 켄이치(谷川建一)와 대담으로 증거를 강화한다.

> 타니카와 : 히노쿠마는 태양신을, 쿠마는 하느님(神樣)을 가리키는 말입니
> 다.
> 김 : 그렇습니다. 한국어로는 곰(コム)입니다.
> 타니카와 : 곰(コム)이군요. 가령 신에게 바치는 벼를 쿠마시네(尊稻)라
> 합니다. 신에게 바치는 벼를 경작하는 곳을 쿠마시로(神稻代)라고 하지
> 요.
> 김 : 보통 우리들은 하느님을 카미(神)라 말하고 있지만 사실은 감(カム(신))
> 입니다.
> 타니카와 : 카무(カム)라고 하지요.
> 김 : 사전을 보아도 큐우가나(舊仮名)는 카무(カム)로 돼 있습니다.
> 타니카와 : 명확히 말하면 한국에서의 신은 코무(コム)지요.
> 김 : 그래요. 그것이 감(カム)이 되고 카미(カミ)로 된 것입니다. 신의 신체는
> 감나무(カムナム(神木)) 그것이 카무나비(神奈備)로 된 것입니다.(김달
> 수, 『일본 속의 한국문화 유적을 찾아서 ─ 고대사의 열쇠를 쥔 도시,
> 나라(奈良)』, 배석주 역, 대원사, 1995, 70쪽)

김달수는 이외에도 나카지마 리이치로의 『일본지명학 연구』를 참고하여
고대의 일본어에 한국어의 발음이 영향을 끼쳤음을 밝혀내고 있다.
『조선명장전』을 필두로 하여 이은직은 『인물로 보는 한국사』[106]를 통해

의 거점이라는 점에서 발생했다. 그리고 그 1차 거점은 키이국에서도 서쪽 나구사군
(명초군)이 그 중심이 되었다. 나구사 지방은 한국을 왕래하는 요지가 되기 이전부터
키이국 주재신의 성격을 띠고 있었는데 그것이 히노쿠마, 쿠니카카스 두 신사였던
것 같다. '일전'이라 쓰고 '히노쿠마'라고 읽는 것은 '히노카미'라는 그 전의 호칭법이
신성한 것을 '쿠마(곰)'라 부르는 한국어의 영향을 받은 결과일 것이다."(타카시나
나리아키(高階成章), 『일본서기에서의 쿠마노(熊野)』; 김달수, 앞의 책, 69쪽에서
재인용.)

106) 이은직, 『朝鮮名人傳』, 明石書店, 1980 : 정홍준 역, 『인물로 보는 한국사』, 일빛,

'조센징'이라는 차별적 호명을 역사적 증거로써 타파한다. 조선인이라는 자랑스러운 민족의 위인들을 나열함으로써 무너진 민족의 자긍심을 구축하려는 서사적 의도가 엿보인다. 이은직은 삼국시대 예술인 '솔거'에서부터 근대의 사상가 '신채호'에 이르기까지 우리 역사를 빛낸 자랑스러운 명인들 이야기를 서술하는 것 이외에 『신춘향전』 등을 펴냈다. 49개 항목에서 92명의 역사적 인물을 다루고 그밖에도 많은 인물을 다루고 있는데 그 인물의 중심에는 학자, 예술가 및 민중들의 삶을 위해 평생을 바친 선각자들이 있다. 위인의 이야기를 서술하면서 신채호로 글을 끝맺게 된 것은 사실 "식민지 시대에 활약한 수많은 애국지사들과 해방 후에 큰 공적을 남기고 죽어간 사람들의 이야기도 써보고 싶었으나, 조국이 아직 통일되지 않아 역사적인 인물과 사건에 대한 평가가 여러 가지로 어긋나는 경우가 많아"[107] 서이다. 이은직은 '우리 겨레가 반만년의 유구한 세월을 통해 극심한 고난과 역경을 헤치고 나온 슬기로운 민족'[108]임을 입증하는 자취를 남기려 대항기

1990. 이은직은 『통일평론』에 <조선명인전>의 연재를 1980년 6월호부터 시작하였다. "처음에는 우리나라의 대표적인 학자와 예술가의 이야기를 1년여에 걸쳐 소개하고픈 생각이었다. 그런데 써 나가는 동안 우리나라의 역사를 바꾸는 데서 큰 역할을 한 뛰어난 선조들의 이야기를 덧붙이게 되었다. (중략) 만 6년에 걸쳐 68회의 연재를 계속하게 되었고, 1986년 1월호에 실린 '신채호'로 끝을 맺게 되었다. (중략) 역사상의 인물을 정확히 전달하는 인은 전문적인 역사학자가 담당하지 않으면 안 되는 일이다. 그 점을 잘 알면서도 내가 이일을 떠맡은 것은 『통일평론』을 창간한 초기에 <조선명장전>을 연재하여 독자들로부터 큰 호평을 받은 사정이 있었기 때문이다. 내가 <조선명장전>을 쓴 동기는 일본에서 태어나 일본에서 자라나 우리 동포 청소년들에게 '우리 조국에도 이처럼 뛰어난 명장이 있어 조국을 지키기 위하여 이와 같이 훌륭하게 싸워 왔다. 그러한 영웅의 활약이 있어 우리나라의 역사는 유지될 수 있었고 훌륭한 문화를 쌓을 수 있었다.'는 것을 가르쳐서, 민족적인 긍지와 조국애에 눈뜰 것을 호소하고픈 생각 때문이었다. <조선명장전>은 신흥서방에서 문고판으로 출판되었다."(이은직, 「글을 마치며」, 앞의 책, 336~349쪽.)

107) 이은직, 「글을 마치며」, 『인물로 보는 한국사』, 정홍준 역, 일빛, 1990, 347쪽.
108) 이은직, 「독자들에게 쓰는 글」, 위의 책.

억을 구성하는 글쓰기를 6년여의 시간에 걸쳐 완성했다.

민족의 독립을 지켜온 우리 조상들의 피 속에 흐르는 진정한 애국정신은
자주 독립의 기풍으로 넘치고 있으며, 침략자들을 조국에서 완전히 쫓아낼
때까지 어떤 난관에도 흔들리지 않고 희생적으로 싸워 온 그 투쟁 속에서
맥박치고 있는 것이다.
　　오늘날 우리 민족의 앞길은 어떠해야 하겠는가? 그것을 알려면 먼저
우리나라 역사 속에서 애국자들의 빛나는 투쟁, 선의는 갖고 있었다 해도
결국 굴욕 속으로 밀어넣은 사람들의 모습, 그리고 추악한 반역자들의
행위등을 냉정하게 관찰해야 하지 않을까? 그것은 비단 과거 역사만의
문제가 아니라 바로 지금 우리 민족에게 닥치고 있는 과제인 것이다.
(이은직, 「배중손과 김방경, 애국의 두 갈래길」, 『인물로 보는 한국사』,
정홍준 역, 일빛, 123쪽)

이은직은 단지 역사 속 위인을 과거에 위치시키는 것이 아니라 현재적
의미에서의 가치를 함께 연결함으로써 이산으로 인해 고통받는 재일한인들
에게 빛을 안겨주려고 한다.

조선은 기원전 천 년대부터 전해진 오랜 우리나라의 명칭이었다. 한(韓)
도 또한 기원전부터 전해진 우리 종족을 가리키는 말이었다. 우리 민족은
자국의 역사를 말할 때 반만 년 또는 5천년의 오랜 전통을 가지고 있는
나라라고 말해 왔다. (중략) 이 책이 한국의 역사를 안다는 면에서, 우리
민족의 본질을 궁구한다는 면에서 중요한 자료의 일부가 될 것으로 믿고
있다. 필자는 이 이야기를 일본에서 태어나고 자란 동포 청소년들이 읽어
주었으면 하는 일념에서 마음을 담아 써왔다.[109]

---

109) 이은직, 「저자후기」, 『인물로 보는 한국사』, 정홍준 역, 일빛, 1990, 484~486쪽.

역사를 복원하려는 이러한 작가적 의식에는 공식 담론의 주변부에 존재하는 잊혀지고 왜곡된 한국 역사를 알리고자 하는 의도를 갖고 있음이 분석된다. 특히 이은직은 독자로서의 재일한인을 염두하고 이러한 글쓰기 작업을 진행했다.

> 여러 가지로 어려운 점이 많은 이국생활 속에서 '한국인, 조선인'이라고 불리는 것을 싫어하고 그런 운명으로 태어난 자기 팔자를 저주하며 민족이니 조국이니 하는 말에 외면하려 하는 동포들이야말로 꼭 이 책을 읽어줄 것을 감히 호소하지 않을 수 없다. 강하게 산다는 것은 바람직한 것이지만, 그것은 혹독하고 지난하고 고통스럽고 또한 슬픈 길이다. 그러나 우리 선조들은 그 고통을 견디고 슬픔을 극복하며 강하게 살아온 것이다.(이은직, 「독자들에게 쓰는 글」, 『인물로 보는 한국사』, 348쪽)

이러한 역사서술의 작업을 하는 동안 이은직은 절대권력이 지배하는 봉건사회에서 우수한 학자들과 위인들이 제거되는 추악한 역사와 왕위쟁탈전을 통해 볼 수 있는 배신의 역사 또한 확인한다. 그럼에도 불구하고 그는 "그들에 대하여 쓴다는 것은 곧 우리 역사의 최대의 불행을 묘사하는 것이기도 하며, 우리 민족의 치부를 묘사하는 것이기도 하였다. 나는 그러한 가혹한 운명 속에서 재능 있는 사람들이 어떠한 행동을 취하며, 어떠한 생활을 하였는지를 감히 분명하게 묘사하려 하였다."고 한다.

이러한 의도는 그가 소설작업을 통해서도 구축하려고 했던 해방 후의 『탁류』를 서술한 의도에서도 재확인할 수 있다. 결국 그는 이국생활을 하며 저주받은 민족으로 타자화되고 있는 자신과 동포들이 어떠한 방법으로 운명을 극복해야 하는지를 전달하고 싶었던 것이다. 이는 역사서술을 함에 있어 정확함이 목적이 아니라는 것을 의미한다. 역사기술은 현재적 의미에서 의미가 있는 수행으로서의 역사기술이어야 한다는 것이며 현재적 상황에서 필요한 극복의 기술을 전달하는 행위로서의 글쓰기여야 한다는 것이다. 이은직이 '각별히 써보고 싶었던 인물'인 '최치원'은 '열두 살에 당나라로 유학하여 향수심에 사로잡혀 있던 인물이었으며 스물아홉 살에 귀국하였을 때 역량과 재능을 제대로 발휘해보지 못한 채 산속의 절에 틀어 박혀 멸망하는 조국을 바라 본 인물'이었다. 최치원을 기술하는 동안 그는 이산자로서의 자신을 그에게 투영한다. 어린 시절을 타국에서 보내면서 고국을 그리워한 최치원은 조국에 돌아온 후에도 타자로서의 일생을 보내게 된다. 돌아온 이방인이 주류 사회의 '우리'라는 범주에 소속되기란 매우 어려운 일이라는 것은 이처럼 먼 시원의 역사 속에서도 발견된다. 내부와 외부를 구분하여 경계를 짓는 인간의 습성은 오랜 역사를 갖고 있고 이를 극복하기란 매우 어렵다는 것을 이은직은 역사를 서술하면서 발견한다. 이은직의 글이 동포로부터 큰 반향을 얻어 6년간 이어질 수 있었던 것은 민족의 자긍심 회복뿐만 아니라 그가 공고한 차별의 역사를 발견하고 바로잡는 것에 방점이 찍혀있기 때문이다.

고려시대에는 정치적 이유로 인한 피차별 지역이 매우 많았다는 것이 여러 자료에 기록되어 있으며, 또한 피차별 계급에 대한 억압도 가혹하기 그지 없었다. 그러나 그러한 처지에 있던 우리 민중들은 결코 인내하고 복종만 하기보다는 끊임없이 떨쳐 일어나 싸워왔다. <u>부당한 차별과 압박에 결연히 저항하여 싸웠던 역사적 기록은 감동없이는 읽을 수 없는 존경스러운 역사적 사실이다.</u>
<u>이것은 우리 민족이 전통적으로 길러 온 저항 정신의 표현이다.</u>(이은직, 「독자들에게 쓰는 글」, 『인물로 보는 한국사』, 340쪽)

Ⅲ. '고향 공간'의 발견과 회상의 서사

'재일한인' 1세대가 구축한 상상의 기억은 고통의 역사이자 역사를 구축하기 위한 자발적 투쟁의 역사로 정리될 수 있다. 고난의 민족 수난사는 '재일한인' 2세대에게는 부정적인 서사로 작용하게 되며 민족 공동체의 의미를 강압적으로 내면화하기를 선언하는 부모세대와의 갈등으로 인해 제2세대는 전세대의 서사를 거부[1]한다. 재일한인 2세대들은 차별과 배제 속에서 '조센징'의 외부적 호명에 저항하며 자신의 '조선성'을 강조하며 살아온 전 세대와 갈등하고 또한 이제 막 형성되기 시작한 재일한인사회 내부와의 갈등까지 극복해야 했다. 재일한인 2세대는 외부의 차별과 내부의 갈등이라는 이주의 고뇌 속에서 '반쪽발이'로 살아가야 하는 고통을 드러내는 글을 쓰기 시작했다.[2]

이러한 재일한인 2세대 작가의 글은 일본문단에서도 주목받게 되는데 이는 1959년에 시작된 귀국운동이 점차 수그러들기 시작하면서[3] 재일한인

---

1) 한국 국적을 취득한 재일한국인 이회성의 행로는 많은 재일한인에게 충격을 주었다. 모국방문이 허용되면서 많은 재일한인들이 모국체험을 하기 위해 국적을 바꾸게 되며 이 모국체험은 재일조선 한국인 사회에 큰 파장을 일으키게 된다. 2세대―이회성, 김학영, 정승박―는 자신을 재일한국인으로 소개하기 시작하였다.

2) 이한창, 「재일교포문학연구」, 『외국문학』 1994년 겨울호, 93~94쪽 참조.

3) 강재언·김동훈, 『在日韓國·朝鮮人－歷史と展望』, 勞動經濟社, 1989 참조.

들의 완전한 귀국이 어려울 것이라는 사실을 일본사회도 받아들이고 또 재일한인 사회도 받아들인 것과 관계가 있다. 즉 이제 재일한인들은 부모세대가 조국으로 귀국할 것을 염원한 것과는 완전히 다른 감수성을 일본문단에서 드러냈기 때문이다. 일본문단은 갈등과 고뇌로 자신을 드러내는 김학영에게 1966년 문예상을, 이회성에게 1969년에 군상 신인상을 수여하고 1972년에 아쿠다가와상을 주는 것으로 재일한인 작가들의 등장을 환대한다. 그러나 이것은 이들을 비일본인으로서 그들이 존재할 때만 인정하는 것[4]으로 배제가 전제된 제한된 허용이다. 일본문단에서 '재일'한인의 등장 자체는 이러한 배경에서 '전통'이나 '사회'로 이어지는 장소에서만 존재성을 인정받는다. 이는 이들에게 민족적 정체성에 관해서만 쓰는 것을 허용하는 셈이 된다.[5] 이회성이 『다듬이질 하는 여인』으로 '조선의 어머니—장술이'를 창조하여 상을 수상한 것과 김학영[6]의 작품에서 점점 민족적 색채가 없어짐에 따라 아쿠다가와상(芥川賞)을 수상하지 못한 것에는 이러한 배경이 있다.

---

4) 박유하, 『재일문학의 장소와 교포작가의 <조선>표상』, 208~209쪽 참조. 김학영과 이회성의 수상 심사위원들은 작가들 자신이 드러내려고 하거나 별로 관심이 없는 '조선적'인 것을 찾아내어서 치하하고 있다. 김학영의 심사위원 중의 한 사람인 고지마 노부오는 "조선인으로서의 입장을 다루는 부분에 신선미가 있다"고 하였다.(瀧井孝作, 「제70회 芥川賞選評」, 『芥川賞全集』 제11권, 문예춘추 ; 박유하, 『재일문학의 장소와 교포작가의 <조선>표상』, 208~209쪽에서 재인용.)

5) 박유하, 앞의 책, 210~211쪽 참조.

6) 김학영은 문예상 수상의 말에서 "사람은 언제나 전체속의 일원으로 살아가고 있다. 전체란 바꿔 말하면 역사이며 시대이고, 사회이기도 하면서 혹은 민족이기도 하다. 그리고 전체에는 전체의, 개인에게는 개인의 문제가 있고 고뇌가 있다."면서 전체의 문제가 항상 개인의 문제보다 우위여야 한다고는, 나는 생각하지 않는다, 자신의 문제를 계속해서 써나가고 싶다고 밝히고 있다.(1966 11월 ; 박유하, 앞의 책, 211쪽에서 재인용.)

1. 민족적 정체성과 결박의 언어

호미바바는 기억하기가 '고통스러운 떠올림이다'[7]라고 말한다. 그러나 이 고통스러운 비극을 기억하는 "재체험을 함으로써 개인 행위의 총체는 하나의 사건으로서, 의미있는 전체로서 바뀌어진다." 과거를 극복한다는 것은 결국 끊임없이 반복되는 서술이라는 형식을 통해서 이루어지며 일어난 사건과의 관련 속에서 이루어진다.[8] 재일한인 2세대 작가들은 반복되는 회상이라는 형식을 통해 '기원적 사건'을 되풀이하여 서술함으로써 과거를 극복하고자 한다.

1) 아버지에의 반항과 가출

재일한인에게 "국가는 고통이나 슬픔을 치유해 주는 존재가 아니다. 국가란 국경의 양편에 선 '당신'과 '나'의 관계를 가르고, 서로를 적으로 미워하게 만드는 장치일 뿐이다."[9] 난민의 입장에서 재일한인에게 '국가'란 이렇듯 증오의 대상이며 원하지도 않는 나를 차별적으로 규정하는데 일조를 할 뿐인 존재이다. 김학영은 『알콜램프』에서 자신의 운명을 저주한다.

나는 어째서 조선사람일까? 풀잎을 살랑거리게 하며 불어오는 선선한 바람 속을 쓰레기 소각장 쪽으로 걸어가면서 준길은 생각하고 있었다. 그것은 준길이 자주 생각하는 문제였다. 주위는 모두 일본인인데 어째서 자기 혼자만이 조선인일까? 태어나고 보니까 조선인이었다. 조선인으로

---

7) H. Bhabha, *The Location of Culture*, Routledge, London, 1994, 63쪽.

8) 한나 아렌트, 『어두운 시대의 사람들』, 권영빈 역, 문학과 지성사, 29~30쪽 참조.

9) 신숙옥, 『자이니치―당신은 어느 쪽이냐는 물음에 대하여』, 강혜정 역, 뿌리와 이파리, 2006, 18쪽.

태어나려면 조선에서 태어났으면 좋았을텐데, 고르고 골라서 아마도 세계를 통틀어 가장 조선인을 학대하는 일본에서 태어나 버렸다. 이렇게 재수가 없을 수가 있을까?(김학영, 『알콜램프』, 140쪽)

오랜 세월동안 부모의 교육 속에서 생성된 강요된 민족애와 국가와 민족에 대해 갖게 된 적대감과의 틈바구니 사이에서 김학영은 가책감과 죄책감으로 인해 고통받는 개인을 재현한다. 우선적으로 이러한 압박감과 위화감은 '아버지'에 대한 반발로 나타난다.

이회성의 『人面岩(큰바위얼굴)』에서 그의 '아버지'는 '10명 가량의 힘을 가진 괴력, 폭력의 화신'으로서 재현된다. 아비는 죽이고 싶은 존재이며 과거이다. 이는 지난 역사의 폭력적 압박을 상징하는 것인데 '나'에게 '차별받는 민족'의 징표를 유전한 '아비'라는 존재에의 증오를 의미한다.

가) 소년시절에, 아버지처럼 무서운 사람은 없었다. 귀신같은 사람이라고까지 생각한 일이 있다. 고교시대의 일기장을 펼쳐보면서, 나는 생각에 잠길 때가 있었다. 휘갈겨 써 놓은 다음과 같은 구절에 부딪치기 때문이다. 귀신, 귀신이다. 아버지는 분명히 귀신인 것이다. 죽어버려라. 죽여버리고 싶을 정도다. (중략) 그 무렵 나는 확실히 아버지가 죽는 것을 은근히 바랐고, 독사발을 안길 공상까지 했을 정도였다.(이회성, 『人面岩』, 이호철 역, 정음사, 1972, 59쪽)

나) 집안에서 아버지는 완전히 봉건군주이고 폭군이었다. 큰소리를 지르고, 닥치는 대로 화를 내고, 손찌검을 하는 아버지는 남수에게 수치심을 불러 일으켰다. 그것은 바로 한국인에 대한 수치심이 되었고, 아버지에 대한 경멸일 뿐 아니라 남수 자신을 향한 모독으로도 이어졌다. 자기 자신이 바로 그 한국인이었기 때문이다.(이회성, 『우리 청춘의 길목에서』, 소화, 109쪽)

우리들은 비명을 질렀다. 아버지가 다다미를 걷어찼기 때문이다. (중략) 어제의 싸움 끝에 아내의 입술을 왈패인 남편이 찢은 것이다. 병원에서 두 바늘이나 꿰매지 않으면 안되었다.(이회성, 『다듬이질 하는 여인』, 이호철 역, 정음사, 1972, 53쪽)

이회성의 '아버지'는 내가 사랑하는 개를 잡아먹고 '사람에 대한 태도도 난폭한'[10] 사람이었다. 『인면암』에서 '나'는 학교에서 배운 큰 바위 얼굴 이야기를 듣고 그 안에서 자신의 아비상을 찾아본다. 그 아버지는 늘 죽이고 싶었으나 거역할 수 없는 괴력의 소유자며 가족의 지배자였다. 약하기만 한 셋째 아들은 아비를 죽일 수도 그렇다고 떠날 수도 없어 유년을 보낸다. 오히려 유년의 나에게 아버지의 느낌을 준 것은 옆집의 유순한 일본인 남자였다. 아들은 그에게 속을 털어놓을 때가 더 많았던 것이다. '나'는 세월이 지나 아비의 소원대로 일본 제일의 대학을 졸업한다. 그런데 졸업식 날 아들은 아비의 얼굴에서 큰바위 얼굴을 발견한다.

재일한인 2세대 작가인 이회성은 '두 아버지'를 가진 디아스포라 작가다. '호스트랜드'라는 일본과 '홈랜드'인 한국이라는 상(像)사이에서 자신을 늘 괴롭히는 한국 아버지를 죽이는 '아비 죽이기' 모티브를 구상한다. '아비살해'는 늘 상상 속에서 시도된다. 형은 아버지를 피해 집을 떠나고 엄마는 죽어 부재하는 가족의 구성은 실제 재일한인 2세대의 시대를 상징한다. 모국은 부재하고 나를 지배하고 내 위에서 군림하는 아버지를 상징하는 '조국과 민족'은 거부할 수도 탈피할 수도 없는 강한 존재인 것이다.

재일한인 2세대 작가에게 아버지는 민족이며 역사의 이름이다. 이들의 존재적 무게는 자신의 현재 운명을 결정한 근원이다. 이들은 외부에서의 타자화가 배태된 내부의 조건 속에서 갈등하게 된다.

---

10) 이회성, 『다듬이질 하는 여인』, 이호철 역, 정음사, 1972, 63쪽.

이회성의 『다듬이질 하는 여인』에서 유년시절의 아버지와 조부에 대한 기억은 '냄새'로 추동된다. 할아버지는 감정을 드러내지 않는 정물과 같은 존재로, 그리고 할머니는 '거창하게 감정을 드러내는' 사람으로 '메주 냄새가 나서' '나는 될 수 있는 대로 떨어지려 했다.'[11] 전 세대의 존재로부터 가능한 한 떨어지려 하는 나는 집에서 가출을 시도한다. 이러한 '가출'은 '나'뿐만이 아니라 형이 먼저 시도한 것이다. 내가 가족으로 생각하는 '가족' 은 아버지를 떠나고 '집'을 떠난다.

남수는 '집' 그것에서 벗어나려고 발버둥치고 있었던 것이다. 한국 사람─ 아버지가 느끼게 했던 한국 사람의 집은 남수에게는 질척질척하고 어둡고 바닥이 없는 늪과 같이 생각되었다. 아버지는 생활의 고달픔에 찌들어 있었고, 그 초조함을 그 자체로 작열시켰다.(이회성, 『우리 청춘의 길목에서』, 소화, 109쪽)

남수는 집에 있으면 자신이 점점 더 한국인을 미워하고, 자기 부정에 빠지는 듯한 기분에 사로잡히는 것 같았다. 그러니까 한국인의 그 진짜 모습은 그런게 아니라 따로 있다는 기분이 든다. 남수는 갑자기 집을 나가야겠다.…고 자신을 몰아세우고 있었다. 한국인이 되기 위해서라도 아버지의 집을 부정하지 않으면 안되었다. 사회에 나가서는 한국인으로 살아나갈 생각이었다.(이회성, 『우리 청춘의 길목에서』, 110쪽)

오래 전부터 나는 우리 집에 대해 답답한 생각을 떨쳐버릴 수 없었다. 그렇게 생각한 것이 한 두 번이 아니다. 우리집은 재일교포의 가정보다도 어둡고 우울한 가정이 아닐까? 육십 만에 달하는 재일교포, 예전에는 이백 몇 십만 명으로도 불렸던 백의민족 조선인. 그 조선인 중에서 우리

---

11) 이회성, 위의 책, 26쪽. '냄새'에 대한 표현은 '조선인'의 냄새를 의미하며 이회성 작품에서 일본인에게 배제되는 차별적 표지로 작동되어 작품 전반에서 발견된다.

식구들만큼 불행하고 희망이 없는 가족도 없지 않을까? 실제로 그런 생각은 스무 살 무렵의 나를 질식시킬 만큼 큰 압박감이었다.(이회성, 『죽은 자가 남긴 것』, 271쪽)

고향집은 나에겐 여전히 지옥이었다. 그것은 이젠 하나의 고정관념이라고 할 만한 것이었다. 거기를 기피하려는 마음이 의지 여하에 상관없이 저절로 내 속에 작동해 버리는 것이었다.… 나 자신은 마냥 신경적 충격을 받아 온 그 어두운 집에서 이미 탈출하고 있다.(김학영, 『錯迷』, 57쪽)

이 집은 산산조각이 났다고 준길은 정면으로 보이는 시약병에 시선을 보내며 가슴 속으로 중얼거렸다.
조선이 분열되어 있듯이 이 집도 분열되어 있는 것이다.(김학영, 『알콜램프』, 160쪽)

아버지는 폭행으로 가족을 공포로 몰아넣고 내가 의지했던 어머니는 폭력과 만행의 아버지를 '경멸'한다. 그렇지만 한편으로는 어머니는 아버지의 이러한 폭행이 '흘러온 것'이기 때문이라고 믿는다. 어머니는 아버지가 '고향을 떠날 때부터' 그렇게 되었다며 한숨을 쉰다. 다음 어머니의 푸념은 재일한인의 빈궁한 삶과 신산한 삶의 원인이 디아스포라에 있다고 생각한 작가의 의식이 투사된 독백이다.

"흘러 온 거야. 고향을 떠날 때부터 그렇지. 휴우 그렇지, 휴우 그렇지. 희망도 몸도 다 닳아 빠져가면서 말야."(이회성, 『다듬이질 하는 여인』, 이호철 역, 정음사, 1972, 52쪽)

이회성은 아버지를 공포와 두려움에서 경멸의 시선으로 보다가 아버지의 디아스포라적 상황을 알게 되면서 서서히 이해하기 시작한다. 아버지에 대해 갖고 있는 감정의 변화는 이회성이 재일한인으로서 가졌던 최초의 감정에서 성숙한 '자아'로서 자신을 인정하는 변화를 표현하는 것이다.

사람은 누구나가 자기 입장에서만 사물을 생각하는 모양이다. 한국 사람의 부모들은 일반적으로 정치이야기를 즐겨 하지만, 그렇게 된 것은 정치에 괴롭힘을 당한 어두운 정열이 솟기 때문일 것이다. 아버지도 예외는 아니어서, 정치이야기를 좋아해, 사람만 만나면 그 이야기를 하는 경향이 있었다.(이회성, 『인면암』, 이호철 역, 정음사, 1972, 78쪽)

이처럼 이회성은 아버지에 대한 이해와 증오의 사이에서 갈등하며 유년을 보내게 된다. 그런데 아버지에 대한 원망은 외부에 노출될 때의 관계 속에서 커진다. 즉 타자의 외부 사회에서 아버지는 부끄러움의 대상이지만 가족의 내부공간에서는 아버지는 여전히 '가족'이라는 존재로 남게 된다.

2) 아버지의 언어와 정주지 언어와의 갈등

재일한인 2세대 작가에게 이중의 언어체계는 역사와 민족적 정체성과 더불어 오히려 거대한 압박으로 작용하며 이들을 결박하는 매개체로 작용한다.

사촌형은 그제서야 남수를 보고 수다스럽게 말했다. "야, 나, 남수, 오랜만이구나." 육지라도 발견한 듯 큰소리로 반갑게 말했다. "난, 난 말야, 니가 온다, 온다고 해서 빨리 돌아왔다구." 사촌형은 원래 말더듬이라서 어느새 말이 이상해져 버린다. 남수가 대꾸를 해도 이치로는 대답이 얼른 나오지 않는다.(이회성, 『우리 청춘의 길목에서』, 김숙자 역, 소화, 1970, 33쪽)

이회성에서도 나타나는 '말에 대한 주저함'은 김학영에 이르러 실존적 언어의식으로 더욱 심화된다. 언어는 그를 절망으로 결박한다. 김학영은 『착미(錯迷)』에서 어려서부터 봐 온 아버지의 폭력과 어머니의 증오 앞에서 '미칠 것 같은' 자의식을 드러내고 있다. 주인공 '순일'은 아버지와 어머니가 싸움을 그치지 않자 스스로 유리인형케이스를 들어 창문 밖으로 던져 부셔버린다. 그는 부서지는 인형케이스를 보면서 지구를 부시고 싶은 파괴적 충동을 느낀다. 그리고 '분노에 조종되는 인형'12)같은 아버지의 멱살을 잡는다. 아버지란 김학영에게도 '고향의 어두운 집'을 의미했고 '어리석은 대중'을 의미한다. 아버지는 '요지부동인 무거운 물체나 또는 나 자신과 우리 집 앞에 버티고 있는 서있는 괴물'과 같으며 나와 가족을 파괴할 존재로 묘사되고 있다.

아버지는 S동맹의 Y분회장으로 있는 사람이고 '다른 동포들에게 <단결>의 필요성과 <조국의 평화적 통일>을 역설'하는 사람이지만 가족에게는 횡포를 부리는 사람이다. 즉 아버지는 밖에서는 민족을 중시하면서 집 내부에서는 가족의 평화를 파괴하고 '자식들이 진심으로 바라고 있는' '가정의 평화적 통일'에 대해서는 이해하지 못하는 사람이면서 가족의 어두운 분위기가 어머니 때문이라고 책임을 전가하는 사람이다.13)

아버지가 지고 있는 역사의 무게를 비판할 수도 없는 아들로서 그는 갈등과 우울 속에 빠져 있게 된다. 나는 아버지의 폭력을 멈추고자 아버지의 멱살을 잡는 순간, '아버지의 어이없는 얼굴'을 보면서 아버지에 대한 연민으로 갈등한다.

갑작스런 내 행위를 아직 의아하게 여기고 있는 듯한 아버지의 얼굴도

---

12) 김학영, 『錯迷』, 75쪽.
13) 김학영, 『錯迷』, 52쪽에서 발췌 인용.

마치 어린애의 그것처럼 위축돼 보였다. 그 표정엔 어딘가 천진난만함조차 느껴졌다. 나는 거기에 아버지의 늙음을 보았다. 이미 늙음이 감돌기 시작하고 있는 아버지의 육체는 이젠 극도로 횡포를 부리고 있는 그 무신경한 성질에 비해 자못 무력했다. 아버지는 가해자가 아니라, 오히려 이 아버지 역시 추악하고 괴이한 마귀에 조종되고 있는 피해자가 아닐까…… 이렇게 깨달은 찰나 나는 별안간 제정신으로 돌아간 것 같았다. 나는 나 자신이 하려 하고 있는 짓을 문득 깨달았다. <u>아버지의 몸을 잡고 있는 내 손이 더없이 죄가 많은 것으로 생각되었다. 이미 마른 나무의 느낌을 풍기고 있는 아버지의 '역사'를 느꼈다. 그 '역사'는 무거워서 그 무게는 그것을 잡고 있는 나의 주제넘은 비판 따위는 일체 접근을 하지 못하게 하는 것같이 보인다. 나는 이 아버지를 몽매하다며 비난하지만, 그러나 나에게 아버지를 비난할만한 자격이 있을까. 그것이 아버지가 살아온 시대에 의해 반쯤 강요되었던 것이라면?</u>(김학영, 『錯迷』, 76쪽)

아버지의 언어세계인 폭력의 세계와 아버지를 이해하고자 하는 연민의 세계가 충돌하면서 그는 말을 더듬게 된다. 김학영14)의 『얼어붙은 입』에서 나 '최규식'은 대학 공업화학과 대학원생이다. 연구실에서 3개월간의 연구

---

14) 김학영은 1938년 군마현에서 재일한인 2세로서 태어났다. 본적은 경남으로 아버지가 12세때 할아버지와 함께 도일했으며, 할머니는 일본에서 자살했다. 대학입학 전까지 야마다(山田)라는 통명을 사용하다가 동경대학 입학 후 본성인 金을 사용하였다. 동경대에서 공업화학을 전공하여 박사학위과정까지 입학하지만 중퇴했다. (김학영, 『얼어붙은 입』, 하유상 역, 한국문학, 1977.9 별책부록 연보 참조.) 1966년 『얼어붙은 입』으로 문예상을 수상, 1973 하얀 자갈길, 1974 여름의 균열, 1976 겨울 달빛, 1978 끌, 1985년 1.4. 새벽 2시 유서를 남겨 놓고는 가스 파이프를 물고 향년 48세로 자살.(『알콜램프』 뒤의 연보에서 참조)
김학영은 김달수 등 1세 작가들이 기본적으로 '공화국'을 지지하는 입장에서 조국의 통일과 반미투쟁, 일본에서의 민족적 주체성을 호소하는 모습 등을 그려온 것에 반해, 재일조선인 2세의 고뇌와 '북조선'을 지지하는 아버지에 대한 반발을 그렸다.(하야시 고지(林浩治), 「재일조선인문학과 김태생의 풍경」, 『재일동포문학과 디아스포라』, 전남대 출판부, 153쪽 참조.)

결과를 보고할 때마다 주기적으로 불안해지고 말을 더듬는다. 일상의 생활에서는 그리 심하게 더듬지 않지만 공적인 장소에서 발표할 때 말을 더듬게 되어, '나'는 언어에 대해 심하게 불안을 느끼고 있다.

김학영은 『얼어붙은 입』에서 자신을 '디아스포라'의 원형적 주체인 '모세'와 동일화함으로써 서두를 시작한다. 디아스포라의 어원은 유대인의 민족 산포가 기원이다. 김학영은 자신의 운명이 이 유대의 운명과 유사하다는 인식을 갖고 있었던 것이 분명하다. 디아스포라라는 운명 속에 살아가야 하는 자들의 처지를 비감하며 이러한 운명을 수용해 살아야 하는가 하는 슬픔을 신에게 호소한다.

> 나는 입이 뻣뻣하고 혀가 둔한 자입니다.
> 주여, 원하옵건대 보낼만한 자를 보내소서.
>   (모세―「출애굽기」 제4장 10.13절)15)

'나'는 방향도 없이 정처없이 오랜 시간을 걸어 온 존재이다. 김학영은 어디로 향해 가는지도 모르면서 운명적으로 가야만 하는 이산자들의 운명을 상징하는 모세의 절규를 소설의 서두에 배치했다.16) 이 서두는 '우리는 과연 여기에 보낼만한 자였던가. 원래 말할 수 없는 자로서 이 운명을 감당하기가 힘들다'는 호소를 담고 있으며 '디아스포라 주체'가 토로하는 기도라 할 수 있다.

김학영은 『착미(錯迷)』의 '나'는 한국에서 온 유학생인 '정용신'의 도움을 받고 서로 친구가 된다. 그러면서도 '정용신'을 바라보는 시선은 이중적이다. 그는 자신과 같은 조선인이지만 '나'는 그를 '일본인학생과 똑같은 눈으로

---

15) 김학영, 『얼어붙은 입』, 강상구 역, 한진출판사, 1985.
16) 김학영, 『얼어붙은 입』, 17쪽.

136

보고 있다.' 그런 '나' 자신도 일본인에게는 '외국인 유학생'으로 '정용신'과 같은 이방인이다.

> 기묘한 나의 처지는 지금도 계속되고 있다. 나는 중간자였다. 일본인과 조선인 사이의 중간자. 그것도 일본인이기도 하고 조선인이기도 한 듯한 적극적인 플러스의 중간자라기보다는 오히려 일본인도 아니고 조선인도 아닌 듯한 소극적인 마이너스의 그것이었다. 나는 나와 동포일터인 정용신 을 외국인으로 보았고, 그런 나는 나 자신 동포같이 생각하고 있을 외국인들 로부터 외국인으로 간주되었으니, 그런 나는 글자 그대로 어중간한 인간일 따름이었다.(김학영, 『錯迷』, 17쪽)

어느 쪽에서 '나'를 보는지에 따라서도 '중간적 존재'일 수밖에 없는 '나'는 민족이나 국적으로 분류될 수 없는 존재이다. 이런 '나'는 가정에서도 소속감을 느끼지 못하고 '나'와 같은 원체험이라는 것을 공유한 자에게서만 이 연대감을 느낀다. '나'의 관심은 오로지 "어떤 아버지였지?"이다. "대체 어떤 아버지 밑에서 자라났을까?"만이 '나'에게 흥미 있는 일이기 때문이 다.17) 이는 같은 민족이냐 같은 국적이냐 같은 민족단체이냐의 소속감과는 다른 '체험의 공유성'에 기인한 기준으로 내가 인간관계를 조직하는 기준이 다. 개인의 기원적 사건, 원체험이 내가 재일한인 2세대의 글쓰기의 원형으 로 작용하고 있으며 이는 2세대 재일한인 작가 글쓰기의 추동력이다.

> '원체험'이라는 말이 있다. 너에게 원체험은 무엇이냐고 묻는다면 나는 즉석에서 부부싸움, 부모의 불화라고 대답한다. 전쟁을 체험한 인간이 전쟁을 얘기함으로써 인간을 얘기하려고 하는 것처럼, 부부싸움을 원체험 으로 느끼는 나는 부부싸움을 얘기함으로써 인간을 얘기하려고 하더라도

---

17) 김학영, 『錯迷』, 79쪽.

용납될 것이다. 그만한 대가는 치러왔다고 나는 생각하는 것이다.(김학영, 『錯迷』, 28쪽)

이회성은 결국 자살로 생을 끝낸 김학영의 죽음에 대해 「政治的な死－金鶴英のこと」에서 다음과 같이 피력하고 있다. "재일 2세 작가로서의 그는 피하기 어려운 것으로서 가정을 쓰고, 그 중에서도 특히 아버지와의 상극을 문제 삼았다. 누구라도 마찬가지다. 그처럼 우리들 재일한인 2세 문학자는 가정으로부터 출발하지 않으면 안되었다. 거기서부터 인간의 의미를 찾고 조국을 바라보고 가는 운명을 공유하고 있었다."[18]

내부의 붕괴는 가정에서의 부부의 싸움으로 또 부자사이의 이념의 차이로 인한 분열로 구체화되고 있는데 이러한 근원적 분열은 중간자로서 어디에도 속하지 못하는데다가 어떻게 해도 통합되지 못하는 분단의 선[19]이 있는 '외등(外燈)없는 집'으로 상징화된다. 불빛의 온기와 빛이 부재하는 공간으로서의 '집'은 2세대 재일한인 작가들의 '집'공간에 대한 공통적 상징적 표상이다. 이 공간 속에서 가족이라는 기본적 공동체에서도 일체감을 경험하지 못하고 분자적 존재로서 괴로워하고 있는 양상을 김학영 소설의 작중인물들은 표현하고 있다. 김학영 소설에서 김학영을 투사하는 '나'는 제각각의 성질에 따라 정확하게 반응하는 시료들을 볼 때만이 활기에 차 있다. 이들 시료들은 정해진 법칙에 따라 확실하게 반응하고 충돌하고 합의하기 때문이다.

---

18) 이회성, 『時代と人間の運命エッセー集』, 同時代社, 1996, 111쪽.

19) "네가 한국인이 된다는 것은 우리 집안에서 38선이 생긴다는 말이야. 애비와 자식이 총을 마주 대는 원수지간이 된다는 것이다. 보통 큰 일이 아니지 않느냐?" "아버지에게 있어서 한국인은 평화적 통일의 상대가 아니고 총을 마주 대는 전쟁의 상대라는 말입니까? 아버지는 열심히 평화적 통일을 주장하고 있었잖아요. 전쟁의 상대라고 못박아놓고 어떻게 평화적 통일을 한다는 말입니까?" 김학영, 『알콜램프』, 136쪽.

『알콜램프』에서 '준길'은 누나 '돈자'가 일본인과 결혼을 하려 해서 머리카락을 잘리게 되는 것도, 또 집안의 자랑거리인 '신길'이 한국으로 가려하여 아버지와 충돌을 하게 되는 것도 실험을 할 때만은 잊을 수 있다. 집안을 분열하고 파괴하는 요인들은 너무나 많고 중학생인 '준길'의 입장에서 그에 대한 이해란 불가능하다.

> 한순간 속에 연소해서 꺼져가는 유성을 연상시키는 산소 속의 흰 빛의 충실함에 비한다면, 세상의 모든 사물, 인간의 일체의 동요는 색깔이 바랜 하잘 것 없는 것으로밖에는 생각할 수 없었다.(김학영, 『알콜램프』, 129~130쪽)

실험은 인간과는 달리 모호함이 없는 '확실히 알게 되는 것'이기 때문에 김학영 소설의 인물들은 실험을 한다. 중간자로서의 자신, 어디에도 속하지 못하는 정체적 모호성은 '확실히 구분되어 호명되는 원소'들로 실험을 할 때 느끼는 충족감과 대비된다. 또한 김학영의 소설의 주인공들은 국적이나 성별, 연령을 떠나, 자신과 같은 원체험속에 함몰되어 있는 자를 자신의 유사가족으로서 수용한다. 그러므로 같은 원체험을 과거의 시간 속에 갖지 못한 자는 '부부라 하더라도 결국 타인끼리인 것이다.'[20]라고 인식한다.

김학영의 인물들은 과거의 상처 속에서 헤어 나오지 못한 채 '머리가 절단되는 꿈'(김학영, 『外燈없는 집』, 175쪽)을 반복하며 꾸고, 점점 말더듬이의 증상이 심해지는데 이는 인물이 느끼고 있는 현실의 고통을 육화한 것이다. 현재의 그와 소통이 가능한 자는 여기가 아닌 '과거'에 존재했으며 현실에 '부재'한다. 현재에 부재하는 사람은 결국 타인에 불과하며[21] 이러한

---

20) 김학영, 「外燈없는 집」, 강상구 역, 『얼어붙은 입』, 한진출판사, 1985, 172쪽.

21) "그는 그 때의 일이 하나의 상처가 되어 회상되었다. 타인은 어쩔 수 없이 타인이란 사실을 생각 못했던 어린 자기가 불민하게도 생각되었다. 그리고 아주 친밀하게

소통의 부재로 인해 김학영은 언어에 대해 더욱 예민하게 압박을 느끼고
결국 언어에 결박당한 채 말을 하지 못하게 된다.

> 가) 무언가가 끊임없이 자꾸 뒤쫓아와서, 그래서 자꾸만 어딘가로 달아나
> 는 그런 상태의 공포에 휘말리는 기분이다. <u><어눌의 고랑>탓일까? 근래에
> 외서 나는 다시 말을 몹시 더듬게 되었다. 발성이 잘 안된다. 내가 생각해도
> 이상할 만큼 도무지 말이 나오지 않는다.</u> 그 같은 시기가 있다. 그 같은
> 시기가 주기적으로 찾아오는 것이다. 내가 말더듬이라는 사실을 깜박
> 잊을 만큼, 술술 말이 잘 풀려져 나올 때가 있는가하면, 또 어느 때는
> 무척 심하게 말을 더듬는 시기를 맞게 된다. 이른바 <어눌의 고랑>속에
> 빠져버리는 것이다.(김학영, 『얼어붙은 입』, 22쪽)

> 나) 그들이 존재해 있다고 하는 것은 곧 언어가 존재해 있음을 뜻하거니와,
> 그러기에 바로 말해서, 나를 압박하는 것은 그들의 존재 자체라기보다는,
> 그들이 내뱉은 언어 그것이라고 함이 옳을 것이다.(김학영, 『얼어붙은
> 입』, 30쪽)

김학영의 『얼어붙은 입』은 말하는 언어를 소유하지 못한 침묵하는 피지
배층의 타자를 상징하는 제목이다. 이회성의 『반쪽발이』, 『다시 청춘의
길목에서』와 김학영의 『얼어붙은 입』에서 언어장애를 일으키는 언어에
대한 구속감, 결박감은 신체적 장애로 구현된다. 김학영과 이회성, 두 작가
모두 아버지의 언어와 정주지 언어 사이의 갈등, 그리고 언어에 대한 이질감
으로 고통을 경험하였으며 이는 신체를 주박(呪縛)[22]하는 압박으로 옥죄인

지냈던 K씨까지도 결국은 타인이란 사실 그것을 자기에게 일깨워주고만 것을
K씨 편에서도 알고 있는 듯한 느낌이 들었다. 그는 그것을 자기를 대하는 K씨의
무심한 태도의 변화에서 느낄 수 있었다." 김학영, 「外燈없는 집」, 192쪽.
22) 김학영의 용어, 언어에 대해 저주받은 속박이라고 느끼고 있다.

140

다. 이회성은 1972년 6월 3일 『아사히신문(朝日新聞)』「재일조선인의 일본관」23)에서 '조선인임을 숨기고 살았던 심정'을 토로한 적이 있다. 이러한 위장의 죄책감은 언어의 죄의식을 더욱 심화시키는 요인이 된다.

　사람과 사람사이를 매개하는 언어를 지배하지 못하고 일본사회에서 느끼고 있던 '이방인 의식'은 언어로서 김학영을 결박하고 그는 모든 관계에서 스스로를 타자화시키게 된다. 그가 타자로서 '이방인 의식'을 느끼지 않는 상대는 일본인 '이소가이'로 그는 나와 같은 말더듬이이다. '이소가이'는 같은 동경대학에서 만난 친구인데 그가 나보다 더 심한 '난발성 말더듬이'라는 것을 알게 된 순간부터 '나'는 그를 내 영역 내에 위치시킨다. '일본판 라스꼴리니코프'라고 생각한 그는 언제나 '남루하고 궁상스러운 차림'을 하고 다녔지만 일본인의 '조선분이군요' '국적이 조선이시군요?' '한국사람인가요?' 등등의 '가장된 말공대'로 나에게 접근하지 않았다. 그는 초면에 "자넨 분명히 최가라고 그랬지? 조센징이구만."이라고 말을 걸었다. '이소가이'는 '나'와 같은 결점을 지니고 같은 가정환경의 원체험을 회상하면서 스스로를 사회로부터 격리·소외시키고 있는 인물이다. 그는 처음 만났을 때부터 '나'의 문제를 꿰뚫어 본다.

　　"조선말도 못하는 조센징이라. 이를테면, 변칙 인간이라 그런 말이지.

---

23) "나는 자기를 속이고 친구도 속임으로써 진정한 우정을 잃어버렸다. 자신이 조선인으로 부활하는 것만이 진정한 우정을 회복하는 길이다. 조선인의 콤플렉스의 원초적인 것은 전전의 동화교육에도 뿌리를 두고 있지만 전후의 소위 미국식 교육도 인간을 온재(溫在)시키기는 했으나 구제해주지는 않는다. 나는 자기 소외감, 이방인 등으로 괴로워했다. 그러나 아무리 괴로워해도 그것을 극복하지 않고는 출구는 있을 수 없었다."(이회성, 「재일조선인의 일본인관」, 『아사히신문(朝日新聞)』, 1972.6.3. ; 김주연, 「이회성의 <다듬이질 하는 여인>과 <큰바위 얼굴>연구 －재일의 기억과 회귀를 중심으로」, 건국대 교육대학원 석사학위논문, 9～10쪽에서 재인용.)

그런 사람들은 처지가 어떨까? 자연히 여러 가지 문제를 안고 살아야겠지."
(김학영, 『얼어붙은 입』, 강상구 역, 한진출판사, 1985, 95쪽)

'이소가이'에게 느끼는 연대감과 공유의식으로 볼 때 유사가족이 일본인
이냐 아니냐는 문제가 되지 않는다. 김학영은 자신의 원체험과 같은 말더듬
이로서의 아픔을 공유한다는 사실로서 새롭게 내부자와 외부자의 경계를
형성한다.

김학영의 『얼어붙은 입』이 일본 평단의 주목을 받았던 이유가 보편적
타자의식을 표현했다는 데에 있다고 평가하는 연구자도 있다.24) 그러나
그는 외부의 타자냐 내부의 타자냐가 아닌 관계의 매개어로서 '언어'에서의
타자화에 착종하고 있는데 이는 디아스포라의 고뇌를 상징적으로 표상한
근저에 작가 자신이 경험한 상흔이 자리잡고 있었기 때문이다. 김학영
자신의 말에 의하면, "말더듬이를 따지고 들어가면, 왜 한국인이면서 일본으
로 흘러 들어와 살게 되었느냐는 문제에 봉착하게 되고, 그 찾다보면 민족문
제에 이르게 된다."25)고 밝히고 있는데 이 모든 문제의 근원은 강제적
이주인 식민지배의 '디아스포라'에 있는 것이다.

재일한인들은 살기 위해 자신이 '반쪽발이-조센징'인 것을 숨겨야한다.
이들의 위장은 일본인 속에 섞여 살아가기 위한 전략이며 이름이라는
표지를 거부하면 가능할텐데 이 죄책감이라는 것 때문에 불가능하다. 이들
은 가족과 집단속에서 민족이라는 것을 거부하고 부인할 때의 죄의식으로
더욱 고통받는다. 즉 사이공간에 낀 중간자이기에 더욱 괴로운 것이다.
재일한인 2세대의 경계인 의식은 갈등의 근원으로 존재하며 이들이 고통
속에 살게 하는 괴로움의 근원이다. 이들은 자신을 분열시키는 환상을

---

24) 유숙자, 「김학영 론」, 『비교문학』 24, 한국비교문학회, 1999, 234~252쪽 참조.
25) 김학영, 『얼어붙은 입』, 하유상 역, 화동출판사, 1992, 205쪽.

체험하면서 자신의 갈등을 드러낸다.

> 어느 경우에나 나는 자기의 참다운 모습을 숨기고 있었다. 그것으로써 어두운 스스로를 키워 갔다.(이회성, 『인면암』, 90쪽)

> 고교 3학년 때 죽으려 한 일이 있었다. 쉰 냄새가 나는 돼지우리에 들어가 서까래에서 새끼를 걸로 늘어뜨린 이지러진 새끼줄을 지그시 쳐다보고 있었다. 다른 날 다시 한번 우리에 들어가 그 곳에 패어있는 우물에 목까지 담그고, 철분이 진한 흐린 물 냄새에 짜증이 나서 기어오른 일도 있었다. 죽는 데에는 결심이 모자랐고, 막연하게 사는 데 대한 미련이 있었던 것이다.(이회성, 『인면암』, 90쪽)

생과 사의 경계에서 이회성은 "망설임 끝에 나는 일본어를 사용하기로"[26] 한다. 외국어인 일본어로 소설을 쓰는 원통함을 품고서 자신을 표현하기 위해 이용해야 하는 절박감을 말하고 있다. 이러한 죄의식과 갈등은 이들의 반복적인 악몽으로 나타난다.

대체로 재일한인 문학의 많은 부분에서 '꿈'이 나타난다. 이 꿈의 현실에서는 이루어질 수 없는 환상적 세계가 표현되고 있는데 이회성의 『반쪽발이』 등에서도 꿈속의 '나'는 하늘을 날거나 또 원하고 희구하던 곳으로 나아가고

---

[26] "일본어는 나에게 있어서 외국어이다. 자칫하면 그러한 감각이 마비되기 쉬운 곳이 언어생활에 있어서의 재일조선인의 모습이지만, 그 일본어는 나의 성장이 말로 변환된 무거운 경과를 가지고 있다. 조선인에게 있어서의 일본어가 어떤 말인지, 또 어떠한 긴장된 관련을 일으키는 언어인지에 대해 나도 막연하게나마 생각을 했었고, 그 때문에 우울한 기분이 됐다. 하지만 소설을 쓰려고 하면 원통하게도 이 일본어밖에 사용하지 못한다. 일본어는 외국어이지만 나에게 있어서는 그것이 선택하고 말고의 언어가 아니라 자신을 포현하기 위해 반드시 필요한 언어라는 것을 깨닫게 되었다." 이회성, 「容疑者の語葉」, 『다듬이질 하는 여인』, 講談社, 1991, 154쪽.

있다. 재일한인 1세대의 타자의식이 민족적 고뇌, 즉 외부에서 비롯된 것이었다면 김학영의 글쓰기는 내부와 외부의 사이의 고뇌를 언어라는 매체로써 상징적으로 구현하였다는 것에 미적인 의의가 있다.

소통을 위한 중간 매개체인 언어에 대한 결박은 '한국인도 아니고 일본인도 아닌 의식으로 아무리 일본인처럼 행세하고 일본인과 같은 기분으로 살고 있어도 결코 일본인이 될 수 없는' '반쪽발이'로서의 자신을 상징한다.

> 그런데 전차 속에서 책을 읽을 때마다 나는 매일처럼 나 자신이 한국인이란 것이 새삼스럽게 느껴져 생각하게 한다. 그리고 묘하게 우울해지고 기분이 무거워진다.
> 왜 그럴까?―그것은 그 한국관계의 책이란 것이 꼭 한국민족의 비참한 역사에 붓을 대고 한국인 동포문제가 극히 가까운 과거까지 억압되고 학대의 상황 속에서 살아와 오늘날 현재도 아직 비참과 고뇌 속에 살고 있다는 것, 그리고 나 자신이란 존재가 실은 그런 상황의 위에 서 있다는 것, 과거에 그들이 체험하고 지금도 아직 체험하고 있는 것은 자신과 무관계한 나라 사람의 체험이 아니고, 도리어 자신과 대단히 밀접한 관계에 있는 (또는 밀접한 관계에 있어야 할 동포의 사실이란 것, 그런 것들을 나는 새삼스레 알게 되어 충격을 받고 생각게 되었기 때문이다.) (김학영, 『얼어붙은 입』, 51~52쪽)

이런 현실의 상황 속에서 소통을 할 수 있었던 유일한 자신의 분신적 존재 '이소가이'가 자살을 함으로써 김학영의 페르소나인 '최규식'은 더욱 깊은 언어의 주박에 빠진다. 김학영은 같은 민족인 내부사회에서의 연대가 아닌 언어의 타자 '이소가이'와의 수평적 동료로서의 연대감을 더 중요하다고 표현한다. 이는 재일한인 2세대가 1세대와는 달리 민족이라는 타자의식 이외에도 언어의 '외부'와 '내부'사이에서 더 강화된 타자의식으로 고통받았음을 의미한다.

『얼어붙은 입』에서 '나'는 '이소가이'의 자살로 인해 유사가족을 잃게 되며 그 빈자리를 '이소가이'의 여동생 '미찌꼬'와의 성애를 통해 극복하고자 하지만 결국 성애 또한 말더듬이끼리의 '언어'를 대치하지 못한다. 서로를 이해하지 못한 채 이어지는 결합이란 허망하다. 이를 드러내고 있는『얼어붙은 입』의 결말은 김학영의 소통에 대한 부정적 의식을 나타낸다. 결국 김학영은 자신을 영원한 타자로 인식하였고 결국 자살로서 생을 마감한다.

김학영의 소설 처음과 결말에서 부정적인 현실로 인해 길 위에 서있는 자신을 형상화함으로써 설 곳을 잃어버린 자아를 표상하고 있는데 이는 그 자신이 방황하는 자 '디아스포라 주체'라는 것을 재현한 것이라고 할 수 있다.

나는 방향같은 건 아랑곳 없이, 또 아무 생각도 하고 싶지 않은 채, 세찬 그 강풍을 가슴에 안으면서, 내 몸을 갈기 갈기 찢어 발길 듯한 그 강풍에 몸부림이라도 치듯 펄럭대는 코트 주머니에 손을 찌르고는 그저 걸어갔다.(김학영, 『얼어붙은 입』, 17쪽)

내가 찾아가고 싶어했던 장소가 어디일까. 말더듬이가 아닌 나에 관한 것, 말더듬이가 없는 세계에 관한 것이 아니었을까.(김학영, 『얼어붙은 입』, 38쪽)

오늘밤엔 아파트에 돌아가더라도 나는 고향눈이 생각나서, 말뚱말뚱한 불안한 의식을 떨쳐버리지 못하고 그저 방안을 하릴없이 빙빙 걸어 다니지 밖에 못할 게 틀림없는 것이다. '또 거기로 가는 수밖에 없겠군.' (중략) 기분전환이 되는 만큼 아파트의 내 방에 있기보다는 훨씬 안심할 수 있는 것이다. 나 역시 칠칠치 못한 인간의 한 사람임엔 틀림없는 것이다. 또 열차가 역에 도착한 모양이어서 숱한 사람들이 역 앞으로 쏟아져

나왔다. <u>그들에게 밀려나듯 나는 코트의 깃을 세우고는 마냥 내리는 눈</u>
<u>속을 다시 가도 쪽으로 걸어갔다.</u>(김학영, 『착미』, 84~85쪽)

그래봤자 소용없어, 하고 또 한사람의 내가 말했다. 되돌아가봤자 마찬가
지야, 하고 말하고 있는 것 같았다. 죄어드는 듯한 가슴속의 고통이며
적막감을 깨물며, <u>원인모를 마음의 통증을 줄곧 느끼면서, 나는 인적이</u>
<u>드문 교외지대의 쓸쓸한 길을 역 쪽으로 향해서 걸어갔다.</u>(김학영, 『얼어붙
은 입』, 188쪽)

2. 기억의 소환과 원체험의 고향

1) 기억의 회귀

민족성을 강조하는 서사의 창출은 제2세대에게는 오히려 압력으로 작용
하며 공동체와 연대감에 대한 부정적인 압박으로 다가온다. 이민 2, 3세대는
거주국이 모국이 되고 거주국 중심으로 가치가 형성된다. "거주국의 언어와
사회문화에 익숙한 이들은 주류사회의 기회구조에 더 적극적으로 참여하게
되고 이로 인해 민족공동체에 참여하는 정도는 이민 1세에 비교해서 줄게
된다."[27]고 말한 것은 재일한인의 세대별 작품의 변화에도 똑같이 적용된다.

부모세대에 있었던 공동체의 정체성은 사실상 제국주의를 새로운 형태로
반복한 것이다. 민족적 정체성이란 이미 선별되고 선택된 기억의 조합이었

---

27) "거주기간(또는 세대)은 거주국의 사회문화에 대한 지식과 친숙도와 관련되어
개인의 생활기회와 가치정향성에 크게 영향을 준다. 이민 1세는 언어장애와 문화적
차이로 인해 거주국에서 불리한 위치에 처하게 되고 이에 대응해서 민족공동체에
의존하고 참여하는 정도가 높다. 이들에게 민족정체성은 주어진 것으로 거주기간
이 길어진다고 해서 크게 약해지지 않는다." 윤인진, 『코리안디아스포라』, 고려대
출판부, 2004, 43쪽.

고 이것은 사실 현재 제2세대에게 여전히 존재하고 있는 현실적 고뇌를 해결해 주지 못했다. 그들은 부모의 세대가 필요로 했던 공동의 '공유기억'이 아닌 '개인적 과거'를 호출한다. 그런데 이 재일한인 2세대 작가들은 아직은 제1세대의 공동체 기억과 완전히 분리된 서사가 아니라 가족이라는 공동체와의 일상생활 속 기억에 있던 자신을 기억해 내고는 현재 자신과의 지속성을 획득한다.

과거에 대한 사람들 개개인의 향수는 여러 가지 이론적 물음들을 제기한다. 개인의 정체성은 작품의 상징적 질서에 어떻게 관련되어 있는 것이며 주체는 과거의 어떤 기억을 불러내는 것인지에 대한 것을 살펴보면 작가의 내면을 살펴볼 수 있을 것이다.[28]

> 역사는 지층처럼 겹겹이 쌓여 있습니다. 문서자료가 남는 일도 거의 없을뿐더러 문서를 남기는 사람은 권력의 중심에 가까운 사람, 남성, 글을 쓸 수 있는 사람뿐입니다. 그러니 문서만이 아니라 전승되는 이야기나 신화, 고고학적 수법 등을 활용해 오래된 지층에서 기억을 불러일으키려 하는 것입니다. 말하자면 현재의 요청에 의해 과거의 지층으로부터 죽은 이들, 망령이 된 증인들이 소환되고 있는 겁니다.[29]

주체는 확실성을 얻기 위해서, 자신의 전체적 정체성을 부여하는 이야기를 꾸며내기 위해서 기억을 형성한다. 그 주체에게 있어서 기억의 과정 그 자체는 큰 타자(민족·국가·가족)를 확고하게 제 자리에 놓고 유지시키려는 시도이며, 자신의 정체성에 관한 어떤 확실성을 획득하기 위해서 상징적

---

28) 레나타 살레클 지음, 『사랑과 증오의 도착들』, 이성민 옮김, 도서출판 b, 133~134쪽 정리.
29) 서경식·타카하시 테츠야 지음, 「기억과 증언」, 『단절의 세기, 증언의 시대』, 김경윤 역, 삼인, 43쪽.

질서의 실존을 지키려는 시도이다.

재일한인 작가 2세대에게 압박으로 작용하던 '민족적 존재'는 민족의 의례인 제사, 장례, 다듬이, 가야금 등의 표상들로 작품 속에 여전히 개입하고 있다. 이러한 민족적 상징들은 작품 속 '과거'에서 그리움으로 작동하지 않고 압박의 대상으로 작용하고 있다는 것이 문제적이다.

이회성은 '조국과 재일한인 집합에의 민족 주체성의 확립'[30]을 시도하면서 작품 속 '유년 체험의 공간'을 통해 이 화합을 나타내고 있다. 이회성 작품의 인물들은 자아의 현 위치를 발견하기 위해 회상을 한다.[31] "이때의 회상은 내부와 외부 사이에서 체험된 분열을 화해시키거나 분산되어 있던 과거의 삶을 해방시키며 그것을 온전하고 분명한 것으로 보이게 하는 역할을 담당한다."[32] "회상은 자아성찰과 정체성 확인의 글쓰기에서 중요한 전략적 기제가 된다. 회상하는 행위자체가 죽어있거나 떨어져 나간 삶의 여러 조각들을 불러 모으는 작업에 해당되기 때문이다."[33]

화태(樺太, 지금의 사할린)에서의 유년시절을 아름다웠고 환기하는 상징적 매개체는 '다듬이 소리'이다. '모국'의 언어가 아닌 소리에 의한 울림은 '나'를 아홉 살의 과거로 이끈다. 과거의 공간에는 '어머니'가 있다. 과거의 공간을 회상한다는 것은 '어머니'를 회상하는 것이며 '어머니'가

---

30) 이유식, 『한국문학의 전망과 새로운 세기』, 국학자료원, 2002.

31) "나치시대에 나치에 쫓기다 자살한 발터 벤야민은 그의 유고작인 <역사철학테제>에서 '역사를 거로 정리하여 시간 축을 따라 많은 사건들이 계속해서 일어난다고 생각하는 실증주의적인 역사이미지와는 달리, 벤야민은 역사의 '패자'로서 역사 속에 등록되지 않은 사람들의 기억을 부활시키려 합니다. 과거의 기억의 파편이나 단편을 역사의 '쓰레기통'으로부터 현재로 소환하는 것을 벤야민은 '인용'이라는 어휘로써 얘기하고 있습니다. 역사에 대한 그러한 태도를 '역사를 거스르다'라고 말하는 거지요." 서경식·타카하시 테츠야 외, 앞의 책, 45~47쪽 정리.

32) 위르겐 슈람케, 앞의 책, 1995, 202~203쪽 ; 김미현, 『한국여성소설과 페미니즘』, 신구문화사, 1996, 272쪽에서 재인용.

33) 김미현, 위의 책, 272쪽.

있는 공간은 조국은 아니지만 지금의 나를 길러내 준 '모태'공간이다. 기억속의 공간으로 회귀한다는 것은 기억을 소환하는 것이며 '디아스포라' 욕망이 발현되는 것이라고 할 수 있다. 그러나 이 욕망이 발현하는 것은 1세대의 공간과는 다른 공간이 제시된다. 2세대의 고향은 1세대의 공간처럼 당위적인 조국, 모국이 아니다. 이 공간은 민족의 정체성이 강조되는 의무의 공간이 아니며 가족이 관련되어 있다. 가족 서사는 민족정체성이 망각되려는 지점에서 다시 공동체적 유대감을 조성한나. 집단적 기억이 민족의 기억에서 가족의 기억으로 이행되는 것이다. 그리고 그 구심점에 '어머니'가 있다. 내가 어린 시절의 나를 발견함이 가능한 것은 거기에 '환대하는 타자'로서의 어머니가 있기 때문이며 그 어머니는 나에게 '고향'의 의미와 '거주'의 의무를 전언한다.

레비나스는 익명적 세계로부터 '집'으로 복귀하여 자신을 찾을 수 있는 것은 '집'에 '여성적인 타자'가 있기 때문이라고 말한다. 이때 '여성적인 것'은 꼭 생물학적 '여성'만을 의미하는 것은 아니다. '환대하는 타자'를 총칭해서 '여성적인 것'이라고 표현한 것이다. '여성적인 것'은 내면으로의 전향, 집과 거주의 내면성의 조건이다.[34]

고향과 관련된 어린 시절의 추억은 자신의 과거와 '어머니'가 들려 준 '어머니'의 고향의 추억이 조합되어 구성된다. 과거 회상의 공간을 추억하는 것은 잊혀져가는 '집단적 기억을 되새김질하는 행위이며 디아스포라 욕망의 흔적'[35]들이기도 하다. 즉 "수동적이고 의존적이며 혼돈에 빠져 있던 자아를 적극적이고 주체적인 상태로 회복시키려고 할 때 무엇보다도 회상

---

34) Levinas, E, trans by Alphonso Lingis, *Totality and Infinity*, Kluwer Academic Publisher, 1991, 154쪽 ; 김창환, 「윤동주시의 타자인식을 통한 윤리적 주체성 재고」, 『현대문학의 연구』 30, 2006, 282쪽에서 참조.

35) 최강민, 『탈식민과 디아스포라 문학』, 제이앤 씨, 2009, 214쪽.

행위가 필요하다는 것이다."36)

여전히 존재하는 소외와 고립을 극복하기 위해서는 아직은 집단적 기억이 필요하나 경험하지도 존재하지도 않는 조국의 상상은 너무나 멀다. 자신과 가족의 과거 시공간의 기억은 재일한인의 소외를 유대로 다시 묶어주는 기능을 한다. 그러나 이때의 공간은 꼭 돌아가야 할 장소로 의무적이며 당위적인 공간은 아니다. '민족'의 서사가 가능했던 1세대와는 달리 역사의 변화 속에서 그 절대성은 퇴색하였고 오히려 차별과 배제의 경계를 깊게 하는 요인으로 작용하고 있는 것이다. 민족 정체성은 특정 민족 집단이 느끼게 되는 소속감으로 그 집단 안에 속하지 않은 재일한인들은 혼돈에 빠지게 된다.37) 조총련과 민단의 상호간 배제와 축출은 민족적 공동체 의식의 유대감을 파괴하게 되며 이를 체험한 재일한인들은 '가족'을 '민족'의 위치에 기재한다.

민족은 본질적인 것이 아니라 역사의 변화 속에서 탄생한 산물이다. 과거를 회상한다는 것은 "과거가 지닌 절대적인 성질이나 진실 등에 보내는 단호한 신뢰를 의미하며, 과거의 사건에 최종적인 형태를 부여해 그 사건을 '역사적 사실'로 변용시키는"38) 강한 의식의 표출이다. "과거 사건에 대한 어린 날의 기억과 그 의의에 대한 인식이 현재의 회상 행위 속에서 동시에

---

36) 송지현, 「1930년대 한국소설에 있어서의 여성자아 정립양상 연구」, 전남대 박사학위논문, 1991, 59쪽 참조.

37) "개인의 민족적 정체성은 자신이 스스로 정의하거나 타인에 의해 규정된다. 민족정체성은 자신이 누구인지를 알고 평가하는 준거지대로 활용할 수 있다는 점에서 자아 형성에 있어 중요한 요소이다. 주류 민족에 의해 소수 민족이 차별과 배제를 받을 때, 보통 민족 정체성은 강화되면서 내부 결속력이 강해지는 현상을 보인다. 다시 말해 외부에 의한 경계 짓기는 내부에 의한 경계 짓기를 촉발시켜 민족정체성을 강화시킨다. 이처럼 민족정체성은 항상 존재하는 항수가 아니라 대내외적 환경 속에서 달라지는 변수이다." 최강민, 앞의 책, 216쪽.

38) 스즈키 토미(鈴木登美), 『이야기된 자기, 사소설을 다시 읽는다』, 한일문학연구회 옮김, 생각의 나무, 2004, 170쪽.

환기된다. 이때 훗날의 인식은 형태가 흐릿한 과거의 기억을 상징적 리얼리티로 바꾼다. 즉 과거의 막연한 기억은 '실제' 과거의 흔적으로서만 복원이 가능한 잃어버린 것으로 현상하는 것이다."[39] 그러나 흔적을 선명하게 현재로 불러 오는 '회상'의 행위는 지난 시간에 죽어버린 '어머니'와 '나'를 연결하고 지탱하고 강화한다. '회상'행위의 적극적 소환의식은 실천적인 자기 구성행위를 가능하게 한다.

현재의 '나'란 과거의 경험의 소산이며 '과거의 나'를 소급하여 회상함으로써 나는 '발견'된다. 지금의 '나'와 과거의 '나'와의 연속성을 확인하는 재일한인 2세대의 글쓰기의 의의는 단절될 수 있는 재일한인 1세대와의 연결을 시도하는 적극적이며 구원적인 시도로 읽힐 수 있다. 과거라는 압박의 시간이 '나'를 발견하는 회상의 힘으로 인해 지금의 '나'를 인정하게 해주는 의미있는 시간으로 변모하는 것이기 때문이다. 이회성의 일련의 작품은 이러한 적극적인 '회상'행위로 작품을 구성되어 있다. 이회성은 '지금'의 '나'가 결국은 '과거'의 세대로부터 유래했고 그 기원적 시간을 개인적으로 확인함으로써 자신의 생존을 인정한다.[40] "이야기하는 '나'에게 회상하는 일은, 현재의 자기가 더욱 성숙한 사람이라는 사실을 증명함과 더불어 스스로의 과거를 극복하려고 시도하는 과정이 된다."[41]

2) 원체험의 공간 : 어머니

아버지에 대한 '민족적 집단'의 굴레로부터 해방되는 것은 어머니가

---

39) 스즈키 토미(鈴木登美), 위의 책, 171~172쪽.

40) "과거의 선명한 기억과, 이 회상된 일들에 대한 인과관계적이고 설명적인 시점을 구하는 소급적 운동 사이의 상호작용을 통해, 청년 준키치의 과거는 다시 한번 살아나고 새로운 의미를 획득한다." 스즈키 토미(鈴木登美), 위의 책, 180쪽.

41) 스즈키 토미(鈴木登美), 위의 책, 183쪽.

있었던 시간으로 거슬러 올라가는 '회상'이라는 행위로 인해서 획득된다.
이회성의 기억의 공간속에서 존재하는 '어머니'는 늘 다듬이질을 하고
있다.

> 빨랫거리에 둘러싸인 어머니는 손가락에 침을 발라 다리미의 불기운을
> 살핀다. '비켜라'하면서 입에 물을 잔뜩 머금고 있다가 방석 위의 옷에
> 뿜는 것이다. 다리미의 자루에 힘을 주어하나하나 꼼꼼하게 주름을 펴
> 나가곤, 푹 숨을 쉬고 기둥시계를 쳐다보기도 한다. 다리미질을 안 하는
> 날은 포갠 옷가지에 헝겊을 덮어 씌워, 늘어지게 다듬이질을 하는 것이다.
> 매일 보는 광경이었다. <u>싫증나도록 보았을텐데 어머니가 통통 통통 다듬이
> 질을 하는 것을 쳐다보는 것은 즐거웠다.</u> 고향의 개울가에서 본 흰 옷
> 입은 여인들을 생각해내고, 멀리 끌려들어가는 기분이 된다.(이회성, 『다듬
> 이질 하는 여인』, 51쪽)

그리고 이회성 작품의 대부분은 기억을 서두로 시작한다. 재일한인이
기억에 집착함이 기억을 기록한다는 것과 관계가 있다. 기억을 잊지 않고
기록함으로써 그와 그들만의 역사를 재구성하고 주체의 연속성을 회복하고
연속시킬 수 있다. 그러나 재일한인 1세대가 역사를 잇고자 하는 의무감에서
기록을 했다면 재일한인 2세대는 뿌리가 없이 정착하고자 하는 자의 강박적
의식으로 기록한다.

> <u>장술이가 세상을 떠난 것은 일본의 긴 전쟁이 인제 10개월만 지나면
> 끝을 내는 겨울의 어느 날이었다.</u>
> <u>그날의 일을 나는 선명하게 기억하고 있다.</u>[42]

---

42) 이회성, 『다듬이질 하는 여인』, 정음사, 1972, 7쪽.

벌써 아홉 살이 되어 있었기 때문이었을 것이다. 소년기에 어머니와 사별한 것이 나의 성격형성에 영향을 주지 않았다고는 생각지 않지만, 그 무렵은 아직 매우 순진한 소년에 지나지 않았다.

어머니는 곧잘 나를 ジョジョ(죠죠)라고 부르며 놀렸다. 이 별명은 여태까지도 정확한 의미를 모르겠다.[43]

재일한인 소설의 호칭은 매우 특별한 의미를 함의한다. 재일한인 작가들은 주로 자신을 부르는 호칭의 의미를 연구한다. 호칭은 누가 부르느냐에 따른 인식, 타자에 의한 자신의 인식, 가족들 사이에서의 위치를 함의하기 때문이다. '과거의 나'에 대한 호명, 어머니가 놀리면서 부를 수 있는 이름의 정확한 의미를 '나'는 모른다. 세대가 지나가면서 호칭의 의미는 빈 공간으로 남는다. 부르는 자가 세상을 떠나면 유아로서의 주체의 의미는 찾을 수 없게 된다. 그래서 이들은 자신을 기억해 부르는 가족 간의 호칭을 특별히 기록하고자 한다. 현재에 나는 '과거'에 비어있는 '나'를 기억을 소급함으로써 다시 사유한다. '나'를 구성한 과거로의 회귀는 현재의 '나'를 확인하는 행위이기도 하며 이러한 의도가 성립될 때 '과거'의 이미지는 '나'에게 파악된다.

재일한인 1세대의 고향은 일본 밖에 존재하는 조국으로 재현된다. 고국의 고향은 고국의 정치적 혼란과 민족의 분단이라는 처참한 현실로 인해 갈 수 없는 디스토피아가 된다. 그러나 재일한인 2세대의 고향은 '내 유년시절의 추억의 공간'이다. 이 공간은 나를 차별하고 배제하는 '호스트랜드'이지만, 그 안의 '고향'이라는 점에서 전 세대와 차별화된다. 작가들의 회상 속에 존재하는 '호스트랜드 고향'의 원풍경을 살펴봄으로써 2세대의 고향의식을 알 수 있다.

---

43) 이회성, 『다듬이질 하는 여인』, 1972, 정음사, 7쪽.

"고향은 개인의 의식에서 주로 과거의 지평위에 존재한다. 이러한 고향은 회상의 영역에 속하기에 인간의 기억과 직간접적으로 연결되어 있다."[44] 대체로 제1세대 작가들이 형상화한 고향은 그들의 과거 속에 아련하게 남아있는 곳이지만 2세대들에게 고향은 지금 사는 이곳의 과거에 위치한 공간이다. 이 고향은 1세대들에게 당위적으로 학습되고 부여받은 공간이 아니라 2세대가 살아온 과거 속 체험의 공간이다. 2세대 작가는 고향을 절대적인 이상향의 시공간이 아니라 가족적 정체성으로 유대감을 강화시켜 줄 공간으로 묘사한다.

> 한국어의 발음별로 고쳐 보면 <조조>나 <저저>, 또는 <조저> <저조>의 네 가지가 생각되는데, 사전에 그 어의와 비슷한 것이 없는 것이다. 어머니는 경상도 태생이다. 신라시대의 고도 경주 근처의 농촌에서 태어났다. 그 지방 특유의 어린이에 대한 애칭인가 생각하고 같은 도내 사람에게 물어본 일도 있지만, 끝내 알 수 없었다.… 그러나 사람들에게 물어보고 싶을 정도로, 나는 이 호칭에 깊은 애착을 느끼고 있었던 것이다.
>
> 어머니가 언제부터, 왜 나를 그렇게 부르게 되었는지, 유래를 알 수는 없다. 그러나 아마, 문어춤 때문이었을 것이다. 소년 시절의 나는 사람을 웃기기를 잘해, 자주 어른들로부터 박수갈채를 받았다.
>
> … 어머니는 이상하게 웃으며 한숨을 쉰다. <… 왜 너는 조조냐> 이러면, 나는 무언가 칭찬이라도 받은 기분이 되어, 더욱 춤을 추고 싶어진다.[45]

이회성이 묘사하고 있는 원체험의 공간은 '어머니'의 웃음이 있고 주위 어른들의 박수갈채가 있는 '춤을 추고 싶은 공간'이다. 이 공간은 풍속의 질서가 지배하는 즐거운 유희의 공간이다.

---

44) 최강민, 앞의 책, 253쪽.
45) 이회성, 『다듬이질 하는 여인』, 정음사, 1972, 7쪽.

그리고, 자다가 오줌을 싸는 아이는 한국의 관례대로, 소금을 얻으러 가게 한다고 가르쳐 주는 것이다.[46)]

오줌을 싼 아이가 받는 징벌은 가족이 있는 집밖을 나가 소금을 얻어오는 것이다. 타인은 소금을 주면서 나의 실수를 징벌한다. 가족에게 등 떠밀려 집을 나와 수치를 학습하는 행위, 이 문화적 관습은 역사적으로 사회화된다. '나'의 유년의 학습은 비록 정주지의 땅에서 이루어지지만 그 내용은 모국의 문화이다. '나'는 모국의 관습으로 사회화된 존재다. 이런 유년의 공간은 '전쟁'과 그리고 전쟁으로 인한 이산으로 폭력이 내면화된 '아버지'와 '어머니의 죽음'으로 인해 파괴되기 시작한다.

가) 침대에 누워있는 어머니는 아버지와 아이들의 이야기에 귀를 기울이고 편안히 자고 있는 것처럼 비친다. 이것으로 아들들을 아버지에게 돌려주었다고 생각하기나 하는 것처럼. <u>우리는 가정에서 언제나 어머니 편이었다.</u> 거기에는 이유가 있었는데, 아이들 눈에는 어머니가 약자로 느껴졌기 때문이다.(『다듬이질 하는 여인』, 15쪽)

나) <u>생각하면, 장례식은 어린이에게 있어서는 축제와 별로 다름없었다.</u> 병원에서 흘린 나의 눈물은 이젠 아주 말라버렸고, 아무래도 조부모처럼 언제까지나 비탄에 잠겨 있을 수는 없었다. 그리고 웬일인지, 어머니가 영원히 죽고 만 것 같은 기분이 들지 않았다. 관을 보면, 확실히 어머니는 별세계의 사람이었다.(『다듬이질 하는 여인』, 18쪽)

다) <u>우리들은 비명을 질렀다. 아버지가 다다미를 걷어찼기 때문이다.</u> (중략) 어제의 싸움 끝에 아내의 입술을 왈패인 남편이 찢은 것이다. 병원에서 두 바늘이나 꿰매지 않으면 안 되었다. 상처를 마스크로 숨긴 채 어머니는

---

46) 이회성, 위의 책, 11쪽.

묵묵히 짐을 챙겼다. 장롱을 열어 트렁크에 자기 짐을 챙기는 것이었다. 갑자기 어머니는 일단 집어넣은 일본 옷을 꺼내자 발기발기 찢어버리고, 벽장의 고리짝에서 빛이 바랜 저고리, 치마를 꺼내 바꿔 넣었다. 어디로 가려는 것일까. 미친 것 같은 어머니의 행동은 우리들의 마음을 완전히 짓이겨 놓았다.(『다듬이질 하는 여인』, 53쪽)

라) 그 소리가 어머니 귀에 들어박히자 힘없이 어머니는 그 자리에 쭈그리고 앉아 있는 어머니와 서로 마주보고 있었다. 품안으로 뛰어들고 싶었지만, 가까이 가면 뿌리칠 것 같아 두려웠다. 가만히 있으면 어머니가 다른 사람같이 보여 더욱 마음이 놓이지 않는 것이다. 울고 싶을 지경이었다.

어느 만큼 시간이 지났을까. <u>어머니는 아주 오래 거기에 쭈그리고 앉아 있었다. 그리고 앞으로 엎어져 얼굴을 가리듯이 하고 흐느껴 우는 것이었다.</u> 그리고 얼마 있자니, 아무 일도 없었다는 듯이, 트렁크를 안방에 도로 갖다 놓는 것이었다.(『다듬이질 하는 여인』, 54쪽)

마) 그러나 요즈음에 와서 나는 이렇게도 상상해보는 것이다. 어머니는 남편의 팔을 찾으며 두 사람의 미완성의 생활에 끝장이 다가온 것을 누구에겐가 거부하려고 했던 것에 틀림없다. 남편이 손에 힘을 꼭 주어 도로 놓자, 그녀는 희미하게 끄떡거리며 오히려 남편을 격려하려고는 하지 않았을까.

"흘러가지 말아요-"

아버지는 우리들에게 어머니 이야기를 할 때, 그녀가 그런 뜻을 가진 채 죽은 여자였다는 것을 자책을 가지고 말했던 것이다.(『다듬이질 하는 여인』, 56쪽)

원체험의 공간이 파괴된 이후 정착하지 못하고 흘러다니는 자신들의 팔자를 '어머니'는 학습화된 관습과 미신에 의지해서 살아가고자 한다.

어머니의 마지막 유언, "흘러가지 말아요-"는 이산에 대한 두려움, 어디든 정착을 해야 한다는 소망이 담겨 있다. 이회성은 어린 시절 과거의 회상을 통해 아버지와 어머니의 싸움 속에서 받았던 상처와 갈등이 바로 '디아스포라'에서 기인한 것이었음을 깨닫게 된다.

일본에서 북해도로, 북해도에서 사할린으로 이주할 수밖에 없었던 상황 속에서 '어머니'가 한 일은 빨래를 다듬는 일이었다. 빨래를 다듬는 다듬이질과 그 다듬이 소리가 엄마 '고향'의 다듬이 소리로 연결되는 소설의 반복적 구성은 노동의 고단함과 어머니의 곤궁한 이주생활을 회상하는 기제로 작용한다.

김학영의 『얼어붙은 입』은 말하는 언어를 소유하지 못한 침묵하는 피지배층의 타자임을 대표하는 제목이다. '고향'은 '어머니'의 이미지와 연관된다. 어머니와 자연은 함께 상동하는 이미지이다. 타향에서 고향은 보통 자연의 풍경으로 묘사된다. 특히 '강'은 '고향'의 중요한 이미지인데 이는 물이라는 요소가 너와 나, 주체와 타자 사이를 흐르며 포용하는 속성을 지니기 때문이며 이것이 '어머니', 고향의 이미지를 환기한다. '물'은 영원한 고향으로 돌아가려는 '디아스포라'의 욕망이 이미지로 나타난 것이다.

이회성·양석일 등의 재일한인 2세대 작가의 작품에 나타나고 있는 '어머니'는 무력하게 희생당하는 민족, 타자, 피식민지적 존재라는 강력한 알레고리로 재현되고 있다. 스피박의 표현이기도 한 '하위주체'의 재현이며 피식민자로서 강제적 이주의 고통으로 괴로워하는 존재들인 것이다.

스피박이 하위주체의 희생당하고 착취당하는 경험으로부터 오히려 저항성을 갖는 주체를 개념화할 수 있다고 했듯이[47] 재일한인 2세대 작가들은 '어머니'의 억압받은 경험과 희생의 기억에서 긍정적 자기인식과 치유의

---

47) 태혜숙, 『탈식민주의 페미니즘』, 여이연, 2001, 117쪽 ; 송명희, 「탈식민주의와 지역문학 연구」, 『타자의 서사학』, 푸른사상, 234쪽 참조.

가능성을 찾고자 한다. '어머니'는 자신들의 삶에 가해지는 억압과 폭력성에도 불구하고 모성적 화해로 생명을 키우는 살림을 하는 인물이다.

기억의 서사 속에서 재구성되는 것은 이산의 원래적 조건이다. 이산의 상처를 치유하려면 이산의 조건이 발생되었던 과거를 은폐하지 않고 밝히는 일에서부터 시작해야 한다. 그런 다음에야 후세의 생존에 대한 희망이 발견되기 시작한다.

'어머니'는 나를 기억으로 인도하고 나는 소환된 과거 속에서 아버지를 이해할 수 있는 면모를 발견한다. 기억속의 아버지는 단지 폭력적인 아버지가 아니라 약한 자, 피해자인 아버지로 재발견된다.

"그만두지 말아, 학교를 그만두지 마, 제발 다녀다오. 우리는 하늘 천, 따지도 안 배웠다. 아버지는 셋째아들 놈에게는 학문같은 건 필요없다고 서당에도 안 보내준 것이 이 꼴이 됐다. 월사금 걱정은 안 시킬테니, 제발 마지막까지 다녀라." <u>아들의 다리에 매달리며 아버지는 엉엉 우는 것이었다.</u> 나는 깜짝 놀랐다.(이회성, 『인면암』, 85쪽)

<u>최근에 와서, 나는 아버지를 회상하는 일이 많아졌다.</u> 소년시절에 그처럼 무섭던 아버지의 느낌은 이제는 세월이 현명하게 도태해주었다. 오랫동안 내게는 아버지 등 뒤에 있는 징그러운 갱도가 무엇인지 잘 몰랐다. 그 엷은 어둠은 아버지의 광포함을 키우는 짐승의 길과 통하는 것처럼 비쳤다. 그 때문에 아버지가 화를 내면, 거기에 어떤 진실이 담겨져 있어도, 내게는 짐승의 말로서 밖에는 들리지 않았던 것이다. <u>요즈음에 와서, 그 갱도에 빛이 가느다랗게 비쳐오는 것처럼 생각된다. 어쩌면, 자기가 한국사람으로서 아버지의 말을 이해하려고 하기 때문인가도 생각해본다.</u>(이회성, 『인면암』, 105쪽)

수동적이고 의존적이며 혼돈에 빠져 있던 자아를 적극적이고 주체적인

상태로 회복시키려고 할 때 무엇보다도 회상행위는 필요하다.[48] 여전히 존재하는 소외와 고립을 극복하기 위해서는 집단적 기억이 필요하지만 경험해보지도, 존재하지도 않는 조국을 상상하기란 재일한인 2세대에게는 너무나 힘들다. 자신과 가족이 함께 했던 과거 시공간의 기억은 재일한인의 소외를 유대로 다시 묶어주는 기능을 한다.

작가는 회상[49]을 통해 자신의 전 생애를 돌아본다. 현재시점에서 과거를 회상하는 주체는 기억 속에 존재하는 각각의 분열된 자아들을 인정하고 수용하면서 동시에 이들을 하나로 통합한다.

재일한인 1세대의 작가에게 과거 회상은 자신을 설명하고 현시하기 위한 것이 아니라 민족을 설명하기 위한 것이었다. 재일한인 2세대 작가들의 과거 회상은 가족 또는 친구와의 관계를 기억해내고 자신이 누구인가를 깨닫기 위한 정체성 모색의 작업이다. 이를 통해 2세대는 지금의 공간이 아닌 다른 공간으로의 이주를 탐색할 힘을 얻는다.

3. '반쪽발이'와 유사가족

김학영이 어디에도 안주할 수 없는 디아스포라의 타자의식을 '말더듬이의 방황'으로 형상화했다면 정승박[50]의 작품에서는 '포로의 탈주'로 재현된

---

48) 송지현, 「1930년대 한국소설에 있어서의 여성자아 정립양상 연구」, 전남대 박사학위논문, 1991, 59쪽 참조.

49) 회상이라는 형식을 통해서 대립을 용해시켜 버리는 방식으로 화해를 이룬다. 추상적 무시간성.(게오르그 루카치, 『독일문학사』, 반성완 외 옮김, 심설당, 1987, 256쪽)

50) 정승박 : 1923년 경북 안동에서 출생.
1933년 8월 도일, 와카야마, 오사카 등에서 소년기를 보냄.
1942년 일본 고등무선학교 중퇴 후 징용되어 후쿠이 현등의 공사현장에서 일함.

다. 정승박은 1970년 『벌거벗은 포로』와 1972년 『쫓기는 나날』에서 도망자의 미학[51]을 선보인다. 여기에서도 재일한인은 생존을 위해 위장의 전략을 수행한다.

 "기껏해야 이름을 갖고 그런다고 하지만 그 이름이라는 것이 일본에서는 무시할 수가 없다니까." 인순은 문씨의 컵에 맥주를 따르면서 말했다. "그것은 일본에서는 흑인의 피부색깔에 해당하는 셈일세. <u>백인은 피부색깔을 보고 흑인을 박해하지만 일본인은 이름을 보고 우리 조선사람을 멸시하는 거야.</u>"(김학영, 『알콜램프』, 99쪽)

 위장의 전략으로 가장 유효한 것은 '이름의 숨김'이다. 이회성과 김학영, 정승박 모두 이름과 국적을 숨기고 사는 매일의 조바심을 표현하고 있다. 정승박은 작가 자신을 전쟁이라는 극한 상황에서 자신을 지우고 일본인으로 가장하며 탈주하는 인물 '승덕'을 통해 나타낸다.

 1965년 6월 『센류(川柳)阿波路』 창간, 편집 발행인이 됨.
 1970년 10월 농민문학회 회원이 되었으며, 이듬해 『농민문학』지에 벌거벗은 포로를 발표하기 시작한 이후 『펌프가게(풍경지)』, 『데생노트(作造지)』, 『쓰레기장』, 『균열의 끝』, 『외나무 다리』, 『솔잎을 팔다』 등 다수 집필함. 저서로는 『벌거벗은 포로(문예춘추사)』, 『어느날의 해협(신간사)』, 『내가 만난 사람들(신간사)』 등이 있다.

51) 안우식(재일문학평론가), 「쫓기는 자로서의 정체성」(정승박, 『벌거벗은 포로』의 작품해제). "김달량, 이용극과 함께 셋이서 일본으로 왔는지는 별개로 하고, 약력에 있는 것처럼 정승박이 숙부를 믿고 온 것만은 확실하다. 하지만… 그 자신의 표현을 빌리자면 '도망다니는 인생이 시작된 것이다.… 그는 무엇을 하려고 일본으로 건너왔을까?… 그 이유는 평범한 것이다. 일본학교에서 공부하여 훌륭한 사람이 되기 위해서였다. 그의 끈질긴 향학열이 정든 고향뿐만 아니라 부모형제까지 버리고 가출하도록 만든 것이다." 16쪽.
 "<벌거벗은 포로>에서 주인공 '승덕'이 이재민과 약자, 그리고 가난한 사람들에게 보여준 민족적 입장을 초월한 넉넉한 다정함은 그 자신이 가난하게 자라고 험난한 인생체험을 한 것"을 보여준다. 같은 글, 20쪽.

정승박의 글쓰기 공간의 시간은 언제나 과거이며 전쟁은 진행 중이다. 정승박의 『벌거벗은 포로 연작집』은 극한의 시공간에서 재일한인의 위치가 어떠한지를 예리하게 포착하고 있는 작품이다. 정승박은 전시에 공장 동료들을 위해 물건을 사재기하는 일을 하다가 탈주범으로 감방에 가게 되는 '승덕'이라는 인물의 행로를 통해 어디인지도 모른 채 계속 도주해야 하는 '디아스포라 주체'를 재현해내고 있다. 디아스포라 주체의 쫓기듯 살아가야만 하는 불안의식이 소설에서 '도망자', '포로'로 구현되고 있는 것이다.[52]

정승박은 지배국 일본이 전쟁을 자행했던 때를 재일한인의 삶이 가장 괴로웠던 시기로 포착한다. 정승박이 이러한 문제의식을 한 작품에서 끝내지 않고 연작으로 그려내고 있는 것은 그가 보기에 재일한인은 아직 식민 전쟁으로부터 탈주하지 못한 '포로'이기 때문이다. 정승박이 표상하고 있는 재일한인의 정체성은 전쟁이라는 극한 상황 속에서 어느 곳도 머물 수 없이 계속 생존을 위해 '도망'다녀야 하는 '도망자'이다. 정주지에서 거주하고 있더라도 재일한인들은 떠날 수밖에 없는 긴급의 상황을 살고 있다. 이 모든 상황을 가장 극적으로 재현해 낼 수 있는 상황은 바로 전쟁에서의 디아스포라인이기 때문이다.

1) 불완전한 주체 : '반쪽발이'

'도망자'의 정체성을 재현한 정승박[53]은 작품 『벌거벗은 포로』에서 언제

---

52) "승덕은 이런 시골에 자신을 내리게 해서 도대체 어떻게 할 셈인지 궁금했다. 하지만 여기도 목적지가 아니라 어딘가로 가기 위해 갈아타는 지점이었다."(정승박, 「벌거벗은 포로」, 『농민문학』 11호, 1971, 53쪽) ; "그들에게는 조국이 있었다. 하지만 승덕에게는 그러한 것이 없었다. 훌륭한 국제법도, 자신을 감싸줄 조국도 없었다."(정승박, 『벌거벗은 포로』, 72쪽)

53) 김태생·김석범·정승박은 동갑이며 이회성·김학영보다는 연상이다. 정승박의 도일은 1933년경으로 열한 살 때 쯤이었다. 어렸을 때 도일한 것은 제주도 출신의

나 일본인으로 위장하여야 하는 반쪽의 정체로 생존하는 괴로움을 토로하고 있다.

　　승덕은 이런 질문을 받을 때마다 늘 어깨를 펼 수가 없었다. 때와 장소에 따라서는 "네, 저는 조선인이기 때문에 병역과 관계가 없습니다."라고 확실하게 말을 할 수 있었다. 그러나 지금 이 노인이 자신이 조선인인줄 알면 아마 아무 것도 팔지 않을 가능성도 있었다. 게다가 자기와 같은 나이의 아들이 전사했다고 하는 노인앞에서 도저히 병역과 아무런 관계가 없다고는 말할 수 없었다.
　　"네, 그 대신 군수공장에서 일하고 있습니다."(정승박, 「벌거벗은 포로」, 『농민문학』 11호, 1971, 30쪽)

재판도 없이 감옥살이를 계속하게 된 사람들, 모두 "탈주한 기억이 없다, 풀어달라."고 울부짖을 뿐이었다. 모두가 사소한 이유들로 잡혀온 사람들이었다. 일주일이 지나 어디로 끌려가는지도 모른 채 기차에 실려 가다가 고메하라(米原)역에 도착하게 된 '승덕'은 건설중인 발전 댐 현장에 가

작가인 김태생과 비슷하다. 김태생은 정승박보다 이른 1931년 다섯 살 때 부모를 떠나 혼자서 일본으로 건너왔다. 정승박이 자신의 젊은 날의 모습을 투영한 것으로 보이는 소설 <벌거벗은 포로>의 주인공 승덕은 다이쇼 12년생이므로 다이쇼 13년부터 적용된 징병제도를 면했다고 씌어 있는데, 김태생은 일 년 차이로 징병에 걸려 가까스로 전쟁터에 나가는 것을 면했다. 김태생은 오사카의 어린 시절을 통해 아버지와 어머니에 대한 남달리 깊은 생각을 묘사했다.… 그에 비해 정승박은 戰時하 일본에서의 노동과 도망의 생활을 묘사했다.
정승박은 김달수나 허남기 등과 같이 일본제국주의에 대한 저항운동을 묘사하지도 않았으며, 일본에 살면서 받은 차별과 곤란을 규탄하는 작품도 쓰지 않았다. 그 점에 있어서는 김태생과 비슷하다.
"나에게는 이미 돌아갈 고향도 없거니와 그럴 용기도 없다. 그대로 엉거주춤하게 재일 생활을 계속하고 있는데 정말로 이래서 되는 것인지 모르겠다."라고 정승박은 중얼거렸다.(하야시 고우지(林浩治), 「정승박의 문학적 위치」, 정승박 연작 소설 『벌거벗은 포로』, 宇石, 1994, 213~216쪽 참조)

발전소의 토목 공사일을 하게 된다.

현장에는 중국인도 일을 하고 있었는데 그 중국인이 공산군 유격대 팔로군 포로라는 것을 알게 되자 '승덕'은 불길함에 긴장한다. 공산군 포로와 동등한 취급을 받는다면 언젠가는 총살될 가능성도 있고 인간으로서 최저의 대우를 받게 되는 것은 틀림이 없었기 때문이다. 그러던 어느 날, '조동환'이라는 포로가 탈주하는 것으로 오인되어 죽게 된다.

> 우리들은 전쟁의 승패에 상관없이 국제법에 준해서 조국으로 돌아갈 수 있다는 사실을 의심해 본적이 없습니다.
> 그것도 맞는 말인 것 같았다. 그들에게는 분명히 조국이 있었다. 지금은 노예처럼 일하고 있지만 언젠가는 꼭 조국으로 송환될 것이 분명했다. 하지만 승덕에게는 그러한 것이 없었다. 훌륭한 국제법도, 자신을 감싸줄 조국도 없었다. 그것보다도 전쟁이 끝나면 징용 탈주죄의 결말이 어떻게 날지, 오히려 그것만이 걱정이 돼서 최근엔 밤에도 잠못 이루는 날이 많았다.(정승박, 「벌거벗은 포로」, 『농민문학』 11호, 1971, 72쪽)

전쟁의 상황 속에서도 가장 최악의 조건에 위치된 자는 다름 아닌 공산군의 포로로 오인된 '재일한인'이었다. 다른 국적의 외국인들은 전쟁이 끝나면 돌아갈 '조국'이 있다. 그러나 '승덕'같은 재일한인은 '국적'이 정리되지 못한 채 어디에도 갈 곳이 없다. '어디에도 갈 곳이 없는 사람', 바로 그것이 '디아스포라 난민' 그 자체적 정의이며 전쟁의 상황에서 이는 바로 죽음을 의미한다. 영원한 난민의 상태로 남는 상태는 죽음보다 더 참혹하다. 이런 상황에서 해 볼 수 있는 마지막 선택은 목숨을 건 탈주이다.

또 다른 작가 이회성도 『우리 청춘의 길목에서』에서 '나'는 이력서를 작성하다가 사실 그대로 적는 '바보'짓을 한다고 형에게 혼이 난다. 살아가는데 있어서 거짓말과 속임을 습관처럼 해야만 '형'처럼 살 수 있다는 것인가

하는 의문이 들게 되면서 '나'는 형이 대도시에서 홀로 '타자'로 서기 위해 터득한 슬픈 진실을 알게 된다.

학교에서 자기가 한국사람이라는 것을 솔직하게 말하지 못하고 괴로워 하고 있는 것 등이 겹쳐 있었다. 그런 탓으로 나는 통학하는 것이 갑자기 고통스러웠다.(이회성, 『인면암』, 84쪽)

이회성의 『우리 청춘의 길목에서』에서도 정승박과 같은 이러한 '포로'의 식이 발견된다. '망향에 사로잡힌 포로'[54]는 '디아스포라 주체'의 표상이다.

이대로 언제까지 우물쭈물하다가는 틀림없이 도마 위에 올려진 생선꼴 이 될 것은 분명했다. <u>일할 대로 일하고 나서 전쟁이 끝나면 비국민이라는 각인이 찍힐 뿐 아니라, 그때야 말로 어떤 처형을 받게 될지 예측할 수가 없었다. 탈주하려면 지금이 제일 위험률이 낮은 시기라고 생각했다.</u> (중략) 실패해도 좋다. 아무 시도도 하지 않고 언제까지 우물쭈물하면서 평생을 후회하는 것보다는 울타리 밖으로 뛰쳐나가서 될 수 있는 한 힘껏 도망쳐보 고 싶었다.(정승박, 「벌거벗은 포로」, 『농민문학』 11호, 1971, 73쪽)

'승덕'은 변을 버리는 분로가 언 틈을 타 도망칠 수 있다는 생각에 이른다. 그가 탈주에 성공한 방법은 오로지 달리는 것일 따름이다.

<u>아무 의식 없이 그냥 달렸다.</u> 어둡고 울퉁불퉁한 길을 마구 달렸다. 달리고, 달리고, 또 달렸다. 밭길을 빠져 나와서 마을 외곽에 다다르자 바로 눈앞에 역사의 조그만 불빛이 보였다.(정승박, 「벌거벗은 포로」, 『농민문학』 11호, 1971, 78쪽)

---

54) 이회성, 『우리 청춘의 길목에서』, 55쪽.

전쟁은 모두에게 처해진 현실이었으나 도망자로서의 '승덕'에게는 더욱 가혹한 형태로 정체를 드러내는 상황적 진실이다. 전쟁이라는 극한 상황에서 전쟁을 체험하는 자는 모두 다 이재민이 된다.[55] 이러한 상황에서 생존하는 방법은 신분을 감추거나 또는 위장하는 것이라는 깨달음에 도달한다. 무슨 짓을 해서라도 '살아남는 것'은 디아스포라 난민에게는 최대의 목적이 된다.

저 멀리에서는 사방팔방이 타고 있었다. 북쪽도, 동쪽도, 남쪽도, 오사카의 대부분이 완전히 불의 고리에 둘러싸여 있었다. 거리가 너무 멀어서 어느 쪽인지는 잘 모르겠지만 마귀같은 불길이 거무스름하게 보였다.(정승박, 『지점』, 115쪽)

종에 사이렌, 조명탄에 서치라이트, 사방에서 불이 붙은 대도시는 빛과 소리의 아수라장이었다.(정승박, 『지점』, 116쪽)

작렬하는 소리에 불타는 소리, 정신이 돌아버릴 것 같은 시간이 계속됐다. 불가루를 날리면서 집이 타고 있었다.(정승박, 『지점』, 117쪽)

멀리서 사이렌이 울리고 있었다. 공습을 알리는 것이다. 헌병에게 붙잡힐 것을 염려하기 보다는 적기의 폭탄에 맞지 않도록 기도하지 않으면 안 됐다. 대군이 쳐들어와서 일본의 온 땅이 폐허가 되더라도 자신만은 끝까지

---

55) "승덕은 몇 번인가 옥살이를 경험했지만 이렇게 처참한 모습을 본 적이 없었다."(정승박, 「벌거벗은 포로」, 『농민문학』 11호, 1971, 87쪽) ; "돈을 내고 '이재민'이라고 말만 하면 표를 줬다. 증명서를 만들 시간조차 없었던 모양이었다. 승덕에게는 생각지도 못했던 행운이었다."(정승박, 위의 글, 90쪽) ; "일본전체가 굶주린 것 같았다. 그리고 보니 주먹밥이 다섯 개에 십엔이면, 어제 그 커다란 식빵을 하나에 오엔씩 판 것은 너무 싼 것이었다. 염치도 체면도 없다. 먹는 것에 모든 것을 건다. 전쟁이 낳은 생각지도 못한 것을 봐 버린 느낌이었다."(정승박, 위의 글, 92쪽)

<u>살아남고 싶었다</u>.(정승박, 『지점』, 84쪽)

죽은 사람들은 도망갈 힘이 없었는지, 아니면 지혜가 없었는지 그 누구도 알 수 없다. <u>하지만 있는 지혜와 힘을 다해서 절대로 살아남지 않으면 안된다. 여기까지 살아남았는데 말이다</u>.(정승박, 『지점』, 1972, 124쪽)

일본 전체가 난민이 된 상황에서도 자신이 조선인이라는 것을 숨겨야 한다는 것은 재일한인의 고난을 더욱 강조한다. ‘승덕’은 생존을 위해 간질병이 있었던 회사 동료의 신분으로 위장을 하고 신문배달원으로 취직하게 된다. 그러나 이 ‘반쪽발이’에서 일본인으로 위장해 사는 그 자체의 죄의식과 괴로움은 매우 크다. ‘나’를 온전히 밝히고 죄의식에서 벗어났을 때의 충만감은 사실 위장한 자아로서 살아가는 것이 얼마나 괴로웠던 것인지를 반증하는 것이다. 이는 진정한 자아로서 살아감을 깨닫는 순간이 되는데 이때 전쟁도 끝나고 빛의 세계가 열린다. ‘불이 켜 있는 세상’은 진정한 ‘나’로서 살아갈 수 있는 세상을 의미하며 내가 ‘반쪽발이’라는 것을 밝히는 순간 ‘나’는 진실해진다.

좀 더 빨리 여기로 찾아왔으면 좋았을텐데. 죄인 취급당하는 나라에서 갑작스럽게 뛰쳐나온 느낌이었다. 자기 자신을 숨길 필요도 없고 죄의식을 가질 필요도 없었다. 진실한 자기 세계를 발견한 느낌이었다.(정승박, 『전등불이 켜 있다』, 132쪽)

자신을 타자화하는 외부자와 동일한 피부색 덕으로 자신을 위장하고 살면서 겪는 갈등을 공유할 수 있는 상대가 없을 때 ‘디아스포라 주체’는 살아갈 수 없다. 이들은 생존하기 위해 자신과의 불행을 나누어 털어놓을 수 있는 ‘수평적 동료’가 필요하게 된다. 재일한인 2세대 작가는 ‘수평적

동료'와 함께 하며 타자의 조건들을 넘어 '불행', '불우'를 공유하는 연대감을
획득한다.

2) 유사가족과의 연대의식

　재일한인의 불우(不遇)의 상징인 '말더듬이'로서의 '자아'는 누구와도
소통을 하지 못한다. 소통이 두려운 '나'의 현실은 죽음의 무게로 압박한다.
'나'와 동료애를 나누었던 동일자가 죽음으로써 '죽음'은 나를 선동한다.
친구나 지인의 존재는 현실의 '나'에게 살아야 한다는 위무의 빛으로 묘사된
다.

> 　그때도 추운 계절이었다. 이소가이(磯貝)녀석이 죽은 지 얼마 안 되는,
> 대학 1학년 때의 겨울방학이었다. (중략) 나는 끝내 그것의 정체를 파악해낼
> 수 없었다. 그것은 어쩌면 신처럼 생각되기도 하였다. 아니라면 혹 이소가이
> 그녀석이 아닐까 하는 느낌도 들었다. 태양의 둥근 바탕 가운데 있는
> 그 정체불명의 것이, 그즈음 연약해져 있는 나를 따뜻하고 부드러운 광선
> 다발로 포근히 싸서는, 격려해주고 있는 듯한 그런 생각도 들었다. 눈물이
> 잇달아 흘러내렸다. 나는 울면서 계속 걸어가고 있었다. 마침내엔 풀밭
> 위에 엎드려 크게 소리를 내면서 울었다. 그러면서도 나는, '살아나가자,
> 살아야 한다'라고 몇 번이고 마음속으로 외쳤다.[56]

　생존은 살아있는 자의 의무이지만 죽음의 지배력은 더 크다. '이소가이'는
불과 3개월 남짓 사귄, 짧은 교우관계를 나눈 벗이지만 지금까지의 인생에서
가장 진실한 부분을 공유한 친구인 것이다. 그가 자살했을 때 "나는 다른
누가 죽은 것도 아니오, 내 속의 일부분이 죽은 것 같은 기분이었다. 그녀석이

---

56) 김학영, 『얼어붙은 입』, 강상구 역, 한진출판사, 1985, 20~21쪽.

나와 똑같은 말더듬이였기 때문인지도 몰랐다."[57]라고 서술한다.

언어에 대한 강박으로 소통에 불안을 느끼며 언어에 대한 불신까지 가지고 있는 나, '최규식'이 나와 가장 잘 통한다고 믿는 사람은 말더듬이 일본친구이다. 김학영의 유사가족은 일본인 '이소가이'이다. 말더듬이로서 소통의 장애를 겪고 있다는 점 이외에 그와는 또 다른 동일성을 가지고 있다. 그것은 아버지의 폭력과 그로 인한 고뇌를 같이 겪고 있었다는 점이다. 두 사람은 서로 타자의식을 공유한다. '이소가이'의 어머니는 아버지의 폭력으로 오랜 세월 고통을 당했고 한국인 '최'씨의 친절함에 마음을 주게 된다. 그로 인해 아버지는 아버지의 동료였던 '최'를 폭행하고 어머니는 자살을 한다. '이소가이'는 가족의 붕괴가 '아버지의 폭력'에 기인하고 있다고 여긴다. 그로 인해 '이소가이'는 이미 '최규식'을 만나기 전에 두 번이나 자살을 시도했고, 결국 자살을 한 후 나 '최규식' 앞으로 유서같은 '일기'를 남긴다.

김학영은 『얼어붙은 입』에서 친구가 자살한 후에 그의 여동생과 연인사이가 된다. 그가 생각하는 관계의 가족은 혈연으로서의 가족이 아니라 자신의 언어를 이해해주는 자와의 결합을 일컫는다. 김학영은 말이 필요하지 않는 관계로 지탱되는 가족을 꿈꾸는 것이다.

김학영은 언어에 대한 불신을 드러내는데 그의 언어는 그를 소통하도록 돕는 매체가 아니었기 때문이다. 소통은 언어가 필요 없이 살과 살이 맞닿는 행위로 가능하다고 그는 믿는다. 그러나 연인과의 성애를 통해 그가 알게 된 사실은 이것도 진정한 소통이 될 수 없다는 것이다. 교합의 순간 상대방의 쾌락에서는 소외되는 자신을 발견한다. 그는 환희에 떨고 있는 연인을 대상화시키고 관찰한다. 그는 결국 인간이라는 존재가 살아있는 동안 이룰 수 있는 소통 가능성에 대한 전적으로 회의한다. 김학영은 인간은 결코

---

57) 김학영, 『얼어붙은 입』, 21쪽.

무엇을 통해서도 소통될 수 없다는 결론에 이른다. 이러한 인식은 특히 그가 연대한 친구 '이소가이'가 현재에 부재하기에 더욱 심화된다.

부정적 세계관으로 언어와 소통에 대한 불안을 드러냈던 김학영은 결국 이러한 자기 작품 서사의 결말을 실천에 옮긴다. 소통될 수 없는 인간 실존에 대한 고민으로 그는 48세에 세상을 떠나게 된다.

> 그들이 존재해 있다고 하는 것은 곧 언어가 존재해 있음을 뜻하거니와, 그러기에 바로 말해서, 나를 압박하는 것은 그들의 존재 자체라기보다는, 그들이 내뱉은 언어 그것이라고 함이 옳을 것이다.[58]

아버지와 아버지의 아버지인 할아버지에게까지 소급되는 아버지로 표상되는 가부장의 권위는 지배적인 전체주의의 표상이다. 프란츠 파농에 의하면 가족의 구조와 국가의 구조는 상동성을 지닌다.[59] '이소가이'의 자살을 불러일으킨 가정 폭력은 지배자가 타자에게 가하는 폭력과 유사하다. 이러한 폭력에 대한 저항과 거부는 재일한인 2세대의 모든 작품에서도 동일한 양상으로 발견된다.

이회성의 『우리 청춘의 길목에서』의 '남수'는 아버지를 피해 가출했고 형을 찾아왔으나 형과의 소통에는 실패한다. 가출한 후 도쿄에 상경한 후 처음으로 친구를 만난 것 같은 기분에 사로잡힌 '남수'는 나이는 어리지만 친구로 '하루지'를 대한다.

> 남수는 하루지의 기분이 전해져 오는 느낌이 들었다.(이회성, 『우리 청춘의 길목에서』, 83쪽)

---

58) 김학영, 『얼어붙은 입』, 30쪽.

59) 송명희, 「재일한인소설연구－김학영과 이양지론」, 『한국언어문학』 제62집, 2007. 438쪽 ; 프란츠 파농, 『검은 피부 하얀 가면』, 인간사랑, 1998, 181쪽.

단지 자신의 세계가 하루지의 세계와 서로 비슷한 데가 있다는 기분이 먼저 들고, 거기에 가까워지고 싶다는 감정을 갖는 것이었다.(이회성, 『우리 청춘의 길목에서』, 85쪽)

'하루지'는 '통명'으로 자신의 본명을 숨기고 사는 위장적 존재이다. 그는 자신의 불우한 가정을 철저히 숨기고 남수와 일을 하는데 '하루지'에게 '남수'가 느끼는 동료애는 이런 그의 불우한 위장으로 더 깊어진다. '남수'는 '하루지'가 같은 민족, 같은 아버지를 둔 가정환경 때문이라는 것을 알게 된 후 더욱 깊어진다.

하루지의 집은 S구 H마을의 조선인 마을에 있었다. 마을이라고 해도 지붕에 돌을 얹은 조잡하게 지은 집들이 대여섯 채. 논을 따라서 쭉 쌓아 놓은 제방 밑에 있는 정도였다. 차에서 내려서 그 정경에 가까이 다가갔을 때 남수는 몸이 뜨겁게 달아오름을 느꼈다. 시골집 생각이 난 것이다. 바로 몇 개월 전에 떠나 온 고향집과 지금 눈앞에 펼쳐진 풍경이 한 폭의 그림과 같이 겹쳐지고 있다. 역시 이 동네에서도 돼지를 기르고 있는지 가스가 가라앉은 냄새가 탁한 밤공기 속을 맴돌고 있었다. 남수는 그때 아! 이것이었던가 하고 마음 속으로 중얼거렸다. 하루지를 처음 보았을 때부터 어디에선가 만난 듯한 기분이 들었었다. 그것은 분명 이 조선인 마을에서 나는 특이한 냄새 때문이었을 것이다.(이회성, 『우리 청춘의 길목에서』, 102~103쪽)

이회성의 작품 『반쪽발이』에서 '나'는 '類似가족'으로 친구의 가족 안에 포섭된다. 사실상 베네딕트 앤더슨이 『상상의 공동체』에서 언급한 '수평적 동료'60)의 관계를 구현한다고 할 수 있다.

---

60) 베네딕트 앤더슨,『상상의 공동체』, 윤형숙 옮김, 2002, 나남, 27쪽. 이는 민족의 다른 형태로 "각 민족에 보편화되어 있을지 모르는 실질적인 불평등과 수탈에도

이회성의 작품에서 '나'는 재일한인 2세대가 자기 부모와 '집'에 대해 느끼는 반항이라는 감정으로 연대한다. 즉 자신을 '반쪽발이'로 살게 한 부모 세대에 대해 갖는 반항이 불우한 연대를 형성하는 것이다. 불행한 운명으로 인해 동료나 유사가족 중의 한 쪽은 자살이나 자기 학대의 행위를 시도한다. 그러나 '나'는 그런 자살과 자기학대를 목도하면서 아직 살아야 한다는 생존의 깨달음을 얻는다.

> 하루지의 집에 갔을 때 지로는 거기서 옛날부터 구원이 없는 생활을 하고 있는 동포의 모습을 보았던 것이다. <u>그 현실을 접하고 (중략) 아직 자기에게는 자신이 없지만, 앞으로 뒤늦게나마 차별과 편견 속에서 살아가는 동포에게 자긍심과 실제적인 이익을 가져다주는 일에 종사하고 싶다고 하는 것이 지로의 결론이었다.</u>(이회성, 『우리 청춘의 길목에서』, 118쪽)

이회성의 『우리 청춘의 길목에서』에서 '남수'는 사촌형에게 붙어 있는 차별과 멸시의 징표[61]인 '뇌하수체'가 팔에서 사라져가는 것을 본 듯한 기분을 느낀다. 같이 1호실이라는 좁은 방에서 고통 받는 동료인 '지로'의 말을 듣는 순간 자신이 추구할 길은 어떠해야 하는지를 알게 된다. 매일 아침 '죽음'을 종용하는 목소리로 '조개장수'의 목소리를 듣지만 '죽는 것'에 대한 상념에서 '사는 것'의 인식으로 전환되는 계기를 사촌형인 지로가 만들어 주는 것이다. 죽음을 극복한 동료와의 공감을 통해 이회성의 세계관은 긍정적인 미래인식으로 전환된다.

불구하고 민족은 언제나 심오한 수평적 동료의식으로 상상"된다는 것이다. 김학영의 작품 『알콜램프』에서도 동료가 유사가족인 형태로 등장함을 확인할 수 있다.

61) '육체에 정체의 판별을 가능케 하는 표시' Peter Brooks, *Body Works : Objects of desire in Modern Narrative*, Havard Univ Press, 1993 ; 『육체와 예술』, 이봉지·한애경 역, 문학과 지성사, 2000, 67~69쪽.

　재일한인 2세대는 과거의 어린 시절과 과거의 부모의 이야기를 회상함으로써 공동체의 압박을 압박으로 수용하지 않고 받아들인다. 2세대 작가에게는 생소한 집단적 공동의 상상보다는 개인의 회상에 의해 소환된 과거가 더 친근하게 현존하는 자신의 정체성을 설명해 주고 있다. 이러한 변화는 ‘상상의 공동체’인 민족이란 범주를 성립시키는 가장 기초적 조건 중의 하나가 언어의 동일성이라는 점을 상기할 때, 민족어의 위축으로 인한 민족정체성의 붕괴와도 관계가 있다.[62]

　　　大木眞彦의 일로 나는 굉장히 우울해 있었다. 그 사건을 일으킴으로써, 그는 영원히 나의 기억 세계에 들어앉아버린 셈이 된 것이다.(이회성, 『반쪽발이』, 109쪽)

　이회성의 『반쪽발이』에서 귀화일본인으로서 23세의 재일한인 청년이 국회의사당의 정문 앞에서 분신자살을 하게 된 사건을 다루고 있다. 大木眞彦의 친구인 ‘나’는 이 죽음을 부정적으로 서술하고 있다. 갑작스러운 방문을 한 기자는 ‘나’를 그의 친구로서 인터뷰하고자 하지만 나는 그의 친구임을 부정한다. 그런데 문제는 그가 남긴 유서이다. 그가 나에게 남긴 마지막 전언은 ‘인생에 남은 것은 차별과 편견뿐이다.’이다. 친구라고 생각하지도 않는 나에게 유서를 남겼다는 것은 그만큼 그에게 친구가 없었다는 것이다. 기자가 大木眞彦에게 보내는 동정에 나는 신경질적인 반응을 보인다. 그 후, 이 일은 ‘침묵의 저항’, ‘동포가 손을 내밀지 않았다’라는 제목으로 진실은 호도되어 기사화된다.

　‘나’가 기자에 대해 매우 신경질적으로 대응한 것은 재일한인 귀화자들의 죽음을 오해하는 사회에 대한 거부감에서이다. ‘나’는 타자의 죽음을 ‘말장

---

62) 최강민, 앞의 책, 195쪽.

난[63]으로 만들어 버리는 신문의 기사화에 저항감을 느낀다. '나'는 소수자의 죽음이란 결국 오해될 뿐이라고 파악한다. '나'는 '열리지 않는 문이라도 완력을 지녔더라면 아무리 무거운 문이라도 열릴 수 있었을 것이라'는 기사를 내는 일본 사회의 반응을 보고 大木眞彦의 죽음은 결국 패배했다고 생각한다. 그는 죽어서 '귀화인의 괴로움을 두 민족에게 호소하려고 한 것'인데 양 측 모두에게 연민과 안타까움으로 오해되어 서술되고 있기 때문이다. 국적을 바꿔 내부사회에 편입을 시도했던 자의 절망을 일본 사회는 '노력부족'으로 처리할 뿐이다.

'나'를 '괴물'로 보는 듯한 일본인 노교수의 시선은 나를 다시 서점에서 책을 훔치는 상습적 도벽으로 몰아 넣는다. 나는 이런 굴욕감을 느낄 때마다 책을 훔치는 스릴을 맛본다. 大木眞彦의 죽음 이후 내려간 고향집에서 취직이 어렵다는 말을 하자 아버지는 귀화를 권한다. 아버지의 우연한 권유에 나는 웃을 뿐이다. '나'는 大木眞彦이 귀화인으로서 경험한 절망의 죽음을 피하여 집으로 온 것인데 아버지는 귀화를 권한 것이다. '나'는 뒤틀린 운명을 느끼게 된다. 귀화를 거듭 권하는 아버지에게 나는 말한다.

> 이렇게도 이상한 일이 또 있을까요 우리들 자식들 편이 일본으로 귀화하고 싶다고 하는 편이 훨씬 자연스러울 것인데요. 조국을 전혀 모르는 자식들 편이.… 그런데 모국에서 태어난 아버지가 자기 나라를 싫어해서 귀화하려 하고 있어요. 그렇다면, 우리는 무엇을 믿어야 할까요? 조국이라는 데에 긍지를 못 갖는다면, 아마 일본인이 되더라도 영원히 열등감이 사라지지 않을 거예요.(이회성, 『반쪽발이』, 200쪽)

大木眞彦은 나의 도벽을 알고 있는 단 한 사람이었다. 내가 절도를 저지르

---

63) 이회성, 『半쪽발이』, 123쪽.

는 것은 범죄자는 귀화인의 자격이 없다는 것을 알고 있기 때문이다. 반사회
적인 방법을 저지르는 것은 귀화에 대한 저항이다. 그러나 아버지는 귀화를
권하고 나는 절도 사실을 자백한다. 충격에 빠진 가족들을 뒤로 하고 '나는'
동경에 올라와 그동안 훔친 책을 처분해 아무에게도 알리지 않고 조국의
서울로 간다. 조국을 모르고 죽은 大木眞彥이 하지 못한 일을 조국에서
하기 위해 온 것이다. 나는 "나의 자유의지는 살고 죽는 것을 결정하는
일밖에는 없다. 어떠한 선택도 할 수 없이 태어난 내가 할 수 있는 의지적
행위는 죽음밖에 없는 것"이라는 사유에 도달한다. 그렇지만 일본에서의
죽음은 大木眞彥의 죽음을 답습할 뿐이다. 재일한인의 죽음은 '타자의
죽음'으로 존중받을 수 없으며 영원히 오해되고 왜곡되기 때문이다. 조국에
서 다른 방식으로 자신의 죽음을 기록하기 위해 나는 모국을 향해 죽음의
여행을 한다.

조국에서 나는 '반쪽발이'가 아니라 '왜놈', '일본사람'으로 인식되어 차별
과 멸시의 대상이 된다. 한국말을 모르는 나는 조국에서 '구관조'처럼 우물거
릴 뿐이다. 오직 '아버지', '어머니'라는 말만이 나의 어릴 적 언어였다는
것만 기억해낸다. 조국에 와서도 나는 완전한 타자임을 알게 되고 결국
삶의 타자가 되기로 한다. 그리움의 언어는 과거 속에만 존재하고 있다.
소통의 불가능성은 그를 죽음으로 몰아넣는다. 자살, 그것만이 '반쪽발이'가
할 수 있는 의지적 선택인 것이다.

재일한인의 소설에서 주인공이 죽음을 새로운 방법적 대안으로 한 번쯤
검토하는 이유는 바로 '죽음의 확실성' 때문이다.[64] '디아스포라 주체'의
삶이란 바로 불확실성과 모호함을 특징으로 한다. 그들 앞에 놓여진 하나의

---

[64] "일반적인 인류의 미래는 개인의 삶에 아무것도 제공할 것이 없으며, 유일하게
확실한 미래는 죽음뿐이라는 단순한 사실이 존재한다." 한나 아렌트, 『폭력의
세기』, 김정한 옮김, 이후, 1999, 54쪽.

흔들리지 않는 진실은 바로 죽음이고 그들의 의무는 생존이다. 생존이 의무로 수행되어야 할 가치로서 작용되었을 때 '나'의 자유는 '죽음'으로 획득된다. 여러 재일한인 작가의 소설에서 제시되고 있는 '죽음'에의 선택은 바로 '길이 없는' 상황에서 '디아스포라 난민'이 선택할 수밖에 없는 명제이다. '디아스포라 주체'는 과거 회상공간에 존재하는 가족이나 동료들과의 추억으로 죽음의 선택을 극복한다. 이들이 생존을 다시 삶의 목적으로 삼는 것은 현재에는 부재하는 존재인 유사가족이나 수평적인 관계인 동료들에 의해서이다. 이 수평적 동료의식은 재일한인 2세대에 이르러 민족을 넘어 연대해야 할 '타자의식'으로 강해진다.

> "죽음에 무너지지 않고 살아왔다." 예전의 나라 잃은 시절을 그렇게 회고하는 사람들에게는 이상한 이야기겠지만 <u>누구도 공평하게 너나할 것 없이 불행했던 것이다.</u>
> 굳이 말하자면 보다 불행한 자는 오늘을 모르고 죽은 사람들이며, 행복한 자는 오늘을 사는 기쁨을 음미하고 있는 사람들일 것이다.(이회성, 『죽은 자가 남긴 것』, 272쪽)

불행은 나라 잃은 '디아스포라 난민' 모두의 운명이다. 죽음에 지지 않고 생존의 인식을 하게 된 것은 역설적으로 불행의 연대, '민족'이 아니라 '유사 가족'이 일깨워 준다. 삶과 죽음의 선택에서 이회성의 소설 『반쪽발이』, 『죽은 자가 남긴 것』의 '디아스포라 주체'가 준엄하게 전하고자 하는 것은 이들이 유일하게 할 수 있는 의지적인 행위라는 것이며 이 행위의 숭고함이다.

4. 개인적 체험과 자서전적 소설의 추구

기억 속에 떠오르는 과거의 사실들을 조합하는 화자의 모습은 리쾨르가 말하는 서술적 정체성을 상기시킨다.[65] 리쾨르는 '누가?'라는 물음에 답한다는 것은 삶의 스토리를 이야기는 것이며, 이야기된 스토리는 행동의 '누구'를 말해주므로 '누구'의 정체성은 서술적 정체성이라고 말한다. 그에 따르면 서술적 정체성은 안정되고 균열없는 정체성이 아니라 끊임없이 만들어지고 해체된다.[66]

'재일한인'의 글쓰기에는 디아스포라의 원천서사와 그로 인한 정체성의 분열 양상들로 인해 자전적 체험이 유독 다른 작가들보다는 강하게 투영되어 나타나는 편이다. 따라서 재일한인의 소설은 "단순한 자전적 소설이 아니라 사소설적 면모가 짙은, 자전적 성격이 매우 강한 소설"[67]이라는 지적[68]도 있다. 사실 재일한인 작가들은 자신의 체험을 유독 강조하여 '서술적 자아'와 '경험적 자아' 사이의 서술적 거리가 아주 가까워지는 서술 특성을 지닌다. 작가의 세계관과 작가의식을 엿볼 수 있다는 점에서 이들의 소설은 재일한인의 정체성을 파악할 수 있는 실자료로서 연구되기도 한다. 그러한 이유로 작가의 원체험을 서사적 구조 속에서 확인하는 연구가 많은 편이다.

그런데 왜 재일한인들의 글쓰기가 특히 2세대에서 자전적 소설공간으로 구성되는 것인지에 대한 연구는 드문 편이다. 재일한인 세대의 과정적 글쓰기의 추이를 따라가 볼 때 특히 2세대의 작품군들은 대체로 자전적

---

65) 폴 리쾨르, 『시간과 이야기 3』, 김한식 옮김, 문학과 지성사, 2004, 467~477쪽.

66) 정영훈, 앞의 책, 84쪽.

67) 방민호, 『한국전후문학과 세대』, 향연, 2003, 200쪽.

68) 공종구, 「강요된 디아스포라」, 『한국문학이론과 비평』 제32집, 10권 3호, 한국문학이론과 비평학회, 2006.9, 286쪽.

소설의 경향을 나타내고 있으며 서술적 자아와 경험적 자아의 거리가 붕괴되는 경향이 나타나기 시작했다. 이들의 글쓰기는 점차적으로 원체험의 서사를 전면적으로 드러내는 자전적 수필을 생산하는 단계에 이른다. 이 단계에서는 또한 앞서 생산한 소설의 공간이 실제 작가의 실체험과 다르지 않았음을 발표하기도 한다.

허구의 공간을 구축했던 소설에서 실제 원체험의 골격을 드러내는 작업을 함으로써 재일한인 2세대 작가들이 확보하려고 한 것은 무엇일까. 우선 자전적 글쓰기를 통해 '억압된 경험을 다시 체험함으로써 비로소 그로부터 벗어날 수 있다.'[69] 최경희는 자전적 글쓰기가 정신적 외상의 치유과정이며, 상처의 기억들을 극복하기 위해 서사적 언어로 전환하게 된다고 했다. 무당의 굿처럼 체험의 재현은 억압되고 회피된 기억들을 다시 불러들여 재통합하는 과정이라고 했다.[70] 따라서 작가의 자전적 글쓰기는 작가 자신의 과거의 상처와 억압된 기억을 재현하는 것이며, 의식화와 치유의 과정이다.[71]

두 번째로 차별과 곤궁의 경계공간에서 고통받고 있는 자신의 목소리를

---

69) 채호석, 「억눌린 영혼의 상처를 덧들이기」, 『문학사상』 7월호. 2000.

70) Choi, Kyeong Hee, 『the korean war, truma, and autobiographical Fiction』, 전남대 호남문화연구소 국제 심포지엄 자료집, 2000년 5월 ; 송명희, 「박완서의 자전적 근대체험과 토포필리아」, 『타자의 서사학』, 푸른사상사, 2004, 157쪽에서 재인용.

71) "몸으로뿐만 아니라 정신적으로도 폭력에 굴복당한 경험을 망각하지 않고 기억하며, 그것을 글로써 증언할 때에만 벌레로 비하된 전쟁의 공포를 벗어날 수 있다는 자의식이야말로 억압과 상처로부터 벗어나고자하는 심리적 동인이며, 이 시기의 경험을 반복적으로 서사화한 무의식적 동기라고 할 수 있다. 르죈이 말했듯이 정신분석학이 개인의 역사를 그의 담론속에서 파악하며, 그 때 언술행위가 바로 그의 탐구의 자리가 되기 때문이다. 르죈도 자서전이 기억의 문제, 인격형성의 문제, 자기 분석의 문제 등 광범위한 여러 문제와 연관되어 있다는 점에서 심리학적 연구가 가능할 것이라는 견해를 피력한 바 있다." 송명희, 「박완서의 자전적 근대체험과 토포필리아」, 『타자의 서사학』, 푸른 사상사, 2004, 157쪽.

실체험 자료로 증명함으로써 자신들을 타자화시킨 대상에게 그들의 무신경을 경고하고자 한다. 그러한 이유로 재일한인 2세대 작가들은 점점 극한의 경계에서 비극적으로 살아가고 있는 재일한인들의 현재적 체험이 과거에서부터 지속되었음을 알리려고 노력한다. 재일한인 2세대 작가인 이회성·김학영·정승박 등은 자신의 체험이 존재하는 과거와의 연계 속에서 자신의 현재를 구성함으로써 고난의 현재가 과거로부터 기인했음을 전달하고자 한다. ‘있는 그대로의 경험을 보여주면서 보다 직접적으로 체험이나 그것의 육화된 목소리를 들려주는 것이 자서전적 언어’[72]이기 때문이다.

르죈이 “자서전의 주제는 주로 개인적인 삶, 인성의 형성과정이어야 하지만 연대기나 사회사 혹은 정치사가 어느 정도 자리를 차지할 수 있다”[73]고 했듯이 재일한인 2세들의 기록은 자전적 기록인 동시에 재일한인 2세대 사회의 기록이며 디아스포라적 주체의 기록이 된다.

자전적 소설은 수필의 체재를 취하면서 시작되는데 이 때문에 독자는 “일인칭 내러티브로 말하는 자는 누구인가, 이것은 어떤 종류의 텍스트인가 하는 생각”[74]을 하게 된다. 일본 사소설의 영향을 받은 것으로 추정되는 재일한인 2세대 작가들의 자전적 소설은 ‘일본의 사소설’[75]이 독자들에게 수용된 방식과 어느 정도의 유사성이 있다. 사소설은 흔히 작가 개인의 자전적인 기록이며, 텍스트는 텍스트 외부에 실재하는 작가의 삶을 성실하게 그려내는 것으로 이해된다. 그러나 최근의 연구에 의하면 사소설의

---

72) 김미현, 앞의 책, 169쪽.

73) 필립 르죈, 『자서전의 규약』, 윤진 옮김, 문학과 지성사, 1998, 19쪽.

74) 스즈키 토미(鈴木登美), 앞의 책, 220쪽.

75) “1920년 후반까지 사소설은, 그저 허울뿐인 허구의 얇은 베일을 쓴 일본 특유의 소설작품으로, 여기서는 작자의 상세한 사생활이 충실하게 그려지므로, 이를 통해 자서전보다 훨씬 적나라하게 작자 자신을 속속들이 알 수 있다는 공통 인식이 성립되었다.” 스즈키 토미(鈴木登美), 위의 책, 220쪽.

178

이 같은 성격은 사소설 내부에 고유한 실체로서 존재하는 것이 아니라 사소설을 읽는 규약의 산물로서 존재할 뿐이다.76)

이회성은 자신의 글이 자전적인 글임을 부인하지 않는다. 이회성은 자서전을 쓴 것이 아니라 '재일한인'으로서의 자신을 밝히기 위해 글을 쓰고 있음을 밝히고 있다. 이러한 글을 자서전이라고 하지 않은 이유는 그 서사공간에 존재하는 '나'가 '나의 모습이면서 동시에 내가 아닌 것'이기 때문이다. '재일로서의 나'는 '나 개인인 동시에 재일을 대표하는 나'로서 절대 개별화될 수 없는 것이다.

> 이 세 편의 소설들은 자전적인 요소를 담고 있음을 부정하기 어렵다. 그 중 어느 작품이나 나의 그림자나 분신을 나타내 주고 있다고 할 수 있을 것이다. 그러나 그렇다고 해서 나 자신의 모습이 바로 그것이다라고 할 수 없음은 물론이다. 나의 모습이면서 동시에 내가 아닌 것—그것이야말로 '재일' 바로 그 사실이었다. 나는 서른의 나이에 이르러 작가로서 첫발을 내딛었고 그 후 계속해서 이 소설들을 발표하였다. 결국 나로서는 '재일의 상황과 심리 상태, 살아가는 방식' 등에 대하여 써보고자 했던 것이다. 그렇지 않으면 적어도 '희망'과 '꿈'에 대해서라도 그 당시 나는 그와 같이 소설을 쓴다고 하는 일에 대해서 어떤 사명감마저 지니고 있었던 것 같다. 우리들 자신들에 관한 일들을 우리 스스로의 손으로 직접 써야만 하겠다라고—그 밖에 누가 대신 써 주겠는가. 우리들이 스스로 쓰지 않으면 안된다고 생각한다. 이것이 일본어로 소설을 쓰는 '재일' 2세 작가인 나 자신의 은밀한 결심이었다.(이회성, 「빛나는 고독」,77)『죽은 자가 남긴 것』, 1996, 7~8쪽)

고백적 글쓰기는 자아정체성의 위기를 극복하거나 해결하기 위한 시도와

---

76) 스즈키 토미(鈴木登美), 위의 책, 21~41쪽 참조.
77) 이회성, 「서문」, 『죽은 자가 남긴 것』.

관계가 있다.[78] 자신의 삶을 고백하는 행위자체가 타인의 이해를 구하거나 판단·용서·동정을 얻기 위해 행해지기 때문이다. 하지만 무엇보다도 고백이 중요한 이유는 그것이 주체로 하여금 자기 자신과 친숙해질 수 있도록 함[79]으로써 내성적인 '살핌'의 기능을 담당하기 때문이다. 소설이 허구적인 이야기로 전달될 때는 작가가 그 이야기의 내용에서 비껴 설 수 있다. 그러나 소설이 실제 자신의 삶과 연관되는 장면으로 제시되거나 새로운 삶의 창조로 인식될 때는 작가는 소설의 한 가운데 서 있게 된다.[80]

자서전적 언어는 실존적인 진지함이나 호소력을 지니고 있기 때문에 독자들의 공감의 폭을 넓힐 수 있는 장점을 갖고 있다.[81] 그럼 왜 자서전을 쓰지 않고 자서전적 소설을 쓰는가? 김미현에 의하면 "서로 상충되는 두 가지 심리가 있기 때문이라고 한다. 자신의 이야기를 씀으로써 자신의 경험을 이해받거나 정체성을 찾고 싶다는 욕망이 그 한 쪽을 차지한다면 자신을 드러내는 일에 대한 두려움과 그 때문에 비난받을지도 모른다는 공포가 다른 한 쪽을 차지한다는 것이다."[82] 이런 상충되는 감정의 타협점이 자서전적 소설의 언어로 나타난다.

존재론적인 상실감과 결핍감이 깊을수록 고백적 글쓰기를 하면서 현실과 치열하게 직면한다. 자서전적 소설의 인물이 실제 인물이라고 믿는 독자들은 소설에서 창조된 인물을 작가와 동일시한다. 허구적 공간의 인물이 실제 공간에서의 인물임이 드러남으로 인해 인물은 조합적 인물로 재창조

---

78) Rita Felski, *Beyond Feminist Asthetics*, Havard u.p. Cambridge, Massschusetts, 1989, p.92.

79) 박재섭, 「한국 근대 고백체 소설 연구」, 서강대 박사학위논문, 1993, 9쪽 참조.

80) 권영민, 「소설과 자의식의 그림자」, 『소설과 운명의 언어 현대소설사』, 1992, 413쪽.

81) 정영자, 『한국 현대 여성 문학론』, 지평, 1988, 129쪽.

82) 김미현, 앞의 책, 179쪽.

된다.[83] 재일한인이라는 인물이 보여주는 타자성은 소설이라는 공간에서 이해될 수 있는 개연성을 획득한다. 그러나 실제 재일한인으로서의 인물은 자서전이라는 공간에서 사실감을 부여받게 된다. 이는 타자로서의 재일한인을 드러내는 전략적 순서이다.

소수자는 허구인 소설에서가 아니라 자서전적 소설이라는 형식으로 인해 그 체험의 핍진성을 효과적으로 전달할 수 있게 된다. 소수가 체험한 일상의 힘이 자서전적인 글쓰기로 인해 타자의 진실성은 진정성으로 바뀌어 전달되는 것이다.

---

83) 자서전의 저자가 실제 인물이라는 것은 믿고 있지만 실제 그를 알지 못하는 독자에게 있어서, 저자는 바로 그 담론을 만들어낼 수 있는 사람으로 정의된다. 따라서 독자는 저자를 그가 이미 만들어 낸 것에 근거하여 상상하게 된다. 이런 점에서 저자란 두 번째 책을 발간할 때에야 비로소 진정한 저자가 되는 것인지도 모른다. 표지에 기록된 고유명사가 적어도 두 가지의 서로 다른 텍스트의 '공통 인수'가 됨으로써, 그가 쓴 텍스트 중 특별히 하나의 것으로만 귀결되지 않는 인물, 또한 다른 텍스트들을 더 만들어낼 수 있고, 결국 자기의 모든 텍스트들을 넘어서 존재하는 한 인물의 관념이 생겨나게 되는 것이다. 우리가 앞으로 살펴보게 되겠지만, 이것은 자서전의 독서에서 상당히 중요하다. 만일 자서전이 한 작가가 처음으로 발표하는 책이라면, 아무리 그 책에서 자기 자신의 이야기를 하고 있다 하더라도 독자에게 있어서 그는 미지의 인물인 것이다. 독자의 입장에서 볼 때 그 저자가 실제 존재하는 인물임을 말해주는 징표가 되는, 이미 발표된 다른 텍스트들이 없기 때문이다. 자서전 이전에 다른 텍스트들이 이미 출간되었다는 것은 이른바 '자서전의 공간'이 형성되는 데 필수적인 조건이 된다. 정영훈, 앞의 책, 230~231쪽.

Ⅳ. '거주 공간'의 모색과 증언의 서사

1. 중첩되는 타자화와 부재의 언어

작가의 글쓰기는 작가의 실천성을 증명하는 것이다. 이 글쓰기 속에서 형상화되는 인물들은 자신의 상황을 글쓰기로서 나타낼 때 재현되는 여러 가지 현실의 형상이라 할 수 있다. 글쓰기의 실천은 첫 번째로 자신이 생존하고 있는 상황을 재현해야 할 것이다. 그런데 그 실천의 단계에 이르러서는 새로움을 위해 기존의 서사를 부정할 필요 또한 제기된다.[1]

스튜어트 홀에 따르면 '정체성'은 '내부'와 '외부'−개인적 세계와 공적 세계−사이에 있는 틈을 연결해준다. 우리는 이러한 문화적 정체성 속으로 우리 자신을 투사하며, 동시에 이러한 의미와 가치를 내면화하며 문화적 정체성을 우리의 일부로 만든다. 따라서 정체성은 주체를 구조 속으로 꿰매어 준다. 그러나 이전에는 통합되고 안정된 정체성으로서 경험되었던 주체는 파편화되고, 하나가 아니라, 몇 개의 때로는 모순되거나 결정되지 않은 정체성들로 짜깁기된다. 이와 비슷하게 사회의 바깥 풍경을 이루었던 정체성들, 그리고 우리의 주체가 문화의 객관적인 필요에 순응하도록 보장

---

1) 사에구사 도시카쓰, 『사에구사 교수의 한국문학연구』, 심원섭 옮김, 베틀북, 2000, 805쪽.

해준 정체성들은 구조적이고 제도적인 변화의 결과 해체되고 있다. 우리가 그 과정을 통해 자신을 문화적 정체성들로 투사하게 되는 동일화의 과정자 체는 보다 무한하고 가변적이며 의문스러운 것이 되었다. 그 결과 고정되고 본질적인 또는 영구한 정체성이란 없는 것으로 개념화되는 초현실적 주체 를 낳는다.[2]

완전히 통합되고 완성되어 있고 확실하고 일관된 정체성이란 환상일 수밖에 없다. 실현될 수 없는 원래의 성질로서 환상은 곧 깨어진다. 재일한인 1세대는 환상으로서 통일된 역사적인 서사를 구축하였고 2세대는 그것을 개인의 서사로 응축시켰다. 현 재일한인 3세대는 기성세대가 구축한 환상을 지우고 여러 문화와 대응해 가면서 새롭게 디아스포라 상황에 대처하여 생존 가능한 주체를 생산하고 있다.

재일한인 제3세대 작가에게 모국어라는 언어는 주체에게 영원한 분열만 을 순환, 자극시킬 뿐인 절망적인 욕망으로 남게 된다. 모국어와 모국이라는 존재는 재일한인 작가에게 영원한 미끄러짐만을 경험하게 하는 절망적인 조건인 것이다. 그렇다면 어떻게 대응할 것인가. 바로 이것이 재일한인 작가 제3세대가 고민하고 있는 문제이다.

재일한인 1세대 작가들의 작품에 나타나는 '정체성 찾기'와 조국에 대한 감수성은 1.5세대나 2세대, 3세대 작가에 와서는 다른 양상을 보이고 있다. 오히려 정체성에서 해방되기 위해 문학을 한다고 했고 현월은 "민족의식, 정체성과 거리를 두고 작품을 쓸 때 나는 자유로울 수 있다."고 주장했다.[3]

재일한인 3세대 작가에게 민족과 전통은 역사적 경험의 산물이 아니라 관념적인 것이다. 체험되지 못한 것이면서도 실제 생활에서 그들을 죄여오

---

2) 스튜어트 홀, 『모더니티와 미래』, 전효관·김수진 외 옮김, 현실문화연구, 2000, 324~325쪽.

3) 구은숙, 앞의 논문, 955쪽.

는 차별의 조건으로 존재하는 것이다. 이 억울한 우연에 대해 그들은 민족과 전통을 우선적으로 부정하거나 혹은 새롭게 생존하기 위하여 전혀 새로운 '자아'를 생산하기에 몰두한다. 이때 경험되는 정체성과 기대되는 주체성 사이의 괴리가 숙명적인 분열과 불안을 조장한다. 통합되지 못하는 주체의 분열 상태는 불구적 현존을 재현한다.

재일한인 작가 3세대를 대표하는 작가 유미리는 다음과 같이 말한다. "저는 모국어를 쓰는 것도 말하는 것도 할 수 없어 다른 나라의 언어로 연극을 쓰고 있습니다."4) 재일한인 3세대 작가는 두 언어사이 공간의 틈에서 살 수밖에 없다. 재일한인 작가 3세대가 추구하고 있는 언어는 국적도 없고 민족도 불분명한 새로운 언어이다. 재일한인 2세대 작가들의 언어는 과거 공간속에 기억으로나마 존재하고 있지만 3세대 작가에게 전세대의 기억은 존재하지 않는다. 이들은 새로운 기억을 생산하기 위해 찾아 나선다.

재일한인 3세대는 '재일한다'는 것만 인정할 뿐 자신을 국제적 공용어인 영어로써 '재패니즈 코리언'으로 호명한다. 한인이면서 코리언으로 호명하는 초국적성 정체성을 지향하는 것이다. 재일한인 3세대의 국적은 일본, 한국 두 경우가 있지만 통명과 본명을 섞어 쓰고 있어 스스로 한인임을 밝히지 않는 한 국적을 알기 어렵다. 이 세대에게는 레이초우가 밝혔듯이 주류사회의 틈에 개입하는 전술로서 '디아스포라 주체'의 소수성을 이용해 보려는 개입의 전략이 발견된다.

1) 가족 · 사회 · 모국에서의 배제

재일한인은 "일본어밖에 못하고 일본인과 똑같은 감각으로 자란 아이들

---

4) 유미리, 『유미리 희곡집』, 9쪽.

184

이 집밖으로 나가자마자 영문도 모른 채 '조센징'이라고 차별을 받았다. 어리도록 쏟아낼 길 없는 분노가 가정과 부모를 향해 내뿜어졌다. 조선인 부모를 수치스럽게 여기는 마음과 반발. 이는 '자이니치'의 집이라면 어디서나 펼쳐지던 광경이었다. 자이니치들은 '빼앗긴 조국'에서도 '일본'에서도 소외당한 채 아무데도 기댈 곳이 없었다."[5]고 증언한다.

가족이나 사회에서의 배제는 차별적 호명이라는 형태로 지속적으로 자행되어 왔다. 재일한인 3세대는 불완전한 주체로 표현되는 자신의 호명을 상징하는 매개체를 제목으로 제시한다. 이기승의 『제로한』은 50cc라는 오토바이를 뜻하는 표제를 사용하여 속도를 즐기며 죽음으로 질주하는 '반쪽발이'인 '박영호'의 존재를 상징하고 있다. 50이라는 일본어 발음을 한국사람은 잘못한다고 알려져 있으므로 이 발음은 위장의 전략을 해제하는 기준이 된다. 즉 '제로한'은 불완전한 존재로서 양국 모두에서 배제되고 있는 재일한인을 상징하는 것이다.

프란츠 파농에 의하면 가족이란 개인의 관계의 단위가 아니라, '전체'를 상상하는 주된 표상으로 작동한다. 재일한인 2세대가 이러한 전체의 표상으로서의 '아버지'로부터의 탈주를 꿈꾸었고 '살부 충동'을 표명했다면 재일한인 3세대는 '집'의 '가족'을 또 하나의 대타자로 설정하게 되고 자신을 포함한 세계 자체를 파괴하고자 하는 무화에의 시도를 도모한다. 전체 부정과 훼손은 역시 '깨어진 가족'의 표상을 통해 의미화된다.[6] 재일한인 3세대 작가는 이전 세대까지 공동체의 표상으로서 연대감을 형성해 주었던 '가족'을 파괴하고 '부재'시켜 개별적 원자로서 존재하는 '자신'을 생산하고

---

5) 신숙옥, 『자이니치 당신은 어느쪽이냐는 물음에 대하여』, 강혜정 역, 뿌리와 이파리, 34쪽.

6) 권명아, 「한국전쟁과 주체성의 서사연구」, 연세대학교 대학원 박사학위논문, 2001, 33쪽.

자 한다.

이양지[7]는 2세대와 비슷한 양상으로 '집'으로부터 나와 방황하는 자신을 재현하고 있는데 그 전세대가 가족의 의미를 재확인하는 것과는 달리 가족의 분열을 확인하고 '집'으로 귀환하지 못한다. 이양지의『나비타령』[8] 은 가정의 불화로 인해 한 가족이 해체되고 붕괴된 상황에서 가출한 '아이꼬 (愛子)'의 이야기이다. 재일한인의 가정의 불화와 '불우'의 원인에는 디아스

---

7) 재일조선인 2세로 1955년 야마나시 출생. 1992년 병사. 아버지가 9살 때 귀화하여 '다나카 요시에'라는 일본국민으로 성장하였다. 고등학교 때까지 조선인임을 숨기면서 성장하였다. 통명으로 자신을 지칭하다가 자신의 본명으로 작가가 되었다. 1980년대에 이르러『나비타령』(『군상』 1982년 11월호)으로 등장하여 주목받는 여성작가가 되기 시작하였다. 이양지는『나비타령』에 이어『해녀』(『군상』 1983년 4월호),『오빠』(『군상』 83년 12월호)에 재일의 처지와 더불어 육친의 불행을 그린 후 다음 단계로 나아간다.『각』(85년 講談社)를 통해 본격적으로 한국체험을 그리기 시작한 것이다.『유희』로 아쿠다가와상을 수상했다.
『돌의 소리』는 유고작으로 미완성작품이다. 이후의 유고작『돌의 소리』는 다루지 않기로 한다.
"이양지는『나비타령』에 이어『해녀』(군상 83년 4월호),『오빠』(군상 83년 12월호) 에 이어 재일의 처지와 더불어 육친의 불행을 그린 후 다음 단계로 나아간다. 『각』(85년 강담사)을 통해 본격적으로 한국여행을 그리기 시작한 것이다." 이소가이 지로(磯貝治良),「'재일'문학 여성작가·시인」,『재일동포문학과 디아스포라』, 전남대출판부, 49~64쪽에 자세하게 설명되어 있다.
이양지의 자전적 소설의 경향으로 인해 연구자들의 견해가 나뉘어지기도 한다. 김환기 등은 이양지를 재일한인 3세대에 속하는 것으로 분류하였다. 김환기, 「이양지의 <유희>론」,『일어일문학연구 41 – 문학 일본학 편』, 한국일어일문학회, 2002,5 233~234쪽.
민족적 고뇌에 갈등의 주안점을 둘 경우 이양지를 2세대에, 그리고 내셔널리즘의 담론에서 탈피하여 재일한인의 특수한 삶의 조선에 대한 대응방식에 착안하여 이양지를 볼 경우 3세대로 분류하기도 한다. 본고에서는 이양지를 3세대 작가로 간주하였으며 한편 양석일은 2세대와 3세대의 특징에서 3세대쪽으로 분류하는 방식을 취하고자 한다.
8) "나비타령은 작가의 처녀작이자 대표작으로서 작가자신의 질곡의 세월을 우려낸 자전적 소설이다. 발표하자마자 아쿠다가와상 후보에 오를 정도로 그 반향은 뜨거웠다." 김환기, 위의 책, 269쪽.

포라의 누적된 고통이 개입하고 있다. 사회의 배제로 인해 늘 억압받은 부모세대는 가정을 제대로 이끌어나가지 못한다. 그러한 '불우'의 조건은 그 다음 세대로 하여금 '가출'이라는 또 하나의 '억압된 이동'을 초래한다. 부모의 이혼소송은 계속되고 자식들은 아버지와 어머니의 양편으로 갈라져 만날 수도 없다. 가족이지만 제도와 법의 경계 밖에서 떠돌아야만 하는 것이다.

> 나는 몸을 잡아 뽑듯이 집에서 뛰쳐나왔다. 크게 구멍이 뚫린 종업원실의 천장, 습기찬 이불⋯(이양지, 『나비타령』, 『유희』, 삼신각, 1989, 295쪽)

'아이꼬'는 나비가 습한 고치에서 몸을 뽑아 성체가 되려고 하는 것처럼 자신의 탈주를 상상한다. '아이꼬'는 부모의 이혼소송으로 참고인으로 출두하는데 재판의 과정에서 이들은 가족이 아니라 '배우'처럼 가족을 연기한다. 이양지가 가족의 역할을 가장하는 것처럼 유미리의 『가족시네마』에서도 '가면의식'이 발견된다. 재일한인 3세대의 가족은 혈연으로 관계를 유지하는 기존 개념의 가족이 아니라 이미 해체된 형태의 가족으로 연극적으로 가장할 때만이 유지된다. '나'는 가족이 "공중분해될 수밖에 없다"[9]는 생각에 가출을 한 것이다.

재일한인가족이라는 내부의 경계를 벗어나 가출한 후에도 외부의 '조센징'이라는 호명이 '아이꼬'를 타자화시킨다. 가출한 후 일하게 된 여관에서 '아이꼬'는 신분이 노출될 것에 대한 두려움으로 괴로워한다. 어디를 가더라도 이중적으로 그녀를 타자화하는 중첩된 현실만이 존재한다. '아이꼬'는 신분이 노출될까봐 늘 공포에 떤다.

---

9) 李良枝, 『ナビ タリヨン』, 『李良枝全集』, 講談社, 1996, 17쪽.

교토의 이 작은 여관에서도 나는 여전히 엎드린 채 쥐가 떨어져 내리는 검은 천장을 겁먹은 눈으로 쳐다보고 있는 것이었다. 「들키면 어쩌지. 들키면 여기도 못 있게 된다.」(이양지, 『나비타령』, 21쪽)

「오지카 저거 조센(朝鮮)아냐?」
야마다는 입버릇처럼 언제나 그렇게 뇌까렸다.(이양지, 『나비타령』, 22쪽)

「오지카상, 진짜 조센징예요?」
오지카는 초점이 맞지 않는 눈을 들어 한쪽 손을 입가로 가져갔다.
「정말이야, 그래.」 오지카는 이렇게 말하곤 멍청하게 웃을 뿐이었다.(이양지, 『나비타령』, 25쪽)

마찌에는 차를 마시며 말했다.
「아이짱, 너 저쪽 나라 사람이지?」
「옛?」
「응, 아무 것도 아냐.」
마찌에는 알고 있다.
「마찌에상, 마나님과 사장님도 알고 계신가요?」
「신경쓸 것 없어. 내가 여기를 그만두는 게 좋다고 한 것과는 상관없어, 저 젊은 마나님은 다만 순종 잘하고 싸구려로 부릴 수 있는 사람이라면 아무나 좋은 거야.」 (중략) 나는 다른 종업원들과 마찬가지로 아무 데도 갈 곳이 없는 흘러온 사람들 중의 하나에 지나지 않았다. 나는 때때로 조센징에 지나지 않았던 것이다.(이양지, 『나비타령』, 26~27쪽)

'아이꼬(愛子)'는 아버지와 어머니 어디에도 안주하지 못하고 집을 나와 '떠돌아다녀야 하는 자', '흘러온 사람'으로서 재현된다. '아이꼬(愛子)'는 거주를 목적으로 하지만 잠시 머무는 곳이 여관이라는 점에서 '산종'과

'부유'는 이미 예상된 잠재행위이다. '부모'의 이혼으로 '가족'이라는 공동체로부터 '분열'되어 도피하는 여로 속에서 '아이꼬(愛子)'는 어디에서도 타자가 되는 자신을 발견한다. '아이꼬(愛子)'는 어느 곳에서도 배제되는 타자적 존재인 것이다. 뿐만 아니라, 이양지의 『나비타령』에서의 '아이꼬(愛子)'는 자신이 절대 타자가 되지 않을 거라고 기대한 조국 한국에서도 자신의 '자리'를 찾지 못하고 돌아와야 했다. '아이꼬'는 운명적으로 부유해야 하는 것이다.

떠돌면서 '디아스포라 주체'는 변신하고자 한다. 위장에의 욕망은 변신에의 욕망이다. 그런데 타자의 폭력적 시선이 존재하는 한 변신은 불가능하다.[10] 그런 이유로 사르트르는 타자가 있는 것이 지옥이라고 했다. 교토의 여관에서 '아이코'는 '조센징'이라는 것을 들킬까봐 일본인인 것으로 위장한다. 게다가 일본에서는 '조센징'이라는 것이 싫어 떠나왔는데 한국에서 그녀는 '니혼징'의 흔적을 지우지 못한다고 조롱의 대상이 된다.

> 일본에도 겁내고 우리나라에도 겁나서 당혹하고 있는 나는 도대체 어디로 가면 마음 편하게 가야금을 타고 노래를 부를 수 있을까. 한편으로는 우리나라에 다가가고 싶다, 우리 말을 훌륭하게 사용하고 싶다는 생각이 드는가하면, 재일동포라는 기묘한 자존심이 머리를 들고 흉내낸다. 가까와진다, 잘한다는 것이 강제로 막다른 골목으로 밀려든 것 같아 이쪽은 언제나 불리하다. 처음부터 아무 것도 없다는 입장이 화가 난다. 아무튼 좋아서 이런 얄궂은 발음이 된 것은 아니다.(이양지, 『나비타령』, 67쪽)

이양지는 '모국'을 체험하면서 자신의 '타자적 정체성'을 확인하는 과정을 글쓰기로 표현하고 있다. '조센징'으로서의 '오지카'와 '귀화인' '뎃짱'을

---

10) 나카무라 유이치로, 『공통감각론』, 양일모·고동호 옮김, 민음사, 2003, 91쪽.

대상화하면서 한국에서 한국인으로서의 답을 찾으려했던 '아이꼬'의 시도
는 그러나, 의문형으로 끝난다.

> 「언니는 우리 나라에서 이제부터 쭈욱 공부할 작정이죠?」
> 「…그럴 작정이야.」
> 「언니, 우리나라에 있으면 언젠가는 꼭 우리나라 사람이 될 수 있어요.」
> 「…우리나라 사람이 될 수 있어?」(이양지, 『나비타령』, 70쪽)

'아이꼬'의 의문은 과연 결코 자신은 '우리나라'라는 곳에 소속될 수
없을 것이라는 전망의 부재를 암시하는 것이다.

이양지는 소설『각』(1985년, 講談社)에서도 타자의 눈을 통해 관찰당하면
서 자신의 타자성을 인식한다. 재일한인의 정체성이란 결국 타인의 인정이
나 무시에 의해 결정된다는 것을 고통스럽게 인정해야 했던 것이 재일한인
3세대 작가의 글쓰기 내용이다. 이들의 글에는 내가 원하지 않아도 '나'자신
의 정체는 이미 타인에 의해 규정지어진다는 무력감이 표현되고 있다.
더구나 이러한 무력감이 실제 모국체험이라는 것을 통해 더욱 심화되고
있다는 점이 이전 세대와 차별화되는 지점이다.

2) 부재(不在)의 언어

가족, 사회 그리고 모국으로부터의 배제는 희망의 부재로 형상화된다.
부재의 언어로 표현되고 있는 소리, 집, 그림자는 결국 언어 그리고 고향
그리고 자아의 표상이다. 재일한인이 진정으로 희망하는 것은 전통의 소리,
가족의 목소리, '자아'와 함께 하며 인간성을 확보하게 하는 '그림자', 그리고
돌아가 쉴 공간인 '집'인데 이것들이 작품 내에서 부재하고 있다. '집'의
부재는 한편 새로운 주체를 기획하기 위해 '집을 떠남'의 근거가 되며

'길을 떠나는 주체'는 여로를 개척한다. '집'을 떠나 찾으려 했던 것은 자신의 언어였으나 결국 언어가 되지 못하는 소리만 발견하게 된다.

가. 침묵의 언어

이양지는 1975년 "와세다 대학 사회학부에 입학하고 한 학기를 마치고 중퇴하게 되는데, 이 무렵부터 한국의 가야금을 접하게 되고 매료된다. 지성자 선생님의 지도로 한국무용도 배우기 시작한다."[11]고 직접 자신의 연보에 기록했다. 이양지에게 있어 가야금, 즉 전통의 소리라는 것은 매우 특별한 것이다. 이 소리에 접하면서 그녀는 일본의 조선인 조직의 비난을 각오하고 모국체험을 하기로 결심했기 때문이다.

> 나는 가야금이라는 악기를 통하여 나름대로 모국의 모습을 떠올렸고 소리를 통하여 모국의 역사와 관계 짓고, 많은 조상들이 사랑해 왔던 소리 속에 스스로의 존재를 투영시켜보곤 하면서 그 무렵 안고 있던 몇 가지 문제점(벽)들을 극복할 수 있는 길을 모색하고 있었다. 시간만 있으면 가야금 연습에 몰두하고 있던 무렵, 나는 마음속으로 가야금을 얼마나 잘 뜯을 수 있느냐고 하는 것이 조상들에게 자신의 사랑을 증명하는 것이 되고 더 나아가서는 민족의 일원이 될 수 있는 자격이 된다고까지 믿고 있었다.[12]

'나'는 교토의 여관집에서 조선인임을 숨기고 산다. 같이 일하는 '오치카' 가 조선인이라는 사실을 알고 그녀가 불안해하는 것을 관찰하면서 동시에 자신 스스로도 조선인임을 은폐한다. 불안에 떨며 살던 '아이꼬'는 일본인 주인이 조선인에 대해 욕설하는 것을 듣고서 여관집을 떠난다.

---

11) 李良枝, 『ナビ タリヨン』, 講談社, 1996, 684쪽.
12) 李良枝, 『私にとっての母國と日本』, 『李良枝全集』, 講談社, 1996, 667쪽.

이양지는 여관집 체험을 통해 자신의 정체인 재일한인에서 벗어날 수 없음을 깨닫고 절망에 빠지는 심경을 토로한다. 결국 살아서는 벗어날 수 없는 이 정체성의 짐을 벗기 위해 죽음을 염원하고 자포자기적인 삶을 산다. 이런 그녀를 치유한 것이 '가야금 소리'이다. 이양지가 처음 자신의 질곡인 불우한 정체성에서 탈출할 수 있었던 것은 모국어가 아닌 '소리'였다. '가야금 소리'는 그녀에게 '조국'이다.

이양지는 '가야금' 소리에 매료되어 조국을 찾아간다. 그러나 가야금을 통해 연주하는 소리가 아닌 자신을 통해 나오는 목소리는 모국어를 발음하지 못한다. 이양지는 『유희』 등의 작품에서 모국체험을 하면서 조국의 동포와 가까워지기 위해 노력했다고 밝히고 있다. 고자카이 도시아키에 의하면 "거리가 가까워지면 질수록 경계를 유지하기 위한 차별화의 힘이 더 강하게 작용하는 현상이 나타난다. 이질성 보다는 동질성이 오히려 차별을 유발하기 쉽다"[13]고 한다. 비한국인으로 범주화된 소수자들은 끊임없이 자신이 지니고 있는 이질적 요소를 제거하여 한국에 동화되려는 노력을 강화하기 때문이다.[14] 그런데 이 동질성이 차별의 기준이 되어버린다.

「다시 한번 불러봐요.」

아무 것도 모르고 당혹해 하면서 박선생의 재촉에 못이겨 노래를 부르자 또 뒤에서 웃음소리,

「애자, 다끼(瀧)는 우리말로 폭포, 당신은 봇보, 완전히 틀리죠?」

하지만 나는 발음의 차이를 잘 잡을 수가 없었다. 다시 노래를 고쳐본다.

「애자, 폭포는 입술을 세게 파열시켜 발음하는 거예요. 당신의 봇보는 '다끼'가 아니라 키스한다는 뜻이 된다니까.」

---

13) 고자카이 도시아키, 『민족은 없다』, 방광석 옮김, 뿌리와 이파리, 2003, 44~45쪽.
14) 최강민, 앞의 논문, 35쪽.

억지로 참고 있던 웃음은 폭소가 되어 내 등을 짓눌렀다.(이양지, 『나비타령』, 67쪽)

『나비타령』에서 '아이꼬'는 파열음을 소리 내지 못하는 자신을 춤으로 표현한다. 살풀이라는 소리 없는 춤의 언어는 죽은 뎃짱 오빠와 가즈오 오빠, 그리고 '기묘한 이방인'으로서의 자신을 위무한다. 모국어로 소통하지 못함을 인식한 '아이코'는 모국어를 대신할 수 있는 모국의 '소리'와 '노래'를 배우려고 하지만 조롱을 받게 된다. 그녀의 '모방'은 실패한다. 완전한 모방을 꿈꾸는 '아이코'는 몸짓이라는 침묵의 언어를 선택한다.

이양지의 『각(刻)』에서도 '일본인적 발음'이라고 교사에게 지적을 받는 장면이 나온다. 한국어와 가야금을 배우기 위해서 한국에 온 재일한인 '순이'는 이런 지적을 하는 교사가 하는 일본어 발음에 대해 '그건 한국인적 발음이라고 하는 것'이라고 되받아치고 싶어진다. 자신의 발음을 반복적으로 지적당하는 것은 자신이 '한국인'이 될 수 없다는 사실을 주지시키고 '일본인'으로 구별하는 일이 되기 때문이다. 조국에 와서 조롱의 대상이 되는 것은 더욱 더 참을 수 없는 일이다. 그 이유는 조국은 지금까지 재일한인에게는 이상적인 고향, 무조건 품어줄 것이라고 믿었던 곳이었기 때문이다. 부모세대로부터 전해온 모국은 '가야금'의 소리와 같은 아름다운 곳으로 상상되었으나 실제 체험한 조국은 '나'를 '일본인'으로 외부적 타자에 위치시킨다.

모국어는 나에게 '소리'가 아니라 '소음'이다. 모국어인 한글은 기묘한 그림일 뿐 의미 전달이 되지 않는다는 점에서 '소음'의 도상이다. 이양지의 『유희』에서 '유희'는 소통의 매개체인 '말의 지팡이'를 잡지 못하는 무력감을 토로한다.

눈은 한글의 글자 하나하나를 더듬어가고 있으나, 글자는 아무리 해도
의미와 결부되지 않는다. 기묘한 도안이다.(이양지, 『刻』, 258쪽)

무신경한 차량의 굉음은 여전하구요. 사람들이 주고 받는 한국어는
수백 혼(음의 강도를 나타내는 단위-역주)이나 되는 소음.(이양지, 『刻』,
259쪽)

아인지 아니면 あ(아)인지. 아라면 아 야 어 여 하고 계속되는 지팡이를
잡아요. 하지만 あ하면 あ, い, う, え, お로 계속되는 지팡이예요. 그런데
아인지 あ인지 분명하게 깨달은 일이 없어요. 언제나, 늘 점점 알 수가
없어져요. 지팡이를 잡을 수 없어요.(이양지, 『유희』, 87쪽)

'유희'에게 한국어는 '맵고 쓰고 들뜨고 듣기만 해도 숨막히는', '최루탄'과
같은 것이다. 한국 어디에서나 듣는 한국어 '소리'는 '몸짓이라는 목소리,
시선이라는 목소리, 표정이라는 목소리, 몸이라는 목소리'로 육화되어 나를
괴롭힌다. 유희에게 한국은 어머니의 은유가 아니라 '참을 수 없이 나를
괴롭히는' '금속성'의 '장침', '단침'(이양지, 『刻』)으로 비유된다. 이양지가
모국에서 체감하는 절망은 소통을 매개하는 언어의 성격자체에 기인한다.
소통할 수 없는 언어를 사용함으로써, '자신의 언어가 타자에게 무엇을
의미하는지 알 수 없고 자신이 의도한 대로 의미를 전하고 있는지 알
수 없게' 되면서 결국 '순이'와 '유희'는 자신의 존재가 무엇인지도 모르게
되는 상태에 이른다.15)

---

15) 사르트르는 "언어는 근원적으로 대타존재이다."라는 명제를 제출한 바 있는데
이에 따르면 주체는 언어를 매개로 하여 타자와 관계를 맺을 때 타자를 '언어에
의미를 주는 존재'로서 체험하게 된다. 그 결과 주체는 자신의 언어가 타자에게
무엇을 의미하는지 알 수 없으며, 자신이 의도한 대로 의미를 전하고 있는지,
자신이 의미 있는 존재인지 정확하게 알 수가 없는 상태에 이르게 된다. 의미가
타자에게서 실현된다고 하는 것은 발화 주체가 의도한 바와 타자에게서 실현된

이양지의 『해녀』에서 재일한인인 나의 '언니 게이꼬'는 스스로 말하지
못한다. 작품 안에서 '언니'의 목소리는 존재하지 않는다. 이름도 호명되지
못한다. 말하고 있는 것은 '나-경자(景子)'이지만 『해녀』는 '언니'의 이야기이
다. '그녀'는 '나'의 목소리로 인해 존재한다. 이양지에서 대상은 타자의
언설로 존재하게 되는데, 작가의 분신인 '실제적 자아'들이 주로 타자─즉,
한국인, 일본인, 남자들─에 의해 설명된다. 라캉의 지적처럼 나는 이제까지
내가 있다고 생각한 곳에 있지 않고, "나는 내가 생각하지 않는 곳에 존재한
다."16) '타자'는 '타자 자신'에 의해 말해질 수 없다. 그런 의미에서 타자인
재일한인 '언니'의 목소리는 없다.

'목소리'의 세계는 즉물적이고 현재적이지만 글은 그 목소리를 포획하여
영원히 보존시킬 수 있다. 소리의 세계에서는 언제나 소외되지만 글의
세계에서 그는 소리를 지우고 그 소리를 내는 주체도 되어 볼 수 있는
것이다. 이것이 이양지가 글쓰기를 하게 된 이유이다.

이양지는 스스로를 이 '무음'의 세계에 편입시키고 그리고 스스로를
소리로부터 유폐하고 싶어 한다. '재일한인'으로 사는 것은 일본의 다수사회

의미 사이에 괴리와 낙차가 있음을 의미한다. 이러할 때 언어기호가 주체의 의식
속에 현전하고 있는 의미를 지시하고 있다는 생각은 불가능해지며, 언어기호와
지시대상 사이의 관련성에 대한 회의가 이어질 수밖에 없다. 언어가, 타자가
그것을 어떻게 받아들이느냐에 따라 그때그때 서로 다른 의미를 가질 수밖에
없다고 한다면, 타자가 받아들인 의미 역시 고정된 지시대상을 갖는 것은 아니라고
할 수 있다. 그것 역시 의미로 실현되기 위해서는 언어를 매개로 하여 다시 누군가에
게 전달되어야 하기 때문에 주체가 누군가에게 의미를 전달하고자 했을 때 발생했
던 과정을 다시 되풀이할 수밖에 없기 때문이다. 정영훈, 앞의 책, 169~171쪽.

16) 강영안, 『주체는 죽었는가』, 문예출판사, 1996, 84쪽. "사물을 앞에 세우고 닦달함으
로써 사물의 존재와 자신의 존재를 확실하고 안전하게 보장하는" 표상행위의
가능성─근대적 주체.
이양지의 '대상이 되어보기'는 여자가 남자로, 재일한국인이 한국인으로 그리고
일반적인 사람이 장애인으로 아이가 자신을 억압하던 부모가 되어보는 것으로
나타난다. 이양지는 늘 자신을 타자화하는 사람으로 되기를 시도한다.

에서 배제되는 것이지만 침묵의 세계에서의 '모방'은 성공할 수 있다. 일본어로 말하면서 스스로가 '재일한인'이라는 것을 밝히지만 않으면 그는 배제되지도 소외되지도 않을 수 있다. '내적인 울림'으로 전해오는 '소리'의 끌림에 이끌려 '조국'으로 왔던 '유희'는 그러나 결국 스스로 그 울림을 끊어내고 '일본'에서의 제 위치로 귀환한다. 서경식은 이양지의 귀환을 비판하고 있는데 이양지가 '유희'를 한국인인 '나'에 의해 서술하고 있는 점에 착안한다면 서경식의 비판처럼 패배적이지 않다. 이양지는 자포자기적 귀환을 한 것이 아니라 한국인과 재일한인, 서로의 타자성에 대해 환치의 기법으로 더 깊은 이해를 시도해 보았기 때문이다. 그리고 이양지가 정주지에서의 삶을 선택한 것은 타자인 자신을 경계인으로 새롭게 생성하기 위한 시도이다. 또한 이미 이양지는 자신의 타자성을 표현할 수 있는 춤으로서 언어의 경계를 넘는 방법을 발견했기 때문이다. 살풀이춤을 추는 나비는 자신의 '디아스포라 주체'를 표상한 것으로 이양지는 경계를 넘기 위해 정주지로 귀환한 것이다.

나. 가족의 해체

유미리의 『돌에서 헤엄치는 물고기』(『新潮』 1994년 9월호 발표), 『풀하우스』(1995), 『가족시네마』(1997)의 작품에서는 내부의 공동체인 가족이 오히려 가식적인 소속감을 강조함으로써 억압이데올로기로서 작용하고 있음을 나타낸다. 가족을 탈피하려는 욕망은 자연발생적으로 생성된다. 그런 이유로 유미리는 가족을 파괴한다. 유미리에게 있어서 가족은 부재하며 모두 흩어져 존재한다. 가족이라는 형태로 모여 살아도 근친상간(풀하우스) 등의 가족파괴적 행위로 인해 가족은 파괴되고 해체된다. 유미리의 『풀하우스』에서 아버지의 강간, 돈을 얻기 위해 연기를 하는 가족－『가족시네마』, 의붓오빠들로 인해 임신하는 이양지의 『해녀』를 통해 나타난 가족은 해체

196

된 집단이다. 가족은 재일한인 2세대들에서와 같이 유대감을 확인시켜주는 공동체가 아니다. 혈연이나 결혼으로 구성되어야 하는 가족은 재일한인 3세대에 이르러 철저히 파괴된 형태로 재현된다.

유미리에 이르러 가족의 부재는 사물의 부재감으로 표현된다. 이양지에 게서도 드러나는 존재의 부재감[17]은 유미리에 와서는 극단적인 사물의 부재로 심화되어 나타난다. 유미리의 『그림자 없는 풍경』[18]에서는 집단 따돌림을 당한 경험이 있는 '마유미'가 귀화한 재일한인 '리나'를 괴롭히는 학교가 배경으로 설정되는데 이곳에는 '그림자'가 없다.

　　그림자가 없다. 교정의 하얀 나비가 텔레비전 브라운관 속에서 날고 있는 것처럼 보인다. 어째서 한 마리만 넓은 운동장을 날고 있는 것일까?(유 미리, 『그림자 없는 풍경』, 199쪽)

　　그림자가 없다. 한 여름의 햇빛이 기름을 흘려놓은 듯이 교정 가득히 흘러넘치고 있는데 수돗가, 나무들, 철봉 등에 그림자가 없는 것이 이상했 다. 교정에 굴러 다니고 있는 슬리퍼가 지금도 이리저리 떠돌아다니고 있는 듯이 보인다.(유미리, 『그림자 없는 풍경』, 201쪽)

유미리에게 있어서 기존의 가족 및 관계의 부재는 가족의 파괴라는 극한적 방식으로 표현된다. 유미리는 재일한인의 신분으로 작품이 읽혀지 기를 원하지 않는다[19]고 공공연히 밝히고 있다. 그러나 그는 자신을 기존의

---

17) "국민학교, 중학교, 내 추억에는 색채가 없다.", 이양지, 『나비타령』, 15쪽.

18) 유미리, 김난주 번역, 『그림자 없는 풍경』, 『가족시네마』, 고려원, 1997. 이 소설의 원제는 <潮合い>인데 『따돌림의 시간』이라고 제목을 바꿔 이준희에 의해 번역되 기도 했다. 이후 인용은 이준희의 번역본을 인용한다.

19) "재일문학전집에 수록되는 것을 꺼려하고 재일조선인문학이라는 테두리 안의 존재마저 부정하려는 유미리씨이지만, 8월의 저편이라는 장편소설로써 한층 더

'재일조선인'이나 '재일한국인'으로서도 호명되기를 원하지 않고 자신을 규정하는 모든 호명으로부터 자유롭기를 원한다. 유미리는 모든 고정관념을 해체하고 탈피한다. 유미리는 기존의 가치관이나 사고방식을 무화시키는 전략으로서 '재일한인'의 정체성을 새롭게 규정하고자 한다.

『가족시네마』는 10년 전 고등학교를 중퇴하고 소극단의 배우나 엑스트라를 하던 여동생이 갑자기 '나'의 회사에 찾아와 '가족이야기를 영화로 만들'자고 말하는 것에서부터 시작된다. 가족 전원이 '다큐멘터리도 아니고 픽션도 아닌, 그 경계를 넘어서는 획기적인 영화를 만들어보자는' 감독의 제의에 응해야 한다는 것이었다. 여동생은 놀라는 '나'의 반응에 "당연한 일이잖아.… 그래 봐야 <u>가족이란 어느 집이나 다 연극이잖아. 그러니까 아무 문제없어.</u>"(유미리, 『가족시네마』, 16쪽)라고 말한다.

> 섬광으로 눈앞이 캄캄해지고 망막에 자잘한 빛 알갱이가 부유하기 시작하자, 큐로 친 당구공처럼 엔트런스 홀에서 튀어나온 그림자는 아버지, 어머니, 남동생, 여동생이었다.(유미리, 『가족시네마』, 11쪽)

『가족시네마』의 첫 부분으로 가족의 파편성을 상징적으로 드러내고 있다. 가족은 찰나적이며 부서진 미립자적 존재이다. 또한 가족은 '그림자'로 서술된다. 유미리에게 있어서 '그림자'는 재일한인 2세대들의 유사가족이나 동료들과 대응되는데 재일한인 2세대 작가들에게는 과거에서나마 존재한 가족들이 3세대 작가인 유미리에게는 부재한다는 것이 큰 차이점이다.

새로운 재일조선인 문학의 가능성을 보여주었다고 해도 좋을 것이다. 그것은 일본어와 한국어라는 언어의 틀에서 벗어난 것이며, 또한 산문인 소설, 운문인 시와 노래, 특히 구두회화체인 희곡이라는 문학장르의 모든 경계를 '초월'하려는 시도였다." 가와무라 미나토(川村湊), 「분단에서 이산으로」, 『재일조선인문학의 행로』, 14쪽.

재일한인 3세대는 철저히 고립되어 단독으로서 존재하는 타자로서 재현된다.

'그림자'는 부재하며 가족은 '부유하는 빛의 알갱이'의 파편과 같이 응집력을 상실한 공동체이다. 이들에게서 내가 느끼는 감정은 '분노와 곤혹감, 그리고 현기증'이다. 가족은 나의 공간인 '집'을 침입해 들어와 '나의 공간'을 파괴한다.

별거한 지 20년째인 아버지와 어머니는 각각의 사정으로 여동생의 영화에 출연을 하기로 한다. '마흔 다섯 살 기념'이라며 수치심 한 조각 보이지 않고 유방을 풍만하게 수술한 어머니'(유미리, 『가족시네마』, 13쪽)는 "자기가 머릿속으로 그린 행복한 가정의 삽화가 현실과 맞아 떨어지지 않는다는 것을 깨닫자, 카바레에서 일하기 시작하였고, 미련없이 어머니 역을 내던졌다."(유미리, 『가족시네마』, 20~21쪽) '생활비는 조금밖에 주지 않으면서도 가족들에게 항상 터무니없이 값비싼 선물을 하'던 허세부리기 좋아하는 아버지는 이번에도 '나'의 탄생석인 '에머랄드 반지'를 생일선물로 가지고 왔다. 갑자기 영화를 찍는다며 생일케이크를 들고 들이닥친 가족들은 '나'의 공간을 침입하고 '20년 전과 똑같은 배치로 테이블을 둘러싸고 앉아 있'다.

정말 그렇다. 늘 이런 위치였다. 어색하고 답답한 분위기까지 그 시절과 다름이 없다. 우리들 사이에 지금까지도 사라지지 않고 확실하게 남아있는 것은, 의식이 서로 닿을 때마다 접촉 불량을 일으켜 웅성거리는 증오와 짜증이다. 어린 시절에는 어머니와 아버지의 감정의 피막이 찢어져, 우리 형제들에게 접촉하면 감전되는 것이라고 생각했었다. 그러나, 지금 이렇게 얼굴을 마주하고 보니 다섯 명 모두 서로에게 증오심을 품고 있었음을 알 수 있다.(유미리, 『가족시네마』, 23쪽)

무슨 상스러운 짓이니, 넌 옛날부터 그 모양이었어. 모두를 불쾌하게만

만들고.(유미리, 『가족시네마』, 25쪽)

  가족 안에서도 나는 무시당하고 멸시당하는 존재로 나타난다. '나'는 가족의 구성원이 아니라 '가짜 가족'을 찍는 데에 필요한 공간을 가지고 있는 딸일 뿐이다.

  일본인 감독은 20년 만에 온 가족이 재회하는 것은 '축제'라며 이 주제로 영화를 연출하고자 한다. '증오의 가족'은 '시네마'를 찍기 시작한다. 여배우 여동생인 '요코'가 '새빨갛게 상기된 얼굴로 천박한 웃음소리에 흰자위까지 번들거려가며 웃고 감독도 아닌 어머니는 컷을 하라'고 감독에게 요구한다. 엄마가 감독이 되고 모두가 배우가 되어서 '가짜 가족'을 촬영하고 있는 상황에서 이미 가족의 부/재는 실현된다. 가족은 존재하나 부재한 비어있는 공동체인 것이다. 재현의 예술인 영화에서 가족을 모방해내는 이 상황은 타자가 스스로를 현시하며 희화화하고자 하는 유미리의 다층적 의도가 깔려 있다. 유미리는 '가족'의 '부재'를 영화와 소설의 경계마저 해체시켜 가며 내용과 형식 모든 면에서 경계를 넘고자 했다.

  유미리 글쓰기의 첫 형태가 희곡이라는 점을 보면 이 사실을 더 잘 알 수 있다. 유미리는 현재의 '부재감'을 현재적 장르에서 담고자 했다. 소설 장르라는 과거화되는 글쓰기의 시간성을 거슬러 현재적 장르인 '희곡'을 통해 타자적 현실을 현시화하고자 했던 것이다.

다. 조국의 부재

「발니바비」

  나는 나의 목소리를 듣는다. 해답이 얻어지지 않는다는 것을 알면서도 나는 나를 향해 중얼거려 본다. 걸리버가 방문한 발니바비 나라에서처럼 언어를 완전히 폐지해버린다는 것은 과연 가능할 것인가… (이양지, 『각』, 294쪽)

이양지가 찾아온 모국은 언어로 인해 자신을 더욱 초라하게 만드는 곳이며 금속성의 소리로 안정감을 주지 못하는 곳이다. 그녀가 모국에 와서 바라는 노스탤지어, 진정한 모국은 이 세상에 없는 곳, '발니바비 나라'이다. 이 나라를 염원하는 이유는 이 나라에서는 언어가 필요하지 않기 때문이다. '나'의 모국에서 '나'는 일본에서와 마찬가지로 '이방인'이어서 '본국의 한국인인 원주민, 원군'(이양지, 『각』, 296쪽)이 아니다. '원주민' 여자들이 이야기를 나누는 모습을 보면 '나'의 마음엔 '째각, 째각, 째각,… 초침이 가슴 속에서 소리를 쪼으기 시작'한다.

> 재일동포 학생의 일부에서는 은어처럼 본국의 한국인을 <원주민>이니 <원군>이니 하고 부르고 있는 것이다.(이양지, 『각』, 296쪽)

> 째각, 째각, 째각… 어쩌면 감사해야 할 것도 같다.… 초침소리의 간극을 누비며 나의 목소리가 들려왔다.… 시간을 증오하는 나 자신이야말로 시간의 은혜를 받고 있는 것이다. 시간의 덕택으로 지금, 지금, 지금, 바로 지금의 나로부터 도피할 수가 있다.… 기억의 연쇄는 지금, 지금, 지금, 멀어져 간다. 그리고 지금, 바로 지금, 나는 여기 이렇게 있다.(이양지, 『각』, 238쪽)

이양지가 현재 시간의 흐름을 초침소리로 인식하는 것은 시간의 초침소리가 흘러가는 것을 무위하게 듣고 있는 동안 '듣고 있는 순간의 존재성'이 확인되기 때문이다. 단지 '각'이 넘어가는 소리에 집중하지 않으면 '언제까지 살겠다는 것이냐'(이양지, 『각』, 300쪽)는 것이다. 하루를 나누어 각으로 살지 않으면 '나'는 계속 죽음의 소리를 들어야 한다. '서울의 저녁은 길다. 천천히, 아주 천천히 해가 저물어'(이양지, 『각』, 338쪽)가기 때문에 '나'는 하루를 여러 조각으로 나누어 살지 않으면 계속 죽음과 같은 '생리통'으로 표현되는 격통의 하루를 보내야 하기 때문이다.

> 살기 위해 일과가 있는 것이다. 일과는 모든 것이다. 가야금도 내가 일과 속에 끼어 넣은 도구에 지나지 않는다.(이양지, 『각』, 338쪽)

'가야금의 소리'[20]를 찾아 온 한국에서 '빛에 질린 나머지, 한순간 주위의 모든 소리가 사라져 버렸다.'(이양지, 『각』, 380쪽) 찾아온 그 곳에서 '나'는 다시 '화장을 하기 시작'한다.(이양지, 『각』, 380쪽) 『각』에서는 장소를 이동할 때마다 화장을 하는 '순이'의 행동이 반복된다. 화장은 '위장' 바로 그것이다. 이렇게 '순이'가 위장을 하는 이유는 어디서든지 '일본인'의 얼굴이 드러나기 때문이다.

> 「언니 친구 굉장히 미인이야.」
> 「그렇죠?」
> 「아까 처음엔 일본사람인가 생각했어요.」
> 「그렇게 보였어?」
> 「네.」
> 「나도 일본사람처럼 보여?」
> 「그런 것 같아요.」 미경이는 말을 끊었다가 「역시 일본에서 자랐으니까요.」하고 별 억양도 없이 말했다. 그 소박함이 또한 부럽게 생각되었다.(이양지, 『각』, 361쪽)

'순이'가 찾아온 조국은 현재 이 시각 거기에 없다. '순이'는 이방인이 아닌 원주민, 한국인처럼 보이기 위한 위장의 화장을 계속해야 하는 것이다.

---

20) '내면에 존재하지 않는 조국에 대한 향수 내지는 회귀 본능을 자아성찰로 복원하고, 더 나아가 조국의 전통가락을 통하여 자신의 뿌리 찾기에 매달리는 모습'(김환기, 「이양지문학과 전통'가락'」, 『일어일문학연구』 제45집, 한국일어일문학회, 2003).

이양지의 『유희』에서 '유희'는 '우리나라'라는 단어를 쓸 수 없다. '유희'에게 '우리나라'는 부재하기 때문이다. '우리나라'라는 네 글자는 '유희'에게 '의미가 비어있는 말'이다.[21] '우리나라'라는 말을 시험지에 기입하지 못한 채 현기증을 느낀다. 시험지를 완성해야 하는 의무 앞에서 이 단어 네 글자를 쓰는 순간 '유희'는 '거짓말장이'라는 소리를 들을까 겁에 질린다. '이방인의식'은 '우리나라'에서 더욱 심화된다. 결국 '유희'는 한국을 떠나고 남아 있는 한국인 '나'는 '유희의 모국'이 부재했음을 증언한다.

'모국'은 '어머니'의 이미지와 연관된다. 어머니는 자연에서 물로 비유된다. 물은 또한 너와 나, 주체와 타자를 포용해주는 속성으로 어머니, 모국으로 이미지화된다. 이양지의 『해녀』에서 언니가 욕조에서 '물'에 몸을 담그는 행위는 어머니의 품에 안기는 것을 의미한다. 결국 물에 몸을 담그고 자살하는 장면은 어머니의 고향인 제주도의 바다로 돌아가고자 하는 '디아스포라 주체'의 욕망이 상상으로 재현된 것이다.

「들어가라, 물속으로 들어가라.」

머리 속 깊은 곳에서 나지막한 신음소리가 되살아났다. 그 소리에 쫓기듯 그녀는 욕조 속에 몸을 가라앉히고, 머리를 가라앉혔다.

그녀의 뒷전으로 <u>제주도의 바위 표면에 와 부딪는 파도소리가 들려왔다</u>. 그녀는 사납게 포효하는 파도 사이로 뛰어 들었다. 부서지는 해면(海面)의 소리가 멀어져 가고 자신의 몸뚱이를 물속에 풀어놓았다. 두 손과 두 다리가 자유로이 물의 감촉을 만지작거리기 시작했다. <u>세상에 태어나서</u>

---

21) 주인공에게 의미의 실현은 끊임없이 연기된다. 이러한 사실은 말은 일종의 '비어있는 말'로 만든다. 주체는 마치 그가 (대)타자의 언어를 말하는 것이 아니라 자기 자신의 언어를 말하고 있다고 생각하며, 이렇게 하여 어휘나 단어의 의미, 의미 연관, 언어의 사용 규칙 등을 포함하고 있는 자신의 기억력을 통하여 자신의 세계를 구조짓는다.
Peter Widmer, 『욕망의 전복』, 홍준기·이승미 옮김, 한울 아카데미, 1998, 83~84쪽.

<u>한번도 맛본 적이 없는 편안함이 온 몸 깊숙이 스며들고, 물속에서 그녀는 언제까지나 흔들거리고 있었다.</u>(이양지, 『해녀』, 275쪽)

현재에서의 모국공간은 절대 찾을 수 없는 부재의 공간이다. 입수장면은 디아스포라의 영원한 고향의식, 지속될 수밖에 없는 노스탤지어가 형상화된 것이다. 죽음의 순간에 환상처럼 발견되는 이상향의 모습은 재일한인 작가들의 작품에서 자주 발견된다. 재일한인 작품의 자살은 저항의 의미를 담고 있다. 죽음은 그녀의 존재를 세상에 알리는 계기가 되기 때문이다. 타자에 대한 무지는 부재함과 동일하다. 죽음으로써 타인에게 자신의 타자성을 정보화하고 각인하려 하는 것이다.

2. 기억의 대체와 산종(散種)의 거주지

재일한인 3세대 작가의 기억은 습관적 기억이 아니라 자발적 기억[22]으로서 공간과 결부되어 있는 과거와의 표리작용으로서 존재한다. 이들은 구축된 것이며 전유되고 계승되고 학습된 공동체의 기억으로부터 탈주하여 개인의 기억을 생성한다. 재일한인 3세대 작가는 과거의 기억으로부터 벗어나 '3세대의 기억'을 형성하기 위해 여정을 '떠난다.'

1) 부인(否認)되는 망각

---

22) 습관적 기억과 자발적 기억이 있다. 자발적 기억은 의식과 표리를 이루면서 모든 상태의 발생에 대응해서 그것들을 보존하고, 순서대로 배열하여 한 가지 한 가지 사실에 장소를 부여한다. 따라서 날짜순으로 정리되어 과거 속에서 작용하는 것이며, 습관적 기억처럼 언제라도 현재 속에서 작용하는 것은 아니다. 이것은 과거를 표상으로서 떠올리는 정신의 기억이다. 나카무라 유지로(中村雄二郞), 『공통감각론』, 양일모·고동호 옮김, 민음사, 2003, 207쪽 참조.

현월의 『그늘의 집』에서의 '서방'은 기억하기를 거부한다.[23] 현월에 의해 재현되고 있는 재일한인은 과거를 떠올리기를 싫어한다. 그가 기억을 하기 싫어하는 이유[24]는 그것이 위장적 현실을 방해하기 때문이다. "진실을 직시하는 것은 현재의 삶을 위태롭게 할 뿐만 아니라 기억하는 자신들마저도 견딜 수 없는 고통이기 때문이다. 그러므로 의도적으로 기억을 무의식의 수면 아래로 가라앉힌다."[25] 그들에게 과거는 분노의 세월이다. '잊으려고 애썼던 기억'을 지금 와서 떠올리려고 애쓰는 것이 싫다. 그들의 소망은 조용히 남들 눈에 띄지 않고 죽는 것이다.

현월[26]의 『그늘의 집』[27]에서 예순 여덟 살의 주인공 '서방'이 첫 번째 하는 말을 보면 그가 기억하기의 인물이 아니라 망각하기의 인물이라는 것을 확인할 수 있다.

---

23) 너무나 끔찍한 일을 경험했던 사람은 그 경험이 지독하면 지독할수록 그 세세한 내용을 말하지 않는다.… 왜냐하면 끔찍한 경험을 상기하는 것은 그것을 추체험하는 것이기 때문이다.(서경식, 「토오꾜오와 서울에서 쁘리모 레비를 읽는다」, 『논단과 현장』, 『창작과 비평』, 창작과 비평사, 2008, 405쪽)

24) 라캉에게 있어서 일차적으로 기억은 외상을, 즉 주체의 바로 그 존재가 집중되는 지점인 실재를 기억하지 않는 것과 관련이 있다. 우리가 우리 이야기를 할 때 그것은 우리가 실재를 건드리는 지점이다. 과거를 회향적으로 되돌아보았던 사람들은 실로 '제도화된 인간들'이었으며, 제도를 끊임없이 비난했지만 그들의 정체성은 제도에 완전히 의존하고 있었다.(레나타 살레클 지음, 앞의 책, 141쪽)

25) 최강민, 앞의 책, 232쪽 참조.

26) 현월(玄月, 1965년 2월 10일~)은 일본의 소설가로 본명은 현봉호(玄峰豪). 오사카시 이쿠노구 출신으로 부모는 한국인이다. 오사카 시립 남고등학교를 졸업했다. 다양한 직업을 경험한 후, 오사카 문학학교에서 동시집 『백아(白鴉)』를 발행하면서 집필 활동을 시작했다. 1998년 『무대 배우의 고독(舞台役者の孤獨)』이 문학계에서 게재되어 작가로 데뷔했다. 1999년에 문학계에서 활동했고 『蔭の棲みか』로 제122회 아쿠다가와 상을 수상하였다. 이는 이회성, 이양지, 유미리에 이어 재일한인으로서는 네 번째이다.

27) 현월, 『그늘의 집』, 신은주·홍순애 옮김, 문학동네, 2000.

"서방 영감, 어디 안 좋으세요? 자신이 어디 있는지도 모르는 모양이죠?"
"그런데 말이야. 여기 와서 한 가지 중요한 걸 잊어버렸어.… 내가 도대체
누구지?"(현월, 『그늘의 집』, 13쪽)

자신의 어디에 있는가 하는 질문은 디아스포라적 주체에게 유의미한
질문이다. 내가 있는 곳을 모르는 것과 내가 누군지를 잊고 있는 것, 그것에
대한 물음으로 시작하는 『그늘의 집』은 제3세대 작가 현월의 문제의식을
엿볼 수 있는 단서가 된다. 망각은 기억행위와 불가분의 관계를 맺는다.
에르네스트 르낭이 말한 것처럼 망각은 정신적 원리에 의하여 생성된
동일한 민족이라는 것의 정체, 즉 존재하지 않으나 존재한다고 믿어왔던
공동체의 공유기억을 '긍정하기 위한 부정'이다. 기억과 망각은 같은 방식의
기억이라고 할 수 있다. 망각에는 "기억해내기를 거부하는 어떤 의도"[28]가
개입되어 있기 때문이다. 무엇인가를 망각한다는 것은 무의식적인 어떤
'동기'에 의해 기억대상을 억압하고 있는 것으로 필연적으로 왜곡과 변형을
수반한다. 따라서 망각은 또 다른 형태의 기억이라 할 수 있다.[29]
진실한 탈식민화는 망각에서 벗어나는 일로부터 시작되어야 한다. 그런
데 '서방 영감'은 기억을 떠올리는 일을 고의적으로 거부하고 부인한다.
기억하기가 너무나 고통스럽기 때문이다. 망각의 반복은 오히려 궁극적
질문에 도달하게 하는 방법으로 작용한다. 또한 그의 '신체'에 새겨진 혼종적
지표는 그가 망각하기를 허용하지 않는다. 몸에 체현된 과거와 현재의
혼종적 상흔은 그를 기억과 정대면하게 하는 출입구가 된다.

---

28) 김현진, 『기억의 허구성과 서사적 진실』, 기억과 망각, 2003.

29) 강진구, 「중앙아시아 고려인 문학에 나타난 기억의 양상 연구─강제이주를 중심으
로」, 『억압과 망각, 그리고 디아스포라─구소련권 고려인문학』, 이명대·박명진
외, 한국문화사, 2004, 48쪽.

> 손목이 잘려나간 끝부분이 소맷부리에서 그 모습을 드러냈다. 마치
> 두 개의 혹처럼 다시 융기된 연분홍빛 살덩이가 축축이 땀에 젖어 있다.
> 그러나 서방에게는 팔꿈치에 가까워짐에 따라 쭈글쭈글하고 거칠고 여기
> 저기 검버섯이 나 있는 노인의 팔로 변해 가는 것이 의외로 더욱 부끄러웠
> 다.(현월, 『그늘의 집』, 16쪽)

『그늘의 집』의 '서방'의 잘린 팔은 역사가 기재된 불구적 신체이다. '서방'
의 절단된 오른 팔이라는 신체적 공간성과 집단촌의 누추한 공간성은
상응한다. 이 신체적 표상은 일본 제국주의 전쟁이 그의 몸에 새긴 지표이며
그가 재일한인이 된 배경이다. 그에게 이 손목, 신체적 부재, 장애는 부끄러운
것이 아니었다. 일본군으로서 얻은 신체적 표지는 조선인의 육체에 새겨진
혼종적 지표다. '서방'이 살고 있는 이 집단촌은 예전에는 재일한인이 거주하
던 촌락이었으나 지금은 외부에서 유입된 노동자들이 모여서 살고 있는
곳으로 주로 중국인들이 기거한다. 이들의 유입과 함께 집단촌은 조선인촌
이라는 집단적 성격이 아닌 외부인들이 모여 사는 외국인 촌락이 된다.
이 외국인 촌락에서 이 부재된 팔이 재일한인이라는 그의 존재를 증명한다.

타자인 재일한인들은 두 국가로부터 이중적 소외를 경험하고 집단촌,
공동체를 만들어 스스로를 보호해 왔다. 이들이 형성한 집단촌에 살고
있는 자들은 내부사회의 예외적 존재로서 스스로를 내부와 외부의 경계상
에 위치시킨다. 외부와 내부에서의 이중적 배제는 이들의 집단성을 강화시
키고 스스로 예외적 집단이 된다.

현월의 『그늘의 집』[30]에서 '서방'이 살고 있는 촌락의 골목은 좁은 '동굴'

---

30) 현월에 대한 연구로는 김환기, 「현월문학의 실존적 글쓰기」, 『일본학보』 61권
2호, 한국일본학회, 2004 ; 황봉모, 「현월<그늘의 집>－서방이라는 인물」, 『일본
연구』, 한국외대 일본연구소, 2004 ; 황봉모, 「현월<그늘의 집>－욕망과 폭력」,
『일어일문학연구』 54권 2집, 한국일어일문학회, 2005 ; 황봉모, 「현월의 <나쁜
소문>－료이치의 변화과정 추적을 통한 읽기」, 『일어교육』 35권, 한국일본어교육

로 표현된다. 동굴은 타자로부터 자신을 보호해주는 공간이며 그 깊이와 규모를 알 수 없는 모호한 공간이다. 이 공간은 오사카 지역의 한 곳에 조용히 존재하는 타자 '서방'을 상징한다.

> 여기서 보면, 그 깊은 동굴 속에 이천 오백평의 대지가 펼쳐지고, 튼튼하게 세운 기둥에 판자를 붙여 만든 바라크가 이백여 채나 된다는 것, 그리고 그 사이로 골목길이 혈관처럼 이어져 있다는 것은 상상조차 할 수 없다. 서방의 아버지 세대 사람들이 습지대였던 이곳에 처음 오두막집을 지은 것은 약 칠십년 전, 거의 지금의 규모가 되고도 오십 년, 그 후부터는 그 모습 그대로, 민가가 빽빽이 들어선 오사카 시 동부 지역 한자락에 폭 감싸 안기듯 조용히 존재하고 있다.(현월, 『그늘의 집』,31) 13쪽)

아버지의 세대가 마련한 동굴 같은 촌락에 위치한 골목길은 '혈관'과 같이 이어져 있다. 이곳에서 재일한인들은 변함없이 조용히 아무도 상상조차 할 수 없는 크기로 존재하고 있다. '서방'은 이 조용하고 변화 없는 곳에서 '남들 눈에 띄지 않는 것'을 다행으로 여기며 산다.

그런 어느 날, 아버지와의 갈등으로 집을 나간 아들 고이치(光一)가 살해되어 시체로 돌아온다. 이후 '서방'은 아들의 존재를 마음속에서 소멸시켜 버린다. 존재의 부정으로 서로를 소멸시켜버리는 것은 제3세대 재일한인의 작품들에서 공통적으로 나타나는 표현이다. 기억을 소멸하면서 사회와 역사에 대한 현실감각도 소멸된다.

> "난 삼십 년 가까이 혼자서 무위도식하며 살고 있지만, 시간은 언제나 막힘없이 스르르 스르르 소리를 내며 지나가버렸지. 덕분에 어떤 나날을

학회, 2006을 참조할 수 있다.

31) 현월, 『그늘의 집』 신은주·홍순애 역, 문학동네, 2000, 13쪽.

<blockquote>
보냈는지 거의 기억에도 없어. 설령 앞으로 삼십년을 더 산다고 해도 똑같지 않겠소? 노후 준비 같은 건 필요 없어. 그저 흘러가는대로 맡기면 되지."(현월,『그늘의 집』, 43쪽)

"참 가볍다. '바싹 마르다.'라는 표현은 서방을 위해 있는 것 같네."(현월,『그늘의 집』, 44쪽)
</blockquote>

집단촌 거주의 조건은 존재감이 없어야 한다는 것이다. 집단촌에서의 생존은 평온한 듯 보이지만 추방당하지 않기 위해 '서방'은 암묵적으로 배제와 차별을 외면한다.

'서방'은 1945년 봄날 조선노무자의 일을 감시하다가 비행기의 소총에 맞아 손목을 잘리게 된다. 집단촌의 사람들은 그가 전쟁에서 싸우다가 다친 줄로 알고 있다. '서방'은 아들의 친구인 귀화자 '다카모토'와 농담을 나누며 사는 이 일상이 평화롭다. 다카모토는 '서방'의 상처에 대해 '적극적으로 재판을 해서 재일한인의 권리'를 찾아야 한다고 말한다. 다카모토의 말 때문에 '서방'은 '일찍이 기억 속에서 몰아냈던 그날 밤'의 일을 떠올린다. '서방' 자신의 '잘린 팔'은 기억의 잉여물로서 그를 기억의 시간으로 이끄는 장치이다.

<blockquote>
손목이 잘려나간 끝부분이 소맷부리에서 그 모습을 드러냈다. 마치 두 개의 혹처럼 다시 융기된 연분홍빛 살덩이가 축축이 땀에 젖어 있다. 그러나 서방에게는 팔꿈치에 가까워짐에 따라 쭈글쭈글하고 거칠고 여기저기 검버섯이 나 있는 노인의 팔로 변해 가는 것이 의외로 더욱 부끄러웠다.(현월,『그늘의 집』, 16쪽)
</blockquote>

그는 이 신체적 상흔이 부끄러운 장애가 아니라고 자위한다. 이 신체적 장애 덕분에 그는 집단촌의 '귀신'이라고 일컬어지는 역할을 담당하며

살아갈 수 있기 때문이다. 이 잘린 팔이 표명하는 부당한 세월의 기호는 집단촌에 소속할 수 있는 신체의 증거이며 전제조건이다.

현월의 작품에는 주로 귀화인인 재일한인이 등장한다. '서방(ソバン)'이라는 이름 외에 재일한인의 통명이 아무런 표지 없이 뒤섞여 제시되고 있다. '서방'의 아들 이름은 '고이치(光一)', 그 아들의 친구 이름인 '다카모토(高本)', 모두 다 귀화자로서 통명으로 호칭되고 있다. 이 집단촌의 실세인 '나가야마' 또한 귀화자이다. 그러나 '나가야마(永山)'가 귀화자라는 사실은 비밀이 아니다. 이는 재일한인이 귀화를 할지라도 표지를 떼어 낼 수 없음을 나타낸다.

'서방'이 일본군이었던 것은 역사적으로 볼 때 어쩔 수 없는 강요에 의한 것이었으나 아들은 이를 비난한다.

> 고등학교 3학년 8월의 어느 날, 여름 방학 특강을 듣고 돌아 온 고이치는 갑자기 서방이 일본군이었다는 것을 비난했다.
> "어째서 전쟁이 끝났을 때 죽지 않았어요? 무슨 낯으로 뻔뻔하게 살아남아 동포의 얼굴을 봤냐구요. 당신같은 사람이 아버지라니, 차라리 태어나지 않았더라면 좋았을걸."(현월, 『그늘의 집』, 43쪽)

비난하는 아들 '고이치'에게 그는 얼버무릴 수밖에 없지만, 그에게도 사정은 있다. '서방'영감은 전쟁 중에 '순수한 일본인'이었고 전쟁 후에 '재일한인'이 되어 살고 있다. 자신이 누구인지 모르게 되었다고 말하는 것에는 이미 '디아스포라 주체'의 정체성이 관여한다. 재일한인은 일본사회에서 누군가의 집단에 내가 속해지는 것인지, 나의 정체가 무엇인지를 결정할 수 있는 주체가 아니다. 선택할 권리가 없는 자, 그것이 '디아스포라 주체'인 것이다. 사회의 타자로 사는 '서방영감'은 자신이 누구인지를 설명할 수 없다. 이들은 새로운 세대에게 '가볍게 사는 것', '자신의 권리를 주장하지 못하는 것'이라고 비난받는다. '서방'은 타인에 의해 규정될 수 있을 뿐이다.

> "말이 났으니 말이지, 일본에서 태어나서 익힌 일본말이라 전우들 중 아무도 내가 조선사람이라는 걸 모르겠지 싶었는데, 잘 생각해보면 내가 태어났을 때는 조선도 한국도 없었으니까 <u>그 때 나는 순수한 일본인이었던 셈이지.</u> 하긴 아무리 나라를 위해서라 해도 죽는 건 벌벌 떠는 겁쟁이 병사였지만." 봉당에 선 고이치는 신발을 벗어 아버지를 향헤 내던졌다. 한 짝은 서방의 머리 위로 날아갔고, 한 짝은 이마에 맞았다. 그리고 아버지를 날카롭게 노려보더니 미닫이 문을 박차고 뛰쳐나갔다.(현월, 『그늘의 집』, 44쪽)

재일한인 1세대인 '서방'과 그 후세인 아들과의 갈등에서 존재하는 부재 공간 '조선'이라는 기호는 오히려 부자 사이에 불행의 근원으로 작용한다. 부자는 이후 인연을 끊는다. 이 싸움 이후 집을 나간 아들 '고이치'는 그 후 시체로 발견된다. 60년대 후반의 정치적 학생운동을 하던 '고이치'는 온 몸에 타박상을 입은 채 보라색의 시체로 발견된다. '서방'은 이를 보러 가지도 않았고 '고이치'의 친구 '다카모토'와 아내가 시체를 확인한다. 아들 이 죽은 후에 '서방'의 아내는 재일한인의 불행한 운명을 마치 주문처럼 반복해대는데 '서방'은 아내가 죽기 전까지 어떠한 반응도 보이지 않는다. 아내는 재단기에 팔 하나를 몽땅 잘려 과다 출혈로 죽게 된다.

'서방'의 감정은 직접적으로 서술되지 않는다. 그가 역사나 개인적 체험에 거리를 두는 설정은 재일한인으로서 자신의 존재를 드러내는 것이 죽음과 연계되어 있음을 잘 알고 있기 때문이다. 그의 아들 '고이치'는 외부사회를 향해 부당하다고 저항한 결과로 살해된다. '고이치'의 죽음에 대해 구재진[32]

---

32) 구재진, 「국가의 외부와 호모사케르로서의 디아스포라 ─ 현월의 <그늘의 집>」, 『비평문학』 32호, 한국비평문학회, 2009.6.

은 외부사회에서 배재되는 존재가 생존하는 방법은 외부사회에 개입하지 않고 '호모사케르'로서 살아가야 하는 것이라고 전한다.

집단촌에 살게 된 근거는 외부세계의 배제에 의해서이며 상흔 또한 배제로 인해 취득된 것이지만 이러한 배제는 사실 일본사회가 재일한인을 인정하는 방법이다. 이는 '서방'영감이 수용하는 재일한인의 생존 조건과 상통한다. 현월이 강조하고 있는 '서방'의 생존방식은 제3세대 재일한인이 현재 자신들의 상황을 스스로 해석하기 시작했다는 것을 의미한다. 일본사회가 타자에 대해 수용의 방식으로 내세우고 있는 귀화라는 것은 재일한인의 보호적 장치가 되지 못한다는 사실이다. 집단촌을 형성하여 살고 있는 것은 사회의 배제에 대해 연대조직하는 것만이 생존의 방식임을 인식했다는 것이다.

그런데 집단은 위험한 공동체로 변환이 가능하다. 집단촌의 유지를 위해 집단내의 폭력이라는 범죄까지 묵인하기 때문이다. 집단의 유지 이유는 집단의 힘에 있다. 귀화인과 재일한인이 혼재하는 이 집단은 분노라는 공통적 감정을 공유하는 연대로서 존재한다. 이들은 전 세대와 같이 고국이나 고향에 대한 기억이 아닌 지금 현재 살고 있는 집단촌의 어두운 과거를 공유한다.

다카모토의 얼굴이 벌겋게 일그러져 있는 것을 보고 서방은 억누르지 못하는 분노 때문이리라 생각했다. 그러나 그것은, 다카모토나 고이치뿐만 아니라 집단촌 사람들 모두가 공유하는 앙금으로부터 부글부글 끓어오르는 슬픔, 그 슬픔을 억누르기 위한 분노라는 것을 마침내 알 수 있었다.(현월, 『그늘의 집』, 21~22쪽)

'서방'의 존재방식은 다소 다르다. 그는 제1세대의 권리를 주장하지 않고 조용히 존재하는 것을 생존의 방식으로 고수한다. 분노를 표출하지도 않고 담아두지도 않는 인물이다. 현월작품의 인물들이 분노에 대처하는 방식을 눈여겨봐야 할 것은 이것이 주변부 소수가 취하는 저항의 양상으로 읽을 수 있기 때문이다. 그저 흘러가는 대로 살아가면 된다는 인식은 인생에 대한 자포자기적인 태도이다. 이 흘러감은 저항도 없이 살아가는 법을 택한 '서방'의 생존방식이며 이는 그의 '가벼운' 몸무게로 표상된다.

　책임감이나 저항 없이 흘러가는 태도는 결코 옳다고 볼 수 없다. 재일한인 2세대 작가인 이회성의 『다듬이질 하는 여인』에서 어머니 '장술'이가 죽어가면서도 부탁했던 '그렇게 살면 안된다'는 삶의 자세가, '흘러가면 안돼요'였다는 것을 다시 기억해 보고자 한다. '서방'영감이 체득한 방식인 '흘러가는 삶'은 배제된 자의 생존 방식이나, 그 또한 이 생존의 공간인 집단촌이 위협을 받게 되자 비로소 그저 흘러가지 않겠다고 저항한다. 저항의식을 촉발한 것은 과거의 기억 속의 모든 일에 대한 책임감이다. 신체적 상흔이 끊임없이 기억을 각성시키는데도 불구하고 책임감이라는 의무를 방기한 채 망각의 세월을 보내던 '서방'은 다시 반복되는 집단 폭력을 목격하면서 자신의 무책임을 반성한다.

　　너무 엉뚱한 생각이라고 일소해버리고 싶었지만 그러나 관련성을 전혀 부정할 수는 없는 일이었다. 왜냐하면 태어나서 지금까지 육십 팔 년 동안 전쟁에 참가한 몇 달을 제외하곤 단 하루도 벗어난 적이 없는 이 집단촌에서 일어나는 모든 일에 자신은 어떤 식으로든 책임을 지지 않으면 안되기 때문이라고, 서방은 멈추지 않는 전율이 마치 그 증거이기라도 하듯, 한층 더 몸을 움츠러뜨리며 자신을 다그쳤다.(현월, 『그늘의 집』, 78쪽)

　　책임을 져야 한다. 도망치면 결코 용서받지 못할 것이다. 내가 나이기 위해서, 라고 다그치며 골목길을 마구 걸어갔다.(현월, 『그늘의 집』, 78쪽)

　이십 년 전 같은 동포 처녀 숙자를 집단 폭행한 사건은 저주와도 같이 반복되고 이러한 야만의 행위를 보기만 했던 자신에게 분노가 치미는 것이다. 야만적 사건이 반복되는 것을 목격한 후에 집단폭력을 방관한 책임, 그 이전에 그가 일본의 전쟁 하에서 조선민족을 감시하던 감시자로서의 자신에 대해 후회한다. '서방'은 폭력이 일회적일 것이라고 착각해 왔기 때문이다.

　이 집단촌의 '서방영감'은 '다카모토'가 전쟁보상을 받을 수 없게 되었다고 재판의 결과를 전하자 집단촌을 떠나지 않고 계속 살 수 있다며 오히려 황홀해 한다. 부당한 대우를 받는 타자의 위치가 자신의 정체성인데 그것을 한 번에 돈으로 보상해주면 자신은 이 집단촌을 떠나야 하기 때문이다. 차별과 배제는 간단히 보상과 화해로 해결될 것이 아니라는 것을 인식한 서방은 지금의 위치에서 부정하던 기억을 책임이라는 것으로 대체한다.

　　"이 나라하고 역사문제를 마무리 짓는 건 우리 세대 이후에는 불가능해요. 그걸 영감세대 사람들 자신의 손으로 죽기 전에 마무리 지어달라는 거예요. 우리들은, 아니 나는, 너무나 무력해요. 적당한 돈과 사회적 지위를 유지하는 것만으로 만족해하며 마음도 몸도 풀릴 대로 풀려 버렸어요. 이 나라하는 꼴에 이러쿵 저러쿵 불만을 토로할 자격이 없는 게 아닌가 하는 생각에 빠질 때마다 어찌할 바를 모르고 술이나 퍼마시고. 그리고 나서 깨끗이 잊어버리고, 다시 아무렇지도 않게 하루하루를 살아가지요. 그런 식으로 되풀이하는 거예요."(현월, 『그늘의 집』, 83~84쪽)

　수십 년 전 곗돈을 들고 도망가려다 잡혀 집단 린치를 받아 불구가 된 '숙자'는 죽지 않고 집단촌을 무릎으로 기어 다니며 떠돈다. '숙자'의 촌락 순회와 '나가야마' 사장의 강간, 폭력을 다시 목격하면서 '서방영감'은 달라진다. 그는 이제 '책임'이라는 단어를 생각하고 전쟁때 '상사의 횡령을

214

돕다 다친 것'이라며 부끄러운 과거를 참회한다.

집단촌을 없애버리겠다는 경찰의 말을 들으면서 '서방'은 없는 듯 있던 자신의 위치에서 벗어난다. 경찰의 말을 통해 드러나는 재일한인의 위치는 가장 바깥쪽 외부에 위치하기 때문이다. 경찰은 소수민족인 재일한인은 다수에게 해를 끼칠 보복력이 전무하다고 말하면서 우려되는 것은 오히려 중국인 불법 체류자라고 말한다. 재일한인은 위협적이지도 않은 존재라는 것에 '서방영감'의 분노가 촉발된다. 일본 내부 사회 외부인 유입과 그 수적 증가를 생각할 때조차도 재일한인은 제외된다. 실제 일본사회의 재일한인은 체류외국인 중 가장 많은 수를 기록함에도 불구하고 고국으로 돌아가야 할 집단으로 파악되고 있다. 경찰의 태도로 미루어 볼 때 재일한인 집단은 공포의 존재도 아니며 경계의 대상도 아니다. 부재와 무시의 존재인 것이다. 있거나 없거나 마찬가지인 존재이면서 공포의 대상이 되지 못한다는 경찰의 말은 최하위에 위치한 재일한인의 존재를 짐작하게 한다. 일본은 중국이라는 외부국가의 규모를 유입되어 거주하고 있는 중국인에 대한 경계심과 연결한다. 결국 고국의 규모와 위상은 외부에 존재하고 있는 '디아스포라 이산자'의 사회에 영향력을 행사한다.

내부 사회는 외부인의 집단 연대를 경계할 수밖에 없다. 재일한인의 집단촌은 이제 중국인 등 외국인등이 모여 살고 있는 외부인 집단이 되었고 이러한 외부인의 연대는 내부자들이 용서할 수 없는 커뮤니티인 것이다. 내부자들은 그들의 사회를 위해 외부자들의 세력권을 제거하고자 한다. 구재진은 "현월 문학이 보여주고 있는 재일디아스포라의 삶의 본질은 재일한인들이 일본이라는 국가의 내부에서 살아가면서도 일종의 외부로서 위치하고 있다는 점으로부터 나타난다."고 말한 바 있다.[33] '서방'에게

---

33) 구재진, 「국가의 외부와 호모사케르로서의 디아스포라—현월의 <그늘의 집>」, 『비평문학』 32호, 한국비평문학회, 2009.6, 10쪽.

이 집단촌은 곧 자기 자신이며 자신이 살아가는 공간이다. 경찰이 공간을 없애겠다는 결정을 통보하는 순간 '서방영감'의 분노는 폭발한다.

> "영감, 영감이 여기, 일본에 사는 건 역사적으로도 이해할 수 있어. 하지만 내가 보는 앞에서 백 명이나 되는 불법체류자들이 자기들끼리 커뮤니티를 만드는 건 절대 용서할 수 없다구. 이 지역은 신주쿠도 미나미도 아닌, 그저 재일조선인들이 조금 많이 사는 정도의 보통동네란 말이야. 이제 외국인들은 필요가 없어. 이건 이 지역에 사는 사람 모두가 다 바라는 일이야. 알겠어? 오늘이라도 여길 부숴버리겠어.… 영감도 지금 당장 짐을 꾸리는 게 좋을 거야."(현월,『그늘의 집』, 88쪽)

재일한인 집단은 무력하며 그저 내버려두어도 문제가 일어날 것이 없는 집단으로 간주되어 왔다. 그것은 '서방'이 지금까지 별 문제를 일으키지 않고 조용히 살아왔기 때문이다. 아들의 죽음에도 아내의 죽음에도 수동적으로 살아오기만 했던 세월의 결과가 삶의 터전인 집단촌 공간의 소멸이라니, 이것은 그에게 단순한 배제나 추방이 아닌 삶의 공간에서의 소멸을 의미하며 곧 죽음의 선고이다. 경찰의 공권력과 거주자의 사적권리가 충돌하는 마지막 장면은 '서방'이 자신을 진정한 자신으로 표명하는 순간이다.

집단촌은 '서방'의 '오른팔이 부당한 대접을 받기 때문에 자기는 지금까지 이 집단촌과 함께 존재해 왔고 또 더불어 살아갈 수 있는 것으로 믿으며' 살아온 '우물을 파 올린 아버지의 굵은 팔에 안겨 보금자리 같은 포근한' 공간이다. 영원히 존재할 것으로 믿었기에 부당한 대접에도 저항하지 않았던 '서방'은 최후의 저항을 시도한다.

그가 부당한 박해를 평화라고 오인하며 과거의 기억을 지우는 행위를 한 것은 살아가기 위한 자기합리화의 방어기제이다. 의도적으로 기억을 부정하고 현실을 도피하려고 하는 방식은 타자가 선택한 첫 번째 방어의 전략이기 때문이다. 차별과 배제의 기억을 일깨우는 아들 친구 '다카모토'의 말이 불편한 것도 허상의 편안함을 파괴하기 때문이다. '서방영감'은 현실이 편안하다고 자기 방식으로 믿었다. 그러나 이러한 허위적 현실감각은 사실의 법칙 아래에서 파괴될 수밖에 없는 것이며 이로 인해 '서방'의 인식도 변화한다.

현월은 전 작품을 통해 2세대의 의식변화를 3세대와의 관계성에서 파악한다. 아버지 세대와 아들 세대 2대에 걸쳐 진행되는 그의 대타자의식은 한 공간 내에서 변모하는 의식에 집중함으로써 '공간'의 의미를 확대하고 있다. 공고하게 존재하고 있던 공간의 소멸을 징후적으로 암시함으로써 그로 인한 인물들의 변모가 더욱 강하게 드러난다. 『그늘의 집』에서 언제나 자신의 '집'일 것으로 믿었던 공간의 소멸을 선언함으로써 이들에게 '집'은 거주의 공간이 아니라 부유할 수밖에 없는 연약한 지반위에 기초되었던 것임을 서술한다. 이로 인해 이산자의 정주지의 삶이라는 것 자체가 허상임이 더욱 강조된다.

2) 산종의 공간으로서의 거주지

인류학자 메릴린 아이비는 사라진 것은 그 장소일 뿐만 아니라 그 장소의 재현방식 자체라고 주장했다.[34] 고향과 집이 없다는 공간의 부재감은 재일한인들이 끝없이 떠돌아다녀야 하는 운명의 이유가 된다. 떠돎의 목적지는 모국이다. 재일한인 3세대 작가들은 모국체험을 하기 위해 정주지를 떠난다. 그런데 이것은 사실 자발적인 여정이라 할 수 없다. 이들은 정주지에서 살해당할지도 모르는 죽음의 공포를 느끼거나 폭압적 현실로부터 피해

---

34) Marilyn Ivy, 『*Duscourses of Vanishing : Modernity, Phantasm, Japan*』, The university of chicago press, 1995.

떠나기 때문이다.

이양지의『해녀』에서 언니는 의붓오빠들로부터 강간을 당하고 강제적으로 임신한 뒤 남자들과 정상적인 성행위를 하지 못한다. '그녀는 성교를 자신이나 상대방에게도 용납하지 않았다.'(이양지,『해녀』, 273쪽) 그러던 중 처음으로 성교를 용납한 남자, '모리모또'씨에게 그동안 숨겨둔 공포의 환상을 털어놓는다. 역사 속의 강제학살, 집단 살해(genocide)는 현재적 진실로 이들의 의식을 지배한다.

> 그 애가 한국인이라는 소리를 그 때 처음으로 듣게 되었는데, 그 애의 말에 의하면 한국인 환자가 찾아오면 아주 교묘한 방법으로 살해해버리자고 일본인 의사들끼리 미리 짜놓은 약속이 있다는 거예요. 내과가 되었건, 외과가 되었건 말이에요. 특히 산부인과는 자궁이나 난소를 떼어버림으로써 한국인이 늘어나지 않도록 하고 있을 것이라고요. (중략) "난 언제 죽어도 좋아요. 죽는 것은 할 수 없는 일이니까. 하지만 그런 식으로 살해되는 것은 싫어요. 도저히 용납할 수 없어요."(이양지,『해녀』, 267쪽)

> 니혼징에게 피살당한다. 그런 환각이 시작된 것은 그날부터였다. 만원 전차를 탔을 때는 한 역씩 폼에 내려 상처가 없음을 확인하고 다시 전차를 탔다. 홍수 같은 사람의 무리에 밀리며 역 층계를 내려갔다. 여기서 피살되어 나는 피투성이가 된 채 객사하는 것이다. 겨우 무사히 내려갈 수 있다고 해도 다시 층계를 올라가지 않으면 안된다. 뒤에서 달려 올라오는 인파. 내가 층계를 하나 오르는 순간, 아래 있던 누군가가 내 아킬레스건을 끊는다. 나는 니혼징들에게 깔려 질식당한다. 어두운 영화관도 공포였다. 좌석에서 불쑥 나온 후두부에다 날붙이에 찔려 머리가 잘린다고 느껴져 제대로 영화도 보지 못한 채 밖으로 뛰어 나온다.(이양지,『나비타령』, 312쪽)

이들은 이방인으로 거주하는 정주지에서 자신이 살해당할지도 모른다는 환상에 시달린다. 결국 모국이 이상향이기 때문에 확인하기 위해 가는 것이 아니라 이 이동의 배후에는 강제적이며 폭력적인 배경의 서사가 개입하고 있다는 점에서 디아스포라의 강제적 이주의 성격을 띠고 있다. 이러한 살해의 공포에서 다른 곳으로 '떠남'은 이동이 아니라 추방이 된다. 추방당한 자가 영주할 곳은 부재한다. 따라서 '디아스포라 주체'는 계속 '걷고 있다.' 이들이 상상하게 되는 죽음은 살해당하거나 길에서 '객사'하는 것이다. 살해와 객사라는 죽음의 형태를 피하고자 선택한 자살은 사실, 타자가 선택하고 행사할 수 있는 권리가 아니라 어쩔 수 없이 당하는 처형이며 사형이라 할 수 있다.

이양지의 『각』에서 나타난 모국에서의 하루 일과를 보면 모국은 절대 피난처로서 기능하지 못한다. 모국은 전 세대가 기억하고 있는 이상적 고향도 아니며, 전세대가 자라난 추억의 공간도 아니다. 전 세대가 구축해 놓은 기억속의 공간으로 모국을 상상했으나 모국은 제3세대에게 외부의 외부에 존재하는 공간이다.

공간	하숙집	학교	가야금 교습소	하숙집	춤 강습소	하숙집	
응시의 대상[35]	옥숙	한국어교사와 한국인학생	가야금을 배우는 학생 인숙	주인집 딸에게 야단맞는 옥숙	화장을 하는 '나'	하숙집 남매	재일 동포 친구 춘자
감정	불행하다	나가고 싶다	불행하다	때리고 싶다	아름답다	부럽다	아름답다

---

35) "내가 무언가를 말하고 있다. 말하고 있는 내 목소리를, 나는 듣는다. 무언가를 생각하고 있는 나를, 나는 본다. 그런 표정을 짓고 있는 나를, 나는 응시했다." 등의 표현은 자의식과 대상화에 담긴 생각을 잘 나타내고 있다. 이소가이 지로(磯貝治良), 「'재일'문학 여성작가·시인」, 『재일동포문학과 디아스포라』, 전남대 출판부, 2008, 62쪽.

『각』에서의 '순이'의 하루일과는 자신의 타자성을 확인하는 하루가 된다. 모국공간에서 '순이'가 응시하는 대상은 사실 '나'의 분신이라고 할 수 있는 '옥숙'이다. '옥숙'은 '나'의 폭력적인 충동을 자극한다. 그녀는 불행하고 멸시당하는 나와 같은 존재이기 때문이다. '옥숙'과 '나'의 행위는 상동한다. 이양지는 '모국의 타자'인 '옥숙'을 응시하는 '타자'인 '나'를 기술함으로써 중첩되고 반복되는 타자화를 역설한다. 이때 '응시'하면서 느끼는 감정동사가 '불행하다'인 것에 주목할 필요가 있다. 자신의 감정과 자신의 위치는 '불행'에 연결된다. 그녀가 '타자'로서 아름다운 순간은 혼자서 소리 없는 춤을 혼자서 출 때이다. 사회로부터 추방되고 배제된 자가 상상할 수 있는 행복의 공간은 고독한 개인으로 존재할 때인 것이다.

모국의 공간은 일본에서의 기억이 개입하는 공간과 조우한다. 모국에서 하루일과를 보내면서도 일본에서의 하루일과가 자꾸 떠오른다. 일본에서의 일상 기억은 그녀가 지금 현재 한국에 있다는 소외감을 증폭시킨다.

이기승[36]은 『잃어버린 도시』에서 자신의 분신이라고 할 수 있는 친구 '정대'와 '경자'의 죽음을 경험한 이후 고국을 향해 떠난다. 이 여정은 죽음이라는 것을 피해서 떠난 여행이라는 점에서 근원적 공간인 모국에 대한 조건반사적 귀향(歸鄕)이라고 할 수 있다.

> 정대는 죽을 필요가 없는 녀석이었다. 경자 역시 마찬가지다. 조선인이 아니었던들 두 사람은 절대로 죽지 않았으리라고 생각된다. 그렇게밖에는 생각할 수 없으므로 죽은 두 사람이 안쓰러워서 견딜 수가 없었다.…

---

36) 이기승은 작품명 『제로한』(講談社, 1985)으로 <群像> 신인상을 수상했다. 한국에서는 삼신각에서 1992년, 『잃어버린 도시』로 출판되었다. 1952년 5월 30일 일본 야마구치 현 下關출생, 1968년 7~8월 재일교포를 대상으로 한 하계학교 과정으로 한국해군의 구축함을 타고 처음으로 한국을 방문하였고, 1976년 4~12월 서울대학교 재외국민 연구원에서 우리말과 우리 역사를 공부하였다.

그런데도 팔은 아직 노여움으로 떨리고 있었다. 그리고 그 노여움의 태반은 친구를 내팽겨쳐 둔 채 태평스럽게 살아있는 자기 자신에게 향해지고 있었다.(이기승, 『잃어버린 도시』, 삼신각, 14쪽)

현실에서의 괴로움으로 인해 폭주의 나날을 보내는 '영호'가 늘 지녀야 했던 것은 '외국인 등록증'이다. '외국인 등록증'이 없으면 발가벗겨 취조까지 당하는 일본에서 재일한인은 언제나 자신이 외부인이라는 사실을 각인하게 된다. '조선인이라는 걸 알고 나면 경찰의 얼굴은 언제나 잔인한 빛으로'(이기승, 『잃어버린 도시』, 삼신각, 21쪽) 변한다는 것을 알기 때문에 재일한인 3세대는 습관적으로 등록증을 만지게 되는 것이다. '영호'는 "살아 있다는 사실보다 태어났다는 사실 쪽을 저주하고 있었는지도 모른다. 그래서 태어난 이래로 줄곧 막연히 죽기를 바라면서 경찰차가 뒤쫓아 왔을 때 도망쳤었는지도 모른다."(27쪽)고 토로한다. 그는 자신의 모국에 가는 것이 '단 두 시간 동안에 가는 곳'이라는 것과 '비행기' 따위로 갈 수 있는 곳이라는 것에 분노한다. 자신이 그동안 겪은 갈등에 비교하면 한없이 가벼운 시간과 거리가 걸릴 뿐이어서 기가 막힌다. '모국'은 그에게 그렇게 간단히 여행하여 갈 수 있는 곳이어서는 안되는 간절한 염원의 공간이었기 때문이다.

이윽고 스피커에서 징소리가 흘러나온다. 부관 페리 사무실에서 사무복을 입은 사람들이 을씨년스럽게 나와 빨강, 노랑 우산을 받고 선다. 작업복 차림의 사람들도 몇 명인지 서 있다. 올드랭 사인이 울려나오기 시작한다. 그들 외에는 아무도 전송하는 사람이라곤 없다.(이기승, 『잃어버린 도시』, 12쪽)

그러므로 '영호'는 모국행의 교통수단으로 '배'를 선택한다. 이 '배'를 타고 가면서 '건너온 아버지(26쪽)'들을 생각한다. 이 여정에서 그는 재일한 인과의 연애에서 실연을 하고 그 남자의 조국이 왜 그에게 갈등의 근거였는 지를 알기 위해 배를 탄 '나카노 요시코(中野佳子)'를 만난다. '요시코'는 '영호'와의 만남에서 자신의 남자친구 '아키테루'와의 동일성을 찾아낸다. 그것은 '한국사람임을 전제로 이야기를 하려할 때면 아키테루는 죽어버리 고 싶어하는 것'이다. 이기승의 『잃어버린 도시』에서는 '박영호'가 만난 '나카노 요시코(中野佳子)'를 통해서 또 다른 한 명의 재일한인의 의식을 반영하고 있다. '박영호'와 '아키테루(在顯)'의 차이는 재일한인사회에서도 계층의 차이를 나타낸다. '아키테루'는 제강소 사장의 아들로 부를 소유하고 있는 재일한인이다. 그러나 그 역시 불우하다는 점에서 '박영호'와 다를 바가 없음37)이 '요시코'의 회상을 통해 드러난다. '아키테루'가 '요시코'와 헤어진 것은 '요시코'와의 소통이 절대 불가능하다는 절망에서 비롯된 것이다. 내부자가 외부자의 소통불가능성으로 연애는 실패한다. 그는 자신 이 타자라는 것을 고백했고 그녀가 왜 그런 이야기를 고백이라고 하는 것인지에 대해 의아해 하자 그녀가 '불우한' 자신의 상태를 이해하지 못한다 고 여긴다. '요시코'는 자신이 '조선인'을 안다고 착각한다. 이러한 착오가 그와 더 큰 관계의 간극을 초래한다. 그러므로 그녀는 진정 알기 위해 '아키테루'의 조국을 여행한 것이다. 그러나 그녀가 '재일한인'을 알고자

---

37) "'재일한국인'이란 어떤 존재인가. 그것은 우선 지금 살고 있는 사회로부터 받아들여 지지 않는 불우함을 강요받는 존재이다. 예컨대 빈곤하다면 개인의 노력과 운으로 어떻게든 될 수 있다. 하지만 재일한국인이라는 불우함에는 이 사회전체, 이 세계 전체의 개변이 없는 한 출구가 없다. 그것은 태어나보니 '재일한국인'이었다는 재일한국인 2, 3세들에게는 돌이킬 수 없는, 이 사회에 있는 한 출구가 없는 영원한 불우의 의식, 그 다른 이름일 뿐이다."
가토 노리히로(加藤典洋)-송태욱, 「한국근대문학과 일본체험-이양지의 '나'찾 기 작업에 대한 토론」, 38쪽에서 재인용. 재일한인 3세대에 이르러서는 이러한 불우를 제공한 가족과 전 세대에 대한 부정의식을 딛고 새로운 자아를 형성하고자 한다.

하면서 '한국인'이라는 외부인을 보러 온 여행 자체가 착오였다. '재일한인'의 정체는 그들이 산종하는 공간, 일본에서 모색되어야 하기 때문이다. 그런 의미에서 '기무라 히로시(박영호)'와의 만남이야말로 '아키테루'의 본모습을 알게 되는 방편으로 작동된다. '요시코'는 '기무라 히로시(박영호)'와 '아키테루'와의 유사성을 발견함으로써 '아키테루'를 이해하는 것이 되기 때문이다.

> 아키테루(在顯)의 미간에는 길이도 깊은 주름이 새겨져 있었다.
> "난, 네가 생각하고 있는 정도로 훌륭한 남자도 아니고 강한 남자도 아니야."
> 그는 내뱉듯이 말하고 오른 손 펀치로 왼쪽 손바닥을 쳤다.
> "넌 모른다구, 일본인인 네가 알 리가 있나."
> 하고 짐승과 같은 눈으로 본다.(이기승, 『잃어버린 도시』, 15쪽)

> 그가 한국인이라는 것은 시마다 철강의 사장만 보아도 알 수 있는 일이고, 본명으로 예금된 정기예금이나 인감증명서도 있었으므로 당연히 알고 있었다. 혐오감은 없었다. 어렸을 때는 부근에 그런 사람들의 부락이 있었고, 동급생 중에도 조선인이 있었다.
> 고베라는 고장에서 자라난 것은 그 나름대로 다행이었다고 생각한다. 그래서 몇 번째인가의 데이트 때 그가 진지한 얼굴을 하고 나는 한국인이라고 고백 비슷한 말을 한 데 대해 오히려 쇼크를 받아버렸다. 고백 따위는 그 사람에게 어울리지 않는다고 생각했다.(이기승, 『잃어버린 도시』, 17쪽)

> 이름이 뭐예요.? 나는 나카노 요시코라고 해요.
> 여자의 질문에 영호는 몸을 도사렸다. 두 박자 늦추어서,
> "난 보쿠 에이코라고 해요."
> 생각해보니 난생 처음으로 본명을 댄 셈이다. 지금까지는 언제나 木村浩(기무라 히로시)라고 말해 왔던 터였다. 기무라 히로시. 그리고 박영호라고

말한 뒤의 떳떳찮은 느낌. 도대체 이것은 무엇일까? 나는 어디에 있는 걸까?(이기승, 『잃어버린 도시』, 삼신각, 26쪽)

'영호'에게 한국은 '원수의 땅'이다.[38] 너무나 멀게만 느껴지던 공간은 '회색 콘크리트 덩어리'로 되어있는 먼지와 엄청난 속도의 땅이다. 온 시내가 '목숨을 걸고 달리는 것처럼 보인다. 온 시내가 폭주족 같은 느낌'이다. 일본에서 폭주족으로 살아온 그가 발견한 공간은 폭주족의 도시이다.

이기승의 『잃어버린 도시』는 '재일한인'이 감각으로 체험한 모국을 보여준다. '아프다고 생각하는 나, 그 감각이 나였던 셈이죠.'(62쪽) 반쪽의 폭주족 『ゼロはん』(제로한) '영호'는 '배고픔'이라는 감각을 솔직하게 표현함으로써 '모국'을 받아들인다. 몸의 감각으로 조국을 받아들이기까지의 여정은 디아스포라 주체의 운명의 행위이다. 진정한 '모국'이라는 공간을 찾기까지의 여정 자체가 디아스포라인의 공간이 되는 것이다. '영호'는 자신을 '굴러다니는 돌멩이'와 같거나 아니면 더 저열한 '존재'라고 여긴다. 그가 늘 '도망다녔기 때문'이다. 그도 '죽음'을 피해 한국을 온 것이다.

"사실이 그러니까. 우린 아무 것도 모르는 거야. 그래서 힘든거구.…나도 일본에 있다간 죽음을 당할 거라고 생각했기 때문에 도망쳐 왔거든. 그렇다고 한국에서 살아갈 수 있을 것 같지도 않고 미아 같은 기분이야.…아무리 찾아도 내 집을 찾을 수가 없는 거지. 하지만 잘 생각해보면 날 때부터 집 따위 없었던 거야. 그러니 찾아 보았자 있을 턱이 없지. 그 다음에는…"(『잃어버린 도시』, 75쪽)

---

38) 이 나라가 없었다면, 이 땅이 없었다면, 조선 같은 것이 없었다면 정대는 죽지 않았겠지. 그리고 나 역시 죽기를 바라면서 살아 나갈 필요도 없었겠지. 태어났음을 저주할 필요도 없는 것이다. 원수다. 이 땅은 원수야. 그러나 이 땅은 그의 유일한 편인 어머니를 낳아준 땅이기도 했다.(이기승, 『잃어버린 도시』, 29쪽)

일본에서 그는 '유령 같은 존재'였을 뿐, 일본인이 아니었다. 일본인에게는 '조센'으로 호명되며 '글렀어. 냄새난다.'라는 것으로 소외되어 온 타자였다. 그리고 여기서도 '한국인도 아닌' 실체 없는 존재이다.

'영호'는 고국이 자신을 '한국인'이라고 믿게 만들었으면서 배반한다고 비난한다. 자신이 한국말을 할 수 있다는 것 때문에 한국인이라는 것에 분노한다. '말이 민족이라는 것이냐'는 '영호'의 분노는 '민족'이라는 것이 재일한인을 더욱 배제하는 타자의 조건이 된다는 것을 깨달음으로써 조국에 대한 원망은 더욱 증폭된다.

그러나 이 모국체험이라는 여정에서 재일한인에게 배제당한 일본인 여성 '요시코'와의 대화를 통해 '박영호'는 치유된다. 그리고 아버지의 모습을 엿볼 수 있는 '이강헌'을 만나면서 '더 이상 아버지를 업신여기지 않을 거라고 생각해. 아버지를 바보라고 생각하는 일은 있더라도 업신여기는 일은 없을 거라고 생각'한다. 대체된 아버지로서의 이강헌의 상징성은 조국 그 자체다. 언제나 존재하지만 허상인 존재, 조국이다.

『잃어버린 도시』는 자신을 괴롭히는 원인이 된 땅으로 무작정 여행을 온 두 남녀의 삼일간의 여정을 통해 국적과 상관없이 살아가야 하는 재일한인의 새로운 자세에 대해 질문을 던지고 있다. 이『잃어버린 도시』의 원제는 『ゼロはん(제로한)』이다. 이 소설의 제목은 불완전한 존재[39]로서의 재일한인 '박영호'를 상징하면서 일본인이 아닌 것을 알아낼 수 있는 숫자 50cc의 오토바이를 의미하기도 한다. '50'은 '조센(朝鮮)'이라는 것을 구별해내는 차별적 발음[40]이다. 일본사회에서는 유사한 외모의 외국인인 재일한인을

---

39) "반쪽발이놈이라는 거야. 일본놈이라는 거지. 현재의 나에게 딱 어울리는 것 같지? 아직도 완전한 하나 구실을 못한다는 느낌이니까."(이기승,『잃어버린 도시』, 삼신각, 126쪽)

40) 일본인이 아닌 것을 알아내게 할 수 있는 방법으로서 50이란 숫자를 읽게 하는 것이다. 15원50전이라는 발음을 한국사람은 잘 못한다고 알려져 있다.

배제할 때 구분의 징표로서 기능한다. 발음을 생래적으로 할 수 있는가·없는가로 차별을 확정하는 것에 대해서는 이양지의 『해녀』등의 작품에서도 다루고 있다. 관동대지진 때 조선인들에게 이 발음을 해 보라고 한 다음 처형했다는 소문은 재일한인들에게 전승되는 공포의 전설이다. '영호'는 일본에서는 '조선인', 한국에서는 '일본인' 소리를 듣는다. 그는 자신을 '낙원에서 추방당한 추한 조선인'(『잃어버린 도시』, 51쪽)이라고 생각한다. 그가 이렇게 생각하는 이유는 '줄곧 도망만 했(『잃어버린 도시』, 52쪽)'기 때문이다.

이기승의 『잃어버린 도시』에서 보였던 '치유'에의 희망은 소설의 마지막에서 '이강헌'이 이제까지 말해 준 것이 모두 거짓이었음이 밝혀지는 순간, 무참히 무너진다. 모국이 결국 허상의 공간이라는 부정적 결말로 끝맺음으로써 재일한인은 다시 타자의 땅, 일본으로 돌아갈 수밖에 없게 된다. 결국 재일한인 3세대 작가에게 있어 고향은 지금 살고 있는 이곳일 뿐이다.

돌아갈 곳이 없다는 인식으로 이들은 계속 떠돌아다녀야 하는 '디아스포라'의 운명을 받아들인다. 재일한인은 영주할 수 없는 운명의 인간들이며 이들은 언제나 떠남과 추방에 처해지는 결말로 작품을 끝맺는다. 1세대의 상상적인 고향과 2세대의 회상속의 고향과는 달리 3세대에게 고향은 겨우 '지금 여기'의 공간이라고 할 수밖에 없는데 이 또한 불안한 '머무름의 공간'으로 언제나 추방이 전제된 긴장의 공간이다.

'망명자로서의 실향민'은 끊임없이 경계를 넘나드는 행위를 통해 '고향'을 모색하지만 결국 부재하다는 것을 깨닫게 된다. 이뿐만 아니라 제3세대 재일한인 작가들의 작품에는 자신들의 문화적 기반도 부재하다는 것을 깨닫는 과정이 나타난다.

고향을 잃어버렸다는 것은 단지 공간의 상실만을 의미하지 않는다. "고향 이탈의 과정에서 인간은 공간적이고 지정학적인 고향, 즉 근원적 삶의 공간으로서의 고향만 잃어버리는 것이 아니라 감정적인 유대와 공동체 의식, 그리고 자기 동일성, 존재와 삶의 근원까지도 망각 내지 상실할 위기에 직면"한다고 전광식[41]은 언급한 바 있다. 고향이 부재하다는 것을 알게 된 3세대 작가들은 부재하는 공간과 더불어 자신의 존재도 부정하고자 한다. 그런데 이러한 존재의 부정은 새로운 정체성으로서의 재일한인을 생산하기 위한 생성의 첫 번째 과정에 해당된다.

3. '민족적 호명' 삭제와 '재일'경계인의 생성

재일한인 3세대 작가는 망각하기와 기억의 부정을 통해 새로운 기억을 생성하고자 하며 이전 세대를 표상하는 개인이 아닌 새로운 재일한인의 정체성을 글쓰기 공간에서 창출한다. 재일한인 3세대 작가는 자기가 속한 집단의 고난을 표상하고 그 고난의 증언자가 되어 아직도 남아있는 시련의 상흔을 끊임없이 환기시켜 자신을 심화된 차이적 존재로 드러내고 있다.

제3세대 재일한인 작가는 한국이라는 근원적 고향의 기억을 모국체험으로 부분적으로 삽입하면서 스스로를 독특한 호기심의 대상적 위치에 배치시킨다. '에스니시티'를 목적으로 하는 이런 이국적 자아의 드러냄은 재일한인의 차이성을 드러내는 전략이다. 이들은 응시하는 타자의 시선을 피하지 않고 직시하며 차이의 존재성을 증명한다. 재일한인 3세대에 이르면 기존의 시선에 의한 수치심이나 굴욕감이나 열등감이 제거되어 있다. 오히려 소수 민족으로서의 위치를 전복적으로 이용해 볼 목적성도 엿보인다. 재일한인 3세대 작가는 타자의 시선에 대해 적극적으로 질문을 제기한다. '왜 나를 일본인으로 보는가? 왜 나를 실체도 없는 조선의 사람으로 호명하는가?

---

41) 전광식, 『고향』, 문학과 지성사, 1999, 19쪽.

왜 부모의 운명으로 나를 판단하는가?'라는 질문으로 응시에 대응한다. 이러한 태도는 다수의 중심에 편입하고자 하는 것은 포기하고 소수의 문학으로 다시 일어서기 위해 생존의 전략을 전환한 것이라고도 할 수 있다. 이는 기존의 시각을 일단 해체하고 부정하여 소수자로서의 자신의 위치를 인정받고자 한다는 점에서 긍정적이다. 재일한인 3세대 작가는 새로운 패러다임을 만들겠다는 가능성을 확보한 것이라고 할 수 있기 때문이다.

1) '재일조선인'과 '재일한국인'으로부터의 탈주

타자성으로서의 문화적 차이를 강조하는 것은 소수의 '에스니시티'를 말함으로써 영원히 소수로서의 재일한인으로 배치될 위험도 있다. 그러나 제3세대와 제4세대의 재일한인에게 기존의 정체성은 차별적 지위만을 공고하게 할 뿐이다. 이들은 규정으로부터 벗어나는 차이의 역학으로 자신을 설명한다. 우선 재일한인은 자기를 부정하거나 자기를 증오하는 반동적 행위를 통해서 민족적 본질을 발견하고 그로부터 자신을 분리하여 스스로 대항적인 차이의 주체를 생산한다. 이때 드러나는 재일한인의 정체는 현재 자신의 정체로부터 탈주해야 획득될 수 있는 것인데 차이화는 다음과 같은 과정을 거쳐 형성된다.

재일한인 3세대는 파괴적 언어로서 자기를 폭로(양석일)하기 위해 끝없이 부유하거나 자기를 지우고 상대에 자신을 기재하거(이양지)나 자신을 비실체적인 존재, 공포의 존재로 유령화(유미리, 현월)한다. 이러한 시도들은 모두 기존의 자아를 지우는 행위로서 새롭게 자아를 쓰기 위함에서 비롯된 것이다. 양석일은 기존의 재일한인의 문학에서 볼 수 없는 폭력의 서사[42]로 자신과 자신의 기원인 아버지 세대를 고발한다. 그 이유는 재일한인 1세대들이 구축한 서사를 현실도피적 신화로서 간주하기 때문이다.[43] 가야트리 스피박이 말했듯이 피해 받지 않는 순수한 원석이 존재한다는 것은 순진한 유토피아적 발상이며, 신식민적 권력이 자행한 폭력의 역사를 희석시키는 행위로 전락할 위험성이 다분하다. 숭고한 조국이나 모국에 대한 신화는 실제 현실의 처참함을 윤색할 수 있기 때문이다. 실제로 재일한 인사회에서는 대부분 조국에 대해 유토피아적 서사를 유포했고 이는 모국 체험을 통해서 북과 남쪽 모두에서 허상임이 밝혀지게 된다.

가. '자아'를 고립시키기

대상에 대한 기존 역사적 인식을 수정하기 위해서는 결국 대상 자체를 무효화(파괴화)할 필요가 있다.[44] 자아의 정체성을 제대로 파악하기 위해서는 지금까지 구축되어오고 반복 회상되어온 자아를 파괴하고 무효화시킬 필요가 제기된다.

제2세대의 개인적 과거를 통해 증명된 정체성은 다수 일본인에 의한 비속적 호명[45]에 의해 계열화된 것이기 때문이다. 민족과 가족을 파괴하기 시작한 재일한인 3세대는 자신 또한 개별화하고 파편화하여 공동체로부터

---

42) "어떤 원인이 어떻게 어떻게 작용하든 간명한 의미에서의 폭력이 되는 것은 그 원인이 윤리적 상황에 개입할 때에야 비로소 가능하기 때문이다. 더 나아가 폭력은 목적의 영역이 아니라 우선 수단의 영역이다." 발터 벤야민, 「폭력비판을 위하여」, 『역사의 개념에 대하여 외』, 최성만 옮김, 도서출판 길, 2008, 80쪽 참조.

43) "순수한 것은 없다. 순수한 원형은 파괴되거나 소멸될 운명에 처해 있다. 가야트리 스피박은 제국주의 침략에 저항하기 위해 <순수한 뿌리>를 찾는 행위를 신랄하게 비판한다. 이 행위는 또 다른 현실 도피이거나 신화의 구축일 가능성이 많다고 보기 때문이다." 버트 무어-길버트, 『탈식민주의! 저항에서 유희로』, 이경원 옮김, 한길사, 2001, 212쪽.

44) 발터 벤야민, 위의 책, 10쪽.

45) 반쪽발이(이회성, 양석일), 반편(김학영, 이회성, 양석일), 조센징(정승박, 양석일), 뼈다귀(현월)등이 비속적 호명이다.

의 자발적 고립을 선택하고 궁극적 원자화인 개인소멸을 도모한다.

그런데 이 자아소멸의 시도는 일종의 재생의 서사라 할 수 있는 형식으로 이어진다. 특히 죽음 충동으로 나타나는 소멸과 재생의 역설적인 결합은 이후 소설들에서 주체성의 과거적 형식을 매장하고 재생을 기원하는 기원과 과거에 대한 복합적 감정으로 이어진다.46) 이들은 과거의 기억을 교정하고 새로운 대체 기억을 창출한다. 제3세대 재일한인 작가는 자기를 지우거나 자아를 대상화시켜 지금까지 지속되어 온 기억을 무효화하고 파괴함으로써 새롭게 자아를 파악하려는 시도를 한다.

벤야민에 의하면 '전승된 문화란 궁극적으로 현재를 사는 사람들의 삶에 유용한 지침을 주는 한에서만 의미가 있다.'47) 그런데 현재를 사는 재일한인 3세대에게 전 세대로부터 전승된 모든 것은 무의미하고 오히려 폭력적으로 이들의 운명을 비극으로 몰아갈 뿐이다. 재일한인 3세대는 의도적으로 그들의 삶에 유용하지 않은 전승을 삭제하거나 대체한다.

유미리는 여러 면에서 다중적 억압을 받아온 서발턴이다. 사회적·민족적·제도적·젠더적 측면에서 하위주체인 그녀는 재일한인으로서 여성으로서 미혼모로서 세계에 대해 '고정된 정체성으로서의 자기를 지우는'48) 대응을 한다. 이러한 전략은 기존의 전승된 모든 것을 '지우고 망각함'으로써만이 살 수 있었다는 것을 의미한다. 가족을 파괴하는 불륜을 저지르며 도둑질49)

---

46) 권명아, 「한국전쟁과 주체성의 서사연구」, 연세대학교 대학원 박사학위논문, 2001, 31쪽.

47) 발터 벤야민, 「발터 벤야민의 역사철학적 구제비평」, 『역사의 개념에 대하여 외』, 최성만 옮김, 도서출판 길, 2008, 17쪽.

48) 송승철, 「화두의 유민의식」, 『실천문학』 1994년 여름.

49) "열아홉 살 때 나는 물건을 훔쳐 가정법원에 가는 소동을 일으킨 적이 있었다. 그즈음 무명의 연극 여배우였던 나는 같은 극단의 스물네 살 위인 배우와 동거했다. (중략) 그 자리에서 달아난 뒤에야 가방에 지갑과 동생의 전철 정기권이 들어 있다는 것에 생각이 미쳐 경찰서로 자진 출두했다. 미성년자였으므로 경찰관은

을 하는 등의 위반을 행함으로써 유미리는 전형적인 여성의 형태로부터 자신을 예외적 존재로 만든다. 이러한 파괴와 전복의 행위는 결과적으로 새롭게 자아를 생산하기 위한 기반적 글쓰기로 기능한다.

유미리는 초등학교 4학년 때부터 자살을 생각하기 시작했다고 한다.[50] 그녀는 실제 학교에서 집단따돌림을 당한 경험을 '그림자 없는 세상'이라는 소설로 형상화했다. 부모의 이혼, 이산된 가족의 상황, 자살 시도에 대한 묘사는 이양지 등 다른 작가들의 작품에서도 나타나지만 실제 작가가 사회체제나 제도에 대한 위반을 시도한 경험은 유미리가 타작가와 차별화되는 지점이다.

유미리의 자기파괴적 행위는 집단이 아닌 분자적 존재로 자신을 고립화하거나 자신의 신체를 분절당하는 것에서 느끼는 이상 쾌감 등의 서사로 재현된다. 유미리의 소설에서 나타나는 길 위에는 사람이 부재한다. 그림자도 없다. '그림자'는 유미리가 표상하고 있는 자기 자신이다. 정물처럼 조용히 있을 뿐인 '그림자'─자신은 자신이 바라보는 풍경 속에서 부재하는 것으로 나타난다. 유미리는 작품에서 자신을 무게감 없이 표현하고 사물의 부재로 자신과 주변을 재현함으로써 철저한 고립감을 전하고자 한다. 그녀는 자신의 몸을 완전한 몸으로 느끼지 못한다. 자신을 파편화하고 분절화하고 파괴하는 대상에게 오히려 집착하는 이상적 애정을 보임으로써 재일한인여성의 애정이 굴절되었음을 보여주고 있다.

그녀가 스스로를 철저한 고립적 존재로 만드는 것은 자신의 불행의 원인이 가족에서 연유했기 때문이다. 작가에게는 서사적으로 유의미한 '기원적 사건'이 있다. 유미리에게는 그것이 '가족의 붕괴'이며 학교라는

아버지에게 전화를 걸었다."(유미리, 『풀하우스』, 고려원, 1997, 37~39쪽)

50) 유미리, 『水邊のゆりかご』, 角川書店, 1997, 88쪽 ; 변화영, 「기억의 서사교육적 함의」, 『한일민족문제 연구』, 2006, 5쪽에서 재인용.

집단에서의 '따돌림'이다. 유미리에게 학교공간은 '아무도 없는 학교'이다. 그녀에게 학교는 친구가 있고 추억이 있는 공간이 아니라 '방학 중인 학교'로 비유되는 '그림자 없는' 공간으로 전면화된다.

　　다들 해변으로 올라갔는데, 나 혼자만 바다 한가운데 남아 있다고 마유미는 생각하였다.(유미리, 『그림자 없는 풍경』, 172쪽)

　　머리를 다 감고 고개를 들었다. 소녀의 모습이 거울에 보이지 않았다. 엄마도 없다. 나간 것이다. 탈의실에도 모녀의 모습은 없었다.(유미리, 『가족시네마』, 69쪽)

　　문을 밀자 그냥 열렸다. 아무도 없다. 교정도 건물도 조용히 숨죽이고 있었다.(유미리, 『가족시네마』, 119쪽)

　　정신을 차리고 보니 아무도 없었다. 집이라는 것은 이상하다. 사람이 갑자기 사라졌다가 나타났다가 한다.(유미리, 『풀하우스』, 96쪽)

　　8월도 끝나가는데 더위는 전혀 가시지 않는다.
　　아버지의 집에는 그 후 한 달간이나 가지 않았다. 아버지와 함께 살 수 없는 이유를 아무리 얘기해도 알아주지 않기 때문에 만나고 싶지 않았다. 엄마가 집을 나간 열 살 때부터 열여섯 살 사이, 니시쿠의 집과 엄마가 남자와 동거하는 맨션을 왔다 갔다 했다. 그 뒤 10년간은 부모와 함께 살지 않았다. 아버지는 붕괴한 가족의 유대를 다시 한 번 이으려고 집을 지은 것이겠지만 내 안에서는 가족은 벌써 끝나버렸다.(유미리,『풀하우스』, 56쪽)

　　이렇게 자신을 고립화하는 것은 '당장이라도 쓰러질 듯한 텐트'로 표상되는 가족으로부터 탈피하고 싶기 때문이다. '가족'은 자신의 불우한 운명을 결정짓는 유미리의 글쓰기의 기원적 사건으로 존재한다. 가족은 '견뎌야 하는 것'이며 '순순히 받아들인 것'이 이상한 집단이다. 철저히 혼자만 남게 된 유미리의 자아정체성은 흔들리는 대로 흔들릴 뿐이다. 자기 존중감이라는 것을 상실한 듯한 『가족시네마』의 인물 '모토미'는 가족들에게서도 무시당하는 것으로 묘사된다. 가족에 대해 절대적 거부감을 갖고 있다는 것은 오히려 가족에 착종되어 있다는 것을 의미한다. 『가족시네마』에서 '모토미'는 엄마의 애인에게 중학교 때 성추행을 당했고, 포르노배우가 된 여동생과는 어렸을 때 "엄마 같애"는 말로 서로를 폄하했다. 둘은 닮았다고 여겨지는 점을 열거하다가, 반드시 엉겨붙는 싸움으로 발전하곤 했다.(유미리, 『가족시네마』, 96쪽)

> 무슨 일이 생긴다 해도, 우리 형제에게는 대수로운 일이 아니다. 아버지의 폭력에도, 어머니의 성적 방종이 초래한 치욕에도, 우리는 그럭저럭 견디어 왔다. 비굴할 정도로 순순히 받아들였다고 해도 좋다.
> 나나 요코나 가즈키 또한 단단히 뿌리내린 아버지와 어머니에 대한 증오심을, 바깥으로 향하게 할 수밖에 없었다. 그저 타인과 타협하지 못하여, 미워했을 뿐이다.(유미리, 『가족시네마』, 106쪽)

가족에 대한 증오로 인하여 '모토미'는 가족이 아닌, 가족의 대척점에 있는 비체제적 형태의 가족을 찾는다. '모토미'는 가족들 곁을 떠나 이혼을 네 번이나 한 일흔 살 가까이의 아버지뻘의 남자가 살고 있는 공간 '후카미'의 아파트로 향한다. 이들은 결혼이라는 제도가 아닌 동거인의 관계로 이어져 있다. '모토미'는 '노인의 전신에 얇은 얼음처럼 퍼져 있는 죽음의 냄새'(115쪽)[51]에 끌렸다고 술회한다. 그런데 '후카미'의 집에는 또 다른 여자가

---

51) "나는 살아있는 인간보다 죽은 자들과 친했다. (중략) 묘지를 바라보고 있으면 사자가 약속의 땅에서 나를 향해 손짓하고 있는 듯이 여겨졌다. 이 세계에 뒤처져서

이미 와 있다. 이 모든 것을 종합해보면, 그녀가 그에게 끌린 이유는 한 마디로 그가 '현실감 없는 사람'이기 때문이다. '모토미'는 '현실감이 없는 사람이 아니면 끌리지 않'는다. 유미리의 여성인물은 '비정상적인 성도착증'을 가진 남성에게 끌리는 자신에게만 '타협'할 수 있다.(『가족시네마』, 115쪽)

아래만 벗어도 돼.
노인은 어느 틈엔가 손에 든 폴라로이드 카메라의 프레임을 들여다보며, 내 하반신의 움직임을 좇고 있다. 지퍼를 내리고, 청바지와 팬티 고무를 한꺼번에 잡고 내려, 한쪽 다리씩 들고 벗는다.
창문을 뒤로 하고 서 있는 지금 금방이라도 부서질 것만 같은 의자에 눈길을 쏟으며, 배우의 기척에 귀를 기울인다. 렌즈를 들여다보며, 내 엉덩이를 쏘아보는 거뭇거뭇 번뜩이는 동공―. 엉덩이께로 쑤시는 듯 찌르는 듯 뜨끈뜨끈한 통증을 느낀다.(유미리, 『가족시네마』, 89쪽)

유미리는 '불우(不遇)[52]'의 근원인 가족을 파괴하는 불륜으로 가족제도를 조롱한다. 『한여름』에서 여자는 남자가 이혼할 의사가 없음을 알고 집을 나와 술집에서 만난 초로의 남자와 사흘을 보낸다. 스토커 짓을 해야만 성행위를 할 수 있는 남자는 사흘 째 여자에게 '돌아갈 것'을 요구한다. 그녀는 다시 철저히 파편화된 개인으로 남는다.

가) 여자는 남자가 일주일에 두 번은 자기 집으로 돌아가는 점을 구태여 꼬집지 않았다. 남자는 주말에만 아내와 두 아들이 기다리는 교외의 집으로 돌아간다. 추궁하지 않는 것은 관심이 없기 때문이잖아, 나는 당신이

살아있는 인간들과 어떻게 마음을 나누어야 좋을지 당황해하는 내게 연민의 시선을 던지는 것이다."(유미리, 『水邊のゆりかご』, 角川書店, 1997, 122쪽 ; 유숙자, 『재일한국인문학연구』, 138쪽에서 재인용)

52) 尹建次, 『「在日」を生きるとは』, 岩波書店, 1992, 240쪽.

물어주기를 기다렸다구.(유미리, 『한여름』, 128쪽)

나) 밖은 뜨겁다. 웃음은 여자를 옴짝달싹 못하게 하려 한다. 웃음으로 젖혀진 머리로 무슨 기억인가 떠올리려 해도, 웃음이 여자를 완전히 덮쳐 버리고 말았다. 내리 쪼이는 한 낮의 햇살 아래로 삼거리가 여자 앞에 한없이 뻗어 있다.(유미리, 『한여름』, 142쪽)

다) <u>태양은 하늘 꼭대기에서 비스듬히, 여자의 얼굴과 목을 태우고 있다. 여자 한 명을 태우기 위해 빛나고 있다. 풍경은 역시 정지해있다.</u> 여자는 여전히 침묵하고 있는 거리가 자신을 유혹하고 있는지 거절하고 있는지 모르는 채, 그건 그렇고 <u>나 혼자만을 태우기 위해 저 노란 덩어리가 불타고 있는 것일까, 하고 눈을 가늘게 떴다.</u> 저 비상계단에서 보이는 풍경은 어디선가 본 적이 있다. 여자는 서로 합쳐졌다가, 떨어지며 흘러나오는 기억이 말미잘처럼 퍼져가는 것을 느낀다. (중략) 아아, 어쩌면 중학교 건물의 층계 참 창문에서 보였던 풍경과 비슷한지도 모르겠어.(유미리, 『한여름』, 129쪽)

라) <u>아무 것도 없는 거리, 움직이지 않는 거리, 그런 풍경에 몸을 담그면, 나는 내가 아닌 다른 사람이 될 수 있다.</u>(유미리, 『한여름』, 130쪽)

마) 이 3년간, 남자 이외의 사람과 거의 말을 하지 않았다. <u>꿈속의 누군가를 제외하면, 몇 번이고 거듭 똑같은 꿈을 꾼 듯한 기분이 든다. 대체 누구였을 까. 기억이 열리고 부풀어 올랐다.</u>(유미리, 『한여름』, 131쪽)

유미리는 가족이 아닌 제도 밖의 타자로서 자신을 위치시켜 다른 사람이 될 수 있는 가능성에 운명을 걸어보려고 한다. 사회와 체제가 자신을 위치시 킨 재일한인여성의 위치는 이미 그녀를 자살까지 몰고 간 불우한 자리이다. 유미리는 가족이 아닌 다른 형태의 동거, 아무도 없는 거리에서의 개인으로 생존해 보겠다는 시도를 한다. 유미리는 다른 재일한인 작가가 가족이라는 공동체와 집단적 연대감을 조성하여 집단의 내부에서 자신의 타자성을 위로받으려 한 것과는 다르게 행동한다. 유미리가 체험한 가족 안에서 근친상간을 당한다.『가족시네마』,『풀하우스』에서 재현되는 가정이란 어머니와 딸이 한 남자-아버지,53) 어머니의 애인에게 유린당하는 '하우스' 공간이다. '하우스' 공간에서는 일반적인 '어머니'의 정체성이 부재하는 공간이다. 유미리의 작중 인물은 가정이 아닌 외부의 공간에서 자신을 노출하면서 당하는 통증에 집착한다. 유미리의 작중 여성인물은 내부의 보호에서 외부로 추방당한 타자인 것이다. 유미리의 인물은 가족이라는 제도 내에서도 보호받지 못하고 사회에서도 배제당하는 고독한 타자로 묘사된다. 중첩되는 타자화의 상황으로 탈주하는 행위는 고독한 자유만을 남긴다.

> 부모가 내 마음을 헤아리고 이해해주었으면 좋겠다는 생각은 이미 먼 옛날에 버렸다. 움직이지 말 것, 어느 사이엔가 자신을 둘러싼 풍경이 정지한다. <u>때가 오면 자유롭게 가고 싶은 곳을 향해 발걸음을 돌리면 된다</u>.(유미리,『한여름』, 132쪽)

나. '자아'와 '타자'를 환치하기

이양지는 각 작품을 통해 내부사회에서 배제되고 격리되는 존재가 되어 다중적 타자화로 고통 받는 여성의 문제를 다루고 있다. 이양지는 고통스런

---

53) "숨결을 느껴 희미하게 눈을 뜨자 아버지가 내 바로 곁에 서 있었다. 꼼짝도 하지 않고 나를 내려다보고 있다. 잠시 그렇게 있다가 갑자기 머리맡으로 와서는 내 두 어깨를 안고 치켜올린 다음 내 머리를 들어 베개에 얹었다.
그리고 나서도 한동안 바라보는 기색이, 눈감고 숨을 죽이고 있는 나를 짓눌러 찌부러뜨린다."(유미리,『풀하우스』, 고려원, 1997, 26쪽)

체험의 핍진성을 강화하기 위해 서사의 중심인물을 현재의 자기와 같은 '재일한인'으로 내세우지 않는다. 디아스포라 작가들의 문학에서 중심인물로 나타나는 '자아'의 설정은 매우 유의미하다. 1세대는 자기 민족의 영웅을, 2세대는 자신을 대신하는 분신이 등장하지만 이양지에서부터 자신을 타자화시키는 대상의 시선 속에 자신을 기재한다. 이양지는 늘 자신을 타자화하는 가해자의 입장을 '전유'한다.

이양지는 『해녀』를 발표함으로써 작품 활동을 시작하였다. 『나비타령』, 『각』 그리고 최후의 작품인 『유희』(1988)를 발표하는 과정에서 모국체험[54]과 가출경험을 통해 나를 찾고 확인하는 과정이 작품에 표출되고 있다. 특히 『각』이라는 작품을 기점으로 하여 지속적 시간인 역사적 흐름의 시간이 아닌 분절로서의 시간의식을 통해 쪼개지고 분절되는 나를 응시한다.

『해녀』에서는 의붓 여동생의 시선으로 작가 자신의 입장인 재일한인 언니의 자살을 기록하고 있다. 그리고 『유희』에서는 조국에서 자신을 재일교포로 타자화시켰던 한국인 '언니'의 시선으로 현재 재일한인의 정체성을 서술함으로써 서술되는 자아와 서술하는 자아의 위치 전환을 의도적으로 선택하는 기법을 통해 타자를 전유한다. 이양지에 이르러 타자화하는 대상의 시선으로 타자인 자신을 기록함으로써 자신을 객관적으로 재생산해볼 수 있는 관찰의 글쓰기 공간이 구성된다.

이양지의 '대상이 되어보기'는 여자가 남자로, 재일한국인이 한국인으로, 그리고 장애인이 비장애인으로, 아이가 자신을 억압하던 부모가 되어보는

---

54) 이양지는 1975년 와세다대 입학 후 재일한인학생 서클 한국문화연구회에 가입하여 활동하면서 가야금을 배웠고, 대학 중퇴 후 가야금을 본격적으로 배우기 위해 1980년 한국에 유학, 1981년 서울대 국문학과에 입학한다. 서울대 졸업 후 이화여대 대학원 무용과에 입학하여 한국무용을 배웠다.(이양지, 「모국유학을 결심했을 때까지」, 『한국논단』 16권, 1990.12, 214~231쪽)

것으로 나타난다. 이양지는 자신을 억압하는 사람으로 되기를 원함으로써 '타자'를 규정한 '대타자'의 입장에 서 본다.[55]

작품명	해녀	각	Y의 초상	유희
서술하는 자아	외부의 내부자: 일본인 게이코	외부의 내부자: (재일한인)-순이	내부의 내부자: 나(남자)	내부의 내부자: 한국인-나
서술되는 자아	외부의 타자: 재일한인-언니(이름 없음)	내부의 타자: 옥숙	내부의 타자: 그림모델-Y, 가즈꼬	외부의 타자: 재일한인-유희

대상과의 환치 체험 후에 얻게 되는 감정은 '차단감'[56]이다.

『해녀』에서도 '나-게이코'는 전화로 소통을 시도하나 소통은 실패한다. 언니는 자살을 하고 '게이코'는 언니를 기억함으로써 언니를 현실로 소환한다. '나'는 언니를 다른 타자의 회상 속에서밖에 만나지 못한다. 『Y의 초상』에서도 남자 '나'의 목소리로 여자 'Y'가 재현된다.

> 관계를 주도하고 판단하고 남자로서 여자의 요구를 충족시키고 그것을 지탱하는 것이 남자다움이라 한다면 나는 전혀 남자답지 못하다. 나는 가즈꼬에게 알리고 싶었다. (중략) 남자와 여자라는 것은 일개의 인간이 형태를 바꾸어 분기한 것에 불과한 것이 아닐까.(이양지, 『Y의 초상』, 159쪽)

---

55) '재일'이란 자신이 '재일한국인'이기 때문에 불행하다는 느낌이 세계의 저편에서 찾아와 '나'를 사로잡고, 이미 '나'는 결코 이 관념으로부터 눈을 돌릴 수 없게 되는 상황이다. 또 이 관념으로 둘러싸인 곳에서 탈출하려고 '나'는 '재일'이라는 것을 부인하기도 하고, 역으로 철저하게 '조선인, 한국인'이고자 하지만 결코 그것에 성공할 수 없는 상황이다.(다케다 세에지)

56) "나는 여기에 있다. 그리고 여자는, 아니 가즈꼬는 저기에 있다. 그러나 두 사람 사이는 멀리 떨어져 버렸다. 물리적인 거리가 아니라 무엇인지 눈에 보이지 않는 질긴 막이 쳐져 있는 것 같은 엄연한 거리감이 있다. 이 느낌, 침묵이라고나 할까.… 차단감이다."(이양지, 『Y의 초상(원명:來意)』, 153쪽)

이때의 '회상'은 기억을 기록하던 1세대의 적극적인 글쓰기의 전략으로 기능하는 것이 아니라 '기억 속에서만 존재하는 자'를 불러들일 수밖에 없는 무력감의 표현이다. '회상'은 기억 대상과의 단절감을 심화한다. 재일한인은 남에게 자신을 이해시키거나 설명하기 위해서 현재가 아닌 '과거'속에 존재해야 한다. 이들은 스스로 발화하지 못하는 침묵하는 '하위주체'로서 '자신을 말하지 못하는 자'이다. 이러한 기법으로 재일한인의 서발턴으로서의 정체성이 증명된다.

재일한인인 '유희'는 내부 공동체라고 믿었던 한국의 '우리'로부터 타자의식을 경험한다. '유희'가 경험한 타자의식은 추상적 공동체인 '우리'에 의한 배제로 갖게 된 것이다. '유희'가 '우리'가 되기 위해서는 자기 자신이 지속적이고 일관적으로 동질성을 확보해야 한다. 그런데 이양지는 『유희』에서 일본에서의 자신과 한국에서의 자신을 자신이 아닌 다른 사람의 눈을 통해 살펴봄으로써 재일한인인 자신을 타자화하여 파악하고자 하는 전략을 수행한다.

재일한인 3세대인 이양지가 2세대 작가인 이회성과 동일한 점은 '회상'인 기억을 이용한다는 것이다. 그런데 이회성의 '나'는 과거를 통해 현실의 '나'로 구축되는데 비해 이양지의 '나'는 부정되고 배제됨을 통해 지금의 '재일한인'으로 원위치된다. 결과적으로 회상은 '새로운 현실'을 구축하기 위해 지금의 '현실'을 소멸하거나 또는 대상의 변환을 시도할 때 동원되는 기법이다. '조국'은 이런 '나'를 정립하는데 필요한 전환의 장소로 기능한다. '조국'은 다시 원위치된 '재일한인'으로 살게 되는 근거를 제공한다. 정주지 일본에서 조국에서의 체험을 거쳐 돌아가는 곳이 다시 일본이라는 환원의 공간이동은 통과의례의 과정과 유사하다. 그러나 체험 후의 원위치는 이전의 위치가 아니게 되고 새로운 '디아스포라 주체'를 탄생한다.

『유희』에서 화자는 한국인인 '나'이다. 작가의 분신은 '나'가 아닌 '유희'로

되어있고 '나'는 복잡한 감정으로 '유희'를 회상한다. 이양지의 분신적 자아인 재일한인 '유희'가 서술자가 아니라 '유희'가 이제껏 바라보았던 대상인 한국인 '나'에 의해 기술된다.

'유희'는 '피리'의 소리에 이끌리는데 그 이유는 '피리'는 '입을 닫고 소리를 낼 수 있는 악기이기 때문이다. '유희'와 『각』에서의 '순이'는 한국에서 입을 닫고 말하지 않았을 때 일본인이나 한국인이라는 소속으로 받아들여지는 존재이다. 그러나 입을 열어 모국어를 발음하면 그는 일본인이나 '재일교포'(한국인의 입장에서 호명하는 단어)가 되어 한국인 사회의 영역 밖에 배치된다. 환대받을 것이라 기대하고 온 한국에서 이양지는 다시 낯선 타자가 된다. 이양지는 이러한 소외를 경험한 후에도 자신을 소외하는 대상인 한국인의 입장이 되어 내부의 영역을 이해해 보려는 시도를 한다. 글쓰기의 공간에서 이양지는 서술자를 한국인으로 설정하여 한국인과 자신을 동일화하는 욕망을 실현하는 것이다. 또한 이러한 환치를 통해 배제된 자신을 객관화한다. 그러므로 '타자가 되어보기'[57]는 동일성에의 추구인 동시에 차이성을 발견하는 행위가 된다.

『해녀』에서도 '재일한인'인 언니는 스스로 발화하지 못한다. 언니는 '나'의 목소리로 인해 존재된다. 타자의 언설로 지금까지 존재하고 있었지만 부재하는 것이나 마찬가지였던 존재, 서발턴으로서의 '재일한인'이 재현되는 것이다. 재일한인은 스스로를 긍정적으로 호명하지 못하는 역사 속에 위치된 불우한 존재이다. 이들은 타자에 의해 호명되며 설명된다. 이러한 호명은 긍정적이지도 희망적이지도 않다.

---

57) "'이렇게 살고 있는 나', 또한 '저렇게 되어야 하는 나', 이러한 실체와 희망사이에서 정신적 아이덴티티의 중심선이 언제나 동요하는 가운데, 저의 모국과의 만남에 있어서 하나의 단계적 마무리로서, 또한 새로운 중심선의 설정을 원하고 그것을 추구하기 위해서 『유희』가 쓰여진 것입니다."(이양지, 「川村湊와의 대담」, 『「在日」文學を超えて』, 『문학계』 1989.3, 265쪽)

240

제3세대 재일한인 작가의 작중인물의 정체성은 "역설적이게도 타자의
시선을 전유하거나 타자존재를 모방하면서"58) "'보여지는 나'와 '바라보는
나'를 통하여 분열된 자아를 일깨우는 '라캉적 주체'에 가깝다."59) 『해녀』의
'언니'는 강제적 상황의 희생자로서 재현된다. '언니'는 자살로서 현실에
저항한다. 그녀가 궁극의 휴식공간인 물의 해녀가 되는 것은 자신을 새롭게
생성해내고자 시도한 긍정으로서의 자기 소멸이다. 언니는 죽음으로써
'게이코'의 기억에 남게 되는데 부정의 죽음으로써 긍정의 생존을 지속하므
로 이 작품의 결말은 패배적이지 않다. 그러나 자살은 극단적인 부정적
행위이고 이를 극복하기 위해 이양지는 모국으로 향한다.

'체험적 공간으로서의 조국'은 이질적 소리로 구체화된다. 모국어의 소리
는 잉여된 소리로서 소음이 된다. 일본에서 그녀를 매혹시켰던 '가야금'의
가락과는 달리 일상의 한국어는 『나비타령』의 '愛子'를 괴롭히고 『각』의
'순이'를 절망하게 한다. 이양지의 『유희』에서 '유희' 또한 이러한 서울의
소음에 시달린다. '유희'는 서울에서 사람들로 북적이는 하숙집이 아닌
한적한 곳에 있는 호젓한 하숙집을 찾는데 이는 체류를 연장하기 위함이다.
그는 조금이라도 더 '모국의 소리'에 다가가고자 하는 노력을 포기하지
않는다. 사실 모국에서의 생활이 맞지 않았으면 돌아가면 그만이었을 것이
다. 그러나 이산자인 재일한인은 어디에도 정주할 곳이 없다. 모국이 그

---

58) 이는 식민주의의 결과 흑인이 열등감을 갖게 되고 이 열등감을 해소하기 위해
백인이 되고자 하는 메커니즘과 매우 유사하다. 탈식민주의의 경우 백인이 되고자
하는 과정에서 흑인이 필연적으로 경험하게 되는 '자기분열'의 단계까지를 이
메커니즘에 포함시키는데, 타자에 미달됨으로서 주체가 경험하는 소외의 단계까
지 나아갈 수 있다.(정영훈, 앞의 책, 51쪽 ; 파농, 『검은 피부 하얀 가면』, 이석호
옮김, 인간사랑, 1998 ; '흑인이 경험하는 이상의 심리적 메커니즘', 호미바바,
『문화의 위치』, 나병철 옮김, 소명출판, 2002 참조)

59) 허영주, 「최인훈소설의 정신분석학적 연구」, 계명대 박사학위논문, 1995, 11쪽
참조.

답의 공간일 것이라고 기대하고 왔지만 이는 또 하나의 타자의 공간일 뿐이다. 이 공간은 재일한인을 중첩적으로 타자화한다.

이양지가 대상을 환치하여 작가자신의 분신인 재일한인을 서술하고 있는 것은 바로 그러한 노력의 소산이다. 타자의 공간이 되어 다가온 모국을 이해하기 위해 자신의 시점이 아닌 '한국인' 언니인 '나'를 통해 자신을 응시하고 객관화하는 것이다. '나'는 이렇게 고뇌하는 '유희'를 이해하려고 노력했었는지, '유희'가 된 이양지는 이렇게 환치의 기법으로 인물들을 서술함으로써 스스로를 내부 타자로 눈으로 응시한다. 이러한 대상과 나를 환치하는 기법은 엄정한 자기 검열로 간주할 수 있다. 즉 이양지의 이러한 노력은 타자를 진정으로 이해하기 위해 다가가는 용기로 정의내릴 수 있다.

마지막 완성작 『유희』에서 이양지는 작가 자신의 분신인 '유희'를 현재적 시점에서 부재시킨다. '유희'가 직접 자신을 서술하는 것이 아니라 한국인인 '나'에 의해 설명되고 기술되고 있는 것이다. '나'는 기억속의 유희를 회상함으로써 '유희'를 현실에 소환하여 유희의 행동을 반추해 본다. 그러나 부재하고 있는 '유희'는 '나'의 방식으로 기억되고 재현된다. 이처럼 유희를 '회상'하는 '나'의 노력은 '한국'이라는 공간에서 이미 망각되어가고 있는 '재일한인'의 존재를 기억해 달라는 이양지의 소망이 투영된 것이라고 할 수 있다.

이양지는 일본인으로서의 '나'의 속성과 한국인인 '나'의 속성을 환치를 통해 서술함으로써 '유희'라는 경험적이며 혼성적인 주체를 생산한다. 이양지는 모국의 체험을 '유희'라는 인물로 형상화하는 것으로 자신의 이중적 타자화를 구체화하고 있다. 관념적이고 추상적인 차원에 머물러 있었던 조국을 체험한 결과 이양지는 호스트랜드의 삶 못지않게 홈랜드에서의 생활 또한 자신에게는 '불우'했음을 증언한다. 모국은 이양지에게 중첩되는 난민적 체험으로 영속적인 긴장의 공간으로 남게 된다. 어디에도 머물 수 없다는 인식으로 이양지의 디아스포라 인식은 심화된다. 그런데 이양지가 작품을 통해 내리고 있는 결론은 그가 직접 모국에서의 체험을 수행한 후의 감회이다. 중요한 점은 모국이 단순히 추상적으로 존재하는 공간이 아닌 구체적인 공간으로 형상화되고 있는 '체험적 조국'이라는 점이다.

이양지는 『유희』에서 모국의 동포와 공감할 수 있는 가능성을 배제하지는 않았다. 『유희』에서 '나'는 '유희'와 동일한 감정을 공유하는 순간이 있었다. '나'는 이제까지 유희를 이해하지 못하는 감정의 거리 밖에 있었는데, '나'가 숙모에게서 배제되는 순간 나는 '유희'를 이해한다. '나'가 유희를 이해하게 되는 계기는 숙모가 미국의 가족과 전화를 할 때 찾아온다.

숙모는 높은 목소리로 눈을 부릅뜨고 바로 그곳에 딸의 모습을 보고 있기나 한 것처럼 사촌의 이름을 불렀다. (중략) 숙모는 내 말 따위는 들리지도 않는 모양이었다. 거실 안을, 빗소리와 딸 이름을 부르는 숙모의 목소리가 한동안 서로 부딪치다가 흩어져 갔다. 숙모는 전화기를 방바닥 위에서 끌어안듯 하고 있었다. (중략) 바로 눈앞에 숙모가 있고 그 옆모습도 그리고, 둥글게 굽혀진 등줄기도 손만 뻗으면 닿을 정도의 가까운 거리에 있으면서 조금씩 숙모의 목소리도 빗소리도 멀리서 들려오는 느낌이었다. (중략) 하지만 이렇게 거리를 두고 듣고 있노라면 유희가 하던 말을 어쩐지 이해할 것 같은 기분도 든다. 시선과 몸짓 같은 것이 유희가 말하던 것처럼 사람목소리였는지도 몰랐다.(이양지, 『유희』, 82~83쪽)

가족이라는 공동체의 유대감이 지배하는 거실 공간에서 유희와 같이 있었던 2층으로 올라가며 비로소 '나'는 '유희'의 감정을 공감한다. 소외감은 절대적으로 그 상황을 공유하지 않고서는 이해되지 않는 감정이다. "숙모는 내가 곁에 있는 것도 잊어버리고, 점점 더 전화기를 껴안듯이 하며, 수화기 저쪽의 목소리를 놓치지 않으려고 애쓰고 있었다."(『유희』, 83쪽) 숙모와 가족과의 전화대화를 엿들으며 나는 숙모의 가족 외부에 존재하는, 존재하나 부재하는 자가 됨으로써 부재하는 존재자, 재일한인-'유희'의 마음을 이해하게 되는 것이다. 직접적으로 소외되는 체험의 순간을 포착함으로써 '나'는 비로소 '유희'의 통증을 동감한다.

> --아
> 나는 천천히 눈을 꿈벅이며 중얼거렸다.
> 유희의 글씨가 나타났다. 유희의 일본 글씨에 겹쳐지면서 유희가 쓴 한글 글씨도 떠올랐다.
> 지팡이를 빼앗겨 버린 것처럼 나는 걷지를 못하고 계단 밑에 뻣뻣이 섰다. 유희의 두 종류의 글자가 가느다란 바늘이 되어 눈을 찌르고 안구 깊은 곳까지 그 날카로운 바늘 끝이 파고드는 것 같았다.
> 다음이 이어지지 않았다.
> 「아」의 여운만이 목구멍에 뒤엉킨 채 「아」에 이어지는 소리가 나오지 않았다. 소리를 찾으며, 그 소리를 목소리로 내 놓으려는 나의 목구멍이 꿈틀거리는 바늘다발에 짓찔리며 불타오르고 있었다.(이양지, 『유희』, 88~89쪽)

타자와의 공감과 소통은 그 아픔을 공유할 때 가능하다. '디아스포라 타자'인 '유희'가 결국 다시 타자의 공간인 정주지로 돌아가는 것은 배제되고 소외된 자신과 동일한 고통을 공유한 '동족'인 '재일한인'이 일본에 있기 때문이다. '유희'는 부모세대가 당위적으로 선망하던 '상상의 공동체인 민족'에게 배제되어 타자로서의 '아픔'을 공유한 난민의 집단촌으로 돌아간다.

떠나온 곳으로의 원점회귀라는 결말은 이양지의 '유희'가 실제 체험을 통해 내린 결론이라는 점에서 내부의 한국인에게 의미하는 바가 크다.

레비나스는 타자와의 진정한 관계는 '공감'이나 '동화'가 아니라 그 존재 자체의 타자성을 인정함으로써 이루어지는 외재성에서 연유한다고 하였다. 소통의 경험은 '타자의 타자성, 즉 타자와의 차이를 체험할 수 있는 경험'에서 이루어지는 것이다.[60] '유희'가 다시 일본으로 떠나게 되는 결말을 제시하는 것은 내부의 한국인이 외부의 한국인에게 어떠한 자세로 대해야 하는지의 반성적 자세를 촉구한다.

다. '자아'를 폭로하기

양석일의 '자아'를 폭로하는 글쓰기는 자기부정이나 자기를 지우기와 동일하다고 할 수 있다. 지금까지 재일한인이 작품에서 보여주고자 했던 것은 민족이나 가족과 연관된 비교적 반성적이고 긍정적인 자아였다면 양석일의 글쓰기에 나타난 자아는 모두 그 대척점에 서있다. 양석일은 "기존 재일한인 문학이 오로지 '다테마에 문학' 다시 말해 저항과 고발이라는 명분에 집착한 문학에 지나지 않는다"[61]고 생각한다. 양석일이 제시하는 대안은 '일체의 환상을 배제하고 재일한인의 삶의 양태를 폭로하는 것'[62]이다. 현 재일한인의 모습을 정밀하게 드러내기 위해 그는 작품 속에서 재일한인의 모습을 과감하게 드러낸다.[63] 재일한인은 지금까지 '일본인의 시선에 의해서 이질적 존재, 열등한 존재, 배제해야 할 대상으로 비춰지는'[64]

---

60) 엠마누엘 레비나스, 『시간과 타자』, 강영안 역, 문예출판사, 1996, 83~87쪽.

61) 양석일, 『在日朝鮮人文學の現狀』 ; 홍기삼, 「전환기의 재일한국인문학」, 『재일한국인문학』, 89쪽에서 재인용.

62) 홍기삼, 위의 책, 89쪽.

63) 택시기사로서의 원체험은 디아스포라적 존재로서 가장 잘 형상화된 '누비는' 행위로서 재현의 정당성을 취득한다. 이 체험을 통해 그는 그 자신을 소수로서 무시하는 다수의 세계를 체험할 수 있는 기회를 더 얻게 된다. 택시기사는 디아스포라적 존재의 경험 양식을 표현해줄 수 있는 상징적 직업이다.(양석일, 『택시광조곡』 참조)

존재로 묘사되어져 왔다. 이는 재일한인에 대한 열등한 타자로서의 고정성을 심화시킬 우려가 있다. 소수에 대한 타자의 부정적 인식이 고착화될 것이 분명하기 때문이다. 그러나 양석일은 진실이라는 글쓰기의 실천적 목적에 몰두하면서 재일한인의 모습을 가감없이 드러내는 작업을 해 오고 있다. 따라서 자기 체험적 서사를 자서전적 소설에서 구현한다. 지금까지 구축되어 왔던 아버지 세대와 구성된 자아에 대한 파괴적 부정을 핍진하게 묘사하고 이를 통해 새로운 재일한인의 발현을 기대한다. 양석일은 이런 면에서 3세대를 넘어 4세대의 출현을 겨냥한 글쓰기 작업을 하고 있다고도 말할 수 있겠다.

양석일은『피와 뼈』에서 고통과 폭력의 과거를 고백한다. 그에게 과거란 ‘아버지 김준평’이며 현재는 부유하는 자신, 택시기사 ‘양’으로 재현된다. 폭로되는 ‘아버지’는 식민의 폭력이 내면화된 피식민자 ‘김준평’이다. 양석일은 ‘김준평’의 육체를 빌어서 타자의 균열을 드러내고자 한다.

재일한인 아이들은 ‘더러운 조센징’이라고 조롱당하며 스스로 경멸당하는 ‘조선인성’을 획득하게 되는 개인사를 지닌다.65) 식민주의의 전략으로 조선인은 열등한 존재로서 오랫동안 내면화되어 왔다. 이런 날조된 타자이미지는 사실 식민자들이 긍정적 자기 이미지를 확립하기 위하여 자기의 내부에 존재하는 부정적 요소를 타자에 전가하여 생성된 것이다.66) 따라서 재일한인을 열등하고 더러운 존재라고 호명하는 것은 식민의 전략의 결과이다. 그런데 양석일은 식민주의를 내면화한 존재로서 ‘김준평’이라는 기괴하고 더럽고 폭력적인 호색한을 통해 일본의 균열을 지적하고자 한 것이다.

---

64) 竹田靑嗣,「在日と言う根據」,『國文學解釋と敎材の硏究』, 1987.8 ; 홍기삼, 위의 책, 88쪽에서 재인용.

65) 川村湊,『生まれたらそこがふるさと－在日朝鮮人文學』, 平凡社, 1999, 283쪽 참조.

66) 에드워드 사이드,『오리엔탈리즘』, 박홍규 옮김, 교보문고, 1991, 459쪽.

246

‘김준평’은 오랫동안 피식민자로서 식민의 지배와 폭력의 위대성을 생존의
법칙으로 내면화한 자이다. 그는 ‘나쁜 특별함’[67]의 힘을 믿는 인물이다.
‘김준평’을 통해 양석일은 재일한인이 이토록 추악하고 폭력적인 존재라고
폭로하는 것이 아니라 타자와 타자화한 사회 양쪽을 모두 불편하게 하고자
한다.

> 김준평은 육척 장신에 체중이 100킬로그램 가까운 거구의 사내여서,
> 그가 작업장에 나타나면 그것만으로도 주위 사람들은 위압감을 느꼈다.
> 좁은 이마, 납작한 콧마루, 두툼한 입술, 억센 턱을 떠받치는 굵은 목…
> 그 우람한 풍채보다도 형형한 눈빛을 보면 아무도 감히 다가갈 엄두조차
> 내지 못했다. 세상의 풍파속에서 산전수전 다 겪은 만만찮은 직공들도
> 김준평 앞에서는 찍소리도 못했다. 어쩌다 김준평의 내면에 한 발짝 들여놓
> 았다가는, 무슨 일이든 당장 일어나고 만다. 따라서 긁어 부스럼을 만들지
> 않는 게 상책이었다.(양석일, 『피와 뼈』 1, 김석희 옮김, 자유포럼, 14~15쪽)

> 사람을 잡아먹은 상어의 기막힌 맛을 설명하는 김준평에게 직공들은
> 감탄하고 있었다. 김준평은 혹시 인육을 맛본 적이 있는 게 아닐까? 직공들
> 은 저마다 속으로 생각했다. (중략) 김준평이라면 능히 그럴 수도 있는
> 위인이기 때문이다. 결국 김준평의 의견이 받아들여져, 사람 잡아먹은
> 상어를 쓰기로 했다.(양석일, 『피와 뼈』 1, 19쪽)

‘김준평’은 일본인도 대적할 수 없는 정력과 힘을 상징[68]하며 남성 위에

---

67) 김창생, 『피크닉』, 1995 ; 유숙자, 앞의 책, 228쪽 재인용.

68) 김준평은 실로 성가신 존재였다. 생선창자를 처리하는 솜씨야 그만이지만, 성깔이
워낙 거칠고 까다로워서 다루기가 어려웠다. 어쩌다 그에게 실수라도 하는 날이면
당장에 폭력 사태가 일어나 피가 비처럼 쏟아졌다. 해고하고 싶지만, 노시리
사장도 다나베 공장장도 보복이 두려워서 감히 그러지 못하고 있었다. 게다가
철새처럼 각지를 떠돌아다니는 어묵 직공들은 한곳에서 오래 일하는 사람이

군림하는 폭력을 상징한다. 폭력의 구도와 차별의 체제에서 힘이란 영역을
확장하기 위해 지배자가 가져야 할 조건이다. 양석일이 폭로하는 폭력적
존재성은 식민주의의 총제적 폭력성을 드러내는 수단으로 작동한다.[69]
'김준평'은 식민주의의 폭력성을 '모방'한다. 타자가 선망하는 내부자들의
모습은 힘을 소유한 자로서 타자를 잔혹한 고통 속에 배치할 수 있는
권력을 소유한 자다. '김준평'은 식민지시대에도 일본사람에게 오히려 굴욕
감을 느끼게 한 존재이다. 이는 역타자화로써 '힘센 남자'는 감히 멸시하지
못한다는 것을 증명하고자 한 것이다.

> 식민지시대에 일본 사람이 조선 사람을 배려하고 양보하는 것은 굴욕적
> 인 노릇이지만, 몸뚱이 하나만 믿고 사는 김준평의 폭력 앞에서는 타협하지
> 않을 도리가 없었다.(양석일, 『피와 뼈』, 24쪽)

> 놈의 목을 조른 감촉이 손바닥에 남아있었다. 미지근하고 미끈미끈한
> 감촉이다. 김준평은 심호흡을 하고 온몸에 기력을 모았다. 들끓는 욕망이
> 혈관을 뛰어다니고, 곧추선 물건이 금방이라도 사정할 것 같았다.(양석일,
> 『피와 뼈』, 59쪽)

> 김준평에게 무언가를 알아낼 수는 없었다. 무엇이든 속에서 끓어오르는
> 오장육부와 함께 폭력이 되어 나타나기 때문이다. 김준평에게는 폭력이
> 모든 것을 말해주고 있었다.(양석일, 『피와 뼈』, 108쪽)

거의 없었다. 그래서 어묵공 중의 하나였다. 동방산업에는 김준평을 포함하여
네 명의 조선 사람이 일하고 있었다. 넷 다 제주도 출신인데, 어묵 직공들 중에는
제주도 출신이 많았다.(양석일, 『피와 뼈』, 21쪽)

69) 어떤 원인이 어떻게 작용하든 간명한 의미에서의 폭력이 되는 것은 그 원인이
윤리적 상황에 개입할 때에야 비로소 가능하기 때문이다. 더 나아가 폭력은 목적의
영역이 아니라 우선 수단의 영역이다. 발터 벤야민, 「폭력비판을 위하여」, 『역사의
개념에 대하여 외』, 최성만 옮김, 도서출판 길, 2008, 80쪽 참조.

‘김준평’은 인간이 아닌 ‘귀신’(167쪽), ‘덩치 큰 거대한 곰’(25쪽)으로 묘사되고 있는데 ‘야생맹수’의 본능으로 행동하는 괴력의 소유자인 ‘김준평’을 통제할 수 있는 것은 그의 과거를 알고 있고 그의 언어를 사용하는 제주도 출신의 재일한인 ‘고신의’밖에 없다.

"이봐, 준평이, 경찰이 끼어들게 되면 곤란한 건 자네야. 경찰은 우리 조선 사람을 봐주지 않아, 자네를 유치장에 처넣을 거라구."
같은 제주도 출신인 고신의가 조선말로 말했다. 일본에 살고 있는 조선 사람들에게, 특히 이런 상황에서의 조선말은 묘하게 효과가 있었다. 동포의 연대감에 호소하는 것이 있었다. 고신의의 조선말 한마디에 분노로 일그러져 있던 김준평의 표정이 퍼지고, 온몸에 뻗쳤던 힘이 시나브로 빠져나갔다.(양석일, 『피와 뼈』 1, 29쪽)

그러자 고신의가 곧바로 대꾸했다.
"혼자 잠을 자봤자 뭘 할 수 있겠어. 반장들한테 쫓겨나는 게 고작이지. 모두 힘을 합치지 않으면 아무 것도 할 수 없어. 여기 오는 길에 말야. 비탈길에서 짐마차가 오도 가도 못하고 있는 것을 보고, 도와주려고 뒤에서 밀었어. 하지만 나 혼자 밀어서는 꿈쩍도 않더라구. 그래서 주위 사람들한테 도와달라고 했지. 몇 사람이 도와주더군. 그랬더니 마차는 단번에 비탈길을 올라갔어. 이것도 마찬가지야. 혼자서는 아무 일도 할 수 없지만, 모두 힘을 합치면 할 수 있어."
설득력있는 이야기였다. 비바람 속에서 고신의의 이야기를 듣고 있던 스물여섯 명의 조선인 직공들 가슴을 뜨거운 무언가가 스치고 지나갔다.(양석일, 『피와 뼈』, 219쪽)

민족적인 연대의 필요를 연설하는 ‘고신의’는 긍정적인 인물이다. 이 ‘고신의’의 말은 동물적이고 원초적인 생명력과 폭력의 힘을 믿고 있는

'김준평'도 듣는 것이다. '김준평'은 외부의 논리와 내부의 논리가 함께 혼종하는 주체이다.

폭력과 광기의 화신인 '김준평'은 불가사의하게도 모든 재일한인의 선망의 대상이 된다. '깡패조차도 두려워하는' 김준평은 일본사회에서 조선인이 살면서 무시당하지 않는 길은 돈과 폭력이었다는 것을 본능적으로 깨닫는다. 그의 괴력이 이를 뒷받침한다. 무시당하는 소수가 살 방법은 소수자에 대한 공포와 두려움을 산포하는 것이다. '김준평'은 반영웅이다. 재일한인은 권력을 가질 수 없는 존재이지만 목적을 이루기 위한 수단으로 폭력을 행사할 수 있다. 이 폭력적 존재가 의미하는 바는 재일한인의 정체성이 폭력적이라는 것을 말하고자 함이 아니다. '김준평'이라는 인물의 폭력성과 괴력은 타자가 생존이라는 목적을 이루기 위한 수단으로의 재현일 뿐이라는 것이다.

> 나는 준평이 형님이 부러워요.… 나도 준평이 형님처럼 되고 싶어요. 아주머니, 정말 운이 좋으세요. 그렇게 강한 남자를 남편으로 두셨으니 말예요.(양석일, 『피와 뼈』, 200쪽)

> "왜 그렇게 쳐다보세요?"
> 영희가 부끄러운 듯이 말했다.
> "이런, 실례했습니다. 아주머니 같은 미인을 아내로 맞은 김준평이 부럽군요."
> (중략) "괜찮은 여자로군. 어떻게 해보고 싶지만, 김준평의 마누라라면 함부로 손댈 수 없지. 목숨이 두 개라면 몰라도."(양석일, 『피와 뼈』, 214쪽)

피식민자의 동포적 연대와 식민자의 폭력을 신체로 표현하는 '김준평'의 혼종적 정체성은 사실 2세대의 재일한인 작가들도 묘사한 '아버지'의 재현과

250

다를 바 없다. 양석일에게 쏟아지는 비난의 대부분은 잔혹한 묘사와 성행위의 지나친 사실적 묘사에 있다. 양석일은 타자로서 고정된 재일한인의 폭력과 악행과 성적 욕망을 드러낸 것이 아니라 차별이 발생하고 있는 현장을 재현[70]한 것이라고 말한 바 있다. 현실의 폭력과 차별을 서사화하고 있는 양석일의 글쓰기는 재일한인이 앞서 구축한 재일한인의 신성한 서사에 반하는 실제 현실의 증언서사이다. 그가 『피와 뼈』에서 서술하고 있는 것이 진정 일본에서 재일한인이 처해진 현실이며 재일한인의 동족 신화이다. '진정한 신화란 피와 살점의 문제인 것이다.'[71]

양석일과 현월, 그리고 유미리가 비천한 존재로서의 재일한인을 드러내는 것은 피식민자들이 자신의 식민성을 내면화하여 사회에 재투사하는 양식을 폭로하여 식민의 공포를 전달하기 위한 의도에서이다. 피식민자들은 식민자들의 공포와 폭력을 수단으로 삼아 거울처럼 그들을 반영하고 내부세계의 균열을 생산할 수 있다.[72]

내부자의 폭력적 존재를 '모방'하면서[73] 식민지 내부의 이질적인 틈에

---

70) 홍기삼, 『전환기의 재일한국인문학』, 91쪽 참조.

71) 리처드 커니 지음, 『이방인, 신, 괴물―타자성 개념에 대한 도전적 고찰』, 이지영 옮김, 개마고원, 2004, 81쪽.

72) "사르트르는 파농의 『지상에서 버림받은 자들』에 대한 서문에서 그 유명한 『폭력에 대한 성찰』에서의 소렐보다 더―파농의 주장을 자신의 결론으로 삼고자 하면서, 파농 자신보다 더―폭력예찬을 밀고 나가는데, 그럼에도 불구하고 '소렐의 파시스트적 발언들'이라고 언급하고 있다. 이것은 사르트르가 폭력문제에 대한 그와 맑스와의 기본적인 불일치를 얼마나 깨닫지 못하고 있는지를 보여주는데, 특히 그가 '억제할 수 없는 폭력'을 통해 인간은 자기 자신을 재창조한다라고, '지상에서 버림받은 자들'은 '광적인 격분'을 통해서 '인간이 될' 수 있다고 진술하는 경우에 그렇다.(한나 아렌트, 『폭력의 세기』, 김정한 옮김, 1999, 이후, 36쪽)

73) 호미바바에 의하면 피식민자들은 식민자의 문명을 받아들여 흉내낸다. 그런데 이러한 모방은 "거의 같지만 꼭 같지는 않다."고 규정한다. 모방하는 과정은 결코 완성되어지거나 완벽하게 이루어질 수 없다. 그리고 모방이 만들어내는 것은 결코 오리지널의 완벽한 이미지 재현이 아닌 변형된 무언가이다. 왜냐하면 그

존재하는 재일한인의 존재를 부각시킴으로서 자신들의 정체성을 표방한
다. 모방의 과정에는 이미 동일성으로 환원되지 않는 차이와 분열이 잠복[74]
해 있기 때문에 모방하는 타자를 응시할 때 불안은 고조된다.

　'김준평'은 피식민자적 주체로서 식민주의 모방을 조롱하기 위해 설정한
존재이다. 이러한 불완전한 모방의 틈새가 드러나는 것에서 피식민자들이
식민지의 문화, 행위, 매너 그리고 가치를 모방하는 것은 '조롱'과 '위협'이라
는 요소를 동시에 소유하게 된다. "오히려 무엇을 모방하든지간에 그것은
패러디로 보여질 수 있으며, 그 결과는 꽤 위협적인 모호한 모방이 되는
것이다. 모방은 식민지배라는 확실성의 틈새, 즉 피식민자들의 행위를
통제할 수 없는 불확실성에 위치"[75]하기 때문이다.

2) 경계인으로서의 '재일코리언'의 생성

　서경식은 "현재 일본에서는 '좌절과 고뇌의 경험 그 자체도 무화하려는
'자이니치'(재일)라는 표상이 즐겨 유통되고 있다. 재일조선인은 그 출신의
기억과 정체에 대한 집착을 부정당하고 그저 단순히 '일본에 있는 사람'이라
는 표상에 일괄적으로 휩쓸려가고 있다. 새로운 형태로의 '타자성의 부정'이
수행되고 있는 것이다."[76]고 경고한다. 또한 베네딕트 앤더슨이 '상상의
공동체'로 민족을 규정한 이후이지만 '민족주의가 시대착오적으로 되었다
고는 도저히 말할 수 없다'고 말하면서 "이제 '기억이나 관습, 신념이나

　무언가는 재생산되어지는 환경 때문에 완벽한 모방을 이루어낼 수 없기 때문이다.

74) 임정연, 「1920년대 연애 담론 연구 : 지식인의 식민성을 중심으로」, 이화여자대학
　　교 박사학위논문, 2006, 88쪽.

75) Ashcroft 외, 앞의 책, 139쪽.

76) 서경식, 「"자이니치"란 누구죠? : 월경 못하는 "타자"」, 타자 다시 위치짓기 : 타자
　　의 문화정치하, 이화여대 인문하 연구단 국제하술대회 발표문, 2009.9.

식생활 습관, 음악이나 성욕을 계속 유지한 채 세계를 방랑하는 사람들'에 의해서 새로운 형태의 민족주의, 즉 '원격지(遠隔地) 민족주의'가 생겨나고 있다."77)고 현실을 진단한다.

재일한인은 새로운 집단으로서의 정체성을 생성하고 있는 중이다. 기존의 정체성을 폭로하여 전환하고 파괴함으로써 새로운 자신들의 종족적 타자를 차이성으로 창조하고 있다. '재일'만을 강조하는 시도, 즉 타자성을 부정하려는 시도는 재일한인의 존재를 무화시켜 다수의 외국인으로 외부에 위치하려는 식민자의 의도가 숨어 있다. 내부에 존재하는 외부의 타자로서 재일한인은 일본의 식민주의의 역사를 증거할 존재들이다. 이들의 타자성을 부정하려는 시도는 식민의 죄악을 은폐하려는 음모와 연결된다. 따라서 재일한인 작가들이 그들의 정체성을 새롭게 생성하는 시도들은 바로 현재 재일한인의 타자성을 증언하는 서사가 된다.

가. 부유적 존재로 생존하기

강제적 이주로 인한 기억은 재일한인의 부유적 존재를 표상하는 근거로 작동된다. 양석일은 초기작에서 재일한인의 차별적 조건을 폭로하는 서사를 시도하면서 현재의 자신의 위치를 드러내는 글쓰기를 실천하였다. 그는 실제 자신이 사업실패로 '사회적 지위가 낮고 거리의 사설금융업자들마저 경원하는 택시기사가 된' 경험을 소설로 형상화함으로써 일본 내부사회를 관찰하는 타자를 재현해 보였다. 재일한인은 취직을 하기가 쉽지 않다. 구직활동을 함에 있어 재일한인이라는 것이 밝혀지면 취직을 하는 데에 제한이 있다는 사실은 재일한인의 작품에서 많이 서술되는 부분이다.78)

---

77) 베네딕트 앤더슨, 「원격지 내셔널리즘의 出現」, 『세계』 1993년 9월호 ; B. Anderson, "the New World Disorder," *New Left Review*, 1992. 5~6월호 ; 서경식, 『재일조선인이 나아갈 길』, 367쪽 재인용.

그런데도 '택시기사를 하게 된 것은 오래 하려고 생각하고 있는 자는 아무도 없'기 때문이라고 『택시광조곡』(14쪽)에서 서술하고 있다. 택시기사를 한 또 하나의 이유는 '매일 죽음을 눈앞에 두고 있는데도 무엇 하나 보장되어 있는 것이 없'기 때문이기도 하다.(『택시광조곡』, 15쪽) 그러나 "임시방편으로 핸들을 잡기는 했지만, 이 나라에서 본래 무엇 하나 보장받지 못하고 있는 재일한인인 나에게 택시기사가 딱 알맞은 직업이었는지도 모른다."고 양석일은 생각한다.(양석일, 『택시광조곡』, 14~15쪽)

> 나에게는 아무 것도 없다. 고향도 없거니와 집도 없다.(양석일, 『달은 어디에 떠 있나(택시狂騷曲)』, 58쪽)

고향과 집이 없다는 서술은 끝없이 떠돌아다녀야 하는 그의 운명을 설명하고 있는 것이다. 택시기사는 디아스포라적 존재의 경험 양식을 표현해줄 수 있는 상징적 직업이다. 택시기사라는 직업은 재일한인의 부유적 존재성을 표상한다. 양석일의 처녀작 『택시광조곡』에서 '골목길을 누비며', '누비다'의 동사가 반복적으로 이용되고 있다. 택시기사로서 '누비는' 행위는 디아스포라적 존재의 원체험이다. 이 체험을 통해 그는 그 자신을 소수로

---

78) 이회성의 『반쪽발이』, 이양지의 『해녀』, 김학영의 『얼어붙은 입』 등에서 취직을 할 수 없는 자신들의 현실을 서술하고 있다.
"잘은 모르겠지만, 학생은 공부를 해야지. 어째, 요즘 젊은 애들은 마구잡이더구먼. 공부도 안한 주제에 비라를 돌리고, 경찰을 습격하고… 너는 그런 위험한 일에 아예 나서지 말아라. 그런 일을 벌이면, 취직하는 데도 지장이 있다면서." 나는 소리를 내어 웃었다. 정말로 어머니는 자기 자식이 취직할 수 있다고 믿고 있는 것일까. 문득 大木眞彦의 얘기를 해주고 싶어졌다. (중략) "그럼 좀 더 알기 쉬운 얘기를 하지요. 지금의 일본은 이코너믹 애니멀이라고 굉장히 경기가 좋아요. 어느 회사나 손이 모자라는 형편이지요. 해외에도 뒤를 이어서 사람을 내보내야 하니까요. 헌데, 교포는 채용안해요. 모가지에서 손이 나올 정도로 인재를 바라면서도."(이회성, 『반쪽발이』, 156~157쪽) 대학같은 거, 아무 소용도 없다고 충고할 작정이었다.(이회성, 『반쪽발이』, 160쪽)

무시하는 다수의 세계를 관찰할 수 있는 기회를 얻게 된다.

양석일의 『달은 어디에 떠 있나(택시狂騒曲)』에서 택시기사가 느끼는 것은 '무감각'이다. 파편화되는 의식으로 부유하고 재일한인이 체감하는 '마비된 감각'을 드러내고 있는 것이다.

섬유상으로 분해된 피로 덩어리가 온 몸의 근육과 관절에서 방사되는 게 마치 입에서 끈적끈적한 실을 토해내는 누에와도 같았다.
모든 감각이 마비돼 갔다. 이미 누구의 육체인지도 알 수가 없다. 밤 하늘에 우뚝 치솟은 고층 빌딩. 어딘가의 거리 모퉁이에서 본 코카콜라의 커다란 간판, 쇼윈도우에 장식되어 있는 마네킹의 싸늘한 표정, 하나의 출구를 향해서 쇄도해 가는 인파가 엎치락 뒤치락하면서 쓰러지고 쓰러진 위에 또 겹쳐 쓰러지고 결국에는 사체 더미가 되어서 출구를 꽉 막아버리는 광경들이 잇따라 단편적으로 잠을 자려고 하는 의식을 마구 휘젓는다. 꿈은 산산조각으로 흩어져 가고 유리 파편이 전신에 꽂혀 있는 것 같았다. (양석일, 『달은 어디에 떠 있나(택시狂騒曲)』, 한양심 옮김, 외길사, 47쪽)

양석일의 분신인 택시기사의 눈으로 일본이라는 세상, 즉 내부의 세계를 응시한다. 세상을 누비며 살아온 디아스포라 재일한인의 눈에 포착된 대상은 내부의 어두운 세계면서 동시에 결국 내부를 조직하는 권력의 세계이다.

양석일의 분신인 작중인물 '양'은 재판소→ 궁성→ 긴자(銀座)→ 경찰서→ 호스티스가 매춘을 하는 밤의 거리를 '누비며' 재일한인을 타자화한 세상의 실체를 목격한다. 일본인에게 재일한인은 비어있는 존재이다. 타자로 인식되지도 못하는 부재의 존재라는 것을 확인하였기 때문에 재일한인은 자신의 존재성을 증명할 필요를 느낀다.

도토부근에서 조수석에 앉아 있던 남자가 나의 승무원증을 보았다.

그 남자는 '양'이라는 성에 홍미를 보이며,

"참 드문 이름이군요. 뭐라고 읽습니까?"

하고 호기심을 띤 표정으로 질문을 해왔다. 그들은 으레 '중국인입니까?'
하고 묻는다. 결코 '한국인입니까?'하고는 묻지 않는다. 재일 외국인의
구성비율에서 추측해보면 한국인일 가능성이 절대 다수를 차지하고 있는
데도 불구하고 한국인이라는 이미지는 일본인들의 마음속에 그리는 풍경
속에서 그만한 구멍이 뻥 뚫린 종유동처럼 완전히 공간을 이루고 있다.

"한국인입니다."

하고 내가 대답하자 승객은 의외라는 듯이 내 얼굴을 뚫어지게 쳐다보았
다.(양석일, 『달은 어디에 떠 있나(택시狂騷曲)』, 38~39쪽)

택시로 '누비며' 이동하면서 자기 자신은 어느 편 '고향'에도 속하지
않는 경계에 위치하고 있음을 깨닫는다. 또한 경계에 위치한 자는 양쪽을
모두 거울처럼 비출 수 있는 경계 자체임을 자각하게 된다. '디아스포라
주체'는 푸코에 의해 정의된 바 있는 '스스로를 각종 사회적 공간을 이화(자신
을 외계 상황에 적응하도록 변화시킴)'시키는 '헤테로토피아', 경계상의
주체79)인 것이다.

경계상의 주체는 자신의 신체에 집단의 '내적 형성 및 정보'를 새긴다.
그러나 이 주체는 스스로가 끊임없이 이동하는 경계 그 자체가 된다. '내부'와
'외부'의 차이가 유동하는 장소, '무한소급'의 지점이 되어 경계에 속해
있는 것 사이의 균열을 비추고 그 본질과 구조를 분절화해서 드러내 준다.
이들의 정체성이 '헤테로토피아'인 까닭은 바로 문화의 내부에서 발견되는
다른 모든 실재적인 장소가 그곳에서 표상되는 동시에 경쟁하고 역전되는
'반장소'이기 때문이다. '반장소로서의 주체를 특징짓는 것은 세계를 지니지
못하고 세계적인 것/고향 없는 경계를 고향으로 삼는 자' 즉, 이산인이다.

---

79) 강상중, 앞의 책, 197쪽.

이 세대에 이르러서는 '망명자가 되어 끊임없이 이동하고 있는 한 민족'의 연속성이 오히려 심화된 이동성과 탈중심적인 차이화의 강조로 지탱된다.[80] 자신의 정체를 확인하기 위한 부유의 실천은 또한 모국체험과도 연동된다. 이양지의 작품에서 나타나는 모국체험은 내부와 외부 모두에서 타자가 되는 것을 확인하는 경계인의 체험이 된다. 이기승의『잃어버린 도시』에서도 주인공은 모국체험을 통해 자신의 여정이 끝날 수 없는 것임을 깨닫는다. 재일한인은 끝없는 부유를 통해서 자신의 경계적 주체성을 확인할 수 있으며 다시 또 강제적 여정에 오르고 있다. 이들은 현재에도 이산의 난민으로서 '길을 가고 있다.'

나. 소문적 존재로 '자아'를 생산하기

재일한인은 세대를 거치면서 개인적 과거를 통해 자신의 정체성을 확인하였다. 그들이 대면한 정체성은 다수의 일본인에 의한 비속적 호명에 의해 계열화된 것이었다. '조센징', '반쪽발이' 등의 호명을 삭제하기 위해 역사적인 서사로 구축하거나 과거를 호출하여 과거의 기억으로 회귀하지만 여전히 비속의 호칭으로 호명되는 현실은 지속된다. 현월 등의 3세대 작가들은 부정의 과정을 거쳐 기존의 언어와 재현을 파괴하여 새로운 정체성으로의 재일한인을 생산하고 있다. 현월에 이르러서는 '조센징'이나 '반쪽발이'의 호칭이 사라지고 '서방'이나 '뼈다귀'등의 호칭이 등장한다. '뼈다귀'나

---

80) "우리가 자신의 과거의 퇴적을 실감하는 방법이 있다고 한다면 그것은 균열, 즉 우리들이 아직 달성하지 못한 <u>민족적 충족으로부터 우리를 갈라놓으면서도 표면적으로는 아무런 변화도 없는 심연과 같은 균열을 통해서만 가능하다.</u>" 이 균열과도 같은 문화적 공간이야말로 다른 유토피아의 가능성을 찾는 근거지가 될 수 있을 것이다. 거기에는 '전체를 초월한 단편'이 암시되어 있다. 이 단편이 암시하고 있는 주체의 위치는 압둘 잔 모하메드의 뛰어난 사이드론에 빗대어 말하면 '거울처럼 반사되는 경계상의 지식인'이다.(강상중,『오리엔탈리즘을 넘어서』, 이산, 196~197쪽)

'서방'은 기존의 호명인 조선인과 한국사람들과도 구별되는 호명이다. 작가 현월 자신 또한 '재일한다'는 것만 인정하고 자신을 '코리언 재패니즈'로서 호칭되기를 바란다.

　"혼종성은 태도나 재현, 그리고 인식의 관점에 의문을 제기한다.－나는 누구에게 말을 하며, 나는 누구인가, 내가 재현해내는 나는 누구인가, 그리고 내 고향은 어디인가－"[81] 하는 것이다. 혼종적 존재는 의문을 제기함으로써 존재성을 입증한다. 질문으로 존재할 때 타자에게 존재를 입증한다는 반의적 존재의 조건을 운명적으로 살아내야 하는 것이다. 그들 자신도 스스로의 의문을 해결하지 못하고 내버려둔 채 생존한다. 단지 생존의 전략과 방법만이 그들에게 남아있을 뿐이다. 현월은 이 방법적으로 새로운 전략을 고민하기 시작한 작가라고 할 수 있다. '유령'처럼 존재하는 '디아스포라 주체'의 삶을 핍진하게 형상화한 현월의 작품들은 그 재일한인의 정체를 상징으로 응축시켜 재현했다는 점에서 새롭게 의의를 부여하여야 한다.

> 　동네 한가운데를 흐르는 개천 주위에는 전쟁이 나기 전부터 한국 사람들이 많이 살고 있었고, 독특한 분위기속에서 자란 한국 아이들 중에는 어른이 되고 나서도 못된 짓을 일삼는 놈들이 꽤나 있었다. 하지만 뼈다귀는 눈앞의 욕망을 만족시키기에 급급한 그들과는 전혀 차원이 달랐다.(현월, 『나쁜 소문』, 신은주·홍순애 역, 문학동네, 2002, 10쪽)

현월은 이기승의 『잃어버린 도시』에서도 언급된 바 있듯이 존재하지만 부재하는 '유령'적 존재로 자신들의 호명을 대체한다. 재일한인의 정체성을 '실체 없음'의 소문적 존재로, '유령'화해서 제시한다. '재일코리언'[82]은

---

81) Vijay Agnew, 『*Diaspora, Memory, and Identity －A search for Home*』, University of Toronto press, toronto Buffalo London, 2005, 13쪽.

82) 현월은 자신을 '재일코리언'으로 불리주기를 원한다고 말하고 있다.

디아스포라 난민 특유의 역사적 경험[83]으로 온전하지 못하고 존재하나 모호하며 위험한 '소문적 존재'가 된다.

　억압된 역사적 서사를 가지고 있는 종족은 위험하고 모호한 정체의 타자로 인식된다.[84] 현월의『나쁜 소문』에서 재일한인은 '-더라'라는 모호한 소문으로 존재한다. 이들이 '나쁜'소문이 되는 것은 전언자가 '뼈다귀의 일족'(현월,『나쁜 소문』, 149쪽)이 아니기 때문이다. 뼈다귀를 포함한 소수는 모호한 존재의 종족이다. 뼈다귀의 본래적인 정체성은 어느 것으로도 규명되지 못하고 영원히 '나쁜 소문'으로서만 존재하게 된다. 뼈다귀는 '소문'의 근거없음·비신뢰성에 힘입어 더욱 더 모호한 존재, 불가지적 존재가 된다.

　　그 남자는 동네 사람들로부터 '뼈다귀'라고 불렸고 <u>나쁜</u> 소문이 많기로 유명했다.(현월,『나쁜 소문』, 신은주·홍순애 역, 문학동네, 2002, 9쪽)

　　그 집에는 지금도 뼈다귀와 그의 여동생이 살고 있는데, 사건 이후 뼈다귀의 모습을 본 사람은 거의 없다. (중략) 그들은 가게 손님이나 거래처 사람들에게 뼈다귀 이야기를 할 때, 그는 여전히 살아있는데 아직 죽기에는 이른 것 같아 <u>보이더라</u>. 빼빼 말랐지만 얼굴은 묘하게 윤기가 <u>나더라</u>. 어쨌든 지지리도 오래 사는구먼, 이라는 말을 이구동성으로 입에 담았다. (현월,『나쁜 소문』, 12쪽)

　삼촌은 '나쁜 소문'에 대해 부정하지도 해명하지도 않는다. 왜냐하면

<ol>
<li value="83">송승철,「화두의 유민의식 – 해체를 향한 고착과 치열성」,『오늘의 민족문화』, 425쪽. 망명이란 삶의 조건이 그들의 정신세계와 그들의 문학형식에 어떤 특정한 방향성을 부여했기 때문이다.</li>
<li value="84">지라르,『희생양』, 김진석 역, 민음사, 2007 ; 리처드 커니, 앞의 책, 80~81쪽 참조.</li>
</ol>

소문의 모호함이 소외된 제3의 공간에서의 생존을 침해하지 않는 요소로서 작용하기 때문이다. 현월의『나쁜 소문』에서 뼈다귀 삼촌은 '이산적이며 에스닉한 유령'[85]으로 규정되고 있는 현실을 내버려 둔다.

소문 내부의 공간인 '집'에서 '료이치'에 의해 재현되는 '뼈다귀'는 아버지의 폭력에 시달리던 '나'를 구출해준 존재이다. 삼촌인 '뼈다귀'는 나 '료이치'의 구원자이다.『나쁜 소문』에서의 '나'는 "아버지가 이 세상 모든 것을, 온 세계를 완전히 파괴해 버리는 게 아닐까 하는 공포에 시달렸다.

> 삼촌은 큰 프라이팬을 손에 들고 일층 부엌에서 막 올라갔다. 그리고는 아버지 뒤로 가서 머리 꼭대기를 힘껏 내리쳤다.(현월,『나쁜 소문』, 21쪽)

삼촌은 '주술에 묶인 나'를 '프라이팬으로 내려친' '절대적인 존재', 구원자이다. 삼촌에 대한 모든 정보는 증명되지도 않은 채로 진실이 부재(不在)하는 이야기, '소문'에 의해 재구성된다. 실체는 없는 이 '소문'이 삼촌의 존재를 구축하는 것을 지켜 본 2년 동안의 이야기를 '나-료이치'가 서술하는 것이 현월의『나쁜 소문』이다.

> 나를 진정으로 안정시켜 준 것은 이상한 고모와 삼촌이 있는 집에서 먹은 '닭죽'의 맛이다.(현월,『나쁜 소문』, 25쪽)

주위의 소문과는 달리 삼촌은 '닭죽'으로 나를 치유해 주는 사람이다. 개에게도 주지 않는 닭뼈다귀를 소리내어 씹어대는 것 때문에 삼촌은 '뼈다귀'라는 별명이 생겼다. 삼촌과 같이 하는 식사는 '나'가 낮에 겪었던

---

85) Vijay Agnew,『*Diaspora, Memory, and Identity −A search for Home*』, University of Toronto press, toronto Buffalo London, 2005, 13쪽.

시선의 고통과 부끄러움의 차별도 잊어버리게 한다. 무표정한 삼촌은 언제나 '온화한' 목소리로 말한다. 이것이 '나쁜 소문'으로 호명되는 주위의 판단과는 다른 '나의 삼촌, 뼈다귀'의 정체이다.

현월이 소설에서 제안하고 있는 재일한인의 생존전략은 제1세대와 제2세대와는 다른 방법이다. 제3세대 작가들은 '강한 자'를 지향한다. 그러기 위해 그들은 지난 과거의 시공간을 떠나 소문적 존재가 되어야 한다. '뼈다귀' 삼촌이 구원자이지만 조카 '료이치'를 강하게 만들어줄 수는 없다. '료이치'는 떠남으로써 그리고 삼촌처럼 실체가 없는 모호한 '소문적 존재'가 됨으로써 공포의 '강한 자'로 남게 되는 것이다.

'뼈다귀'의 작은 신체와 '반쪽짜리 성기'는 『나쁜 소문』에서 전복적 기호로 대체된다. '뼈다귀' 삼촌이 쌍둥이 형제보다 오래 생존하고 있게 된 것 자체가 '나쁜' 것이다. 그는 타자이기 때문이다. 작고 힘이 약하고 더러우므로 경멸해도 좋다고 생각한 하위주체가 더 오래 생존함으로써 이제 누구도 무시 못할 전설의 존재가 되는 것이다. 스스로 주변부의 소외를 택한 삼촌은 소수의 생존방식을 고수하는 새로운 인물유형이다. 결국 살아남은 자는 '삼촌'이다. 생식 불능의 '삼촌'은 '나쁜 소문'이 됨으로써 소수가 다수에 대항하여 살아가는 다른 층위의 방법을 제시하고 있다.

알라이다 아스만은 상처받은 기억을 치유하는 방법은 "상흔의 기억을 '다른 기억'으로 대체하는 것이다."라고 하였다. 순수하고 근심이 없는 현재를 제안받음으로써 상흔 투성이의 과거로부터 해방된다[86]는 것이다. 지금 여기의 공간에서 생존의 기억을 새롭게 대체하기 위해서는 과거의 공간이나 기억이 새겨진 공간을 떠나야 하는 것이다. '료이치'는 새로운 주체로 거듭나기 위해 떠난다.

『나쁜 소문』의 '뼈다귀'는 유미리의 작품 인물처럼 스스로를 소외시킨다.

---

86) 알라이다 아스만 지음, 앞의 책, 367쪽.

같이 어울리자는 친구의 초대에 응하지 않고 공격적으로 대응한다. 그는 공격적이고 폭력적인 정체성으로 마을 밖 목재 창고 옆집에서 살게 된다. 이들이 사는 공간은 '주변부'이며 신체 또한 그 주변적 위치를 상징하는 '반쪽자리 성기'를 지니고 있다. 신체적 크기의 차이는 여기서 우열을 증거하는 신체적 기호로 작동한다.

　　뼈다귀의 키가 자라지 않는 건 성기가 반밖에 없기 때문이라며 수군거리고 소리죽여 비웃어댔다.(현월, 『나쁜 소문』, 48쪽)

　생계와 생존의 수단으로 몸을 팔게 되는 '고모' 또한 불결하고 모호한 소문적 존재이다.

　　별난 엉덩이를 가진 여자애가 있다는 소문은 조용히, 그러나 확실하게 퍼져 나갔다. 단골손님만도 열 명을 넘어, 형제는 시간 조정에 고심하게 되었다.(현월, 『나쁜 소문』, 93쪽)

　몸 파는 '고모'의 정체는 다층적으로 배제되는 하위주체의 표상으로 오빠인 '뼈다귀'와 함께 불결하지만 매혹적인 모호한 대상이 된다. '고모'는 '오징어 젓'과 같은 묘한 악취로서 다수 남자를 이끌면서도 생계 유지와 사회적 냉대라는 이중적 고통을 당한다. 고모는 '침묵하는 타자'를 재현한다. 고모가 내는 소리는 '울음소리'이며 자신을 언어로 변호하지 못하는 타자이다. '엉덩이'와 '오징어 젓' 냄새라는 기호로 표상되는 고모는 실재하나 부재하는 존재로 철저히 타자의 위치에 있다.

　비위생적이고 궁핍한 주거공간과 신체적 기형을 지닌 주변부적 상징은 피식민지 현실을 신체적으로 형상화한 것이다. 고모의 무저항성과 뼈다귀의 폭력적 대응, 두 가지를 모두 내면화하게 되는 '나'는 이 두 가지 생존의 방식을 습득하는 경계인으로서 '힘'에 의해 세계가 구성되었다는 진리를 학습한다.

삼촌 뼈다귀의 집과 양씨 형제의 집은 여러 면에서 상동한다. 양씨 형제의 동생 '가나코'는 '고모'의 대칭적 위치에 존재하는 여성이다. '가나코'는 '이 동네에서 나에게 미소를 보내준 최초이자 마지막 사람'(현월, 『나쁜 소문』, 54쪽)이다. '료이치'는 이 두 집안을 왕래하는 경계인이다. '료이치'는 마을의 지배자인 양씨 형제를 선망한다. '료이치'의 '힘'에 대한 선망은 가족을 억압하는 양씨 쌍둥이 형제의 동생을 '아우님'이라고 부르는 호명에서도 확인된다. '료이치'는 '양씨 형제'에게 협조한다. '양씨 형제'는 지배자이기 때문이다.

내가 꿈꾸는 '가상의 가족 공간'은 선망하는 양씨 형제와 함께 경영하는 정육점으로 구체화된다. '료이치'가 이런 공간을 꿈꾸는 동안 '뼈다귀'는 분노를 쌓으며 '고모'를 매춘녀로 만든 양씨 형제에게 복수할 시간을 기다린다. 조용히 그리고 지속적으로 분노를 망각하지 않고 기억하여 기필코 그 복수를 할 계획을 실천하는 삼촌의 태도에는 깊이를 짐작도 못할 분노가 근저에 깔려 있다. '뼈다귀'가 선택한 복수는 '양씨 형제'가 고모에게 한 것과 똑같은 방법이다. 즉 가장 소중한 존재인 '가나코'를 유린하는 것이다. 오빠들이 지은 죄의 대속자로서 살고자 했던 '가나코'의 처참하게 파열된 생식기는 현월의 작품세계에 반복되어 재현되는 죄의 반복과 폭력의 반복을 경고하는 희생양의 표상이다.

복수함으로써 삼촌은 '뼈다귀 일족'의 불행을 제거한다. 복수를 통해 삼촌은 '아버지' 세대와 달리 결코 '무능력'하지 않으며 힘이 있는 자만이 생존한다는 가르침을 '료이치'에게 전수한다. 소수자로서 다수의 멸시에 대응하며 살아가는 방법은 곧 '강한 자'로 변신하는 것이다. '료이치'는 삼촌의 복수를 학습한다.

양씨 형제와의 생존 싸움에서 결국 죽지 않고 살아남은 자는 단독자이며 열등한 신체를 가진 주변인 '삼촌'이다. 불멸의 존재이자 '죽음의 신'의 모습을 한 '반쪽 성기'의 삼촌을 모방해 오던 제3세대 '료이치'는 강해지고 싶다는 소망을 외친다.[87]

1세대	2세대-제주도 출생	2세대-일본 출생	3세대-일본 출생
할아버지 다카야마 (고철상)	아버지	삼촌 뼈다귀	나 료이치
(증발)	(배를 타러 떠남)	(마을 주변부에 존재하는 소문)	(마을에서 사라짐, 진정한 소문적 존재)

다시 소문적 존재로 새롭게 거듭나는 주체는 제3의 공간인 소문의 공간에 존재한다. '료이치'가 여기저기 부유하다가 '도쿄'에 정착했다는 소문이 마을에 전해진다. '료이치'는 내부의 중심에 잠입해 존재하는 재일한인의 새로운 전형을 표상한다. '료이치'는 생성 과정적 주체인 미성년으로서 등장한다. 관찰자인 '료이치'는 처음에 아버지의 지배하에 있다가 삼촌의 영향력아래 흡수된다. 이 마을의 주변부에 살고 있는 '뼈다귀'라는 삼촌과 함께 그를 모방하다가 '삼촌'처럼 되어 진정한 소문적 존재가 된다. 삼촌은 나를 피해자의 입장에서 벗어나 '강한 사람이 되고 싶다'는 생각이 들도록 가르쳐 주는 사람이며 나에게 닭을 죽이는 법을 학습시킨 사람이다.

'료이치'가 진화한 과정에는 『그늘의 집』에서와 같은 '분노'[88]가 자리

---

87) "'이제 내가 해치울' 세상을 향해 소리치게 된다. 지금의 '빈약한 내 몸과 정신… 강해지고 싶다! 소리내서 그렇게 말하고 나니 눈물이 흘러 나왔다. 이불 속에서 온 세계가 아버지의 모습으로 채워져 공포에 떨었던 어린 시절의 기억이 되살아나 강해지고 싶다고 다시 한번 중얼거렸다."(현월, 「나쁜 소문」, 131쪽)

88) 삼촌은 내가 말할 틈도 주지 않고 내 양 어깨를 움켜쥐고는 순식간에 벽에다 밀어붙였다. "료이치, 너 아직도 화가 나 있지? <u>분노를 가슴에 담고 있는 거지?</u> 그렇지?" 무표정한 가면 같던 삼촌 얼굴에 표정이 있었다. 성긴 눈썹과 눈썹

잡고 있다. 생존력을 소유하려면 분노를 잊지 않아야 한다는 것이다. 그리고 '강해지고 싶다'는 열망이 그의 '소문적 존재'에의 욕망을 추동한다.

걷기 시작했다. 되도록 빨리 걷자. 미련 없이 여기를 떠나겠다. 이 결말은 상상했던 결말과 얼마나 동떨어진 것인가? 걸어가면서 정리되지 않는 머리로 자문해보았다. 뒤섞인 대답 중에서 가장 뚜렷하게 새겨지는 말을 주워 피투성이가 된 입안에서 몇 번이고 반복해서 중얼거렸다. 강해지고 싶다. 그러자 어디에서 솟아오르는 걸까? 가슴에 말이 가득 차 억누르지 못하고 뱉어냈더니 의미 없는 우렁찬 외침이 되어 밤하늘에 퍼졌다.(현월, 『나쁜 소문』, 159쪽)

강해지기 위해 그들은 지금의 시공간을 떠난다. '료이치'는 떠남으로써 그리고 또 다시 실체가 없는 모호한 '소문적 존재'가 됨으로써 공포의 '강한 자'로 남는다.

료이치는 동네에서 사라진 지 반년 후 한국계 은행의 뼈다귀 구좌에 팔만 오천 엔을 송금했다. 그것을 한 은행직원이 이야깃거리로 동네에 흘렸다. 사람들은 아직 중학생이니 신문배달이라도 한 거겠지, 알다가도 모를 애였는데 기특한 일이라며, 의심보다는 동정하는 목소리가 더 많았다. 그러나 날짜나 금액이 한번도 틀리지 않고 매달 송금돼 오자, 점점 무서운 느낌이 들기 시작했다. 송금을 하는 곳은 처음 몇 년 동안은 전국에 흩어져 있었지만 이윽고 도쿄로 정착하게 되었고, 최근 십 년 동안은 한 은행의

사이에 주름이 잡히고 한껏 크게 뜬 작은 눈은 충혈되어 있었다. 오른쪽 입가가 약간 위로 올라갔고, 오른쪽 뺨에 희미하게 경련이 일었다. 그러나 목소리는 온화했다.
삼촌이 정말 화가 났는지는 몰랐지만, 벽에 밀려 서 있는 게 마음에 안 들어 뾰루퉁한 얼굴로 아니라고 했다. "거짓말 하지 마! 화내고 있지? 화 안 난다는 게 말이 돼? 화를 내란 말이다. 계속해서 화를 내!"(현월, 『나쁜 소문』, 30~31쪽)

지점에서만 송금되어 왔다.(현월, 『나쁜 소문』, 14~15쪽)

현월의 『나쁜 소문』은 '료이치(凉一)'의 눈으로 확인되는 현재를 기록한 글이다. 그런데 작품 말미에는 서술자가 스스로 소문적 존재가 되어 사라진다.

양씨 형제가 사건 직후 이사 간 히로시마에서 들으면 금방 잊어버릴 만한 흔한 병으로 잇따라 죽었다는 소문이 동네에 들려온 것은 오년 전이었다. (중략) 쌍둥이는 어이없이 죽었는데, 그날 밤 누구나 쌍둥이한테 죽을 줄 알았던 뼈다귀가 살아남아 앞으로도 오래오래 살 것 같은 건 무슨 인연이 아닌가 싶어 더욱 더 마음이 무거워지는 것이었다. (중략) 그러나, 이제는 이미 초로가 된 뼈다귀와 같은 세대사람들은 생각한다. 그 사건을 기억하는 사람은 해마다 줄어들지 않는가. 머지않아 뼈다귀를 전혀 모르는 사람들이 동네의 주류를 차지하게 될 것이다. 그렇게 되면 뼈다귀는 죽은 것이나 다름없다. 만약 앞으로 백년을 더 산다 해도.(현월, 『나쁜 소문』, 161~162쪽)

멸시받지 않으려면 '강한 사람'이 되어야 한다는 자연스러운 자각으로 이끄는 존재인 『나쁜 소문』의 '뼈다귀'는 양석일의 『피와 뼈』의 '김준평'의 정체성과도 동일한 양상을 보인다.

김준평의 피투성이 입에 물어뜯긴 귀의 절반이 물려있었다. 그 살토막을 김준평은 어금니로 잘근잘근 씹어서 삼켜버렸다. 믿을 수 없는 광경이었다. 어스름 속에서 벌어지고 있는 이 전대미문의 사건을 이웃사람들은 그늘 속에서 조심조심 엿보고 있었다. 대문을 닫아 걸고 이층 창문으로 지켜보고 있던 쌀집 주인은 제 눈을 의심했다. 상대가 아무리 폭력배라고는 하지만, 귀를 물어뜯어 먹어버리다니, 인간이 할 짓인가.
김씨는 귀신이 아닐까.(양석일, 『피와 뼈』, 167쪽)

양석일은『피와 뼈』에서 '괴물, 김준평'을 창조해냈다. 이 소설에서 '김준평'은 지배자에 의해 양산되고 유포되고 있는 부정적인 '재일한인'의 이미지가 응축되어 있다. 그는 폭력적이고 위험하고 더러운 인간으로 재현되고 있는 것이다. 그렇지만 그 반면 '생존력'과 '힘'의 상징으로서의 존재를 표상하고 있기도 하다. '김준평'은 누구도 범접할 수 없는 공포의 괴력을 소유하고 있다. '김준평'은『피와 뼈』결말에서 북조선으로 '떠남'으로써 패배를 인정하지 않는 괴물이며 전설의 불사신이 된다. 식민주의가 지배하던 시대에 피식민자는 정체성이나 차이를 생산하는 것이 아니라 식민주체가 단지 부분적으로만 이들에게 부여하는 현존의 한 형태만을 생산할 뿐이다. 따라서 두 문화 사이에 불가능한 공간을 점유하고 있는 디아스포라 주체는 결함 있는 식민지를 '흉내내는 인간'이 된다. 모방과 조롱 사이의 불확실한 영역을 점유하면서, 이 '흉내내는 인간'은 따라서 식민주의가 실패했음을 표상한다.

'괴물, 귀신, 김준평'(양석일), '유령 박영호'(이기승), '뼈다귀'(현월)는 타자의 공포적 표상을 상징하는 존재이다. 이들은 이방인으로서 모호한 타자성으로 호명되며 전 세대의 민족적 호명에서 벗어난 호명으로 존재하기 시작했다. 기존에 호명된 '민족적 호명'은 이미 상상되고 물상화되어 그 정체성 속에 새롭게 등장하는 세대를 함몰할 소지가 있기 때문이다.[89] 재일한인 3세대는 디아스포라 타자로서 새 종족을 구성하기 시작한 것이다.

---

[89] 끊임없이 이주하면서 경계를 넘어가는 것을 통해서만 자신의 정체성을 유지할 수 있는 주체에게, 문화란 좋고 나쁨을 떠나서 '고향'에 귀속된다는 감각을 표현하고 있는 데에 불과하다. 이 문화는 집합적인 주체와 개별적인 주체를 이음매 없이 봉합하는 동시에 집합체를 그 <외부>로부터 구별하고 그 <내부>의 계서제를 규정하는 분단의 경계선이기도 하다. 바꿔 말해서 경계는 민족이나 국민, 문화나 계급, 성(젠더)이나 인종 등에 따라 구획된 집단들 사이의 범주적 차이를 분절화하거나 그것을 억압하는 동시에 집단들의 상사기관적인 관계를 상상속의 정체성이나 대립으로 '물상화'하고 만다.(강상중, 앞의 책, 196~197쪽)

그러기 위해 민족적 정체성을 차이화의 에스니시티로 이용하기 시작했다. 재일한인 3세대는 닭죽, 조선시장, 김준평의 처 영희의 굿하기 등의 생활양식으로 인해, 호기심의 대상으로서 존재하기 시작했다. 그리고 재일한인을 ‘모호한 정체성’으로 규정하고 있는 그 위치에서 자신을 ‘소문적 존재’로 강화한다.

재일한인 3세대를 모호한 ‘소문’으로 표상하고 있는 것은 아직 새 세대의 자아 정체성의 생성이 진행중임을 의미한다. 재일한인 3세대 작가는 기존의 고정적 재일한인에 대한 개념을 파괴하고 경계적 주체로서 새롭게 차이성이 부각되기를 바라며 글을 쓰고 있다.[90] 이들은 생존하여 자신을 표상하는 것만이 타자성의 부정에 저항하는 것임을 알고 있기 때문이다. 재일한인 3세대 작가의 글쓰기는 ‘재일(자이니치)’라는 것으로 타자의 차이성을 무화시켜버리는 내부사회에 대항하는 행위로 작용한다.

4. 장르의 월경(越境)과 현전성

이양지는 자신의 살풀이춤과 가야금 연주로 모국어의 언어적 경계를 넘는 방법을 찾아내었다. 이양지는 그가 발화하는 모국어의 이질성을 극복하기 위해 몸짓의 언어인 ‘살풀이춤’을 추었다. 그는 모국어를 발음할 수 없는 한계를 넘기 위해 춤이라는 몸짓을 선택한 것이다. ‘나’가 타자인 공간에서일지라도 춤을 출 때 ‘나비’가 된다. 그녀의 ‘타령’은 이제 언어의

---

90) “재일동포 스스로가 이미 남한도 북한도 아닌 제3의 존재로서 주체적인 자기 인식을 시도하고 있기 때문이다. 남한, 북한, 그리고 재외동포가 함께 하는 미래지향적인 통일 조국의 지향은 언젠가 돌아갈, 그래서 남한 혹은 북한의 일원으로서 아니라 한반도의 외부에 존재하는 민족구성원으로서의 자기동일성을 재일동포 스스로가 인식하고 있음이다.”(김형규, 「조국표상을 통해 본 ‘재일’의 존재론과 가능성」, 『민족의 기억과 재외동포소설』, 박문사, 2009, 43쪽)

경계를 넘는 수단이 되었다. '유희'가 쓰기 거북하다고 느낀 네 글자 '우리나라'는 춤이라는 침묵의 모국어를 통해 나의 영역이 될 수 있었다.

우리나라는 살아있다. 풍경은 바뀌어간다. 나는 그 속에서 가야금을 타고, 판소리를 하고 그리고 살풀이를 춘다. 나는 이렇게 있는 그대로의 삶을 살 수밖에 없다. 산다는 것은 어디에 있든 변함없다. 가야금이 선율을 연주하기 시작했다. 하얀 나비가 날기 시작한다. 나비를 눈으로 좇으면서 나는 살풀이를 추었다. 끊임없이 가야금이 율동하고, 불어대는 바람 속에 수건이 펄럭였다.(이양지, 『나비타령』, 60쪽)[91]

이양지는 살풀이춤을 춤으로써 죽음과 삶의 경계를 넘어 보인다. 『나비타령』에서 그녀는 한 마리의 나비가 되어 오빠의 진혼을 위로한다. 그녀의 언어에 대한 절망은 이양지의 '살풀이춤'을 통해 극복되어 품고 있던 '화, 절망'도 풀린다.

현재 재일한인 작가는 각자의 방법으로 스스로의 현재를 구현하기 위해 경계를 넘고 있다. 이들의 글에는 자서전적인 요소가 투영되어 있어 사실과 허구의 경계가 모호한 소설공간이 생산되고 있다.

양석일은 자신의 현재를 소설로 구축하기 위해 23년의 준비기간이 필요했음을 토로했다. 23년이란 자신의 정체성을 외부세계에 발화하기 위하여 걸린 시간이다. 이 말은 곧 자신이 생존해 온 이유가 글쓰기라는 행위에 있음을 의미하는 것이기도 하다.

---

91) '나'의 살풀이춤은 자신의 슬픔을 위한 것임과 동시에 요절한 오빠들의 영혼을 위로하는 춤이기도 하다. 『나비타령』은 재일한국인이라는 입장에 놓인 작가가 자신의 내면적 고통과 가족에게 닥친 슬픔을, 모국의 전통음악과 무속무용 속에 나타난 민족적 정서인 한으로 승화시켜 이를 극복해 나가려는 의지를 보여주고 있다.(유숙자, 앞의 책, 129쪽)

18세부터 22세까지 시를 썼던 나는 결혼하여 자식을 두명 낳았다.…
45세에 소설 한권을 출판하기까지 실로 23년이 걸렸던 것이다.(양석일,
『비우면 가벼워지는 인생』, 김국진 옮김, 오늘의 책, 2004, 4쪽)

소설이라는 양식은 자신이 체험한 사실에서 자유로워지는 기능을 제공한
다. 그런데 재일한인 작가의 대부분의 소설은 그들의 원체험에 근거하고
있고 작가의 이러한 원체험에 근거한 소설은 수필과의 경계를 무너뜨린다.

양석일[92]의 소설 속 인물들의 모습은 사실 그의 자전적 체험에서 살아
숨 쉬고 있는 가족의 재현이라고 봐도 무리가 아니며 그도 그의 수필에서
그 사실을 피력하고 있다. 그가 수필을 통해 자신의 원체험을 서술한 것은
재일한인의 원체험과 현재적 정체성이다. '수필은 페르소나의 이미지가
강화된 양식'[93]이기 때문에 자아의 실체가 전면화된다. 그가 작가로서
처음 서술하고 있는 것은 자신의 이야기이다. 허구라는 자유로운 구축의
공간을 빌어 문단에 등장한 양석일은 충격적 서사인 허구 소설이 사실은
원체험과 거의 유사했음을 밝히는 자서전을 뒤이어 발표했다.

재일한인은 1980년대 후반에 일본에서 시작한 '서민의 자서전 붐'을
배경으로 본격적으로 자서전을 쓰기 시작했다.[94]

양석일은 작품 속에 자신의 개인적 체험을 직접 기입한다. 이는 일본의
사소설의 경향과 맥을 같이 한다. 작가 자신을 텍스트 공간 속에 기입하는
경향이 한 작가에게 지속적이며 반복적으로 나타난다면 그것은 주목을

---

92) 양석일 : 일본오사카 출생. 18세부터 시를 쓰기 시작. 시 동우회 '진달래'에서
　　시를 써오다가 『달은 어디에 떠있나?(택시광조곡)』으로 문단 데뷔.

93) 스즈키 토미, 『이야기된 자기』, 251쪽 ; 사소설에서는 직접성과 정서적 교감이
　　중시된다. 질서 있는 구조나 구축적 상상력은 결여되어 있다.(스즈키 토미, 『이야기
　　된 자기』, 214~215쪽 요약)

94) 키타무라 케이코, 「자서전을 통한 재일한인의 정체성에 관한 연구」, 서울대 석사학
　　위논문, 2006, 59쪽.

요한다.

책 속 인물의 이야기가 저자의 이야기라고 생각할 수 있는 분명한 근거가 있어도 이는 자서전이 아니라 자서전적인 소설이다. 이야기의 진정성을 획득하게 되는 지점은 이야기가 작가의 원체험이냐 아니냐를 파악하는 데에 있는 것이 아니다. 작가도 자신의 체험을 조작 재배열 선별하여 체험을 자서전이라는 구조 속에서 재창조하기 때문이다. 그러나 자서전적 소설의 미덕은 이야기의 설득력을 높일 수 있다는 점에 있다. 자서전적 소설은 예외적 존재로서 생존해야 하는 디아스포라인 양석일이 선택하기에 가장 적절한 글쓰기 양식이라고 할 수 있다.

사실이라고 믿기 힘든 충격적 폭력과 엽기적 성행위를 하는 아버지, 그리고 그로 인해 자살한 누이의 가족사라는 자전적 체험을 양석일은 왜 소설화한 것일까.

양석일은 자서전을 통해 자신의 소설이 원체험에 연결되어 있음을 피력함으로써 사실 "작자와 화자와 작중인물의 동일성을 텍스트 안에서 표명하는 것"이다. 이 "동일성은 최종적으로 책의 표지 위에 있는 작자의 고유명사에 귀속된다."95) 이를 통해 볼 때 양석일의 소설과 사적 에세이의 작업은 모두 하나의 글쓰기 공간으로서 종합된다. 그의 글쓰기의 목적은 원체험의 드러내기, 원체험의 핍진성, 사실성을 드러내는 것이다. 그는 자신의 '재일한인'의 정체성을 드러내어 자신의 '인격적 역사'를 정리해보는 것이 최종적 목적이라고 말한다.

---

95) 필립 르죈(Philippe Lejeune), *Le Pacte autobiographique*, Paris: Seuil, 1975, 13~46쪽. 이 책의 1장 「자서전의 규약」에서 르죈은 토도로프(Todorov)의 말에 근거하여 자서전 및 다른 '사적인 문학(일기, 자화상, 사적 에세이)'을 정의한다. 르죈에 의한 자서전 장르의 완전한 정의는 "실재의 인물이, 자기 자신의 존재에 대하여 쓴 산문의 회고적인 이야기로, 자신의 개인적 생애, 특히 자신의 인격의 역사를 강조하는 경우를 말한다."고 한다.

"자서전을 연구하는 학자들은 주로 인생과 서사의 밀접한 관련성에 주목하는 것에서부터 출발한다. 그러나 실제 인생과 서사가 관련성이 없고 또 서사가 극히 최소한의 것이라면 어떤 일이 발생할까? 나에게 흥미가 있는 것은 자서전이 장르로서 적합한지, 그리고 어떻게 해서 다양한 작가들이 유명하거나 사회적으로 여전히 무의미하고 힘없는 보통사람에게 트라우마가 있는 개인과 역사적 사건들과 잘 소통하도록 하는지에 대한 것이다. 사실 줄리아 크리스테바가 말했듯이 생은 서사이며 생은 서사로서 대표되는 것이다."96)

재일한인 1세대의 글쓰기의 의도가 공유기억을 상상으로 구축하여 공동체의 역사를 서술하는 것이었다면 재일한인 2세대, 특히 2세대와 3세대에 걸쳐 아울러 작품 활동을 하고 있는 양석일의 작품 활동은 이렇듯 자신의 개인적 역사를 정리해보는 자서전의 글쓰기로 정의될 수 있다.

아버지는 당시로서는 다른 사람보다 훨씬 거한이었으며, 무슨 일이든 완력으로 존재감을 과시했다. 야쿠자들조차도 두려워하는 인물이었다. 아버지는 가족들에게도 폭력을 휘둘러 우리 가족은 오랫동안 잠을 제대로 잘 수 없었다. 우리 가족이 제대로 잠을 잘 수 있게 된 것은, 내가 고등학생이었을 때 아버지가 첩을 얻은 뒤였다. 그러나 아버지는 우리 가족이 살고 있는 집 바로 건너편 집에서 첩과 함께 사는 이상한 생활을 했다. 그 이상한 상태에서 벗어난 것은 내가 고등학교를 졸업한 후였다. 아버지가 얼마 안 돼 이사를 했기 때문이다.(양석일, 『달은 어디에 떠있나?(택시광조곡)』, 8쪽)

---

96) Marlene Kadar, 『*Wounding Events and the Limits of Autobiography*』, 81쪽 ; Vijay Agnew, 『*Diaspora, Memory, and Identity —A search for Home*』, University of Toronto press, toronto Buffalo London, 2005.

양석일이 소설 그리고 자전적 에세이를 통해서 의도한 바는 결국 '진실'의 폭로이다.[97] 양석일의 글쓰기 목적은 재일한인이 위장하고 있는 가면을 벗겨내 그 비밀을 진리로써 폭로하는 것이다. '재일한인'의 부정적 면을 노출하여 오히려 소수자에 대한 차별적 시선을 악화한다는 비난에도 불구하고 그의 글쓰기 작업이 의미가 있는 이유가 바로 이것이다. 상상되거나 오해되는 '재일한인'의 정체에 대한 '진실' '참된 현실'을 드러내기의 일환으로서 그는 우선 '자기'를 폭로한다. 다른 누구도 아닌 '기괴한 체험'을 할 수밖에 없는 자신의 체험을 수용하고 이 사실을 전달하기 위해 '소설'이라는 장르를 이용한 것이다. 그 다음으로 자신이 생성된 개인의 역사를 자서전으로 서술한다. 양석일은 여러 편의 수필[98]로서 '무수히 얽혀 있는 일인칭의 자아'[99]를 규명하고자 한다.

양석일이 '재일성'을 판다는 오해에도 불구하고 그의 작품에 관심이 집중되는 이유는 그가 타자로서의 생존을 증명하고 있기 때문이며 궁극적으로 재일한인이 '생존'해서 살아남아야 한다는 가르침을 역설하고 있기 때문이다.

이 책은 나의 소년기부터 청년기에 걸친 반 자전적인 내용이다. 그러나

---

97) '초점인물', 즉 작중 인물, 화자, 작자가 공유하는 단일한 시점의 자서전적 소설은 일본의 사소설의 미학인 '성실원칙'―'사실' '진실' '참'의 가치를 인정하고 '만들어진' '비진실' '거짓'을 배척하는 미학―에 깊이 뿌리내린 기대 지평에 도달한다고 주장한다.(日地谷-キルシユウネライト, 三島一憲 譯, 『私小説 自己暴露の儀式』, 平凡社, 1992, 455~462쪽 ; 스즈키 토미, 36쪽에서 재인용.)

98) 『아시아적 신체』, 靑峰社, 1990 ; 『남자의 성해방』, 오금자 역, 인간과 예술사, 1994 ; 『파멸의 젊음』, 명경, 1996 ; 『비우면 가벼워지는 인생』, 김국진 옮김, 오늘의 책, 2004.

99) 나는 솔직히 수긍했다. 그 말에서 비로소 춘자의 신체, 춘자의 체취를 느꼈다. 그녀에게도 무수한 나, 무수한 일인칭이 뒤얽혀 있음이 틀림없다.(이양지, 『각』, 373쪽)

원고를 검토하는 과정에서 나는 내 과거와 삶에 대한 암담한 기분에 사로잡혔다. 특히 아버지와의 갈등과 가족의 비운에 새삼 인간의 깊은 업보를 생각하지 않을 수 없었다. (중략) 책 속에는 많은 친구와 아는 사람들이 실명으로 등장한다. 내 기억이 틀렸거나 혼란스러운 부분도 있을 것이다. 그로 인하여 그들에게 불쾌감을 줄지도 모르니 이 자리를 빌어 다른 뜻이 없었음을 밝혀 둔다. 한 인간의 내면에는 많은 것을 감추고 있는 어둠이 존재한다. 나 자신도 그런 어둠을 껴안고 있다. 그것을 스스로 드러내기란 거의 불가능할 것이다. 처음에는 다른 내용으로 쓸 예정이다. 그러나 다 쓰고 보니 이런 내용이 되어 있었다. 달리 쓸 길이 없었던 것이다.(양석일,『파멸의 젊음』, 이규조 옮김, 명경, 1996, 서문)

그가『파멸의 젊음』에서 서술하고 있는 아버지 ‘양준평’은『피와 뼈』의 ‘김준평’이다. 그는 자신의 어두운 과거를 자전적 소설로 형상화하고 재일한인의 현실을 핍진성있게 드러내기 위하여 자서전이라는 양식을 택했다. 아버지에 대한 증오와 살부충동[100]을 철저히 사실적으로 묘사하며 그는 수필의 양식을 통해 재일한인을 호기심의 위치에 배치한다. 아버지는 박치기를 하는 사람이었으며 싸움을 매우 잘하는 사람이었고 ‘아버지가 동거한 여자는 아마 쉰 명을 밑돌지 않을 것이다.’(『파멸의 젊음』, 28쪽) 난민의 신세로 피난을 하던 중 막내동생이 떨어져 죽은 것이며 어머니가 죽은

---

100) “아버지만 없으면 얼마나 행복할까하는 생각이 들었다. 아버지는 수시로 집을 비우곤 했는데 나는 그냥 이대로 영영 아버지가 돌아오지 말아 주었으면 하고 기도 했다. 솔직히 말하면 아버…아버지는 술에 만취하여 집에 돌아와서는 구둣발로 방에 들어와 갓난아기를 안고 있는 어머니에게 마구 발길질을 했다. 아기를 안고 도망치는 어머니를 감싸주는 사람은 이웃이건 친구건 무조건 폭력을 휘둘렀다. 심지어 어린 나에게도 적개심을 그대로 드러냈다. 부모가 자식을 야단치는 정도가 아니라 장차 최대의 적이 될 아들, 즉 자신의 분신에게 폭력의 공포를 심어두려는 듯한 태도였다. 하지만 내 마음 속에서는 아버지에 대한 증오만 커갈 뿐이었다. 우리는 365일 가운데 3백일은 아버지의 폭력에 떨면서 살았다.”(양석일, 『파멸의 젊음』, 23쪽)

아기를 위해 굿을 하는 장면이며 모두 그의 수필에 나타나고 있는 서사는 『피와 뼈』와 거의동일하다.

B29의 폭격이 물질적인 공포라면 아버지는 정신적인 공포였다. 그 공포는 우리 등판에 찰싹 달라붙어 떨어질 줄 모르는 피부 감각과도 같은 것이었다. 나는 아버지를 떠 올릴 때마다 그 양반은 도대체 무슨 생각으로 한 평생을 살았을까 하며 의아해 하곤 한다. 아버지는 가족을 사랑한 적이 한번도 없었다. 여자를 깔보고 폭력을 휘두름으로써 자기 존재를 과시하려고 들었다. (중략) 나는 가족을 팽개치고 혼자 피난을 간 아버지를 증오했다.(양석일, 『파멸의 젊음』, 19쪽)

학교에서 돌아오면 나는 가방을 던져놓고 놀러 나갈 수 있었지만 누나는 청소, 빨래, 저녁 준비에 쫓겨 놀 시간이 없었다. 밤이 되면 나와 누나는 공포의 시간을 맞이한다.… 드디어 어두운 골목에 괴물이 걸어오는 듯한 아버지 발자국 소리가 들려왔다.
"야. 이놈들아! 이 양준평을 몰라봐! 내 이것들을 싸그리 없애버려야지! 저 잘났다고 설치는 년! 혀를 뽑아버릴 테다."(양석일, 『파멸의 젊음』, 36쪽)

우리가 번 돈은 전부 아버지 술값으로 나갔다. 이런 미치광이 같은 생활이 오랫동안 매일같이 거듭되었던 것이다. 결국 누나는 열세 살 나던 해에 쥐약을 먹고 자살을 시도했지만 미수로 그쳤다. 그 후 아버지는 자살이 미수로 끝난 누나를 더욱 미워하게 되어 걸핏하면, "너 같은 년은 어서 죽어버려!"하고 욕설을 퍼부었다.(양석일, 『파멸의 젊음』, 37쪽)

양석일의 자서전에서는 소설 『피와 뼈』에 나온 가공의 인물이 실제 인물이라는 것과 함께 실명이 공개된다. 양석일은 아버지가 제주도에 있을 때 강제로 관계를 가져 생긴 어떤 유부녀의 아이가 형이라고 나타난 것이며,

그 형이 히로시마의 폭력조직인 Y단의 간부로 조직 간의 싸움을 하여 상대편의 간부와 세 명을 죽이고 피신해 왔었던 것, 그리고 양석일 자신이 살부 충동으로 아버지에게 죽으라고 말했던 것까지도 허구가 아니라 사실이었음을 밝힌다.

> 어묵공장에서 일하던 김전수라는 사람이 회칼을 들고 아버지와 대적을 하고 있었다. 그 때 나도 모르게 불쑥 소리치고 말았다. "뭘 해! 빨랑 콱 죽여 버려!" 스스로도 믿기 어려운 말이 내 입에서 튀어 나왔다. "나를 죽이고 싶디? 죽이고 싶겠지. 으윽, 으음, 네가 나를 죽이고 싶었단 말이지? 나를 죽이고 싶겠지. 으음, 으음, 언젠가 날 죽여라. 언제든 네놈 칼을 맞아 주마, 으음, 으윽."(양석일, 『파멸의 젊음』, 59~60쪽)

자서전이 유의미한 것은 "구제적인 맥락으로서 대표되는 개인의 삶"[101] 이라는 점이다. 자서전을 씀으로써 작가는 자신의 개인적 과거를 역사화한다. 이 역사화의 방식으로 재일한인은 세상에 자신을 드러내게 되는 것이다. 자서전으로 '과거에 대해 진짜 이야기를 하는 것은 현재의 잠재성을 드러내는 것이'[102] 된다.

그런데 자서전을 작품의 창작 순서상 나중에 쓰게 되는 이유는 "실제 인생에 대한 글쓰기가 대체로 늦게 발생되기 때문이다. 예를 들어 디아스포라의 생존자들은 말하고 싶고 또 그들의 경험을 회고할 때가 되었다든지 또는 기꺼이 말하고자 하는 분위기가 조성되었다 하고 깨닫게 될 때는 이미 생의 후반기에 접어들게 되었을 때인 것이다."[103] 따라서 여기에는

---

101) Marlene Kadar, 『*Wounding Events and the Limits of Autobiography*』, 83쪽 ; Vijay Agnew, 『*Diaspora, Memory, and Identity —A search for Home*』, University of Toronto press, toronto Buffalo London, 2005.

102) 폴 리쾨르, 『어떻게 허구적 서사가 참일수 있는가?』, 16쪽 ; 리차드 커니, 『이방인 신 괴물』, 328쪽에서 인용.

276

회고의 문제가 개입될 수밖에 없다. 재일한인 작가들의 자서전 작업은 과거를 회고하여 자신의 개인사를 자서전으로 써냄으로써 현재의 자신을 확인하고 미래의 자신을 응시하도록 재일한인 내부자들에게 말하는 것이다. 양석일이 자서전적 소설과 자서전의 장르를 넘나들며 글을 쓰는 것은 폭력적이고 선정적이며 엽기적인 흥미의 대상으로 자신을 묘사하는 것이 아니다.

양석일이 자서전적 소설에서 자서전으로 장르의 경계를 넘는 것과 같이 유미리는 현재의 시간성을 확인하는 작업으로 희곡이라는 장르와 소설 장르를 넘나들며 글을 쓰고 있다. 유미리는 자신의 과거를 현재적 장르인 희곡을 통해 극화시키는 것으로 글쓰기를 시작했다. 유미리는 한국에도 일본에도 속하지 않는 자신의 경계인성을 주장하면서 오로지 고독한 개인으로서의 활동만을 선언했다. 그는 세계와 어긋나고 있는 자신의 순간적 느낌을 재현하는 문제에 집중했으며 자신의 주변을 부유하는 궁극적 타자의 얼굴인 '죽음' 문제를 다룬 『물고기의 축제』로 1993년 키시다 쿠니오(岸田國士) 희곡상을 수상함으로써 일본의 문단에 화제를 불러 일으켰다.

> 내 노트는 이지메로 자살하는 아이의 유서와도 달랐으며, 하물며 일기는 더욱 아니었다. 내 '이야기'였다. 조심하지 않으면 현실로부터 버림받고 세계와 어긋나고 만다. 이 틈을 메우기 위해선 쓸 수밖에 없다.[104]

유미리에게 있어서 글쓰기 행위의 절박함은 글쓰기가 그녀에게 생존의

---

103) Marlene Kadar, 『*Wounding Events and the Limits of Autobiography*』, 84쪽 ; Vijay Agnew, 『*Diaspora, Memory, and Identity —A search for Home*』, University of Toronto press, toronto Buffalo London, 2005.

104) 유미리, 『*水邊のゆりかご*』, 角川書店, 1997, 88쪽 ; 홍기삼, 앞의 책, 219쪽에서 재인용.

목적이며 자신의 존재를 확인하기 위한 행위이기 때문이다. 유미리는 자신을 은폐하고 위장한 청소년 시절을 지나 고등학교 자퇴 이후 비로소 '자신의 얘기'를 극화하기 시작했다.

유미리는 과거의 기억을 장례지내고 현재를 살아내기 위해 연극에서 '장례'를 치른다. 유미리의 글쓰기는 자신을 치유하는 의례 행위이다. 유미리는 자신의 현재적 상황을 적확하게 설명해줄 언어로 가장 현재적인 장르 언어인 희곡을 선택한다. 희곡은 주체가 숨기는 그 무엇을 바로 그 자리에서 폭로하는 형식이기 때문이다.

> "조국에서 보면 나는 전형적인 半쪽바리로 조국문화의 근원(언어)에 무관심하게 생활하고 있다고 생각할지도 모릅니다. 그러나 저는 희곡을 쓰고, 극작으로서 일을 하고 있는 근거는 이러한 나의 생활방식 그 자체 속에 있다고 확신할 수 있습니다. 이것을 이해해 달라는 것은 곤란할 지도 모르지만 시험해 보십시오. 연극은 말할 것도 없이 시간과 공간의 예술이며, 시간과 공간을 창출해내는 것은 배우의 육체를 통해 말해지는 대사입니다. 저는 모국어를 쓰는 것도 말하는 것도 할 수 없어 다른 나라의 언어로 연극을 쓰고 있습니다. <u>그러나 이것이 저의 희곡언어를 극적으로 하는 것입니다.</u> 그리고 현대극을 필요로 하고 있는 나라의 언어는 저의 기묘한 언어와의 관계와도 같은 문제점을 가지고 있다고 할 수 있습니다."[105]

유미리가 선택한 시공간의미를 분석해보면 유미리가 왜 희곡을 통해 글쓰기를 시작했는지를 알 수 있다. 유미리에게 타자적 상황은 언제나 현재진행중이며 이러한 상황을 제시하기에는 희곡이 가장 적합하다고 그녀는 결정하고 글쓰기를 시작한 것이다. 또한 유미리에게 있어 '연극은 자유로운 행위이고 거기에는 산 언어가 있다.'[106]

---

105) 유미리, 『유미리 희곡집』, 9쪽.

278

『물고기의 축제』는 이미 붕괴된 이산가족이 둘째 아들의 죽음으로 인해 모여 서로의 가족적 존재를 확인하게 된다는 내용의 희곡이다. 이양지가 소리라는 청각적 감각으로 자신이 느끼는 현재성을 표현하려고 한 것과 대비적으로 유미리의 지각 감각은 후각[107]이다. 물고기의 '비린내'는 '피비린내'와 연결된다. 물고기는 '피'로 연결된 가족을 표상한다. 물고기는 한 곳에 머무르지 않는다. 유동하며 흔들거리는 존재이다. 이런 부유하는 존재들이 장례식에 모이는 것을 '축제'라고 반어적으로 표현한 것은 죽음의 의례를 통해 가족이 연대하기 때문이다. 재일한인들은 장례식을 흩어진 가족들이 모여 존재를 확인하고 가족의 재탄생을 축하하는 축제로 묘사한다.[108] 유미리는 전달되지 못하는 물고기의 비린내까지도 작품 속 바다의 빛 조명을 통해 모호하게 전달할 것을 지문에 써 놓고 있다.

1장 — 낙하/회상, 절벽 위
희미하게 떠도는 바닷물 빛, 주의 깊게 살피지 않으며 이 빛은 드러나지 않는다. <u>소리같기도 냄새같기도 한 푸른 빛</u>, 관속 후유오의 얼굴만이 흐릿하게 비춰진다. 붕대로 덮어진 후유오의 표정은 어쩌면 미소를 띠고 있는 듯 일그러져 있다. 먼 곳에서 들리는 것임에 분명한 파도소리. 그 울림이 점점 가까워진다.
<u>아버지 타카시의 목소리가 과거의 얽힌 실타래로부터 풀려나오듯 들려온다</u>. 16년 전의 여름. 절벽.(유미리, 『물고기의 축제』, 17쪽)

---

106) 여석기, 『한국연극의 현실』, 동화출판공사, 1974, 159~161쪽.

107) 재일한인 작가들에게 억압적 과거와 조국은 '냄새' 돼지를 키우는 냄새(『우리 청춘의 길목에서』, 『다듬이질 하는 여인』, 『죽은 자가 남긴 것』 등에서 나타난다.) 후각적 감각은 고향이자 존재의 유래 그 자체다.

108) 양석일의 『제사』나, 이회성의 『반쪽발이』, 김학영의 『얼어붙은 입』 등에서 장례식은 가족들이 잊었던 가족의 존재를 확인하고 연대를 통감하는 사건으로 기록되어 죽은 자의 부재를 통해 산 자의 연대를 확인하게 되는 전환점으로 기능한다.

『물고기의 축제』(白水社, 1996)는 상연하기 어려운 부분이 많은 읽기 위한 희곡이다. 소리와 냄새는 차이를 동반하는 감각이다. 소리와 냄새는 감지하는 자에 의해 달리 표현된다. 재현하고 표현하는 자의 주관에 의해 달라지는 매력이 있는 희곡으로 유미리는 자신의 가족을 자발적이고 적극적으로 재현한다. 유미리가 희곡을 선택한 또 하나의 이유는 자신이 창출한 연극의 시공간에서는 이동과 이주가 자유로우며 이 공간에서는 감각한 자, 즉 유미리의 의도대로 현재가 작동되기 때문이다. 유미리는 글쓰기 초기에 희곡을 썼을 뿐만 아니라 ‘청춘 오월당’이라는 극단의 연출을 맡아 극적 순간을 창조하는 일을 했다. 유미리는 연극의 공간 위에 자신이 창조한 세계 속에서 부유하는 자유로움을 만끽하고자 한 것이다.

이 희곡에서 유미리가 재현하는 시간은 가족이 붕괴되고 해체되기 전 죽은 동생이 살아 있을 당시다. 이때의 중심 사건은 바닷가에서의 촬영이다.

타카시   자 키대로 서봐.
유리   ‘치이즈’는 누가 할 거야?
타카시   아빠가 할게. 바다가 나와야 하니까 모두 좀 더 뒤로 가.
후유키   빠질 거 같애.
루리   오빠 무서워.
타카시   괜찮아, 조금만 더 뒤로 가.
마사코   여보, 그만해요! 애들이 무서워하잖아요?
타카시   후유오, 넌 엄마 옆에 서면 안 돼. 맨 옆으로 가.(후유오, 울음을 터뜨린다)
마사코   많이 찍었잖아요, 여보. 이제 그만 좀 찍어요.
타카시   자 모두 웃어, 치이즈!(카메라 셔터소리, 찍히는 것은 바다 뿐, 파도가 얽힌 과거의 실을 휩쓸어가 버린다.)(『물고기의 축제』, 17쪽)

과거의 공간에서 가족은 즐겁게 여름휴가를 가서 즐거운 가족사진을 찍는 것처럼 보이지만 실은 '무섭'고 울음만 터뜨리고 싶을 뿐이다. 아버지가 찍고자 하는 과거 공간의 사진에서 '나'는 억지로 웃어야 했다. 사진이 잘 나오도록 가짜 웃음을 지을 것을 요구하는 아버지의 모습은 유미리의 소설 『가족시네마』에서 영화를 찍기 위해 증오를 가장하고 모두 즐거운 생일파티를 하는 척하는 장면과 장르를 넘어 연결된다.

가족사진을 찍는 이 과거의 한 장면은 유미리가 과거의 가족에 대해 어떻게 회상하고 있는지를 보여주기 위해 극적으로 선택한 것이다. 그가 선택한 회상적 과거는 '재일한인 2세대'가 가족을 확인하고 아버지 세대의 고뇌를 이해할 수 있는 과거로의 이동이 아니다. '재일한인 3세대'에게 '과거의 가족' 속에는 '죽음 가까이로 밀어넣는 공포'를 강요하며 즐기는 가학적 '아버지'가 존재한다.

유미리는 현재의 무대공간에서 과거의 기억이 반복되는 것을 직시하고 반복 회상하면서 자신의 망각을 기억으로 전환한다. 과거의 공간은 무대 위 공간에서 죽음이라는 제의를 통해 자신의 가족들이 모임으로써 현재에 소환된다. 장례식이라는 죽음의 모임을 통해 재생을 이끌어내는 재일한인 작가의 현존적 공간에 대한 의식이 서사화되는 것이다. 재일한인의 작품에 제사와 장례식등 제의적인 의례가 자주 등장하는 것은 이 의례가 바로 자신의 정체성을 한 시공간에서 극명하게 드러내어 줄 수 있는 상징적 의식행위이기 때문이다.

1장 : 낙하/회상, 절벽위
2장 : 부재중 전화/어머니집, 거실
3장 : 매미 울음소리/어머님집, 거실
4장 : 조문객의 모습/어머니의 집, 부엌

5장 : 바다/상점가

6장 : 잔해/어머니의 집, 거실

7장 : 밤샘/어머니의 집, 거실

8장 : 부부/어머니의 집, 거실

9장 : 자매/어머니의 집, 유리의 방

10장 : 형제/어머니의 집, 후유오의 방

11장 : 장례식의 자화상/어머니의 집

12장 : 빨간 카네이션/어머니의 집, 거실

13장 : 출관/어머니의 집, 거실

14장 : 연기/화장터

15장 : 끝의 시작/석양길

타카시   사진을 찍어야겠는데.

루리   저, 여기 카메라 있어요. 어제, 해수욕장에서 찍었어요.
        (타카시, 루리로부터 카메라를 받아들고, 카메라를 맞춘다. 후유
        로의 납골단지를 안은 마사코 옆으로 유리와 루리와 후유키가
        다가선다) 자-

타카시   키순서대로 서 봐.
        (16년 전의 타카시의 사진 장면을 반복한다.) (유미리,『물고기의
        축제』,『유미리 희곡집』, 정진수 편, 예음, 1996)

『물고기의 축제』는 같은 회상에서 회상으로 끝이 나는 순환적 구조로서
과거와 현재를 연결한다. 과거 공간 속의 절벽 위는 가족의 붕괴라는 위태로
움을 상징하고 15장의 촬영장면은 가족이 모두 해지는 길 위에 서 있는
것으로 부유하는 가족의 위치를 표상하고 있다. 과거와 현재에서 소환된
과거 공간에는 ‘어머니의 집-거실’이 사이 공간으로 위치한다. 이 사이
공간에서 현재적 시간으로 장례식을 치르면서 지난 과거와 현재를 연결한

다. 가족은 단란을 상징하는 거실공간에서 장례를 지내며 화합을 도모하게 되는 역설적 상황에 놓이게 된다. 잠시 화합하는 듯 보였던 가족이 이 단란한 공간을 떠나게 되면서 사이공간인 거실공간은 즉물적이고 찰나적인 것으로 소비된다. 가족은 다시 길 위로 떠날 준비를 한다.

이 희곡은 읽기 위한 레제드라마로 지문 속에 이러한 부유하는 존재로서의 개체성이 더 강조되고 있다. 특히 5장에서 길 위에 서 있는 사람들의 묘사[109]가 이러한 이미지의 효과를 한층 더 증폭하고 있다.

또 하나의 희곡인 『해바라기의 죽음』에서도 유미리는 내부의 공동체인 가족 사이에서 오히려 서로간의 소통이 불가능함을 강조하고 있다. 가족이라는 것이 내부의 억압이데올로기로서 작용한다면 그것을 탈피하려는 욕망은 자연발생적으로 생성될 것이다. 그런 이유로 유미리는 가족으로부터의 도피를 꿈꾸고 가족의 형태를 파괴한다. 가족간 근친상간·근친살해라는 가장 극한의 방법으로 가족을 파괴하고 있는 『해바라기의 죽음』은 유미리의 작품 중에서 가장 무공간적·무시간적·무관계적 공간을 지향하고 있는 희곡작품이다. 자신에게 디아스포라의 운명을 부여한 저주받은 가족과 관계를 파괴하는 것으로 자신을 지우는 글쓰기를 실천한다. 그러나 유미리는 현실에서도 여러 번 실제 자살을 시도한 적이 있다.

희곡에서 현재적 순간을 극화하던 유미리는 다시 소설로 경계를 넘는다. 유미리는 자신이 연극에서 소설로 장르를 전환한 것에 대해 "한을 초월한다는 것은 제 소설의 테마입니다만, 연극으로는 좀처럼 표현하기가 힘듭니다. 일본어로 말하는 증오라든가 분노라면 쉽게 무대화할 수 있지만, 자신에게 엄습해오는 한(恨)이라는 것, 일상에서 쌓인 한을 어떤 식으로 풀고 초월해

---

109) "버스 정류장에 멈추어서는 버스는 물고기처럼 보이고, 사람들의 얼굴은 파도에 떠도는 가면처럼 흐릿하게 나타났다가는, 좌우로 흔들리는 것처럼 보인다."(유미리, 『물고기의 축제』(5장 중) 『유미리희곡집』, 1996)

나가는가 하는 부분은 소설로만 가능한 게 아니라고 생각합니다."고 말한 바110) 있다. 즉, 현재적 증오는 희곡으로 표현하기 보다는 소설로 전회하는 것이 좀 더 적합했다는 것을 의미한다. 유미리는 현재적 장르로서 자신의 과거를 장례지내고 과거의 기억을 서술해내는 소설 장르를 통해 현재의 부유적 타자성을 증명해 내었다는 것을 의미한다. 교차적인 글쓰기 공간을 통해 전방위적으로 장르의 경계를 넘나드는 재일한인 3세대의 디아스포라 의식은 그들의 정체성과도 맞물리면서 자신을 표현하는 영역의 한계를 확장하고 있다.

이들은 자신들의 존재를 부정하여 소수의 외국인으로 성급하게 정의 내리려는 일본사회에 자신의 실체를 증언111)하고 현재까지의 고통의 개인 사를 표명하기 위해 글쓰기를 수행하고 있다. 새로운 개인의 역사를 서사화 하면서 새로운 제3의 집단으로서 거듭 나기 위해 이들은 전방위적으로 활동을 하며 가장 현전적인 장르가 무엇인지 탐색하고 있는 것으로 보인다. 이러한 작업은 현재 영화112)라는 가장 시각적이며 현재적이며 반복적인

---

110) 이회성, 유미리 대담, 「가족, 민족, 문학」, 『群像』, 1997.4, 139쪽.

111) "아렌트는 『전체주의의 기원』에서 나치즘은 증인과 증거를 인멸하는 형태로 그 범죄의 기억을 파괴하려 했지만, 한편으로는 비밀이 새 나가더라도 큰일은 나지 않을 거라고 생각한 듯하다고 말합니다. 누군가 살아남아 증언을 한다 해도 아무도 믿지 않을 거라는 것이죠. 일어난 일들의 그 터무니없는 잔혹함을 말로는 표현할 수가 없다는 이른바 표상불가능성이지요. 그것을 듣는 쪽에서도 도저히 받아들일 수도 믿을 수도 없습니다. 이에 대해 아렌트는 '정상적인 세계'의 다름아닌 그 '정상성'이 생존자의 말을 받아들이는 것을 곤란하게 한다고, 전쟁 직후 그 누구보다 먼저 지적하고 있습니다. 말 그대로 '보통 일본인', 전후의 고도 성장기를 살아온 '보통의 일본인'의 그 '보통'이 실은 잠재적인 부정론을 포함하고 있습니다. 바로 거기에 단절이라는 문제가 있다고 생각합니다."(高橋哲哉(타카하시 테츠야)· 서경식, 앞의 책, 34쪽)

112) 양석일은 유미리의 영화화된 『가족시네마』에 배우로 등장하기도 한다. 조경화, 「문학과 영화에 나타난 '피와 뼈'의 변주」, 건국대 일어교육 석사 학위논문, 2006 참조.

284

장르에 대한 모색으로 나타나고 있는데 이 모든 표현의식의 기저에는 재일한인의 현재를 증언하려는 의도113)가 있다. 이들의 의무는 새로운 역사를 구축하는 것도 과거의 회상을 아름다운 향수로 윤색하는 것이 아니라 자신들이 현재적 지점에서 타자화되고 있다는 진실을 증언하는 것114)이다. 망각과 역사속의 존재로 '흘러가기115)'만 하는 것에 대한 경계의 몸짓116)으로 이들은 끊임없이 장르의 경계를 넘어 타자로서의 균열과 틈을 드러내고 있다.

113) "자연적 시간에 몸을 맡기는 것은 희생자의 목소리를 봉쇄하는, 다시 말해 역사 속에 묻어 버리는 과거에 폭행을 가하는 힘으로 작동한다는 것입니다. 윤리라는 이름으로 시간의 역전을 구하지만, 결국 그것이 저쪽에는 들리지 않을 거라는 절망의 항의의 목소리입니다. 이 글이 씌어진 게 1960년대 전반인데, 그런 문제가 독일에서는 벌써 나와 있었던 거죠. 그러나 이 같은 생존자의 목소리는 결국 묵살당하고 맙니다."(高橋哲哉(타카하시 테츠야)·서경식, 앞의 책, 삼인, 56쪽)

114) "프리모 레비는 살아남아서 '이곳이 이런 장소였다. 이런 일이 두 번 다시 벌어지도록 해서는 안된다.'며 호소하고 있다. 그것이 지금과 똑같다고는 말하지 못할지라도, 우리 혹은 나라는 인간이 자신이 처해있는 장소에서 경험하는 고난과 고뇌를 밖으로 살아남아 그것을 증언해야만 비로소 의미를 갖게 된다는 어떤 영감을 나에게 가르쳐주었던 것이다. 다시 말해 내가 존재하는 지금의 현실을 안과 밖에서 들여다보는 행위. 좀 더 크고 넓은 세계와 역사 속에서 성찰한다는 뜻이다. 내가 있는 이곳보다 더 크고 넓은 세상이 있고, 이 세계밖에 인간이 존재한다."(서경식·노마 필드·카토 슈이치 공저, 『교양 모든 것의 시작』, 이목 옮김, 노마드북스, 195쪽)

115) 가장 경계할 행위로서 '그저 흘러가기'란 2세대부터 3세대까지 이회성, 이양지, 유미리의 작품을 통해 주문처럼 되풀이되는 작품 속 어머니의 요청이다.

116) "불편함과 어색함을 가지고 살아간다는 것, 그것이야말로 시간의 어긋남을 살아가는 것이라고 생각합니다. 균질적이고 획일적인 시간에 자기를 맡기려는, 시간축의 전체주의가 일본사회안에서 매우 강한 힘을 가지기 시작하고 있다고 생각합니다." (高橋哲哉(타카하시 테츠야)·서경식, 앞의 책, 62쪽)

V. 재일한인 작가 글쓰기의 문학사적 의의

'재일한인' 1세대 작가들에 대한 연구의 주조를 이루는 것은 민족주의 이론으로 재일한인의 정체성을 연구한 것이다. 초기의 이러한 연구들은 제1세대들의 특성을 살펴보기에는 유용하였으나 제2세대부터 민족주의의 태도로는 설명할 수 없는 많은 점들이 작품 속에서 형상화되어 나타나고 있다. 재일한인들은 세대를 거쳐 가며 각 세대 각각의 노력으로 자신의 주체성과 공간의식을 드러내고 있기 때문에 민족주의 비평만으로는 작품을 해독하기에 무리가 있다. 2세대의 작품에서부터 1세대들에게는 당연한 고국의 지향이나 민족의 의지나 저력에 대한 긍정적이며 낙관적인 조망이 사라지고 거부되기 시작했기 때문이다.[1]

디아스포라는 재일한인의 작품과 문학행위를 설명하기 위해 우선적으로 필요한 조건적 개념이다. 재일한인은 민족이라는 동일성을 구축하게 되면서 이미 차이를 배제하는 식민 폭력의 기억까지 개입하는데 사실 동일성을 고수한다는 것은 폭력적 경계 짓기의 방식을 반복적으로 내면화하는 것일 뿐이다.

재일한인 작가는 타자의 언어를 전유하여 자신의 타자성을 수행적 글쓰

---

1) 장사선, 「재일한민족 문학에 나타난 내셔널리즘」, 『한국현대문학연구』 Vol.21, 2007.

기를 통해 규명하고 있다.[2] 이 책에서는 이들이 타자의 언어로 디아스포라 의식을 적극적으로 문학적으로 형상화해 내고 있는 작품의 활동을 살펴봄으로써 주변부에 위치한 재일한인 작가들의 작품이 한국문학사에 수렴되어 독자적 영역으로 배치되기를 바란다. 이로써 재일한인 작가의 디아스포라 문학은 소수자의 주변문학이 아니라 주문학사의 흐름에 더 큰 문화적 가능성으로 기능할 수 있을 것이기 때문이다. 재일한인 문학의 편입으로 한국문학의 지평은 더욱 확장되고 깊어질 것이다.

현재 재일한인 작가는 자신을 새롭게 생성하고 있으며, 그 정체성은 외부인 일본과 내부인 재일한인 사회와 그리고 원지점의 고국, 한국의 문화라는 상이한 문화적 전통들에 동시에 기대며, 점점 더 복합적인 교차와 문화적 혼합을 경험하고 있다. 그러므로 이산이 계속 진행되면서 형성되고 있는 정체성의 중심에는 '변환'이라는 의미가 있음을 주목하여야 한다.

한국문학사에서 '재외한인 문학'에 관한 연구를 본격화하고 있는 것은 우리 중심의 삶이 아닌 이주민의 삶과 역사적 조건에 관심을 기울여야 하는 방향으로 사회가 변화하고 있기 때문이다. 우리가 해외에 있는 한인에 대한 관심이 생긴 만큼 우리 안에서도 외부의 타자가 문화적으로 접근해오고 있기 때문이다.

현재의 '재외한인 문학'에 대한 연구는 기초자료로서의 성격을 넘어 특수성을 연구하고 이를 바탕으로 하여 통일된 민족문학이라는 보편성을 획득하기 위해 재외한인 문학의 한국문학사 포섭이라는 인식을 촉구하는 계기로 작용하고 있다.

---

2) 사에구사 토시카스(三枝壽勝), 「재일한국인 문학이란 무엇이며, 어디에서 어디까지 갈것인가」, 유종호 외, 『한국현대문학 50년』, 민음사, 1995, 592~601쪽 참조 사에구사 토시카스는 재일한인의 일본어 문학이 그들의 타자적 정체성을 드러내는 것으로 재일한인 문학을 일본어를 쓸 수밖에 없는 한계감에서 비롯된다고 정리하고 있다.

최근 한국을 찾아오는 많은 재일한인들은 자신의 정체성을 어떻게 정의내릴지 또 어떻게 모국이라는 새로운 공간에서의 체험을 수용할지에 대해서 대답을 요청하고 있다. 이들이 진정 찾고 있는 조국의 의미와 정체를 밝히려고 할 때 어떠한 의미를 함의하고 있는지 밝혀내는 것은 사실 우리의 정체성을 다시금 되돌아보는 작업이 되기도 한다. 재일한인 작가의 글쓰기에 대한 연구의 의의는 재일한인들이 자신들을 호명되는 대상에서 탈피하여 스스로를 재구성하며 명칭을 결정하는 주체로 생성해 오고 있는지를 과정적으로 밝혀보는 데에 있다.

강제적 이산자로서의 재일한인은 친일이나 반일 또는 이중언어 작가로서 정의되지 않는 새로운 정체로서 그들의 글쓰기는 이러한 범주로서 다루어질 수 없는 독자적 영역을 점유한다. 이들의 글쓰기를 연구하여 한국문학사에 포섭한다는 것은 한국문학 연구계의 유연함을 피력하는 것이 될 것이며 이들의 작품을 연구한다는 행위 자체로 한국문학사의 영역을 확장하는 작업이 될 것이다. 사이의 영역에서 활동하고 있는 재일한인의 작품들은 이제까지 구축되어 왔던 종적 문학사를 횡적인 영역으로 응시할 기회를 제공한다.

또한 이 책에서는 여러 작품을 통해 디아스포라 글쓰기의 미학을 구축하는 과정과 이산자의 의식이 타자의 시학이라는 영역 속에서도 차이적 주체를 형성하고 있음을 증명하였으니만큼 이들의 작품이 별개의 가치를 획득하고 있음을 인정하고 한국문학사의 특정한 영역에서 다루어야 할 것이다.

우리가 재일한인의 작품을 한국문학사에 편입시키지 않는다는 것은 우리 스스로가 '우리'라는 공유의 의미를 가진 단어를 사용할 권리를 파기하는 것이 된다. 재일한인은 그들 스스로를 타자로서의 새로운 차이적 주체로서 생성하고 있으며 이들의 타자성은 오랜 세월동안 사회에 존재하고

288

있는 여러 형태의 타자성과는 특별한 존재성을 함의하고 있다. 우리가 이들을 타자화시키는 동안 타자인 재일한인은 우리의 제도와 문화적 전통을 재전유하고 재해석하면서 한국문학의 해석학적 동반자로서의 역할[3]을 구축해가고 있다. 또한 다문화의 혼종적 사회로 변화하고 있는 한국에서 이들의 타자적 대응을 연구하는 것은 앞으로 진행될 무수한 타자의 양산을 살필 수 있는 지점을 제시해 줄 것이다.

한국사회는 현재 "자본의 세계화가 진전됨에 따라 다문화시대로 접어들기 시작했고 이미 대도시는 이민자, 외국인 노동자, 유학생, 결혼이주여성, 그 밖의 상호교류를 목적으로 드나드는 외국인들로 넘쳐난다."[4] 2000년대 이후 한국문학계에서도 낯선 영역을 개척해가고 있는 일련의 문학작품들이 탈경계 개념뿐만 아니라 타자, 마이너리티, 약소자, 디아스포라, 트랜스, 아시아 등의 개념을 문학으로 형상화하고 있다. 또한 공간적으로도 한국문학에는 외부와 역사적으로 공간을 확장하여 만주, 멕시코 등의 공간으로 한국인 작가들의 서술 공간이 확장되고 있다.

통일된 문학사를 서술하기 위해서는 북한문학은 말할 것도 없고 재외한인문학에 대해 객관적인 접근을 할 필요가 있다. 현재 한국사회를 구성하는 것은 내부의 우리를 중심으로 하여 외부에서 온 한인은 물론 재외한인, 혼혈인 그리고 외국인이다. 이로 인해 다양한 문화의 교차와 혼종을 형성하고 있다. 문화의 접합과 교섭 그리고 환치가 빠르게 진행되고 있는 한편으로 외부의 한인들은 진심으로 그들 부모들의 조국을 알기 위해 고국을 방문하고 있다. 이들에 대해 준비가 안 된 상태에서 그들을 여전히 '민족적 정체성'의 유사성에 배치시켜 동일성만을 강조한다는 것은 우리가 우리의 한 역할을 방기하고 있는 것이 된다. 역사적 시간 속에 비어있는 시공간으로 인해

---

3) 세일라 벤하이브, 앞의 책, 199쪽 참조.
4) 김재영, 「디아스포라문학연구」, 중앙대 문예창작과 석사학위논문, 2009.8, 18쪽.

고통을 겪고 있는 그들은 이제 여러 외부와의 체험 속에서 새롭게 타자의 정체성을 생산하고 있으므로 우리는 이들의 글쓰기에 주목해야 할 것이다.

우리가 우리의 중심적 주체를 형성하는 동안 방치되었던 우리의 타자인 재일한인에 대한 관심을 기울이지 않는다면 우리의 주체 또한 미완결된 주체로 남을 수밖에 없다. 재일한인은 미완결된 주체로서가 아닌 처음부터 부적절하고 불온하며 불우한 정체성으로 규정지어진 자신과 대면하며 저항해 왔다. 그러므로 우리가 재일한인의 문학에 주목하는 것은 '우리 안의 내셔널리즘을 극복하고'5) 경계를 넘는 일이 된다.

한국문학계가 '우리'라는 말을 사용하려면, 한국이라는 통일된 공간적 의미를 사용하기 위해서는 한국문학사에서 이들의 문학을 포섭하여 기술해야 한다. 그렇지 않고 이들을 해외에 거주하는 한인으로서의 관계성만을 부여한다면 이들의 영역은 어쩌면 정체성 없는 존재로서 디아스포라의 운명대로 부표할 지도 모를 일이다. 여기에서 재일한인 작가의 작품에 대한 논의를 한다는 것은 사실 이들이 대하거나 다루고 있는 모국, 즉 한국이라는 지역과 한국성이라는 것에 대해 새롭게 성찰할 수 있는 기회를 갖게 되는 일이다.

이처럼 디아스포라에 의거하여 발생한 재외한인의 글쓰기에 주목한다는 것은 바로 한국문학의 확장과 새로운 경계를 넘는 일이 된다. 정주나 영주의 특정한 의미가 없어지는 경계 해체의 시대에 이들의 영원한 이주행위는 자유로운 이동과 다르게 탐구해야 할 대상이기 때문이다.

그러므로 이 책의 연구는 그 동안 기존의 문학사에 공백으로 존재하면서 있던 재일한인 문학을 문학사에 편입하기 위한 한 개의 참고 자료로 작동할 수 있다는 점에서 연구의 의의가 획득될 수 있다. 중심의 다수를 위한 문학사로 진행되어 왔던 한국문학사의 영역에 다양하고 새로운 영역을

---

5) 서경식, 『시대를 건너는 법』, 한겨레출판, 2007, 215~216쪽 참조.

구축하는 데에 이 연구가 보탬이 될 수 있기를 기대한다.

재일한인들의 디아스포라 문학 연구가 현시점에서 중요한 의미를 가지는 이유는 한국문학에 참고할만한 중요한 시각을 보여주기 때문이다. '전지구화'의 흐름 속에서 새로운 양태의 이주가 나날이 확산되는 현재 디아스포라는 사실 지배담론과 주류담론을 상태로 양산되는 수많은 종류의 타자성과 그러한 타자의 양산에 대한 타당성에 의문을 제기하는 상황적 근거가 된다. 디아스포라의 이방인 의식은 '차별과 멸시'에 대응하는 의식적 전회를 통해 보편적인 '배려'와 '환대'의 문학정신을 확인할 수 있도록 하는 성찰적 시점을 제시하는 데에게까지 나아갈 수 있도록 하기 때문이다.

진정으로 "해방된 사회는 '차이를 제거'한 사회가 아니라 '차이를 유지하고 화해하는 상태'의 사회"[6]인 것이다.

---

6) 이종하, 『아도르노－고통의 해석학』, 살림, 2007.

VI. 결론

‘재일한인 문학’의 전체적인 작품경향을 이해하기 위해서는 재일한인의 정체성을 설명해 줄 수 있는 적절한 시각과 태도를 찾아야 한다. 이 글은 아직도 정주하지 못하고 부유하고 있는 이산인인 ‘재일한인’들의 의식세계를 설명하기 위해 ‘디아스포라 의식’이 가장 적합한 방법론이라는 전제로 시작되었다. ‘디아스포라 의식’은 내부와 외부 소수와 다수의 틈 사이에 끼어 있는 경계인으로서의 재일한인을 설명해줄 수 있는 상황의 원천이기 때문이다.

특정한 경계, 사이에서 삶을 영유하고 있는 디아스포라 존재인 재일한인은 현재의 ‘디아스포라 주체’이며 현재에 이르러서도 산종의 공간속에서 생존을 위해 끊임없는 경쟁과 갈등으로 투쟁하고 있는 양상을 작품을 통해 표현하고 있다. ‘재일한인’ 문학은 ‘디아스포라 글쓰기’의 전형적인 사례라고 할 수 있다.

재일한인 작가는 자신의 정체성을 찾도록 해주는 공간을 끝없이 모색하고 있다. ‘디아스포라’의 조건이 지속되는 한 타자로서 느끼는 배제와 그로 인한 부유의 서사는 지속될 것이다. 자신의 거주 공간에 대한 의식이 변모하는 과정은 디아스포라의 글쓰기를 통해 서사적으로도 재현되며 이 공간에 대한 인물의 기억과 문학적 형상화의 변화가 현재까지 재일한인 작가의 의식세계의 주조를 형성하고 있다.

해방 후 1960년대까지 재일한인 작가 1세들은 차별과 빈곤의 일상으로 고통 받으면서 정주지의 외부에서 돌아갈 수 없는 조국을 상상하며 살았다. 이들은 조국에 대한 동경과 귀국에 대한 염원으로 상상으로 구축된 조국을 역사적 서술 공간 속에서 형상화한다.

김달수, 김석범, 이은직은 장편소설인『태백산맥』,『화산도』,『탁류』로 공유 기억으로 상상된 역사소설의 공간에서 조국의 투쟁과 혁명을 수행하는 인물로 자신들을 재현한다. 역사소설에서 구성된 '디아스포라 주체'는 조국의 역사를 기록하는 것을 당위적 의무로 인식하고 영웅적인 인물들을 쓴 위인전을 생산하여 차별로 인한 내면화에서 탈출할 수 있게 된다. 김달수의『일본 속의 한국 문화 유적을 찾아서』와 이은직의『인물로 보는 한국사』는 이들의 당위적 글쓰기의 의도 속에서 새롭게 자리매김될 수 있다. 재일한인은 타자로서 존재해 오는 동안 '반편'과 '반쪽발이'로 호명되는 미완결의 사회 인식에 대응하기 위한 역사적 상상을 서사로 구축하면서 자신의 미완결성을 극복하고자 한 것이다.

1970년대 이후 재일한인 2세대들은 전세대의 불우와 사회의 배제로 인해 고통 받는 부모가 있기 때문에 내부 공간인 '집'에서도 안온한 체험을 하지 못한다. 이들은 외부와 내부에서 이중적 억압을 경험하면서 민족의 역사에 의지하기보다 개인의 회상으로 구성된 유년의 시 공간속으로 회귀하게 된다. 재일한인 2세대는 사회적으로 자신을 위장하면서도 또한 위장을 하며 사는 자신을 자책하고 있기 때문에 전 세대보다 더 큰 고뇌를 가진 '말할 수 없는 자'로서 자신을 표상한다.

70년대에서 80년대에 이회성, 김학영은『다듬이질 하는 여인』,『우리 청춘의 길목에서』,『반쪽발이』,『人面瘡』,『죽은 자가 남긴 것』,『얼어붙은 입』,『錯迷』,『외등없는 집』,『알콜 램프』에서 공통의 서사를 창출한다.

1세대이지만 1974년에 『벌거벗은 포로 연작집』을 발표한 정승박은 같은 1세대와는 달리, 재일한인으로서 자신이 처한 극한상황을 전쟁공간으로 상정하고 '도주하는 포로'로서 자신을 형상화하는 작업을 꾸준히 한다. 2세대에 이르러 재일한인의 공간적 상상력은 민족의 공간에서 개인의 회상으로 이전된다. 이는 민족적 정체성이 이들에게 오히려 또 하나의 갈등으로서 작용하게 되었다는 것을 의미한다. 재일한인 2세대 작가가 주로 경험하는 민족적 정체성과의 갈등은 이것이 재일한인들을 언어적으로는 '말더듬이'로 '구속'하고 '속박'하고 있기 때문이다.

재일한인 1세대 작가들이 구축해 놓은 민족적 정체성이 외부자인 일본인의 차별적 호명에 대응하는 것이었다면 재일한인 2세대 작가는 이 억압 외에 재일한인 내부자에게서도 받는 억압으로 인해 현재를 사유하기보다는 과거로 회귀하고자 하는 서사를 구성하게 된다. 외부자와 내부자 사이공간에서 완전한 존재가 되지 못하고 자신을 '반쪽발이'라는 타자로 표상한다.

불완전한 현실의 주체 '반쪽발이'는 회상 속의 고향으로 회귀하여 가족과의 관계를 재확인하고 친구나 동료 등의 유사가족과의 관계 속에서 자신의 고통을 공유하고 위안을 얻는다. 사실과 허구적 과거의 혼종적 장르인 자서전적 소설에서 재일한인 2세대 작가들은 과거의 기억을 현재에 소환하여 전 세대와의 화해를 도모하고 연대감을 회복하게 되는 것이다.

재일한인 작가들은 식민지 이후 시대의 강제적 이주에 의해 만들어진 새로운 이산의 산물이다. 그들은 적어도 두 가지의 정체성 속에서 살고, 두 문화의 언어를 말하고, 두 문화 사이에서 번역하고 협상하는 법을 배워야 하는 긴장 속에서 살고 있다. 80년대 이후 현재 재일한인 3세대들은 과거보다는 현재적 시간에 집중하며 살고 있다. 80년대 이후의 재일한인은 스스로의 모호한 정체성을 증언하는 것으로 차별에 저항하고 있다. 존재하나 부재하는 것과 마찬가지인 존재로서 파악되어 온 자신의 타자성을 차이의 집단으로 적극적으로 드러냄으로써 외부에서 내부로 경계를 넘고 있다.

　1980년대에서 2000년대에 작품을 발표한 양석일·이기승·이양지·유미리·현월의 『피와 뼈』, 『달은 어디에 떠 있나(택시광조곡)』, 『잃어버린 도시』, 『나비타령』, 『Y의 초상』, 『해녀』, 『각(刻)』, 『유희』, 『그림자 없는 풍경』, 『한여름』, 『물고기의 축제』, 『해바라기의 장례』, 『가족시네마』, 『그늘의 집』, 『나쁜 소문』 등에서 이러한 경향이 발견된다.

　이들은 우선 호스트랜드와 홈랜드 양쪽 모두에서 자신을 규정하는 '민족적 호명'인 '조선인', '한국인'의 기표를 거부한다. 이들의 작품 속에는 민족이나 국적의 호명이 사라지고 이들의 차이적 정체성이 이주공간의 혼종성을 드러내는 경계적 명칭으로 다양하게 표명되며 자신을 표상하는 이름을 창조한다. 이들은 현실에서 도주하지 않고 고통을 직시하고 고통스러운 기억을 반복적으로 부정하는 사유행위를 통해 '디아스포라'로서의 삶을 증언한다. 이들이 도달한 타자적 인식은 사라지지 않고 생존함으로써 타자로서의 존재를 입증하는 것이 최고의 저항이라는 것이다. 이들은 회상으로 과거 공간으로 회귀하는 것과는 달리 현재의 시점에서 그 기억의 유의미성을 탐구한다. 즉 자신들이 위치해 있는 무공간의 현재에서 자신들의 집단적 공간의 의미를 찾아낸다.

　이들은 이러한 사실을 소설로 재현하는 한편 원체험의 기록인 자서전으로 전 세대의 자서전적 소설의 경계를 다시 넘는다. 이들은 이외에도 다양한 형식적 글쓰기를 시도하고 있으며 문학의 경계를 넘어서 자신들의 타자적 위치를 증명하고 있다. 현전적 장르인 연극과 영화의 희곡과 시나리오의 경계를 넘나들며 전방위적으로 자신의 존재를 표명하고 있는 것이다. 이 세대의 글쓰기는 내용뿐만 아니라 형식상에 있어서도 다양한 장르적 실험을 시도함으로써 자신을 생산하는 과정의 영역으로 확장되고 있다.

　이 세대에 이르러 '디아스포라'라는 부정적인 상황적 조건은 단지 부정적인 현상적 조건으로 수용되는 것이 아니라 새로운 자아정체성을 모색하는 새로운 차원의 '디아스포라'로 적극적으로 전환된다. 재일한인은 글쓰기로 인해 생존이라는 최고의 목표 앞에서 존재를 입증하고 증명함으로써 외부에 부재하는 존재로서가 아닌 내부와 외부의 경계에서 새롭게 생성되는 제3의 종족으로서 거듭나고 있다. 여러 장르의 경계를 넘어가며 글을 쓰는 선택적 행위는 새로운 자아를 탐색하는 의식과정과도 연관된다.

재일한인이 자신을 인식해오고 자신을 생산해온 대상의 모습에 주목하게 하는 수행적인 글쓰기의 여러 양태들은 역사적인 기록에서 자서전적 소설로 그리고 점점 현재화되고 현전하는 재현방식을 택하는 방향성을 가지고 변모하고 있다. 이러한 변화는 추이적인 양상인 것이지 결정적인 존재방식은 아니다. 자신의 정체성을 드러내기 위해 다음의 글쓰기 양식으로 무엇을 선택할 것인지는 추정할 수밖에 없는 것이지만 이들의 과정을 눈여겨볼 때 현재적 상황을 충실하게 담을 영화나 연극의 장르로 관심이 이동할 것으로 예상된다.

이 책은 해방 후부터 2000년대에 이르기까지 3세대에 걸친 재일한인의 텍스트를 읽음으로써 디아스포라 인식의 영향과 과정적 주체의 역사적 변모양상을 고찰했는데 이를 통해 재일한인의 의식과정이 어떻게 변모하여 왔고 또 앞으로 어떠한 글쓰기의 형태로 자신들을 표현할 것인지를 조망해 볼 수 있었다.

재일한인 작가들의 글쓰기는 민족에서 가족으로, 가족에서 개인으로 응축되는 주체를 표현하는 과정으로 진행되고 있다. 이는 침잠과 내면화의 과정이 아니라 결국 '재일한인'이라는 새로운 집단적 정체성을 정립해내는 생산적 행위임이 밝혀진다. '변환'은 새로운 주체로 생존하기 위해 선택한 절대명제이다. 새로운 정체성을 모색하는 과정은 글쓰기의 형식적 변환과도 연동되고 있음을 이 책에서 확인할 수 있다.

　현재 재일한인 작가는 '디아스포라 주체'로서의 운명을 확인하고 저항하는 지점에 서 있다. 재일한인은 자신의 타자적 운명을 적극적으로 개진해가면서 새롭게 자신의 차이를 생성해내고 있다. 재일한인은 수동적 타자에서 벗어나 새로운 주체로서 자신을 정립해내고 있는 것이다.

참고문헌

1. 기본 자료

연구대상 번역본(기초자료) : 이소가이 지로(磯貝治良) 편,『在日文學全集』1~18,
　　　逸誠出版, 2006.

김달수,『일본속의 한국문화』, 배석주 옮김, 대원사, 1986.
______,『태백산맥』상·하, 임규찬 옮김, 연구사, 1988.
______,『현해탄』, 김석희 옮김, 동광출판, 1989.
김석범,『화산도』1~5, 김석희 옮김, 실천문학, 1988.
이은직,『조선명인전』, 정홍준 옮김, 일빛, 1989.
김학영,『착미』, 장백일 옮김, 문학예술사, 1980.
______,『얼어붙은 입』, 강상구 역, 한진출판사, 1985.
______,『알콜 램프』, 장백일 옮김, 문학예술사, 1980.
______,『외등없는 집』, 장백일 옮김, 문학예술사, 1980.
양석일,『달은 어디에 떠 있나(택시狂騒曲)』, 한양심 옮김, 외길사, 1981.
______,『血と骨』1~3권, 김석희 역, 자유포럼, 1998.
______,『アジア的 身體』, 靑峰社, 1990.
______,『남자의 성해방』, 오금자 역, 인간과 예술사, 1994.
______,『파멸의 젊음』, 이규조 역, 명경, 1996.
______,『비우면 가벼워지는 인생』, 김국진 옮김, 오늘의 책, 2004.
유미리,『풀하우스』, 곽해선 역, 고려원, 1997.
______,『가족시네마』, 김난주 역, 고려원, 1997.
______,『그림자 없는 풍경』, 김난주 역, 고려원, 1997.
______,『풀하우스』, 곽해선 역, 고려원, 1995.
______,『한여름』, 곽해선 역, 고려원, 1995.

______, 『유미리 희곡집』, 정진수 편, 예음, 1996.
이기승, 『잃어버린 도시』, 김유동 역, 삼신각, 1992.
이양지, 『유희』, 김유동 역, 삼신각, 1989.
______, 『나비타령』, 신동한 역, 삼신각, 1989.
______, 『ナビ タリョン』, 『李良枝全集』, 講談社, 1996.
이회성, 『다듬이질 하는 여인』, 이호철 역, 정음사, 1972.
______, 『반쪽발이』.
______, 『인면암』.
______, 『죽은 자가 남긴 것들』, 김숙자 역, 소화, 1996.
______, 『우리 청춘의 길목에서』.
정승박, 『벌거벗은 포로 연작 소설집』, 우석, 1994.
현월, 『그늘의 집』, 홍순애·신은주 역, 문학동네, 2000.
____, 『나쁜 소문』, 홍순애·신은주 역, 문학동네, 2002.

2. 국내 연구서

강혜림, 「재일 신세대문학의 탈민족적 글쓰기에 관한 연구－유미리, 현월, 가네시
　　　로 가즈키」, 동국대 석사학위논문, 2006.
구재진, 「최인훈 소설에 나타난 '기억하기'와 식민성」, 『한국현대문학연구』 제15집,
　　　2004.
구재진, 「최인훈 소설에 나타난 공동체적 기억과 가족담론」, 『어문학논총』 제26권,
　　　2007.
권성우, 「재일디아스포라 여성 소설에 나타난 우울증의 양상－이양지의 작품을
　　　중심으로」, 『한민족문화연구』 제30집, 2009.
권은주, 「북한의 재일조선인 귀국운동에 관한 연구」, 서강대 석사학위논문, 2006.
권준희, 「재일조선인 3세의 '민족'정체성에 관한 연구－조선학교 출신 '조선적'을
　　　중심으로」, 연세대 석사학위논문, 2002.
김남석, 「최인훈 문학에 나타난 난민의식 연구」, 『한국문학이론과 비평』 제34집,
　　　2007.
김미현, 『한국여성소설과 페미니즘』, 신구문화사, 1996.
______, 『젠더 프리즘』, 민음사, 2009.
김부자, 「Haruko－재일여성, 디아스포라, 젠더」, 『황해문화』 57호, 2007.

김석범, 「화산도에 대하여」, 『실천문학』 1988년 가을.
김영명, 「세계화와 언어문제」, 『아시아문화』 제17호, 한림대학교 아시아문화연구소, 2001.8.
김영찬, 「최인훈 소설의 기원과 존재방식 : 원체험의 재현을 중심으로」, 『한국근대문학 연구』 제5호, 2002.
김인호, 『해체와 저항의 서사』, 문학과 지성사, 2004.
______, 「기억의 확장과 서사적 진실 : 최인훈 소설『서유기』와『화두』를 중심으로」, 『국어국문학』 제140호, 2005.
김일태, 「재일한국인의 민족적 귀속의식 연구」, 연세대 석사학위논문, 1987.
김정희, 「재일한국인의 문학과 현실 — 김석범」, 강원대 일본학과 석사학위논문, 2008.
김종회 편, 『한민족 문화권의 문학』, 국학자료원, 2003.
김총령, 「재일동포 문학의 세계 — 해방 후의 소설을 중심으로」, 『교포정책자료』 31, 해외교포문제 연구소, 1989.10.
김태영, 『저항과 극복의 갈림길에서』, 지식산업사, 2005.
김학동, 「민족문학으로서의 재일조선인문학 — 김사량 김달수 김석범 문학을 중심으로」, 충남대 박사학위논문, 2007.
김학렬, 『재일동포 한국어문학의 전개양상과 특징 연구』, 국학자료원, 2007.
김환기, 「이양지의 <유희>론」, 『일어일문학연구』 제41집, 한국일어일문학회, 2002.5.
______, 「김달수 문학의 민족적 글쓰기」, 『일본어문학』 제29집, 일본어문학회, 2005.5.
______, 『재일 디아스포라 문학』, 새미, 2006.
김현숙, 「이태준 소설의 기호론적 연구」, 이화여대 박사학위논문, 1991.
______, 「이태준 소설의 이야기 공간과 행위어의 기능」, 『문학 상상력과 공간』, 창, 1992.
김현택 외, 『재외한인 작가연구』, 고려대 한국학연구소, 2001.
김혜진, 「이양지 작품 속에 나타난 갈등과 모국체험」, 전북대 일어교육 석사학위논문, 2004.
김형규, 『민족의 기억과 재외동포소설』, 박문사, 2009.
나지혜, 「일본영상매체를 통한 재일한국인의 재현 연구, 영화 <박치기>와 TV드라마 <동경만경>을 중심으로」, 고려대 석사학위논문, 2008.

문혜원, 「재일동포문학의 정치적 이념 갈등 연구」, 전북대 석사학위논문, 2004.

문지영, 「재일동포작가들의 작품에 나타난 정체성 연구」, 신라대 석사학위논문, 2007.

박수희, 「재일한국인의 정체성 변화에 대한 연구 : 언어, 이름, 일본의 동화정책을 중심으로」, 경남대 석사학위논문, 2009.

박유하, 「재일문학의 장소와 교포 작가의 조선표상」, 『일본문학에 나타난 한국 및 한국인 상』, 동국대학교 일본학연구소, 2003.

박은주, 「기억과 망각의 역설적 결합으로서의 글쓰기」, 『뷔히너와 현대문학』 제21호, 2003.11.

박재섭, 「한국 근대 고백체 소설 연구」, 서강대 박사학위논문, 1993.

박종희, 「이양지 문학의 경계성과 가능성」, 숙명여대 일본학과 석사학위논문, 2005.

박현선, 「재일동포의 국가 및 민족정체성과 현실인식」, 『한중인문과학연구』 Vol.17, 2006.

백로라, 「재일동포 한국어 극문학 연구」, 『한중인문과학연구』 Vol.14, 2005.

변화영, 「재일한국인 유미리 소설연구」, 『한국문학논총』 45, 2007.4.

_____, 「유미리 '기억의 서사교육적 함의'-8월의 저편」, 『한민족 문제연구』 제1호 (2006년 12월), 2006.

서경식, 『고통과 기억의 연대는 가능한가』, 철수와 영희, 2009.

_____, 「재일조선인이 나아갈 길」, 『창작과 비평』 98 가을호, 통권102호, 1998.

서은선, 『최인훈 소설의 서사형식 연구』, 국학자료원, 2003.

서종택·설성경 외, 『세계 속의 한국문학』, 도서출판 새미, 2002.

서해란, 「가네시로 가즈키(金城一紀)문학연구-GO의 대중성을 중심으로」, 동국대 일어교육 석사학위논문, 2009.

손애경, 「총련계 재일 조선인 커뮤니티와 조선학교」, 서울대 석사학위논문, 2006.

송기찬, 「민족교육과 재일동포 젊은 세대의 아이덴티티-일본 오사카의 공립초등학교 민족 학급의 사례를 중심으로」, 한양대학교 문화인류학과 사회인류학전공 석사학위논문, 1999.

송명희, 「탈식민주의와 지역문학 연구」, 『타자의 서사학』, 푸른사상, 2004.

송승철, 「화두의 유민의식-해체를 향한 고착과 치열성」, 『실천문학』 1994 여름호.

송하춘, 「재일한인소설의 민족주체성에 관한 연구-이회성의 소설을 중심으로」, 『한민족어문학』 제38집, 한민족어문학회, 2001.6.

송현호, 「원초적 고향찾기와 인간성 회복」, 『한중인문과학연구』 Vol.3, 1998.
______, 「채만식의 탈식민적 경향에 대한 고찰」, 『관악어문연구』 Vol.12, no.1,
        1992.
______, 「'치숙'의 서사구조와 서술방식연구」, 『인문논총』 Vol.3, no.1, 1992.
______, 「김학철의 <격정시대>에 나타난 탈식민주의 연구」, 『한중인문과학연구』
        Vol.18, 2006.
______, 한승옥 외, 『재일동포 한국어문학의 민족문학적 성격』, 국학자료원, 2008.
심원섭, 「이양지의 '나'찾기 작업」, 『한국근대문학과 일본문학』, 국학자료원, 2001.
심애니, 「재일교포 소설문학 연구─한국문학사적 수용을 위한 시론」, 중앙대 석사
        학위논문, 1990.12.
양명심, 「이회성 초기 작품에 나타난 '정체성'에 관한 연구」, 건국대 석사학위논문,
        2003.
오은영, 「金石範の作品に表れる矛盾について」, 『일본어문학』 제38집, 2008.
오연희, 「탐구의 글쓰기, 그 가능한 시나리오─이산적 글쓰기의 한 모색」, 『경계와
        소통, 탈식민의 문학』, 김정숙 외, 역락, 2006.
양왕용, 『일제강점기 재일한국인의 문학 활동과 문학의식연구』, 부산대학교 출판
        부, 1998.
양윤모, 『정체성탐구와 소설의 형식』, 박이정, 2003.
우정아, 「사라진 곳에 대한 기억 : 히지카타 타츠미아 호소에 에이코의 <가마이타
        치>」, 『한국근현대미술사학』 Vol.18, 2007.
유숙자, 「1945년 이후 재일한국인 소설에 나타난 민족적 정체성 연구」, 고려대학교
        박사학위논문, 1998.
______, 「이양지의 소설 '각'에 나타난 在日性 연구」, 『일본어문학』 제6집, 1998.
______, 『재일한국인 문학연구』, 월인, 2000.
______, 「이양지론」, 『한림 일본학연구』 제6211호, 한림대일본학연구소, 2001.
유은숙, 「이회성의 '다듬이질 하는 여인'연구─재일교포작가로서의 특수성을 중심
        으로」, 한남대학교 일어교육 석사학위논문, 2002.
윤건차, 「'재일'을 산다는 것─'불우의식'에서 출발하는 보편성」, 『동포정책자료』
        제53집, 재외동포문제연구소, 1996.
윤상인, 「전환기의 재일 한국인 문학」, 『재일한국인 문학』, 솔출판사, 2001.
윤인진, 「남북한 사회 통합과 재외동포의 역할」, 『통일문제연구』 33, 평화문제연구
        소, 2000.6.

______,『코리안 디아스포라』, 고려대 출판부, 2004.

이명재,『통일시대 문학의 길찾기』, 도서출판 새미, 2002.

______,『소련지역의 한국문학』, 국학자료원, 2002.

이유식,『한국문학의 전망과 새로운 세기』, 국학자료원, 2002.

이영미,『북한문학과 정치커뮤니케이션』, 보고사, 2006.

______,「북한 문학교육의 내적 동학(動學)」,『현대문학이론연구』30집, 현대문학
　　　　이론학회, 2007.4.

______,「재일조선문학－재일본 조선문학예술가동맹의 소설을 중심으로」,『현대
　　　　문학이론연구』33집, 2008.4.

______,「가네시로 가즈키의『GO』에 나타난 "국적"의 역사적 의미」,『현대소설연
　　　　구』37집, 2008.

이은영,「이름과 언어를 통해 본 재일한국인의 아이덴티티」, 중앙대 석사학위논문,
　　　　2005.

이재봉,「재일한인문학의 존재방식」,『한국문학논총』제32집, 2002.12.

이한창,「재일한국인문학의 역사와 그 현황」,『일본연구』Vol.5, 1990.

______,「재일교포문학의 주제 연구」,『일본학보』Vol.29, no.1, 1992.

______,「재일교포문학의 작품 성향 연구－정치의식 변화를 중심으로」, 중앙대학
　　　　교 박사학위논문, 1996.

______,「민족문학으로서의 재일동포문학연구」,『일본어문학』Vol.3, 1997.

______,「재일동포작가와 아쿠타가와상」,『외국문학』51호, 1997.

______,「재일동포조직이 동포문학에 끼친 영향」,『일본어문학』Vol.8, 2000.

______,「'광조곡'을 통해 본 양석일의 문학세계」,『일본학보』Vol.45. no.1, 2000.

______,「재일동포문학을 통해서 본 일본문학」,『일어일문학연구』, Vol.39, 2001.

______,「체제와 가치에 도전한 양석일의 작품세계」,『일본어문학』Vol.13, 2002.

______,「재일동포문학의 역사와 그 연구현황」,『일본학연구』Vol.17, 2005.

______,「재일동포문학에 나타난 부자간의 갈등과 화해」,『일어일문학연구』
　　　　Vol.60. no.2, 2007.

이현영,「주체성변용과 새로운 가능성」, 목포대 석사학위논문, 2008.

이호규,「1960년대 소설의 주체 생산－최인훈 김승옥을 중심으로」, 연세대 박사학
　　　　위논문, 1999.

임정연,「1920년대 연애 담론 연구 : 지식인의 식민성을 중심으로」, 이화여대 박사
　　　　학위논문, 2006.

임지현·사카이 나오키,『오만과 편견』, 휴머니스트, 2003.
임진희,『한국계 미국 여성문학 : 인종, 성, 국가의 미학』, 태학사, 2005.
임헌영,「재일동포문학에 나타난 한국여성의 초상」,『한국문학연구』Vol.19, 1997.
장사선·김현주,「CIS고려인 디아스포라 소설 연구」,『현대소설연구』21호, 2004.
______,「재미한인소설에 나타난 폭거와 응전」,『한국현대문학연구』Vol.18, 2005.
______,『고려인디아스포라 문학연구』, 월인, 2005.
______,「재일한민족 문학에 나타난 내셔널리즘」,『한국현대문학연구』제27집,
        한국현대문학회, 2007.4.
______,「재일한민족 소설에 나타난 가족의 의미연구」,『한국현대문학연구』
        Vol.23, 2007.12.
______·김겸향,「이회성 초기 소설에 나타난 원형적 욕망의 양상」,『한국현대문학
        연구』Vol.20, 2008.
______·지명현,「재일한민족 문학과 죽음 의식」,『한국현대문학연구』Vol.27,
        2009.4.
장석주,『장소의 탄생』, 작가정신, 2006.
장현,「최인훈 소설의 탈식민주의적 양상 연구」,『성심어문논집』제27집, 2005.
전영은,「가네시로 가즈키(金城一紀)의 <GO>론－가벼움과 마이너리티를 중심으
        로」, 건국대학교 교육대학원 일어교육전공 석사학위논문, 2008.
전종한, 서민철 외,『인문지리학의 시선』, 논형, 2005.
정근식·염미경,「디아스포라, 귀환, 출현적 정체성－사할린 한인의 역사적 경험」,
        『재외한인연구』Vol.12, no.1, 2000.
정수원,「재일한국인문학작품을 통해 본 재일한인의 일상적 고민과 대처방법」,
        『일어일문학』제29집, 대한일어일문학회, 2006.2.
정우숙,「1960년대－70년대 한국 희곡의 비사실주의적 전개 양상」, 이화여자대학
        교 박사학위논문, 1996.
정은경,『디아스포라문학－추방된 자, 어떻게 운명의 주인공이 되는가』, 이룸,
        2007.
조경화,「문학과 영화에 나타난 '피와 뼈'의 변주」, 건국대 일어교육 석사학위논문,
        2006.
조보라미,「최인훈 소설의 탈식민주의적 고찰」,『관악어문연구』25집, 2000.
조현미,「일본인의 대한인식과 재일동포의 아이덴티티」,『일본어문학』Vol.23,
        no.1, 2003.

주민재, 「가상의 역사와 현실의 관계」, 『한국근대문학연구』 제10호, 2002.4.

추석민, 「김달수의 문학과 생애-창작활동을 중심으로」, 『일본어문학』 제29집, 2005.

______, 「김사량과 김달수 문학 비교」, 『일본어문학』 제27집, 2005.

최강민, 『탈식민과 디아스포라문학』, 제이앤씨, 2009.

최문규 외, 『기억과 망각』, 책세상, 2003.

최승희, 「이양지 문학 연구」, 신라대 석사학위논문, 2005.

최애순, 「최인훈 소설의 반복구조연구」, 『현대소설연구』 제26호, 2005.

최효선 『재일동포문학연구-1세 작가 김달수의 문학과 생애』, 문예림, 2002.

태혜숙, 『탈식민주의 페미니즘』, 여이연, 2001.

한일민족문제학회 편, 『재일조선인 그들은 누구인가』 삼인, 2003.

홍기삼 편, 『재일한국인문학』, 솔, 2001.

홍기삼 외, 『문학사와 문학비평』, 해냄, 1996.

허영주, 「라캉을 통해 본 최인훈의 소설가 구보씨의 일일」, 『계명어문학』 제9집, 1995.

3. 국외 연구서

Aleida Assmann, 『기억의 공간』, 변학수·백설자·채연숙 옮김, 경북대학교 출판부, 2003.

Andre Levy and Alex Weingrod, 『*Homelands and diasporas : holy lands and other places*』, Stanford University Press, 2005.

Benedict Anderson, 『민족주의의 기원과 전파』, 윤형숙 역, 사회비평사, 1999.

Benedict Anderson, 『상상의 공동체』, 윤형숙 옮김, 2002, 나남.

Bill Ashcroft 외, 『포스트콜로니얼 문학이론』, 이석호 역, 민음사, 1996.

Edward Relph, 『장소와 장소상실』, 김덕현·김현주·심승희 옮김, 논형, 2005.

Gilles Deleuze, 『의미의 논리』, 이정우 역, 한길사, 1999.

Gilles Deleuze·Felix Guattari, 『카프카-소수적인 문학을 위하여』, 이진경 옮김, 동문선, 2006.

Gayatri Spivak, 『다른 세상에서』, 태혜숙 역, 여이연, 2003.

Ghassan Hage, 「기억의 오염」, 박전일 옮김, 『흔적』 제2호, 2001.

H. Bhabha, 『*the Location of Culture*』, Routledge, London, 1994.

Hannah Arendt, 『폭력의 세기』, 김정한 옮김, 1999, 이후.

James Procter, 『스튜어트 홀 지금』, 손유경 역, 앨피, 2006.

Juliane Hammer, 『*Palestinians born in exile : diaspora and the search for a homeland*』, University of Texas Press, 2005.

Jean Paul Sartre, 『존재와 무 I』, 손우성 역, 삼성출판사, 1991.

Martin Heidegger, 『존재와 시간』, 전양범 옮김, 시간과 공간사, 1989.

Marilyn Ivy, 『*Discourses of Vanishing : Modernity, Phantasm, Japan*』, The university of chicago press, 1995.

Patricia Waugh, 『메타픽션』, 김상구 역, 열음사, 1992.

Peter Widmer, 『욕망의 전복』, 홍준기·이승미 옮김, 한울아카데미, 1998.

Renata Salecl, 『사랑과 증오의 도착들』, 이성민 옮김, 도서출판 b, 2003.

Rey Chow, 『디아스포라의 지식인』, 장수현·김우영 역, 이산, 2005.

Richard Rorty, 『우연성·아이러니·연대성』, 민음사, 1996.

Ross Poole, 『*nation and identity*』, Routledge, 1999.

Seyla Benhabib, 『타자의 권리 : 외국인, 거류민, 그리고 시민』, 이상훈 옮김, 철학과 현실사, 2008.

Stuart Hall, 『*'Cultural Identity and Diaspora', Colonial Discourse and Post-colonial theory*』 : A Reader, Columbia University Press, 1994.

__________, 『모더니티와 미래』, 전효관·김수진 외 옮김, 현실문화연구, 2000

Vijay Agnew, 『*Diaspora, Memory, and Identity —A search for Home*』, University of Toronto press, toronto Buffalo, London, 2005.

Walter Benjamin, 『역사의 개념에 대하여』, 최성만 옮김, 도서출판 길, 2008.

Wanni W. Anderson, Robert G. Lee, 『*Displacements and diasporas : Asians in the Americas*』, New Brunswick, N.J. : Rutgers University Press, 2005.

Yi-fu Tuan, 『공간과 장소』, 구동회·심승희 옮김, 대윤, 1995.

강상중, 『오리엔탈리즘을 넘어서』, 임성모 역, 이산, 1997.

강재언·김동훈, 『재일한국 조선인 — 역사와 전망』, 하우봉·홍성덕 옮김, 한림신서 일본학총서, 소화, 2005.

고자카이 도시아키(小坂井敏晶), 『민족은 없다』, 방광석 옮김, 뿌리와 이파리, 2003.

箕輪美子(minowa yoshiko), 「在日朝鮮人文學における苦惱の形 — 金鶴泳の凍える口」, 경희대 석사학위논문, 1993.

나카무라 유지로(中村雄二郎), 『공통감각론』, 양일모·고동호 옮김, 민음사, 2003.

나카무라 후쿠지(中村福治), 『김석범의 <화산도> 읽기－제주 4·3항쟁과 재일한국인문학』, 삼인, 2001.

朴正伊, 「在日 韓國 朝鮮人文學における在日性 : 金達壽, 李恢成, 柳美里を中心に」, 神戸女子大學 博士學位論文, 2003.

______, 「柳美里における「家族物」の意味」, 『일본어교육』 23권, 한국일본어교육학회, 2003.

______, 「金鶴泳 문학에 있어 '정체를 알 수 없는' 표현의 의미」, 『일본어문학』 제34집, 2007.

______, 「金鶴泳の'自殺'原因をめぐって」, 『일본어문학』 제41집, 2008.

北村桂子(Kitamura Keiko), 「자서전을 통한 자이니찌의 정체성에 관한 연구」, 서울대 석사학위논문, 2006.

사에구사 토시카츠(三枝壽勝) 외, 『한국근대문학과 일본』, 소명출판, 2003.

서경식, 『디아스포라 기행』, 김혜신 역, 돌베개, 2006.

______, 『시대를 건너는 법』, 한승동 역, 한겨레출판, 2007.

______, 『교양 모든 것의 시작』, 이목 역, 노마드 북스, 2007.

______, 「토오꾜오와 서울에서 쁘리모 레비를 읽는다」, 『창작과 비평』 통권 139호, 2008 봄.

______, 『고뇌의 원근법』, 박소현 역, 돌베개, 2009.

緒方義廣(Ohgata Yoshihiro), 「<자이니치>의 기원과 정체성」, 연세대 석사학위논문, 2006.

스즈키 토미(鈴木登美), 『이야기된 자기』, 한일문학연구회 옮김, 생각의 나무, 2004.

신숙옥, 『자이니치－당신은 어느 쪽이냐는 물음에 대하여』, 강혜정 옮김, 뿌리와 이파리, 2006.

와타나베 나오키(渡辺直紀), 「관계의 불안 속에서 헤매는 <삶>－이양지 소설의 작품세계」, 『일본연구』 제6집, 2006.

尹建次, 『교착된 사상의 현대사』, 박진우 외 옮김, 창비, 2009.

______, 「기억과 사회과학적 인식－재일동포에게 기억이란 무엇인가－」, 『진보평론』 5호, 이은숙 옮김, 2000.

이소가이 지로(磯貝治良) 외, 『재일동포문학과 디아스포라』, 전남대 출판부, 2009.

______________________, 「在日世代の文學略図」, 『季刊 靑丘』 19号, 1994 春.

任展慧, 「在日朝鮮人文學」, 伊藤亞人 外 編, 『朝鮮を知る事典』, 平凡社, 1986.

______,「日本における朝鮮人の文學の歷史－1945年まで」, 法政大學校 出版局, 法政
　　　大 博士學位論文, 1994.
카와무라 미나토(川村湊),『전후문학을 묻는다.－그 체험과 이념』, 유숙자 옮김,
　　　한림신서, 소화, 2005.
타카하시 테츠야(高橋哲哉)·서경식 외,『단절의 세기 증언의 시대』, 김경윤 역,
　　　삼인, 2002.
하야시 고지(林浩治),『在日朝鮮人 日本語文學論』, 新刊社, 1991.
______________,「戰後在日 朝鮮人文學史」,『戰後 非日文學論』, 新刊社, 1997.
호테이 토시히로,「해방 후 재일한국인문학의 형성과 전개－1945년~60년대 초를
　　　중심으로」,『인문논총』 제47집, 2002.8.
丸谷才一,『近代小說のために』批評集 제4권, 文藝春秋, 1996.

찾아보기

윤 정 화

1969년 부산에서 태어났다. 이화여자대학교 국문학과를 졸업하고 동 대학에서 「재일한인작가의 디아스포라 글쓰기 연구」로 박사학위를 취득했다. 연세대학교 언어연구교육원 한국어학당에서 한국어강사로 근무하였고 현재, 이화여자대학교 국어국문학과에서 '우리말과 글쓰기' 강의를 하고 있으며, 이화여대 인문과학원 HK연구교수로 재직중이다.
「나도향소설의 시공간연구」, 「"-더-"의미의 문화적 접근」, 「50년대 유종호론 : 폐허위에 비평의 새집짓기」, 「제노사이드 기억의 재현방식과 재일한인의 정체성」, 「김은국의 '순교자'론―"전해들은 자"의 순교, 이산작가의 글쓰기」 등의 논문과 『1960년대 문학지평탐구』(공저)라는 단행본이 있다.

이화연구총서 14

재일한인 작가의 디아스포라 글쓰기

윤 정 화 지음

2012년 4월 5일 초판 1쇄 발행

펴낸이 · 오일주
펴낸곳 · 도서출판 혜안
등록번호 · 제22-471호
등록일자 · 1993년 7월 30일

주   소 · ⑭ 121-836 서울시 마포구 서교동 326-26번지 102호
전   화 · 3141-3711~2 / 팩시밀리 · 3141-3710
E-Mail · hyeanpub@hanmail.net

ISBN 978-89-8494-443-5   93810

값 25,000 원